비평

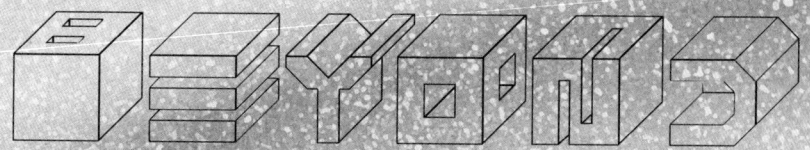

차례

1장	천안의 본	7
2장	고양이 탐정	41
3장	천안역지하도상가	101
4장	불구단과 삐에로	157
5장	핑크 부대	237
6장	불구단거리	291
7장	특수 열차의 좌표	339
8장	다시 기억	401

작가의 말   430

당신은 공사장 차단막 끝에 보이는 이상한 물체를 한참 바라보고 나서야 그것이 외계의 우주선 같은 게 아니라 높다란 콘크리트 장벽임을 깨닫습니다. 하지만 저기에 왜 저런 게 있죠? 저기에 있어야 할 건 흉물스러운 지옥문 같은 게 아닙니다. 당신은 공사를 위해 쳐놓은 줄을 따라 길을 걷습니다. 뭔가를 잔뜩 실은 커다란 트럭이 쉴 새 없이 당신 옆을 오갑니다. 길의 끝에는 진입 금지를 알리는 온갖 물건이 당신을 위협하고 있습니다. 그리고 그 너머로 하늘 높이 치솟은 장벽은 당장이라도 당신을 덮칠 것만 같습니다. 단순한 느낌이 아닙니다. 콘크리트로 된 장벽은 오래돼 여기저기 균열이 나 있고 그 틈새에는 정체를 알 수 없는 식물이 생명의 위대함을 과시하듯 맹렬하게 자라나 있습니다. 당신이 탐정이라면 잡초의 모습으로 연대를 추정해볼 수도 있겠지만 안타깝게도 당신의 머릿속을 장악하는 것은 콘크리트 외벽과 잡초가 내지르는 절규의 하모니입니다. 혹시 당신은 처참한 환경과 깊은 관련이 있었을까요?

당신은 왔던 길을 되돌아가다가 공사 현장 틈새로 난 샛길을 가로지릅니다. 좁고 어두운 길을 얼마나 걸었을까요. 좌우의 벽이 마치 생물의 소화기관인 양 꿈틀대며 조여드는 느낌이 듭니다. 길은 시시각각 좁고 어두워집니다. 숨이 막힙니다. 당신은 어느새 도망자의 심정으로 건너편을 향해 속도를 높입니다. 마침

내 샛길에서 벗어난 당신은 무릎을 짚고 숨을 고릅니다. 그리고 틀림없이 당신을 집어삼키려 했던 샛길을 돌아봅니다. 길은…… 그냥 길입니다. 아무 일도 없었던 것 같습니다. 어쩌면 정말로 아무 일이 없었는지도 모릅니다.

순찰차 경광등 불빛이 당신을 훑고 지나갑니다. 당신은 허리를 곧게 펴고 천천히 걷기 시작합니다. 경광등 불빛이 세상을 빨갛고 파랗게 물들입니다. 어느새 해가 지고 있다는 것을 당신은 깨닫습니다. 마침내 목적지에 왔건만 있어야 할 것 대신 솟아 있는 장벽에 당신은 머릿속이 새하얘집니다. 저게 대체 무엇인지는 둘째 치고, 당신이 맞게 찾아오긴 한 걸까요? 여기가 그곳인가요? 여기에 정말 그것이 있나요? 그저 당신의 착각은 아닐까요? 당신은 고개를 들고 두리번대기 시작합니다. 한쪽 하늘을 완전히 가로막고 있는 장벽을 배경으로 당신이 찾는 것이 보입니다. 가로등에 달린 녹색 표지판에 쓰인 것을 제대로 보기 위해 당신은 고개를 쳐든 채 옆걸음을 걷습니다. 지옥 불 속에서 고통 받듯 서 있는 녹슨 표지판을 한참 바라본 뒤에야 거기에 쓰인 문장을 이해하기 시작합니다.

'하늘 아래 새로운 것은 없다.'

설마요. 아직도 완전히 이해하지 못한 것이 틀림없습니다. 당신은 무력감에 잠시 시선을 거두고 표지판 너머의 하늘을 올려다봅니다. 하늘의 대부분을 가린 장벽은 위압감이 실로 어마어마합니다. 당신은 문득 가상 세계에 있다는 느낌을 받습니다. 그것도 지성체에 의해 일관되게 조작된 세계 말이죠(물론 그 느낌에 기여하는 게 저 장벽뿐만은 아닐 겁니다. 이를테면, 지금 당신에게 말하고 있는 목소리라든지). 당신은 이 세계의 절대자가 어떤 의도로 손아귀를 휘저었을지 가늠하기 위해 시선을 빠르게 움직입니다. 주변의 그 어떤 건물도 장난감처럼 보이게 하는 규모의 저것은 일종의 건축물 같습니다. 하지만 그게 사실이라면 장벽의 용도는 뭘까요? 마왕의 성? 아니면 죄수들의 감옥? 그것도 아니라면 혹시…….

당신은 두통을 느끼며 그만 자리에 주저앉습니다. 땅이 그대로 당신의 턱을 가격한 것 같은 충격에 좀처럼 눈을 뜰 수가 없습니다. 당신은 어떻게든 일어서서 발을 내딛습니다. 아니, 당신은 움직이고 있는 건가요? 당신도 모릅니다. 겨우 실눈을 뜬 당신의 앞으로 커다란 트럭이 달려오고 있습니다. 몸통을 뒤흔들 기세로 경적이 터져 나오지만 당장 당신의 주의를 끄는 것은 트럭의 앞 유리에 매달려 고개를 달달달 흔드는 노란색 인형입니다. 발 아래로 전해지는 진동이 다리를 걷어차는 와중에 트럭이 방향을 틀어 지나갑니다. 운전자가 소리칩니다.

"죽고 싶어!"

아마도 그렇게 말한 것 같다고 당신은 생각합니다. 그리고 자문합니다. 죽고 싶은가? 하지만 당신에게 '죽음'이란 '완자'만큼이나 무의미하게 느껴집니다. 따라서 죽고 싶은 것은 아니라고 당신은 결론 내립니다. 하지만 그게 다 무슨 소용일까요?

아마도 당신에게 유의미한 거라면 조금 전의 표지판에 있었습니다. 당신은 다시 고개를 들어 표지판에 쓰인 글자를 봅니다. 혹시나 해서 입으로 소리 내 읽어봅니다.

"하늘 아래…….."

당신은 당신의 목소리를 태어나서 처음 들은 것만 같습니다. 낯설기만 한 게 아니라 그냥 다른 사람의 목소리 같습니다.

"하늘 아래…… 가장……."

"편안한 역. 천안역."

당신은 목소리가 들린 쪽을 봅니다. 어디죠? 당신도 모르게 내려가 서 있는 차도로 지팡이를 짚은 중년 남자가 위태롭게 내려옵니다. 그는 절뚝이는 걸음으로 당신에게 다가옵니다. 당신은 남자의 지팡이를 세상에서 처음 보는 물건처럼 응시하느라 또 한 대의 트럭이 당신 때문에 빙 돌아 지나가는 것을 인지하지 못합니다.

"지팡이 처음 보나?"

당신은 귀에 문제가 있는 것 같다고 느끼지만 말을 이해하는 데 어려움이 있지는 않습니다. 당신은, 당신의 낯설기 그지없는 목소리를 의식하며 아주 조심스럽게 대답합니다.

"아마도요."

남자가 당신의 대답이 진심인지를 가늠하듯 미간을 살짝 모아 보입니다. 당신은 청각보다는 시각이 더 발달한 것 같습니다. 남자의 말도 입 모양을 통해 의미가 증폭됩니다.

"뭐, 지팡이가 고전적이긴 하지. 그래서 일부러 쓰기도 하고."

고전적이라는 것이 구체적으로 어떤 의미인지 당신은 알 수 없지만, 남자의 지팡이는 오래돼 보입니다. 단순히 사용감이 많아서가 아니라 생김새 자체가 다소 이질적이랄까요. 잠깐, 당신의 그 이질적인 느낌의 기준은 뭐죠? 지팡이에 대한 문제가 아닙니다. 이 갑작스러운 의문은 보다 두껍고 긴, 심오한 의문입니다. 쉽게 말해 지금이 몇 년도인지, 당신은 아나요? 놀랍게도 아닙니다. 당신은 당혹감을 숨길 새도 없이 묻습니다.

"지금이 언제죠?"

남자의 삐뚜름한 얼굴이 완전히 일그러집니다.

"일단 인도로 올라가는 건 어떨까. 아까부터 차들이 위태롭게 지나가고 있는데 그러다가 더 큰 문제가 생기겠어."

당신은 남자의 말대로 합니다. 남자가 다시 한번 위태로운 동작으로 인도의 턱을 올라옵니다. 그의 한쪽 다리가 눈에 띄게 떨려 보입니다. 남자가 제 떨리는 다리를 힐끗 쳐다보더니 가볍게 숨을 토하고는 지팡이에 조금 더 체중을 싣고 주머니에서 흰 플라스틱 통을 꺼냅니다. 그리고 뚜껑을 열어 그대로 입에 털고 꿀꺽 삼킵니다. 그 모습을 빤히 보는 당신을 향해 남자가 말합니다.

"줘?"

"뭔데요?"

"말하면 알아?"

당신은 무슨 말을 해야 할지 곰곰이 생각합니다. 남자는 거칠게 기침을 하더니 요란하게 가래를 뱉습니다. 누런 가래에 하얀 가루가 별처럼 박혀 있습니다.

"이봐!"

남자가 가래침 옆을 지팡이로 탁탁 치며 당신의 주의를 뺏습니다.

"지금이 언제냐고 했지? 여기가 어딘지는 알아?"

남자가 당신의 뒤쪽을 힐끔 올려다봅니다. 뒤를 돌아보니 표지판이 보입니다. 그리고 글씨가, 이제는 분명히 보입니다.

"하늘 아래 가장 편안한 역. 천안역."

그리고 다시 한번 그 너머의 거대한 장벽을 쳐다봅니다.

"저게 혹시 천안역인가요?"

남자도 지팡이를 두 손으로 잡고 장벽을 봅니다.

"천안역……이었지."

그때 장벽 주변으로 뻗은 선을 따라 뭔가가 미끄러져 옵니다. 기다란 육면체에 가까운 그것에는 창이 나 있습니다. 그 안에 사람이 있습니다. 당신은 그것이 일종의 열차라는 것을 깨닫습니다. 저런 걸 보통 모노레일이라고 한다는 것도요. 물론 지금이 몇 년도인지는 여전히 알 길이 없지만요. 하늘을 나는 열차는 그대로 선을 따라 거대한 장벽 주위를 빙 돕니다. 그 안에서 사람들이 장벽을 내려다보고 있군요. 관람이라도 하는 걸까요? 천안역이었다는 무언가를?

지팡이로 바닥을 치는 소리에 당신은 고개를 내립니다.

"다 봤으면 가지. 슬슬 다리가 아파와."

어디로요? 그보다는 왜 가야 하죠? 당신은 아직 이곳에 볼일이 남아 있지 않나요? 비록 그것이 구체적으로 어떤 건지는 몰라도 말입니다. 하지만 여기서라면 뭐든 알 수 있을 겁니다. 당신은 왜 이곳에 와야 하는지를 알아내기 위해 여기에 있습니다. 이대로 돌아갈 순 없습니다. 게다가, 돌아갈 곳도 당신에겐 없는 듯합니다.

당신은 남자를 뒤로하고 장벽 쪽으로 걷기 시작합니다. 남자가 지팡이 소리를 내며 당신을 쫓습니다.

"진입 금지 구역이야! 안 보여?"

남자의 말대로, 철거 중이거나 철거를 기다리는 건물들을 거느리듯 우뚝 솟은 장벽의 긴 면 쪽에 난, 공사 차량이 드나들 만큼 커다란 입구 앞에 정복 차림의 경찰관이 서 있습니다.

"보여요."

"근데?"

"가야 해요."

"어딜? 저길?"

당신은 멈춰 섭니다. 뒤를 돌아보니 남자도 멈춰 서서 숨을 고르고 있습니다. 나이가 당신보다 아주 많아 보이지는 않습니다. 기묘하게 삐뚜름하면서도 뚜렷한 이목구비가 날카롭게 당신을 억누르는 듯합니다. 남자는 고통과 광기 그리고 영감으로 가득한 눈빛을 번뜩이며 당신을 바라보고 있습니다. 당신은 이자를 본 적이 있나요?

"누구시죠?"

"나야말로 묻고 싶은데."

"저희가 아는 사인가요?"

남자의 삐딱한 눈썹이 더욱 올라갑니다.

"아직은 아닌 것 같고."

"그럼 왜 대화를 하고 있는 거죠?"

남자는 흠, 하고 깊은숨을 내쉽니다. 그러는 동안 남자의 머리 위 모노레일 열차가 동쪽으로 미끄러져 갑니다.

"이봐."

"네."

"우리가 서로에 대해 알아가는 시간이 필요할 것 같은데."

"저는 관심 없습니다."

남자가 약간 당황한 기색으로 목소리를 높입니다.

"맥락에서 벗어난 주제긴 하지만 그것도 흥미로운 건 마찬가지지. 나는 당신한테 관심이 있어. 근데 이름이 뭐야?"

이름이요? 당신에게 그런 게 있었던가요? 아니요. 당신이 기억하는 한 당신에게 이름 같은 건 없었습니다. 믿기 어렵지만 사실이 그렇습니다.

"없는 것 같은데요."

남자의 얼굴은 한계를 시험하듯 구겨집니다. 하지만 남자의 행동도 의아하긴 마찬가지 아닌가요? 아는 사이가 아니라면 대체 당신에게 뭘 원하는 걸까요?

"전 해야 할 일이 있어요."

"뭔데, 그게?"

"어, 그걸 알아내려고요. 저기서."

당신이 장벽을 눈짓 하자 남자가 한숨을 쉽니다. 이대로 물러설 기미는 아닙니다. 남자가 어깨를 움직이며 말합니다.

"그래, 하고 싶은 대로 해. 가자고."

"같이요?"

"왜, 싫어?"

"그런 건 아니지만, 왜요?"

남자는 지팡이를 짚은 손의 손가락을 까딱거립니다.

"날 모른다고 했지?"

당신은 고개를 끄덕입니다.

"초면에 미안하지만, 당신에겐 지금 심각한 문제가 있어. 굳이 내 입으로 말 안 해도 알지?"

당신이 멀뚱히 쳐다만 보자 남자가 손으로 얼굴을 쓸어내립니다.

"이 상황을 소설로 옮기면 그대로 폐기되겠군. 자, 당신은 당신 이름을 몰라. 그뿐 아니라 지금이 몇 년도인지도 모르지. 게다가 자기가 왜 여기 있는지도 몰라. 즉, 당신은 심각한 수준의 기억상실이란 말이야."

당신은 고개를 끄덕입니다.

"나는 여기에서 10년도 더 살았고, 특별한 일 없으면 계속 살 거야. 여기서 사는 게 뭐 그렇게 환상적이진 않지만 그래도 이곳 사람들을 지켜보는 건 아무 데서나 할 수 없는 경험이지. 그렇다고 변태는 아니니까 오해하진 말고."

남자는 잠시 자신의 말을 검증하듯 턱을 만지작거리더니 이내 손을 내젓습니다.

"암튼, 천안 시민으로서 천안에서 길을 잃고 방황하는 어린양을 보고도 모른 척할 만큼 바쁘지는 않다 이거야."

당신은 남자의 말을 곱씹어본 끝에 말합니다.

"그러니까 심심하다고요?"

"아니, 그걸……. 아냐, 그런 걸로 하지. 그래, 나 심심해. 그럼 이제 같이 가도 되는 거야?"

당신은 생각에 잠깁니다. 하지만 특별히 싫다는 감정이 일지는 않습니다. 무엇보다 남자는 정말로 무료해 보입니다. 당신을 따라가는 걸로 그 무료함이 해소된다면 다행스러운 일이겠지요. 어느 쪽이든 당신과는 상관없는 일입니다. 당신은 고개를 끄덕입니다.

"거, 감사해 죽겠네."

남자가 지팡이를 탁탁 때리며 앞서가는가 싶더니 다시 당신을 향해 섭니다.

"아무리 그래도 사람이 이름은 있어야지. 소설 단역도 필요하면 이름이 붙는데."

"떠오르는 게 없어요."

"편하게 생각해. 그냥 이름 같은 거 아무거나."

"그게 중요한가요?"

"당연하지! 내가 앞으로도 당신을 당신이라고 부를 순 없잖아."

계속 부를 일이 있을지는 모르겠지만, 어쨌든 당신은 생각을 시도합니다. 이름. 아무개. 무지개. 색깔. 빛. 어둠…… 아니, 그쪽은 안 됩니다. 당신은 생각의 방향을 틀다가 돌연 뭔가를 발견합니다. 그것이 무엇인지 제대로 알기도 전에 당신은 말합니다.

"시현."

"흔해 빠진 이름인데."

"그래서 떠올랐나 보죠."

"뭐, 아무개보단 낫지. 그래, 지금부터 널 시현이라고 부를게."

"근데 왜 반말하세요?"

"기분 나빠하지 마, 너한테만 그러는 거 아니니까."

결론이 뭔가 이상합니다.

"그래, 시현아……. 아무튼, 나는 선우랑이다."

"우랑?"

"선우. 선우, 랑. 선우가 성이고 랑이 이름."

남자가 또 한숨을 푹 내쉬고는 들리지 않게 중얼거립니다. 선우랑이라는 남자의 입 모양은 아마도 이렇게 말하는 것 같습니다.

"하다 하다 별짓을 다하는군."

저건 또 무슨 의미일까요? 아무래도 선우랑에게는 소리 내 말하지 않은 목적이 있는 것 같습니다. 그게 아니라면 도무지 이해할 수 없는 인물입니다. 그의 목적이 당신에게 어떤 영향을 미칠까요? 그걸 알기 위해서는 좀 더 지켜봐야 할 것 같네요.

그렇게 당신은 선우랑과의 동행을 시작합니다. 그 결과가 어떻게 될지는 알 수 없지만 당신은 아무래도 좋다고 생각합니다.

당신은 공사를 위해 막아놓은 길가의 좁은 틈을 위태롭게 통과하는 선우랑을 보면서 다시 한번 생각에 잠깁니다. 잔잔해지기 무섭게 의식의 수면 위로 조약돌 같은 이름 하나가 똑 떨어져 파문을 일으킵니다. 시현. 당연히 당신의 이름입니다. 하지만 어딘지 이질적이지 않나요? 기억이 나지 않아서는 아닙니다. 오히려 그 반대죠. 당신은 당신이 누구이며 왜 여기 있는지 모르는 상태입니다. 그런데 다른 것도 아니고 왜 하필 시현일까요? 정말로 당신의 이름인데 모를 뿐일까요? 아니면 지금은 기억나지 않지만 당신에게 소중했던 인물의 이름일까요? 보통의 경우 인간은 자신의 이름보다 가까운 타인의 이름에 더 익숙한 법이죠. 성이 붙지 않은 이름을 떠올렸다는 것도 그 근거가 될 수 있습니다.

선우랑이 휘청거리는가 싶더니 옆으로 넘어집니다. 당신이 반사적으로 손을 뻗어 옷깃을 낚아채기도 하지만, 선우랑의 낙법은 상당히 안정적입니다. 그가 이렇게 넘어진 횟수를 짐작한다는 건 우주의 크기를 가늠해보려는 시도와 다르지 않게 느껴집니다. 선우랑이 자신의 몸 곳곳 그리고 그 속에 있는 근육의 구성 세포까지 하나하나 신경 쓰듯 천천히 일어서는 모습은 왠지 흡인력이 있습니다. 선우랑은 마지막으로 지팡이의 상태를 확인하고는 당신을 향해 웃습니다. 타고난 듯한 비대칭과 불균형의 틈새로 당신은 언뜻 꼬마 선장을 목격한 기분이 듭니다.

"저 벽을 가까이서 본다고 뭐가 달라지겠느냐만, 그래도 여기까지 왔는데 그냥 가는 것도 예의가 아니지. 누군 저 위에서 열차나 타고 관광도 하는데 말이야."

지금도 또 한 대의 열차가 이쪽으로 오고 있습니다.

"저건 뭐죠?"

"보면 몰라? 현수식 모노레일, 속칭 하늘열차."

"저 장벽을 보는 건가요?"

계속 가려던 선우랑이 멈칫하고 당신을 돌아봅니다. 그는 미처 생각지 못했던 것을 떠올렸다는 듯 당신을 바라보다가 이내 다시 좁다란 길을 나아갑니다. 차단막과 가림막 사이의 적막은 당신에게 두려움을 유발하지만 당신은 선우랑의 독특한 걸음걸이를 관찰하며 다시 내면으로 침잠합니다. 시현이라는 이름만큼이나 이러한 상황이 당신에겐 익숙한 듯합니다. 혹시 당신은 승려였을까요? 머리를 만져보던 당신은 빽빽한 머리숱 사이로 느껴지는 굴곡에 집중하며 선우랑을 따라 큰길로 나갑니다. 눈앞으로 차들이 오갑니다. 트럭들이 대부분이지만 승용차도 꽤 됩니다. 이제야 비로소 역 가까이에 왔다는 느낌이 드는군요. 이제 거대한 장벽은 당신의 오른쪽에 위치해 있습니다. 그리고 그 밑으로 보이는 건 주황빛의 파도입니다. 당신은 홀린 듯이 그쪽을 향해 다가갑니다.

외계인이 지어놓고 간 듯한 장벽과 대비되어, 노후화된 저층 상가들은 대체로 닫혀 있고, 불을 밝히고 있던 몇 곳도 이제는 폐점 준비를 하고 있습니다. 그 사이를 가로지르는 당신은 사람들의 이목을 집중시킵니다. 그러거나 말거나 당신은 나아갑니다. 건물에 가려 보이지 않던 장벽의 하단부는 해가 지고 있음에도 붉게 타오릅니다. 무엇이 저리도 활활 타오르는 걸까요? 마지막 교차로 너머에서 마침내 당신은 불꽃의 정체를 알아차립니다. 사람의 접근을 막는 철조망에 주황색 계열의 리본이 달려 있습니다. 색감도, 재질도 각양각색인 저것들은 불꽃이 일렁이듯 움직이며 당신에게 손짓합니다. 소리는 나지 않지만 저것은 당신에게 말하고 있습니다. 점점 더 거대해지는 주황빛 파도는 그야말로 집채만 해집니다. 누군가 벽에 붙어 또 하나의 불꽃을 달고는 당신을 지나쳐 가버립니다. 저 불꽃 하나하나를 사람들이 단 모양입니다. 당신도 달 수 있을까요? 당신은 방금 전 누군가가 서 있던 곳으로 가봅니다. 새것처럼 보이는 캐비닛을 여니 온갖 종류의 주황빛 종이와 펜 들이 당신을 반깁니다. 어느새 쫓아온 선우랑이 안을 들여다보더니 종이와 펜을 꺼내 뭔가를 쓰기 시작합니다. 그가 말합니다.

"곧 있으면 9주긴데, 너무 많이 남았네. 너도 써."

"9주기요?"

선우랑이 자신이 쓴 것을 보여줍니다. 유려하지만 알아보기 어려운 필체로 이렇게 써 있습니다. '천안역 붕괴 참사 9주기를 앞두고 찾아온 정체불명의 나그네가 삼가 고인의 명복을 빕니다.' 당신은 길게 접힌 쪽지를 받아 들고 멍하니 장벽을 올려다봅니다. 비로소 맞춰지는 조각들로 인해 아직 형편없지만 선우랑이 했던 말이 무슨 뜻인지는 짐작할 수 있습니다.

당신이 찾는 천안역은 이제 없습니다. 없어져버렸습니다.

당신은 철조망 사이로 주황빛 불꽃을 단단히 걸어 잠급니다. 여전히 당신은 장벽 너머에 대해 아무것도 모릅니다. 언제 어디서 어떤 일이 벌어졌고 그 결과 이 너머에 무엇이 있는지 아무것도요. 또한 그 일로 누가, 누구들이 어떻게 되었는지도 알지 못하지만 그래도 당신은 가상의 얼굴들을 떠올리며 애도의 마음을 품습니다. 그로써 생겨나는 연결이 당신의 붕 뜬 느낌에 손 내미는 듯합니다. 이것이 진정한 의미의 애도인가요? 그저 당신 자신을 위한 것은 아닐까요? 당신은 주황빛 리본을 달던 손을 멈춥니다. 방금 그 회의는 묘하게 익숙했습니다. 당신은 평소에도 이런 식으로 스스로를 옭아맸던 걸까요? 혹은 그런 누군가가 곁에 있었을까요?

대지를 훑는 엔진 소리가 당신을 향해 달려듭니다. 돌아보니 천안역 광장으로 곧장 뻗은 대로에서 눈을 뜰 수 없는 강렬한 전조등이 쏟아집니다. 당신은 손을 들어 빛을 차단하며 장벽에서 떨어집니다. 당신의 눈은 왜인지 손에 쥘 무언가를 찾고 있습니다.

옆에서 선우랑이 당신처럼 손으로 눈을 가리며 소리칩니다.

"새로 뽑았다고 자랑하는 거야?"

전조등이 꺼지고 엔진 소리도 잦아듭니다. 어느새 앞에는 커다란 오토바이가 서 있습니다. 우람한 체격의 남자가 내려섭니다. 시선을 압도하는 근육질의 몸매나 또렷하게 성나 있는 이목구비는 이내 그의 왼손에게 자리를 양보합니다. 그의 왼손은 그냥 무기입니다. 광택 나는 강철로 된 의수는 마치 그가 태어나면서부터 가졌던 것처럼 이질감 없이 잘 어울립니다. 저런 모순이 가능하려면 많은 비용이 들기 마련입니다. 그에게 유일하게 어울리지 않는 것이라면 바로 이 천안이 아닐까요? 그가 선우랑을 향해 건조하게 말합니다.

"설마요, 의원님."

의원님이라는 말의 의미는 두 가집니다. 의료 행위를 하는 사람. 아니면 정치인. 두 쪽 다 선우랑의 겉보기와는 어울리지 않습니다. 하지만 사람 일이라는 건 모르는 거죠. 미래 전쟁 영화에서 막 튀어나온 듯한 남자가 이어서 말합니다.

"혹시나 해서 말씀드리는데 저건 제가 여기 올 때부터 몰고 다녔습니다. 기억, 안 나십니까?"

"내가 오늘 아침에 뭘 먹었는지도 기억 못하는 인간이라. 퇴근하는 거야? 집이 이쪽은 아닐 텐데?"

"오늘 아침은 드셨습니까?"

"아침을 먹었다는 사실은 굳이 기억할 필요 없지."

팽팽한 신경전이군요. 혹시 숨 쉬는 걸 잊고 있었다면 지금이 바로 그때입니다. 전쟁 병기가 그야말로 할리우드식 미소를 보이며 한발 물러섭니다.

"그렇죠. 저 같은 사람이 천안에서 살 이유는 없으니. 그냥 평범한 라이딩이라고 생각해주십쇼. 뭐, 확실히 그 사람들이 다져놓은 길은 달리기 좋네요."

남자가 장벽과 교차하는 대로를 한번 돌아봅니다. 언덕을 따라 쭉 뻗은 대로는 주변에 산재한 빈 건물과 공터, 그밖의 공사 현장과는 대조적으로 관리가 잘 되어 있는 것 같습니다. 모든 길이 천안으로 통하기라도 하나요? 아니면 천안시는 모든 행정 자원을 도로 정비에 쏟아붓고 있나요? 하늘 아래 가장 편안한 도시답게 말이죠.

선우랑이 오토바이에 가까이 다가가더니 지팡이로 바퀴를 툭툭 칩니다.

"내가 가장 싫어하는 말이 뭔지 알아? 무임승차야. 근데 최 경위는, 음, 굳이 내 입으로 말해야 하나? 해줄 수는 있지만 말이야."

최 경위라고 불린 남자는 여전히 미소 짓고 있습니다. 그는 최첨단 기술이 집약된 왼쪽 손으로 턱을 가볍게 긁습니다. 저 동작을 보십시오! 놀랍도록 유연하고 부드럽습니다. 혹시 그냥 기계처럼 보이게 꾸민 것은 아닐까요? 당신은 한 마리의 곰이 되어 남자의 기계 손을 꿀단지 바라보듯 쳐다봅니다. 전쟁 병기의 레이더망에 당신의 야만성이 발각됐습니다. 그가 당신을 찬찬히 살펴보더니 다시 선우랑을 향해 말합니다.

"제가 눈치가 없었군요. 방해할 생각은 없었습니다. 그럼 즐거운 시간 보내시길."

전쟁 병기가 한 번 더 당신을 눈에 담고는 오토바이에 올라 요란한 소리를 내며 대로를 달려갑니다. 귀가 먹먹합니다. 시야에 잔상이 남을 정도로 지독하게 개조한 엔진이군요. 하지만 '경위'라고 하지 않았나요?

"뭐 하는 사람이에요?"

선우랑이 떨떠름한 표정으로 당신을 봅니다. 아니, 그건 단순히 '본다'라고 할 수 없습니다. 선우랑은 당신을…… 재고 있습니다. 구체적으로 어떤 요소를 재는지 알 길은 없습니다. 선우랑이 눈을 감고 고개를 절레절레 흔들더니 말합니다.

"여기서 잘 거 아니면 이만 이동하자고. 천안은 해가 빨리 지니까."

"왜요?"

"점점 물음표가 많아지는 것 같은데 내 망상인가?"

선우랑이 지팡이를 신경질적으로 휘두르며 먼저 가버립니다.

"해가 떨어지는 쪽으로 뭐가 아주 많거든. 수십 층짜리 건물들, 그보다 더 높은 랜드마크들 그리고 거기서부터 마수처럼 뻗어 나오는 그놈의 레일."

선우랑이 하늘을 가리킵니다.

"차라리 산이면 운치라도 있지. 너, 술 좀…… 뭐, 알 리가 없지."

당신은 등 뒤로 멀어지는 천안역이었던 곳을 돌아봅니다. 노을 지는 하늘 아래 오도카니 놓인 주황빛 의지의 불꽃들과 시커먼 장벽이 당신에게 말을 거는 듯합니다. 하지만 당신은 그 목소리를 이해할 수 없습니다.

이곳이 재난 위험 시설임을 알리는 표지판과 천안역전시장의 안내도가 오랜 친구처럼 나란히 서 있는 입구로 선우랑이 들어갑니다. 당신은 의외의 분위기를 마주하고 이곳저곳을 쳐다보기 바쁩니다. 사실 이곳의 사정도 다르진 않아 보이지만, 그래도 당신이 여태껏 본 중에서는 가장 사람 사는 곳처럼 느껴집니다. 단것을 너무나도 좋아한 아이의 치열처럼 불빛과 어둠이 교차하는 길을 나아가며 선우랑이 말합니다.

"그새 또 닫았군."

냄새가 당신의 주의를 흩트려놓습니다. 기름과 고춧가루가 어디선가 탱고를 추고 있군요. 달큰하고 끈적끈적한 룸바를 추는 것은 무엇이죠? 윽, 비위를 거스르는 비릿한 춤사위는 거들떠볼 수조차 없습니다. 하지만 그 모든 움직임이 한데 어우러져 당신에게 묻고 있습니다. 당신, 밥은 먹었나요? 아니요. 그래서 배가 고픈가요? 그건 아닌 것 같습니다. 하지만 당신은 분명 에너지가 부족한 상태입니다. 왜냐하면 당신은 움직이고 있기 때문입니다. 그러한 사실을 인지하기 무섭게 당신의 두 다리는 가로수가 쓰러지듯 꺾여버립니다. 더는 한계입니다. 앞서가던 선우랑이 뒤를 돌아보더니 두 무릎을 꿇고 있는 당신을 보고 무슨 말을 해야 할지 고민하듯 입을 우물거립니다. 그러더니 가까운 가게의 문 너머에 대고 소리칩니다.

"전애리!"

아빠손칼국수라는 다소 성의 없는 이름의 가게 안에는 선우랑과 비슷한 또래의 여자가 테이블에 턱을 괴고 졸고 있습니다. 선우랑이 또 한 번 크게 이름을 부르자 어, 하고 눈을 뜬 애리라는 여자가 벌떡 일어나서 소리칩니다.

"어딨어!"

선우랑이 혀를 차며 비틀비틀 가게 안으로 들어가 가까운 자리에 털썩 주저앉습니다.

"맨날 뭘 그렇게 찾는지."

전애리는 선우랑을 보더니 또 묻습니다.

"네가 왜 여깄어? 여긴……."

선우랑이 지팡이로 바닥을 탁, 하고 칩니다.

"전 사장 칼국숫집이지. 잠꼬대 그만하고 칼국수."

전애리는 멍하니 주변을 둘러보고는 한참 만에야 현실 감각을 되찾습니다. 다크서클이 짙은 두 눈은 한계를 시험하듯 안쪽으로 꺼집니다. 조금 전 뭔가를 찾아 헤매던 광기에 찬 눈빛이 사라지자 완전히 다른 사람처럼 보입니다. 그는 길고 요란한 하품을 하더니 핸드폰 화면을 확인하고는 다시 눈을 번득입니다. 꼭 한 번 죽었다가 살아난 것처럼 전애리가 말합니다.

"나가, 영업 끝났어."

"하기는 했고, 영업?"

"너 그 말버릇 언제 고칠래? 됐으니까 나가. 나 가야 돼."

전애리가 선우랑의 한쪽 팔을 잡고 일으켜 세우더니 밖으로 나옵니다. 그리고 시장 길 한복판에 무릎을 꿇고 있는 당신을 발견합니다. 멈칫한 전애리가 선우랑에게 속삭입니다. 소리가 들리지는 않지만 당신에게는 매우 민감한 눈이 있습니다. 전애리가 하는 말은 분명 이렇습니다.

"이번엔 또 뭐야?"

"무슨 말이 그래?"

선우랑이 전애리의 손을 뿌리치고 당신 쪽으로 다가옵니다. 그건 그렇고, 당신은 대체 언제까지 차가운 땅바닥에 무릎을 꿇고 있을 건가요? 물론 그래선 안 되는 건 아닙니다만, 당신을 향한 사람들의 시선을 보아하니 당신의 행동이 사회적 관습과 거리가 먼 것은 확실합니다. 당신은 마지못해 일어납니다. 선우랑이 전애리를 향해 말합니다.

"나도 자세히는 모르지만 오다 주웠어."

흠, 두 사람의 대화도 사회적 관습과는 거리가 먼 것 같습니다. 그렇다면 다시 무릎을 꿇고 앉는 것이 조화롭지 않을까요? 선우랑의 말을 들은 전애리가 허, 하고 웃습니다. 그러고는 가게 문을 걸어 잠근 뒤 저쪽으로 달려가버립니다.

"뭐, 기대도 안 했네."

선우랑이 당신에게 턱짓합니다.

"조금만 더 가면 호프집이야."

외길 같던 시장 길의 중간을 또 다른 길이 교차합니다. 한쪽은 천안역 쪽으로 뻗어 그 위로 시커먼 장벽이 분명히 보입니다. 저곳에서부터 꽤나 걸은 것 같은데도 코앞에 있는 듯한 장벽은 현실 감각을 짓뭉개는 듯합니다. 당신에게 현실 감각이라는 것이 있다면 말이지만요.

당신이 장벽에 주의를 빼앗긴 사이 선우랑은 중앙의 야외 테이블에 자리를 잡고 맥주를 들이켭니다. 당신은 테이블 위로 놓이는 술과 마른안주를 멀뚱히 쳐다봅니다. 왜죠? 전혀 구미가 당기지 않습니다. 조금 전 칼국숫집 앞에서 무릎을 꿇었던 건 다른 이유 때문이었나요? 선우랑이 빈 맥주잔을 내려놓더니 당신을 향해 말합니다.

"뭐 하고 서 있어? 죽을 것처럼 하더니만."

당신은 선우랑의 반대편에 가서 앉습니다. 기다렸다는 듯이 사장이 당신 앞에 맥주가 담긴 잔을 놓아줍니다. 하얗게 센 단발머리가 고급스러운 분위기를 풍기는 사장이 당신을 보더니 선우랑 쪽으로 의미심장한 미소를 던집니다.

"아유, 선우 작가, 어째 날이 갈수록 왕성해지는 것 같아. 글은 쓰긴 하는 거지?"

이번에는 작가군요. 혹시 당신이 기억과 함께 직업을 지칭하는 단어도 잊은 게 아니라면 선우랑은 의사 또는 국회의원이면서 동시에 작가인 모양입니다. 당신이 보아온 바로는 세 직업 모두 선우랑과 어울리지 않지만 또 모를 일이죠.

"쓸데없는 소리는 나중에 하고, 이 녀석 꼴 보이지. 닭 같은 거라도 좀 튀겨줘."

선우랑은 정말 아무한테나 반말을 하는군요. 사장이 가게 안으로 들어가자 선우랑이 당신 앞에 놓인 맥주를 가져가 한 모금 길게 마십니다.

"그래, 가까이서 본 소감이 어떠신지?"

당신은 뒤쪽에서 당신을 지켜보듯 서 있는 장벽을 돌아보고는 테이블 위에 놓인 소박한 마른안주를 쳐다봅니다. 도무지 어울리지 않는 조합이 당신이 계속해서 느끼고 있는 부유감을 한층 부채질하는 것 같습니다.

"모르겠어요."

"적절한 반응이야. 꼭 네가 기억상실 상태라서가 아니라 누구라도 저런 걸 보고 아무렇지 않을 순 없지. 저건 그 자체로 사람의 인지 체계를 뒤흔들어. 저게 저렇게 버티고 서 있는 한 여기 사람들은 여기에서 얼마를 살았건 이곳이 낯설어지지. 결국 저건 일종의 빨간 딱지인 셈이야. 젠장, 비유는 아무리 해도 안 느는군. 타고난 걸 어쩌겠냐마는."

선우랑이 반응을 기다리듯 당신을 보다가 말합니다.

"뭘 봐."

"얼굴이 재밌어요."

신은 정녕 당신을 버린 걸까요? 당신에게 최소한의 사회성을 남겨둘 수는 없었나요? 선우랑이 굳은 얼굴로 당신을 뚫어져라 보더니 맥주를 마십니다.

"재미라도 있으니 다행이군. 근육이 말썽을 부려서 그래."

아까 먹은 약은 그 때문일까요?

"내 자유분방한 근육은 놀게 두고, 네 머릿속을 보자고. 뭐 떠오른 거 없었어?"

당신이 생각에 잠긴 사이 사장이 통닭을 내오더니 말합니다.

"뭐 하려고 그런 데서 데이트를 해?"

"아, 그런 거 아니라니깐. 맥주나 더 줘."

그러고 보니 아까 최 경위도 비슷한 얘기를 했습니다. 선우랑은 정말이지 양파 같은 사람입니다. 당신에게 딴마음이라도 있는 걸까요? 생각해보면 이상한 구석투성입니다. 선우랑에게 당신은 이방인입니다. 그뿐만이 아니라 자기 이름도 모르는 이상한 이방인에게 길을 안내해주고 함께 음식을 먹습니다. 이대로 밤이 되면 당신을 아무도 없는 곳으로 데려가 옷을 벗기고 장기를 떼어가진 않을까요?

"이봐."

선우랑이 손가락을 튕깁니다.

"아직도 깡통이냐고?"

한 가지 가능성이 더 있습니다. 바로 선우랑이 당신을 알고 있다는 것이죠. 어쩌면 당신도 선우랑을 알고 있었는지 모릅니다. 그렇다면 무슨 사이였을까요? 하지만 그렇더라도 지금의 당신에게 그런 것들은 아무런 의미를 갖지 않습니다. 마치 눈앞에 놓인 갓 튀겨낸 한 마리의 닭처럼요. 당신에게는 식욕이 존재하지 않는 것 같습니다. 그렇다고 먹지 않고 살 수 있는 것은 아니지만요. 당신은 그저 움직이는 상태를 유지하기 위해 닭의 살점을 씹어 넘깁니다. 때마침 새 맥주를 가지고 나온 사장이 기대 섞인 표정으로 당신을 보고는 당황해합니다. 선우랑이 묻습니다.

"무슨 고무 먹냐?"

당신에겐 그리 다르지 않은 느낌입니다. 선우랑이 사장에게 말합니다.

"보면 알겠지만 상태가 많이 안 좋아. 내가 박 사장이 튀긴 거라면 신발도 먹는 거 알지?"

"아니, 그럼 병원 같은 델 가야 하는 거 아냐?"

당신은 발작하듯 자리를 박차고 일어납니다. 뭐죠? 무슨 일인가요? 당신 때문에 탁자가 완전히 넘어지고 선우랑은 들고 있던 맥주를 뒤집어써 완전히 물에 젖은 생쥐 꼴입니다. 선우랑이 외칩니다.

"왜 그러는데?"

하지만 당신은 모릅니다. 그저 두려울 뿐입니다. 무엇이요? 당신 손에 들린 고깃덩어리인가요? 당신은 느닷없이 치고 올라오는 욕지기에 닭다리를 집어 던지고 그대로 엎어져 속을 게웁니다.

"정말 가지가지 하네."

"병원부터 가."

병원. 찾았습니다. 당신은 당신이 게운 것으로 뒤덮인 바닥을 짚고 일어나 사장으로부터 멀어집니다. 사장의 두 눈이 커지는 것을 봄과 동시에 당신은 그야말로 나비처럼 몸을 틀어 뒤쪽을 지나가는 전동 휠체어를 피합니다. 그리고 그대로 장벽이 보이는 방향으로 달립니다. 선우랑이 당신의 임시 이름을 부르짖는 소리는 이내 희뿌연 안개에 가려지듯 의식의 경계 너머로 사라집니다.

당신에게 의미 있는 것은 단 하나입니다. 장벽. 그 너머에 있는 천안역. 천안역이었던 것. 그뿐입니다.

Voice 1

　나는 잠시 지팡이에 기대서서 고개를 치켜들고 얼어 죽을 하늘열차를 쳐다본다. 꼭 눈이 부셔서가 아니라 저 망할 열차를 올려다보는 것은 언제나 고통을 유발한다. 고로, 하늘열차가 싫다. 그런데도 이 황량한 천안에서 나가려면 자가용을 타지 않는 이상 저것이 가장 만만한 이동 수단이란 점 또한 마음에 들지 않는다. 가슴팍에서 끓어오르는 울화, 분노 그리고 약간의 가래를 뽑아 뱉으려던 나는 때맞춰 다가오는 아이를 발견하고 잠시 고민한다. 결국 화를 억누르기로 한다. 걸쭉한 가래와 함께.
　플랫폼으로 향하는 엘리베이터에 올라 벽에 기대선 나를 아이가 자꾸만 힐끔댄다. 그러거나 말거나 나는 생각에 빠진다.
　시현이라. 아무리 생각해도 낯설지가 않다. 왜지? 아는 이름인가? 그건 아닌 것 같다. 사람의 기억력이라는 게 통상 믿음에 비해 형편없다는 것을 잘 알고 있다. 기억이란 이름부터가 잘못됐다. 차라리 모래라고 했어야 한다. 아니면 밀가루 반죽. 뭐든 알 게 뭐야. 불러올 때마다 변형되고 변형이 누적되다 아예 다른 것이 되어버리는 데다가 옆에서 아주 조금만 끼어들어도 완전히 혼돈 그 자체인 것에 기억이라는 이름은 너무 사치 아닌가?
　하지만 최소한 그것에 대한 첫인상만큼은 꽤 신뢰할 만하다. 내가 시현을 고등학생 때 처음 관계 맺은 유도부 후배라고 생각하든 아니면 대학 시절 어쩌다 함께 술집 뒷골목에서 춥지만은 않은 밤을 보냈던 영상 동아리 선배라고 생각하든 그건 부차적인 문제다. 중요한 건 누군가가 떠오르냐 아니냐 하는 것이다. 전혀 떠오르지 않는다면 시현이라는 이름의 사람을 알지 못한다고

봐도 무리가 없다. 아니 애초에 이런 쓸데없는 생각에 잠겨 있지도 않을 것이다.

"아저씨, 안 내리세요?"

정신을 차려보니 엘리베이터가 도착해 있고 그 너머에서 아이가 문이 닫히지 않도록 손을 내밀고 있다.

"간다. 고맙다."

아산행 하늘열차에 몸을 실은 뒤 다시 생각에 잠긴다. 당연히 시현 생각이다. 물론 이제는 시현이라는 이름에 맞는 얼굴을 떠올릴 수 있다. 찻길에 떡하니 서서 도로 표지판을 올려다보던 녀석. 중키에 빼빼 마른 몸은 개인적으로 인상적이긴 하지만, 그것 말고도 그 녀석에겐 독특한 면이 많다. 온실 속 화초처럼 약해 보이면서도 덜 자란 야수의 잠재력이 숨어 있달까? 어디서 뭘 하다가 그랬는지는 몰라도 주저앉은 코와 몸 곳곳에 난 흉터는 두 가지 가능성을 내포한다. 꼬마 병기거나 아니면 그냥 자해 중독자거나. 어느 쪽이든 사고로 심각한 기억상실(혹은 모래 상실)이 될 가능성은 얼마든지 있다.

흠, 딱 소설 주인공 감이란 말이야. 모처럼 의욕이 치솟아 지팡이를 겨드랑이에 끼우고 수첩을 꺼내 얼른 끼적이기 시작한다. 장애인이 지팡이 끼고 종이에 글을 쓰는 게 여간 신기한지 시선들이 하이에나 떼처럼 달려들지만 그것도 잠깐이다. 나는 수첩 속 종이 섬유 바다에서 탄소화물 블럭을 하나하나 쌓아올리며 나만의 유토피아를 건설하느라 타인 따위에 신경 쓸 겨를이 없다. 심지어는 나라는 존재에도 무감각해진다. 내가 감각하는 세계란, 이 순간 오직 생각의 구조물 그 자체뿐이다.

구조물의 윤곽이 어느 정도 의미를 발하기 시작할 즈음 누군가가 또 내 뒷덜미를 낚아채 망할 하늘열차의 세계로 데려간다. 플랫폼 관리 직원이다.

"어, 작가님!"

"오랜만이네."

이름이 뭐였더라? 하지만 무슨 상관인가. 아는 사람이라는 걸 알면 된다. 내가 자리에서 일어나려다 눈치도 없는 경련에 몸을 흔들자 직원이 얼른 다가와 부축을 해준다. 나는 약통을 꺼내 약을 입에 털어 넣는다. 아그작아그작 씹어 먹는 모습이 신기하다는 듯 직원이 말한다.

"그건 요새도 드시나 봐요."

"참 세심하시네."

"아, 불쾌하셨다면 죄송합니다. 승객을 살피는 게 일이라서요."

"그리운 말인데. 그런 소리 잘하던 사람이 천안역에도 있었거든. 그 사람 참사 이후로 어디서 뭘 하려나."

"하늘열차에서 일하고 있어요."

"응?"

직원이 사람 좋은 얼굴을 하고 말한다.

"그 사람이 저거든요."

이럴 때 당황하면 그것도 예의가 아니다. 나는 부러 호탕하게 웃으며 직원의 어깨를 두드린다.

"고지식한 것도 여전하고. 장난이 심했나? 아무튼, 고마워."

아산역에서 멀지 않은 곳에 있는 공유 오피스로 들어가 신원을 증명하고 자리로 간다. 이런 장소가 천안에도 있으면 얼마나 좋을까. 지금 천안역 주변은 온통 함바집과 모텔 그리고 부동산뿐이다. 그도 그럴 것이 그 일대에 재개발 구역만 수십이고 실제로 공사가 진행 중인 곳에는 수백의 건설 노동자가 휴일도 없이 일하고 있다. 그들의 수요에 맞춰 상권이 형성될 수밖에 없다. 또, 그렇게 형성된 상권이 그것을 찾는 사람들을 끌어모은다. 단순한 이치다.

데스크 직원이 나를 보더니 순간적으로 입을 헤벌린다. 나를 골칫덩어리 정도로 생각하는 모양인데 그것도 완전히 이해 못할 건 아니다. 요즘 같은 세상에 실물로 된 우편물을 주고받는 사람이 또 어디 있겠나. 나는 먼저 너스레를 떤다.

"표정을 보니 뭐가 또 많이 왔나 보네."

"네에…… 안, 제 표정이 왜…….."

"됐으니까 가져다줘. 이건 이따 마시고."

"번번이…… 자리에 가 계세요."

천안역지하도상가 김밥집 식혜는 그야말로 명물이다. 직원이 가벼운 동작으로 우편물을 가지러 간다. 복도를 걸으며 주변을 살피니 또 머릿수가 줄었다. 지금 한가하게 천안 상권 걱정할 때가 아니라는 소리다. 이곳도 얼마 안 가 사라질 거다. 그게 자연스러운 일이라는 건 알지만, 그렇게 자연 타령할 거였다면 애초에 폭주 기관차처럼 모든 걸 밀어버리면 안 되는 거였다. 컴퓨터 앞에 자리를 잡고 그 서슬 퍼런 화면을 마주하니 벌써부터 현기증이 이는 듯하다. 정말로 이런 게 싫다.

얼마나 멍하니 있었을까. 직원이 평소보다 많은 양의 커다란 박스를 들고 걸어온다.

"이게 다 나한테?"

수사학적인 말이긴 했지만, 직원은 여기에 이런 거 받을 사람이 댁 말고 또 누가 있겠냐는 듯 웃고는 가버린다. 나는 잠시 막

막한 기분으로 상자를 들여다보다가 낯익은 필체의 메모를 발견하고 그에 딸린 꾸러미를 집어 든다.

'출간작 인세 정산 내역 및 독자 후기 출력물 묶음.'

나 편하라고 그것들을 한데 모아준 내 오랜 친구이자 찾다출판사 대표 형태에게는 그 어떤 찬사도 부족하지. 나는 감사한 마음으로 그 꾸러미를 통째 재활용 쓰레기통에 넣는다. 음, 아쉬움이 있다면 아예 보내주지 않는 것이 친환경적일 텐데. 말해봐야 나만 힘들지.

시작이 반이라고, 큰 꾸러미 하나를 치우자 상자는 퍽 횅해 보인다. 아님 말고. 나는 하나둘 쓰레기통으로 가져간다. 고지서, 안내서, 내역서. 사회적 존재인 인간으로부터 각질처럼 생성되는 불가피하고 성가신 것들. 그다음에는 다 형태가 보낸 것이다. 청탁 제안서, 출간 기획서, 인터뷰 요청까지. 인터뷰 요청에 대해 형태는 짧은 코멘트를 달아놓았다.

'노골적인 극우 성향의 대안 언론이지만 최근 메이저 언론에서도 언급할 만큼 영향력을 키워가고 있음.'

즉, 현 정권의 탕아 데리고 재미 좀 보겠다는 건데. 나는 쪽지를 들고 그것을 노려보며 똥 마려운 개처럼 끙끙댄다. 뭐, 신나게 광대짓 좀 해주고 욕 받이 되는 대가로 천안 상황을 알릴 수 있다면 손해 보는 장사는 아니다. 일단 킵. 나는 그것을 입에 물고 본격적으로 타이핑을 시작한다. 자판 위에서 손가락이 헤매는 것도 잠시, 이내 형태에게 보내는 메일이 작성된다. 습관적으로 그것의 구조를 검토해보곤 잠깐 망설이다 아까 하늘열차에서 끼적인 것을 다시 정리해 덧붙인다. 다시 한번 검토하고, 또 잠깐 고민하고는 그냥 보내버린다.

그다음에는…….

잠시 턱을 괴고 수첩을 노려본다. 저 안에 끼워져 있는 편지를 떠올린다. 역시나 낯익은 필체와 문장이 생생하게 떠오른다. 굳이 서명이 필요 없는 인물이 보낸, 그러나 정말이지 그 사람이 보낸 건지 믿을 수가 없는 짧은 내용. 다시금 꺼내 읽어보는 까닭은 믿을 수가 없어설까? 아니면 믿고 싶지 않아서? 그것도 아니면…….

이 글을 네가 보게 될까? 오래된 습관에 기대볼 뿐 큰 기대는 않는다. 그럼에도 이렇게 글을 쓰는 이유는 간절하기 때문이야.

내가 아끼는 아이가 지금 천안에 있어. 그 애를 네가 지켜봐줬으면 좋겠어. 다른 사람이 아니라.

자세한 건 적지 않을 거야. 보안상의 문제도 있지만, 그러고 싶지 않거든. 너한테는.

아마 너라면 어렵지 않게 그 아이를 찾을 수 있을 거야.

네가 못 찾는다면, 그것도 나쁘지만은 않은 거겠지.

참, 종이랑 잉크 모두 친환경 제품이야.

편지를 노려보며 다리를 달달달 떨다가 옆사람한테 한 소리 듣는다. 나는 편지를 구겨 입에 넣고 잘근잘근 씹으며 수첩에 대고 답장을 쓰기 시작한다.

너도 참 한결같구나.

네가 말하는 것처럼, 그 애는 금방 찾았다. 그래, 인정하지. 그 애는 내 취향이야. 네가 말한 의미가 그런 쪽이라면 말이야. 뭐, 다른 의미가 있는 건 아니지? 내가 알기로는 너랑 번식 행위를 한 적은 없는 것 같은데. 너랑 그런 걸 하기에는 우리가 너무 잘 아는 사이잖아. 너도 알다시피 난 세 번 이상 인사한 사람이랑은

절대 한 침대에 안 들어가니까 말이야.

 뭐가 됐든, 내가 할 수 있는 선에서 해보도록 할게.

 음, 근데 정말 그 이상 안 알려줄 거야? 좀 심하다는 생각은 안 들어? 내가 아무리 미워도 지금은 그런 배짱을 부릴 때가 아니지 않나 싶어서 말이야.

 있잖아, 그 녀석 사라져버렸어. 찾고 싶지만 뭐라도 알아야 찾으려고 해보지 않겠어?

 되도록 빨리 답장 줘.

 처음부터 다시 읽어본 다음 덧붙인다.

 근데 둘이 대체 무슨 관계야? 너랑 나이 차이가 너무 많이 나지 않아?

 마지막 문장을 벅벅 그어 지운다. 답지 않은 구질구질한 말이다. 새 종이에 처음부터 다시 옮겨 적는데 컴퓨터에서 요상한 소리가 난다. 형태가 회신을 보낸 모양이다. 거참, 불필요하게 성실한 친구라니까.

 '다시 소설 쓰기로 한 거야? 이거 참, 오래 살고 볼 일이네. 나는 네가 정치에 휘말리면서 상상력을 잃어버린 줄로만 알았거든. 아무튼, 출판사 대표로서도 독자로서도 그리고 친구로서도 반가운 소식이야. 음, 오랜만이라 감이 조금 떨어진 것 같기는 하지만 심각한 정도는 아니고, 뭐랄까 네 색채가 전보다 더 날이 선 것 같아. 모르는 사람이 보면 아마추어처럼 느낄 것 같다고(칭찬인 거 설명 안 해도 알지?). 나는 특히 시현이라는 인물이 느낌 있는 것 같아. 약간 올드한 누아르 향기가 나지만 무엇보다 살아 있어. 실존 모델이라도 있나? 혹시 새 파트너? 어느 쪽이든 사고만 치지 말고, 내키는 대로 써봐. 근데 왜 시현이지? 뭐, 헌정의 의미라도 있는 거야? 널 지금의 선우랑으로 만들어준 데뷔작의 주인공 이름을 새 친구한테 주는? 대체 그 실존 인물이 누굴지 기대되는걸. 초대 좀 해줘. 물론 초고 다 써놓고. 나머지는 말한 대로 처리할게.'

당신을 반기는 불청객은 세 가지입니다. 먼저 깨질 듯한 두통입니다. 그리고 불쾌하기 짝이 없는 출렁임입니다. 마지막으로 성가신 목소리입니다. 당신, 이제 정신이 드나요?

당신은 금방이라도 솟구쳐 오를 것 같은 속을 겨우 진정시키며 상체를 일으켜 세웁니다. 바닥을 짚은 손은 매우 편안합니다. 마치 방금 체크인한 호텔방의 침구 같달까요. 놀랍게도 당신에겐 그런 연상을 할 수 있는 경험이 있는 것 같습니다.

하지만 이 출렁임은 낯설기 그지없습니다. 바다 위인가요? 한쪽 벽에 쳐진 커튼을 들쳐본 당신은 머릿속이 새하얘집니다. 당신의 눈으로 내려다보이는 광경은 도대체 뭐죠? 어떤 이름을 붙여야 하나요?

그때, 당신이 누워 있던 방의 문이 열리고, 짧은 머리의 남자가 안으로 들어오다 당신과 눈이 마주칩니다. 당신은 저자가 아까 천안역 앞에서 만난 최 경위와 같은 부류라는 걸 직감합니다. 당신의 그런 능력은 매우 날카롭게 벼려진 듯합니다. 타고난 재능일까요, 아니면 훈련의 결과일까요.

남자가 고양이처럼 소리 없이 다가오며 묻습니다.

"몸은 어떠십니까?"

당신은 남자의 왼손에 시선을 빼앗깁니다. 꼭 은색의 예식용 장갑을 낀 것 같은 손은 섬뜩한 느낌을 자아냅니다. 저런 손이라면 당신은 눈 깜짝할 새 두 동강이 날 수도 있습니다. 남자가 당신의 시선을 의식합니다. 하지만 대수롭지 않아합니다. 그저 신분증을 꺼내 보이며 말합니다.

"저는 충북경찰청 경찰특공대 4팀 소속 장유진 경사입니다. 천안역사 제한 구역 근처에서 쓰러져 있는 선생님을 발견하고 모노레일을 통해 이송 중이었습니다. 기억나십니까?"

당신은 침상에서 내려와 벽에 붙어 섭니다. 장유진 경사는 조금의 미동도 없이 당신을 지켜볼 뿐입니다.

"선생님, 성함이 어떻게 되십니까?"

"시현."

당신은 최면에 걸린 것처럼 그 이름을 말합니다.

"예, 시현 씨. 지금 몸은 어떠십니까. 이상이 있다면 이제 곧 병원에서 치료를……."

"아프지 않아요."

당신은 고개를 절레절레 흔들며 다시 한번 말합니다.

"병원은 안 갈 겁니다."

장유진 경사는 말없이 당신을 보다가 당신에게 가까워지지 않는 동선으로 걸어간 뒤 날카로운 손날이 인상적인 손으로 커튼을 들춰 그 너머를 봅니다. 당신은 방금 전 직접 보았던 광경을 떠올리고 두 눈을 질끈 감습니다. 당신의 머릿속에서는 창밖을 내다보던 장유진 경사가 무언가에 붙잡혀 끌려가지만, 현실의 그는 당신에게 말합니다.

"곧 있으면 병원입니다. 정말 괜찮으십니까?"

당신은 눈을 뜨고 장유진 경사가 멀쩡히 있는 것을 의아해하며 고개를 끄덕입니다.

"아프지 않아요."

장유진 경사는 커튼을 놓고는 침대 끝에 걸터앉습니다.

"기억은 나십니까?"

"무슨 기억이요?"

장유진 경사가 잠시 뜸을 들이곤 말합니다.

"말씀드렸듯이, 시현 씨는 천안역 제한 구역 근처에서 쓰러져 계셨습니다. 당시 상황이 기억나십니까?"

당신은 그제야 당신이 이곳에서 깨어나기 전 어디서 무엇을 했는지를 떠올려봅니다. 하지만 쉽지 않습니다. 새삼스러운 건 아니지만요.

"기억, 안 나십니까?"

"그게……."

당신의 머릿속에서 초록빛 경광등이 번쩍이며 소름 끼치는 사이렌을 울립니다. 피가 차갑게 식다 못해 얼어버린 것처럼 고통스럽습니다.

"저는 선우랑을 찾고 있었습니다."

"실례지만 다시 한번 말씀해주시겠습니까? 누구요?"

"선우랑이요."

장유진 경사의 표정이야말로 차갑게 변합니다. 아무래도 좋은 선택지는 아니었던 모양입니다.

"그 인간…… 아니, 그자…… 죄송합니다. 그분과 아는 사이십니까?"

"글쎄요."

경고, 장유진 경사는 당신의 반응을 몹시 못마땅하게 여기는 눈칩니다. 아마도 선우랑과 모종의 연관이 있겠지요. 지금 당신 가까이에 병원이 있다는 것을 염두에 두고 신중하게 대답할 필요가 있습니다. 병원이 왜 문제가 되는지는 모르겠지만 말이죠.
"저는 이곳에 대해 아는 게 없어요."
장유진 경사의 눈은 그다음 말을 기다리고 있습니다.
"천안역 주변을 헤매고 있는데 그 사람이 접근했습니다."
장유진 경사의 표정이 심각해집니다.
"아무 일도 없었습니까?"
일이요? 다행히 장기를 떼이거나 하지는 않았죠.
"네. 다만……."
"말씀하십시오. 무슨 얘기든 말씀하셔야 합니다."
"천안역은 왜 접근이 제한된 건가요?"
"예?"
"선우랑이 술을 마시고, 저는 갑작스럽게 달렸습니다."
장유진 경사의 표정도 저 세계로 달려가는 듯하군요.
"저는 천안역으로 갔어요. 거기에는 천안역이 아니라 거대한 장벽이 솟아 있었고, 또 그 주변으로 둘러쳐진 철조망에는 불이 타오르고 있었는데……."
"불이요?"
장유진 경사는 당신의 머릿속에서 진행되는 일들을 알지 못합니다. 당신은 좀 더 사회적일 필요가 있습니다.
"불꽃처럼 주황빛 쪽지들이요."
장유진 경사가 아, 합니다.
"저는 그 안으로 들어갔습니다."
"거긴 제한 구역입니다!"
자, 이제 어떻게 할 건가요. 이대로 저 사람과 함께 감옥으로 가나요? 적어도 병원보다는 낫다고 당신은 생각합니다. 하지만 그 두 가지보다 나은 선택지가 당신에게는 있을지도 모릅니다. 생각해보세요.

"그렇다고 하더라고요."

"누가요?"

"사람들이요. 선우랑, 가게 주인, 트럭 운전사, 그리고 경찰."

장유진 경사는 핸드폰을 꺼내 어딘가로 전화를 겁니다. 통화 대기음이 좁은 방 안에서 오랫동안 울립니다. 당신은 그 패턴에 의지해 모노레일의 흔들림을 지워보려 하지만 쉽진 않습니다. 당신이 울렁거림을 참지 못하고 움직이려 하자 장유진 경사가 날카로운 손을 뻗어 제지합니다.

"움직이지 마십시오."

"속이 안 좋아요."

"가만히 계십시오."

장유진 경사는 핸드폰을 어깨에 끼고 침대 옆 협탁에서 뭔가를 꺼내 침대 중간에 놓습니다.

"멀미약입니다. 천천히 씹어 드시면 효과가 있을 겁니다."

당신은 시키는 대로 합니다. 인위적인 단맛을 혀로 수용하는 동안 장유진 경사가 핸드폰 너머로 말합니다.

"현재 상황 보고해."

장유진 경사가 당신을 응시하며 상대의 말을 듣습니다.

"확실해? 일단 알았어. 교대할 때 7번 전달해."

장유진 경사가 핸드폰을 집어넣으며 말합니다.

"속은 좀 어떠십니까. 그게 효과는 아주 좋습니다."

"잘 모르겠습니다."

"그래요? 좀 둔한 편이신가. 아무튼, 아까 하던 이야기 마저 할까요."

당신이 멍하니 바라보자 장유진 경사가 말합니다.

"안으로 들어갔다고 했습니다."

"네."

"안으로 어떻게 들어가셨습니까?"

당신은 다시 생각에 잠기며 익숙한 두통을 느낍니다. 그래도 속이 울렁거리진 않는 것 같습니다.

"사실 워낙 정신이 없어서 잘 기억나지 않아요. 너무 많았어요."

"뭐가요?"

"자극이요. 빛, 소리, 움직임. 너무 많은 것들이 쏟아져서 그중 무엇도 똑바로 기억나지 않는…… 그런 경험 없으신가요?"

"있습니다만……."

장유진 경사가 아차 싶은 얼굴로 말합니다.

"그래서요, 안으로 들어가서 뭘 하셨죠?"

"그런데 제가 혹시 이런 얘길 처음 하는 건가요?"

"최소한 저한테는 처음 하시는 겁니다만."

"꼭 여러 번 설명해본 것 같아요."

"그러셨을 것 같지는 않습니다."

장유진 경사의 지적은 그의 손날처럼 예리합니다. 그럼에도 당신은 타르 같은 기시감을 느끼며 이야기를 계속합니다.

"저는 달렸습니다. 천안역에 확인해야 할 게 있었던 것 같아요."

"역시나 기억은 안 나시겠죠?"

그 순간 당신은 기차 경적 소리를 듣고 주변을 두리번거립니다. 장유진 경사가 낮은 자세로 당신과 마주 선 채 외칩니다.

"분명히 말씀드립니다, 움직이지 마시길 바랍니다."

"못 들으셨어요?"

장유진 경사의 표정이 더할 나위 없이 안 좋다는 것을 지적하는 건 아무래도 의미가 없을 것 같습니다. 당신에겐 관심도 없을 테니까 말이죠.

"뭘요?"

"기차 경적 소리 같은……."

그때, 벼락이 떨어지듯 당신의 머리로 가해지는 충격에 당신은 억, 하고 신음하며 무릎을 꿇고 주저앉습니다.

"저기요, 괜찮으십니까!"

당신을 부축하려는 장유진 경사를 밀어내고 당신은 어떻게든 달리려 합니다. 당신에게는 지금 도망쳐야 한다는 열망뿐입니다. 그래서 그 사람한테 알려야 합니다. 하지만 무엇을, 누구한테요? 당신도 모릅니다. 당신은 머리를 꼭 조이는 통증에 좀처럼 균형을 잡지 못하고 또 쓰러집니다. 그러면서 머리를 문에 박았지만 특별히 통증을 느끼진 못합니다. 당신의 모든 감각을 짓누르는 흔들림이 당신을 압도합니다. 실제로 장유진 경사가 당신을 눌러 제압하고 있긴 하지만 그보다는 뭔가 초월적인 감각입니다.

세상이 어두워집니다. 당신은 죽어가는 걸까요? 알 수 없습니다. 하지만 분명한 건 하나 있습니다. 편안해지고 있다는 겁니다. 그거면 된 것 아닐까요? 당신은 눈을 감습니다.

지겹겠지만 당신은 또 한 번 정신을 잃었다가 깨어났습니다. 하지만 그게 무슨 의미가 있을까요. 세상의 모든 의미가 집약된 듯한 고농축의 폭죽이 한창 머릿속에서 축제를 벌이고 있는데 말이죠. 당신은 고통이라는 이름조차 어울리지 않는 감각의 늪에서 무력하게 침잠 중입니다. 역설적이게도 지금 당신은 무척이나 편안합니다. 또한 즐겁기까지 합니다. 잠깐만요, 즐겁다고요? 당신을 보고 사람들이 자꾸만 병원을 입에 올리는 것도 무리는 아닙니다. 안 그런가요? 당신도 그 점에 대해서는 인정을 할 수밖에 없습니다. 당신은 웃음을 짓습니다. 그렇습니다, 이거야말로 코미디지요.

"뭐가 그렇게 재밌습니까."

당신은 목소리에 뒷덜미를 잡혀 현실이라는 시궁창, 아니 시궁창이라는 현실 바닥으로 내던져집니다. 당신은 제법 아프다는 얼굴로 고개를 들어 목소리의 주인을 쳐다봅니다. 당신이 '아는' 사람입니다. 살다 보니 이런 일도 있군요. 산다는 건 이렇게도 신기한 겁니다. 어딘가 익숙한 감상 끝에 당신은 몸을 일으켜 앉습니다. 이곳은 아까 있던 곳과 매우 유사한 공간입니다. 혹은 같은 장소거나요. 모텔 객실 같은 방 안에는 침대 하나와 협탁이 방의 대부분을 차지하고 있습니다. 그리고 협탁 옆에 그가 서 있습니다. 성이 뭐였죠? 아무튼 간에 경위라고 했습니다. 비싼 오토바이를 타고 잘 닦인 대로를 달리는 걸 즐기는 사이보그 경찰. 아무래도 아까 그 경찰이 상관에게 당신을 넘긴 것 같습니다. 당신은 그 정도로 문제적인 셈이지요. 그냥 즐기세요.

"이런 식으로 또 만날 줄은 몰랐군요."

경위가 말합니다.

"저는 아프지 않습니다."

그래요. 당신에게 가장 중요한 건 그것입니다. 병원에 가지 않는 것. 누군가에겐 사소할 수도 있지만 타인의 생각 같은 건 당신의 관심사가 아닌 지 오래되었습니다. 정말이지 오래되었어요.

"네, 그렇다고 하더군요."

당신의 표정을 당신은 보지 못한다는 게 얼마나 다행인가요. 경위가 살짝 당황한 눈으로 부연 설명을 합니다.

"상황이 상황이라 사람을 불러서 확인했습니다. 물론 정밀한 검사는 병원에 가서 받아보시는 게……."

"저는 아프지 않습니다."

당신의 강경한 어조에 경위의 하관이 더없이 날카로워집니다. 당신은 조금 전략적일 필요가 있습니다.

"시현 씨, 그렇게 전달받았습니다. 저는 최창민이라고 합니다."

맞습니다, 최 경위. 최창민이 당신에게 다가와 왼쪽 손을 내밉니다. 이 행동은 사회적 신호가 틀림없습니다. 그는 당신에게 호의를 표시하고 있는 겁니다. 선우랑이 보였던 것과 얼마나 다른가요! 이 사람이 하는 몸짓은 분명하되 우아합니다. 이 자체로 무대 위에 올릴 법합니다. 그야말로 만인이 사랑할 만하달까요. 하지만 웬일인지 당신은 이 완벽에 가까운 남자가 나무 껍데기처럼 공허하게만 느껴집니다. 왜인지는 모르겠습니다. 당신은 최창민이 내밀지 않은 오른쪽 손을 보며 말합니다.

"저는 천안역에 가야 해요."

최창민의 짙은 눈썹이 과장된 느낌 없이 치켜 올라갑니다. 이 사람 혹시 배우는 아닐까요?

"천안역에 대해 아십니까?"

"알아야 하는 만큼은요."

"그래요, 선우랑 그 사람이 설명해줬겠죠. 설명하는 걸 참 좋아하는 사람이니까."

최창민이 벽에 기대섭니다.

"그런데 그 사람 설명이 늘 정답은 아니라."

당신을 바라보는 최창민의 눈빛은 인위적인 감칠맛을 품고 있는 듯합니다. 마음을 놓았다간 산 채로 절임이 돼버릴 것 같은 농도예요. 숨통이 다 죄이는 기분입니다. 당신은 황급히 시선을 피해보지만 애석하게도 창밖은 시커먼 무無일 뿐입니다. 자, 당신은 선택해야 합니다. 인간 타르입니까, 아니면 절대적인 무위입니까. 어느 쪽이든 함께할 목소리가 있다는 건 행운이 아닌가요?

"저, 저는…… 무슨 말인지 모르겠습니다."

"선우랑을 조심하세요. 당장은 그거면 충분합니다."

"그 사람이 뭔데요?"

"뭐 같습니까?"

"글쎄요, 그냥 좀 이상한 사람 같은데……."

최창민이 주체할 수 없다는 듯 웃음을 터뜨립니다. 당신의 눈에는 저 웃음이 정말이지 극적인 장치처럼 보입니다.

"아, 미안합니다. 단순하지만 핵심을 찌르는 말 같아서요. 맞아요. 선우랑 그 사람은 이상합니다. 단순히 이상한 말과 행동을 일삼을 뿐 아니라 정말로 이상한 사람이죠."

최창민이 살짝 주저하는 기색을 보입니다. 물론 당신에게는 철저히 의도된 것처럼 보이지만요.

"뭐, 조현인 작가로 유명하기도 하니 그리 이상할 것도 없겠습니다만."

당신은 조현인이라는 것이 무엇인지 알고 있나요? 놀랍게도 당신에게는 그것에 대한 지식이 있습니다. 이것은 뭘 의미하나요? 무엇을 의미하지 않나요? 당신은 무엇을 원하고 원하지 않나요?

"선우랑 그 사람, 조현병을 가지고 있나요?"

"몰랐습니까? 과시라도 하듯 그것부터 얘기했을 텐데요."

아까 당신이 맥주와 통닭을 뒤집어엎고 달아나지 않았다면 듣게 됐을 수도요.

"그럴 상황이 아니었어요."

"뭐, 그렇게 중요한 건 아니죠. 그 사람이 여기에서 벌이는 일에 비하면."

설마 진짜로 사람의 장기를 떼어 가기라도 하는 걸까요?

"무슨 일을 하는데요?"

최창민은 미간을 고풍스럽게 접어 보입니다. 마치 보란 듯이요. 틀림없습니다. 저 사람은 연기를 할 줄 알아요.

"천안을 멈춰 세우고 있다고 해야겠죠."

"무슨 말인지 모르겠습니다."

"설명하자면 복잡한 문제긴 합니다. 너무 신경 쓰지 마세요. 그보다는 권고를 드리고 싶을 뿐입니다. 천안의 특수 치안을 책임지는 사람으로서요. 선우랑 그 사람을 조심하세요. 가능하면 거리를 두고 관계하지 마시고요."

그렇게 말하는 최창민의 눈빛은 그야말로 금속성을 띠고 있군요. 차고 날카롭습니다. 당신은 몸속에서부터 한기가 뿜어져 나오는 것을 느낍니다.

"선우랑을 싫어하나요?"

최창민이 피식 하고 웃습니다.

"부정하진 않겠습니다. 하지만 그건 어디까지나 개인적인 감정입니다. 오해가 있으신 것 같은데요, 시현 씨. 저희는 지금 한가하게 남의 뒷얘기나 하는 중이 아닙니다. 선생님은 현재 참고인 신분으로 경찰과 이야기를 나누고 있는 겁니다. 물론 제가 하는 이야기를 어디까지 수용할지는 오롯이 시현 씨 몫입니다. 다시 말씀드리지만 권고입니다."

당신은 권고라는 말의 의미를 생각해봅니다. 괜찮습니다. 충분히 그럴 수 있는 상황이에요. 하지만 어찌 됐든 눈앞에 있는 사람은 경찰입니다. 경찰이 하는 말이, 길가에서 마주친 불쾌하고 이상한 사람의 말보다 위험하지는 않을 겁니다. 그러니까 통계적으로요. 지금처럼 모든 것이 불확실한 상황에서는 나쁘지 않은 선택지입니다.

"그렇기는 해도, 확실히 설명이 부족한 것 같기는 하군요. 음, 어디서부터 시작하는 게 좋을까요. 혹시 신천안 사업에 대해서는 좀 아십니까?"

"모릅니다."

"그럼 천안역 붕괴 참사는요? 아까 보니까 추모를 하고 계시던데."

"몰랐습니다. 그때 처음 알았습니다."

최창민의 눈이 가늘어지는 듯합니다. 이해할 만한 일입니다. 한 나라에서 손에 꼽을 만한 대도시의 역이 붕괴한 사건을 모른다는 건 아무래도 쉬운 일은 아니죠. 지금이 당신의 특수한 상황에 대해 말할 최적의 때가 아닐까요? 하지만 웬일인지 당신은 당신에 대해 말하고 싶은 마음이 없습니다.

"그건 큰 사건이었습니다."

최창민이 거기까지 말하고 잠시 기다립니다. 그러고는 결국 말을 잇습니다.

"수백 명의 사상자가 있었어요. 그리고 온 세상이 멈춰버렸죠. 누구처럼 문학적인 말을 하는 게 아닙니다. 정말로 세상이 멈췄어요. 무너진 역사를 철거하는 데 수십 개월, 끊어진 교통을 복구하는 데 또 수십 개월. 그동안 사람들은 길에 멈춰 서서 서로가 서로를 향해 손가락질하기 바빴습니다. 마치 그거라도 하지 않으면 견딜 수 없다는 듯 말입니다. 당연히 저 역시 그랬고요. 정말이지 있을 수 없는, 있어서는 안 되는 일이 벌어진 겁니다. 또."

최창민은 자기도 모르게 끓어오르는 감정을 억누르려 노력하는 것 같습니다만 쉬워 보이지는 않습니다.

"다들 뭐에 씐 것처럼 사고가 벌어진 이유를 찾아 헤맸죠. 이유는 어렵지 않게 찾을 수 있었습니다. 그리고 너무 많았어요. 새롭게 이유를 찾아낼 때마다 사람들은 잠깐 희망을 맛보았다가 더 큰 절망에 빠졌습니다. 사고 원인이 늘어날수록 책임자 개개인의 죄의 무게는 줄어들었죠. 어느덧 우리가 기억해야 할 사람들의 수보다 많은 사람이 심판을 받기 위한 명부에 올랐습니다. 그리고 심판을 해야 하는 사람들은 생각을 지우고 단두대의 스위치를 눌러댔죠. 그러고는 놀라우리만큼 빠른 시간 만에 우리는 그것에 대해 잊었습니다. 잊지 않으려고 하는 사람을 향해 남아 있는 앙금마저 모조리 쏟아내고는 유유히 앞서갔어요. 그게 삶이니까요. 안 그렇습니까?"

최창민이 당신을 향해 웃어 보이는군요. 하지만 당신이 멍한 눈으로 보고만 있자 한숨을 내쉽니다.

"말이라는 건 참 무서운 겁니다. 곧 있으면 10년이 돼가는 일인데 저를 또 그때로 내던져버리네요. 이래서는 정말로 나아갈 수 없어요. 보셨겠지만 지금 천안은 죽어 있습니다. 썩은 내를 풀풀 풍기면서 하이에나와 구더기 떼를 집결시키고 있죠. 이대로라면 단순히 도시 하나의 문제로 끝나지 않을 겁니다. 이건 우리나라, 대한민국의 문제예요. 현 정권에서 추진하는 신천안 사업은 그래서 중요합니다. 대한민국의 무너져내린 허리를 재건한다는 표현은 문자 그대로의 의미입니다. 그래야 우리나라가 다시 앞으로 나아갈 수 있지 않겠습니까?"

최창민이 다시 한번 당신의 협조를 기대하다가 굳어진 얼굴로 말합니다.

"실례지만 제가 하고 있는 말을 이해하십니까?"

무척 흥미로운 질문입니다. 당신은 최창민의 이야기를 얼마나 이해하나요? 여보세요?

"어……. 근데 선우랑이 그걸 방해하고 있다고요?"

최창민의 표정을 보세요. 감격에 겨워 눈물이라도 쏟을 기세입니다.

"맞습니다!"

"왜요?"

최창민은 심지어 감동까지 받은 모양입니다.

"좋은 질문입니다. 선우랑 그가 현 대통령과 사이가 안 좋기 때문입니다. 선우랑이 전직 국회의원인 건 아십니까?"

당신은 고개를 끄덕입니다. 확신하고 있던 건 아니지만요.

"선우랑과 강성령 대통령은 정부 여당인 진보통당 창당 멤버이자 대학 동문입니다. 그런데 강성령 대통령이 진보통당 대선 후보가 되면서 두 사람의 사이가 틀어졌죠. 혹시나 해서 말씀드리는 건데, 이 이야기는 정치 선전 같은 게 아니라 과거에 있었던 사실입니다. 나중에 시간이 되시면 검색해보세요. 아마 선우랑이 탈당 선언과 함께 강성령 대통령을 신랄하게 비난한 칼럼부터 나올 겁니다. 선우랑은 그 이후로 아예 천안에 자리를 잡고 앉아 쉴 새 없이 펜을 휘갈겼습니다. 신천안 사업이 천안역 붕괴 참사를 덮기 위한 수라는 둥, 강성령 대통령이 애초에 했던 약속을 엎고 국민들을 기만하고 있다는 둥. 아마 그 사람이 천안에 내려와서 써 갈긴 칼럼이 그동안 작가로서 썼던 것보다 많을 겁니다."

"선우랑을 정말 싫어하시네요."

굳이 하지 않아도 될 얘기였지만 엎질러진 물입니다. 최창민은 창피를 당한 것처럼 얼굴을 붉힙니다. 아니면 화가 난 걸 수도 있습니다. 뭐가 됐든 당신에게 그리 좋은 신호가 아닌 것은 확실합니다.

"아까도 말씀드렸다시피 개인적으로는, 예, 싫어합니다. 하지만 그게 선우랑의 만행을 비판하면 안 되는 이유가 되지는 않습니다. 그리고 경찰로서 그런 자들이 일삼는 방해는 저지할 의무가 있고요. 당신 같은 애먼 피해자가 발생하지 않도록 말입니다."

최창민이 휴대전화를 확인하더니 말합니다.

"그나저나 돌아갈 곳은 있으십니까?"

"모르겠습니다."

"이대로 다시 천안 쪽으로 돌아가면 대학 병원입니다."

"싫어요."

당신의 단호함에 최창민 역시 아까 그 경사와 비슷한 반응을 보입니다. 당신을 완전히 처음 보는 듯이 쳐다봅니다. 당신은 그 결과가 썩 유쾌하지 않다는 걸 몸소 겪었습니다.

"그럼…… 이대로 조금만 더 가면 아산입니다. 아산역에서 서울은 금방이죠."

"잘 모르겠어요."

최창민이 당신을 훑어보기 시작합니다. 시선이 아주 매섭습니다.

"혹시 사이보그십니까?"

그러고는 제 팔을 들어 보입니다. 당신은 그 또한 모릅니다. 그래서 고개를 가로젓지만 최창민은 그것을 부정의 의미로 받아들입니다. 하긴 그 누가 의심이나 할까요. 제 몸에 저런 최첨단 기술 집약체가 달려 있는지를 모를 수 있다는 것을요.

"아무래도 이런 몸은 사건을 몰고 다닐 수밖에 없지요. 특히나 이 주변에서는요. 아무튼, 그나마 다행입니다. 아산은 천안과 다릅니다. 밤중에 돌아다니다가 해코지 당할 일은 거의 없어요. 아산의 밤은 꺼지지 않는 것으로도 유명하니 느긋하게 즐기는 것도 방법이겠습니다."

열차가 느려집니다. 최창민이 열어주는 문 너머로 차고 묵직한 공기가 쇠 냄새를 몰고 달려듭니다. 당신에게는 역겨우리만큼 익숙한 비릿함입니다. 당신은 얼굴을 구긴 채 플랫폼으로 내려섭니다. 모노레일과 나란히 뻗은 플랫폼은 그대로 쭉 이어집니다. 반대쪽도 마찬가지입니다. 아까 천안에서 선우랑과 올려다보았던 열차도 이 길을 통해서 왔을 테지요. 늦은 시간임에도 플랫폼에는 모노레일을 타고 내리는 사람들로 분주합니다. 당신이 타고 있던 것과는 비교도 할 수 없을 만큼 기다란 모노레일이 막 레일을 따라 플랫폼을 떠납니다. 창 너머로 무표정한 얼굴들이 보입니다. 그들은 이 늦은 시간에 어딜 가는 걸까요. 옆에 선 최창민이 보란 듯이 말합니다.

"아산의 밤은 꺼지지 않을 뿐 아니라 멈추지 않기도 합니다. 그럼 함께 질주해보시죠. 저는 가보겠습니다. 혹시라도 도움이 필요하시면 다른 데 말고 경찰을 찾으시고요."

최창민은 플랫폼 한쪽에 설치된 엘리베이터를 타고 사라집니다. 지상으로 내려가는 용도인 모양입니다. 당신도 엘리베이터에 오릅니다. 따로 제어를 할 필요도 없습니다. 순식간에 내려간 엘리베이터가 당신을 땅바닥에 뱉어놓고 다시 위로 올라가 버립니다. 초고층 엘리베이터와 하늘을 달리는 열차의 조합이라. 아산의 밤이 얼마나 뜨거울지 가늠이 어렵군요.

그건 그렇고 당신은 지금 왜 여기에 있나요. 당신에게는 그나마 목적이라고 부를 만한 것이 있지 않았나요?

천안역으로 다시 가려면 모노레일을 타는 것이 가장 무난한 방법 같습니다. 하지만 왠지 당신은 저것을 다시 타고 싶지 않습니다. 저 위에서 내려다보았던 천안의 모습 때문인가요? 정확히 무엇을 보았나요? 그 근처를 어슬렁거리는 것만으로도 머리가 아픕니다. 당신은 서둘러 걸음을 재촉합니다.

최창민이 말했던 것처럼 아산역 주변은 자정에 가까운 시간임에도 환하고 북적입니다. 구태여 분류해보자면 대부분이 유흥객인 것 같습니다. 당신은 사람들이 많은 것에 불쾌한 감정을 느끼기에 사람이 적은 곳을 찾아 아무 생각 없이 걷고 또 걷습니다.

얼마나 걸었을까요. 다리에 감각이 둔해져 움푹 파인 길을 잘못 디딘 당신은 그대로 주저앉아 호흡을 고릅니다. 그러면서 천천히 주변을 살핍니다. 여기는 어디죠? 아산역에서 얼마나 떨어져 있을까요. 온통 시커먼 걸 보면 그래도 천안 쪽으로 제대로 가고 있긴 한 것 같습니다. 당신은 다시 일어나 어둠 속으로 들어갑니다. 마냥 어둠만 있는 것은 아닙니다. 건물들이 나타납니다. 낡고 오래된 건물들은 비어 있고 부서져 있습니다. 그리고 주홍글씨 같은 낙인이 큼지막하게 쓰여 있습니다. 당신은 저 글자를 읽을 수 있나요? 아까 표지판을 읽지 못했던 것과 달리 지금 당신의 눈에는 저 낙인의 의미가 느껴집니다.

철거 예정.

말하자면 이 건물들은 사형 선고를 받고 심판을 기다리는 셈입니다. 한두 채가 아닙니다. 걷고 걷고 또 걸어도 끊임없이 철거가 예정된 건물들이 모습을 드러냅니다. 도대체 이 많은 건물들은 왜 이렇게 된 걸까요. 이 건물들에서 생활하던 사람들은 어디로 갔을까요. 아산역일까요? 아마 아닐 겁니다. 아산역을 가득 메우고 있던 그 화려하기 짝이 없는 마천루들을 떠올려보세요. 과연 이곳에서 살던 사람들이 그런 곳에 들어갈 수 있었을까요? 이곳에 어떤 변화가 생기든 이곳에 살던 사람들과는 완전히 무관한 시간선이 시작될 겁니다. 그것은 결코 새로운 일이 아닙니다. 그리고 당신도 그에 대해 모르지 않습니다.

그런 상념에 빠진 채 당신은 마음이 가는 대로 아무 건물에 들어가 보잘것없는 몸뚱이를 누입니다. 얼음장처럼 차가운 시멘트 바닥도 밀려드는 피로를 어쩌지는 못합니다. 당신은 빠져나올 수 없을 것 같은 잠에 빠져듭니다.

당신은 꿈을 꿉니다. 꿈이라는 것을 당신은 알고 있습니다. 왜냐하면 늘 같은 전개이기 때문입니다. 온통 새카만 어둠입니다. 칠흑 같다는 표현을 그대로 구현해놓은 세상이 당신의 무의식에 펼쳐져 있습니다. 당신은 그 속에서 죽은 듯이 있습니다. 그러지 않으면 견딜 수 없는 일이 벌어지리라는 두려움이 당신의 사지와 목 그리고 눈, 코, 입을 틀어쥐고 있습니다. 하지만 그로써 그 무시무시한 일을 모른 척 넘어갈 수만 있다면 당신은 이깟 어둠 따위 포근한 솜이불처럼 덮고 있을 수 있습니다. 언제까지고 말이죠.

 끝나지 않을 것 같던 어둠 속에서 겨우 빠져나왔지만 당신은 아직도 늪에서 헤어 나오지 못한 기분입니다. 그래서 더욱더 열심히 발걸음을 옮깁니다. 그것 외에 달리 할 일이 있지도 않고요. 새벽녘의 장막은 꽤나 빠르게 걷히고 어느새 푸른 하늘이 당신을 내려다보고 있습니다. 성모 마리아의 온화하면서도 무신경한 하늘을 감상하는 건 분명 재밌는 일입니다. 하지만 당신은 계속해서 나아가야 합니다. 왜냐하면 그것만이 당신에게 의미를 부여하기 때문입니다. 천안역에서 대체 무엇을 찾게 될지는 모르지만 어찌 됐든 지금은 그 길 외에 당신이 갈 만한 다른 선택지는 없습니다.

 넓은 교차로를 건너자 풍경이 달라집니다. 행정 구역이 바뀐 듯 건물들의 생김새가 달라졌군요. 아산역 부근의 마천루까지는 아니지만 당신이 뒤로하고 온 수많은 사형수에 비하면 드디어 생명력이 느껴집니다. 게다가 보세요! 하늘 위로 핏줄처럼 뻗어 있는 하늘열차의 선로입니다. 지금도 거기에 매달려 하늘열차 한 대가 저쪽으로 가고 있습니다. 당신은 열차가 온 쪽을 돌아봅니다. 당신이 밤새 지나온 사형수들의 늪지대군요. 하긴, 당신 같은 이상한 처지가 아니라면 저길 가로지르고 싶어 할 사람은 많지 않을 겁니다.

 당신은 되도록 큰길에서 벗어나 선로를 따라 걷습니다. 저것이 천안역으로 이어질 것이기 때문입니다. 작은 아파트 단지를 하나 지나 특색 없는 상가 단지를 가로지르는 동안 다시 한번 냄새의 폭격이 당신을 위협합니다. 이번에는 비린내입니다. 아닌 게 아니라 주변에는 온통 횟감을 파는 가게 천지입니다. 가게 밖 텅 빈 수조에 물이 차 있어 물비린내가 머리를 어지럽힙니다. 당신이 수산물을 좋아하지 않는다는 것이 확실한 듯합니다.

등 뒤에서 경적이 울립니다. 대형 수조가 설치된 트럭이 당신을 밀어버릴 기세로 좁은 골목길을 지나갑니다. 트럭은 이내 가까운 가게 앞에 멈춰 서서 살아 있는 생선들을 쏟아냅니다. 당신은 생선들이 손에서 손으로 전해져 좁은 수조 안으로 들어가는 것을 보며 그곳을 빠져나갑니다.

얼마 되지 않는 숙박업소들을 지나자 초등학교가 나타납니다. 등교하기엔 이른 시간인지 학교는 조용합니다. 철조망 너머의 운동장은 과하게 넓어 보이는군요. 곧 교문이 나옵니다. 책가방을 멘 아이들이 몇 보입니다. 아이들이 오는 방향은 하늘열차 쪽입니다. 당신은 학교 담장과 선로 사이에서 줄타기를 하듯 이리저리 움직이며 나아갑니다. 그나마 규모가 큰 상가 건물을 지나자 샛길을 통해 하늘열차 플랫폼으로 이어지는 엘리베이터가 보입니다. 저걸 타면 열차를 통해 곧바로 천안으로 갈 수 있을 겁니다. 당신도 이용할 수 있을까요? 저곳은 아산역처럼 사람이 많아 보이지 않습니다. 밤새 차갑고 딱딱한 곳에서 쪽잠을 잔 당신에게 잠깐의 휴식은 선택이 아니라 필수입니다. 이대로 길에서 쓰러져 병원에 실려 가기라도 한다면 당신으로선 낭패일 따름입니다. 당신은 마지못해 엘리베이터 쪽으로 무거운 발걸음을 옮깁니다. 정말이지, 이렇게까지 무거울 필요는 없는데요.

엘리베이터가 설치된 높은 탑은 그 자체가 선로를 떠받치는 기둥 역할을 하고 있습니다. 초등학교 옆이라서인지 알록달록하게 색칠된 콘크리트 기둥에는 대형 스크린을 통해 세 종류의 문자열과 엘리베이터의 상태 그리고 내부 영상이 켜져 있습니다. 상태가 양호하다는 우리초등학교 엘리베이터가 아이 넷을 싣고 내려오고 있습니다. 화면으로 보이는 아이들은 무리 구분이 명확합니다. 세 아이가 이야기를 나누고 있고 나머지 한 아이는 구석에서 위를 올려다보고 있습니다. 의도한 것은 아니겠지만 아이는 당신을 빤히 쳐다봅니다. 물론 당신도 아이를 봅니다. 달리 뭘 보겠어요. 아이는 확실히 무리를 이룬 세 아이들과 구분되는 특징들을 가지고 있습니다. 당신은 인간이라는 생물이 천문학적인 시간 동안 말 그대로 피 흘리며 새겨온 본능에 따라 세 아이와 나머지 아이의 차이점을 인지합니다. 그다음은 그 차이점을 바탕으로 무엇이 정상적인지를 판단하고 그에 따라 두 무리를 평가해야 합니다. 자, 어떤 결과가 나오나요? 놀랍게도 당신은 아무런 결과도 얻지 못합니다. 무언가 잘못된 것이 틀림없습니다. 당신이라는 작동 기계에 탑승하고 있는 승객들은 스스로를 복제하지 못하고 이 세계에서 소멸할 겁니다. 물론 당신에게는 조금의 관심도 없는 일이겠지만요. 당신의 이기적인 주인에게 안녕을.

 엘리베이터가 도착하고 세 아이가 먼저 나옵니다. 당신은 다른 한 아이도 밖으로 나오기를 기다리며 천천히 다가갑니다. 뒤늦게 나오려던 아이가 당신을 보더니 흠칫 하고 놀랍니다. 당신은 뒤로 물러섭니다. 아이가 고개를 숙인 채 엘리베이터 밖으로 나옵니다. 당신은 엘리베이터 안으로 들어갑니다. 아니, 들어가려 했습니다. 하지만 당신이 들어가려는 순간 엘리베이터 문이 닫히기 시작합니다. 당신은 무의식중에 손으로 문을 잡아보지만 깜짝 놀랄 만큼 맹렬한 기세로 문이 닫혀버립니다. 굳건히 닫힌 엘리베이터 앞에서 당신은 하릴없이 고개를 들어 위를 봅니다. 엘리베이터가 위로 올라가는 것 같지는 않습니다. 하지만 무슨 이유에선지 엘리베이터는 당신에게 문을 열어주지 않습니다. 혹시나 해서 벽면의 디스플레이 앞에 서보지만 화면에는 상호작용할 만한 그 무엇도 보이지가 않습니다. 그렇게 멍하니 서 있는 당신을 누군가 톡톡 두드립니다. 옆을 보니 마지막으로 엘리베이터에서 내렸던 아이가 복잡해 보이는 얼굴로 당신을 쳐다보고 있습니다. 당신이 멀뚱히 아이를 마주 보자 아이의 표정은 점점 더 복잡해져갑니다. 결국 아이가 말합니다.

"엘리베이터 아무나…… 못 타요."

아이가 무슨 잘못이라도 저지른 듯 몹시 부끄러워합니다. 당신은 잠시 생각합니다. 확실히 당신은 유사 이름을 가졌을 뿐인 아무개입니다. 당신에게 이 엘리베이터를 탈 권한은 없습니다. 당신은 기둥 옆으로 가 쪼그려 앉습니다. 잠시 뒤 옆을 보니 아이가 여전히 그 자리에 서서 복잡하기 그지없는 얼굴로 당신을 보고 있습니다. 아무래도 당신이라는 존재가 한 아이의 마음속에 조약돌 하나를 던져버린 듯합니다. 당신은 어렵게 말문을 엽니다.

"학교 곧 시작할 텐데."

아이가 학교 쪽을 돌아보더니 손목에 찬 기계를 확인합니다.

"아직 아니에요."

당신은 포기하고 고개를 떨굽니다.

"아저씨야말로 갈 데 있는 거 아니에요?"

"있긴 하지."

"어디요?"

당신이 또 멀뚱히 아이를 쳐다보자 아이가 덧붙입니다.

"선생님이 어려움에 처한 사람은 돕는 거랬어요."

당신은 본의 아니게 아이의 애를 끓인 다음에야 대답합니다.

"천안역."

"아, 공사 일을 하는 거죠? 아닌가? 그 아저씨들은 되게 일찍 다니던데. 설마 지각한 거예요? 그러면 안 돼요! 선생님이 그랬는데 사람은 게으름을 부리면 나중에 큰 벌을 받는댔어요."

"무슨 벌?"

아이는 자신감 있게 입을 열었다가 멈칫합니다. 아이의 두 눈이 애처롭게 흔들립니다. 이내 아이가 꽁한 얼굴로 말합니다.

"저야 모르죠. 왜냐하면 저는 부지런하니까요. 저번 주에도 착한 어린이 스티커를 받았어요. 곧 있으면 또 포도 한 송이 채울 수 있어요."

"그걸로 뭐 하는데?"

"아저씨는 인서만큼이나 궁금한 게 많네요."

"인서가 누군데?"

"있어요, 그런 애. 아저씨랑 얘기하다 보면 지각할 것 같아요."

"미안. 잘 가."

"아니, 말이 그렇다고요. 정말 인서 같네. 나쁘게 말한 거 아니에요."

당신은 이곳으로 온 것을 후회하기 시작합니다.

"포도를 다섯 송이 모으면 졸업식 때 특별한 선물을 받을 수 있어요. 그게 뭔지도 궁금하죠? 뭐든지 제가 원하는 걸 받을 수 있어요. 엄청나지 않아요?"

"뭘 받고 싶은데?"

"집이요. 땅 위에 굳게 서 있는."

당신은 할 말을 잃습니다.

"반응이 왜 그래요?"

"뭐가?"

아이는 또 꽁한 표정을 짓더니 아예 당신 옆으로 와서 나란히 쪼그려 앉습니다.

"학교 안 가?"

"아직 시간 남았어요."

아이는 주변을 두리번거립니다. 당신도 따라 해보지만 보이는 거라고는 골목과 건물들, 그리고 간간이 오가는 사람들입니다. 길 맞은편 가게에서 사람이 나오더니 이쪽을 쳐다봅니다. 쉴 만큼 쉬었다면 슬슬 움직이는 게 좋을 것 같습니다.

"아, 오늘도 안 오나."

아이가 그렇게 말하고는 잊고 있었다는 듯 당신을 쳐다봅니다. 그러고는 선심이라도 쓰는 것처럼 말합니다.

"있어요, 기다리는 사람이."

지금이 바로 일어설 때입니다. 하지만 당신의 움직임은 아이의 속도에 비하면 너무 느립니다.

"아저씨, 혹시 고양이 탐정이라고 알아요?"

"아니."

"그래요? 꽤 유명한데. 집 나간 고양이 찾아주는 사람인데요. 저희 집 고양이가 또 집을 나갔거든요. 찾으면 여기서 만나기로 약속했는데, 일주일이 지나도 안 나타나요. 그레한테 무슨 일 생긴 건 아니겠죠? 참, 그레는 저희 집 고양이 이름이에요."

"그래."

"아저씨, 진짜 이상한 거 알아요?"

당신은 그만 자리에서 일어납니다. 그때 아이가 어, 하고 소리치더니 곧장 앞으로 달려 나갑니다. 바로 지금입니다. 대체 뭘 꾸물거리고 있나요? 당신은 아이가 달려가는 방향으로 보이는 키 큰 누군가를 발견하고 얼굴을 얻어맞은 듯한 얼얼함을 느낍니다. 그럴 일은 없겠지만 혹시 아는 사람인가요? 당신은 천천히 나아가며 앞에 있는 장신의 사람을 뚫어져라 쳐다봅니다. 큰 키와 비쩍 마른 몸은 착시 효과마저 일으키는 듯합니다. 게다가 후드와 마스크로 가린 얼굴 속에서 발광하는 두 눈은 안 그래도 주의가 산만한 당신의 혼을 빼려 작정이라도 한 것 같습니다. 당신은 저 사람을 아나요? 아니요, 그건 아닙니다. 하지만 본 적은 있습니다. 그것도 아주 최근에 말입니다. 구체적으로 그게 언제였는지 기억하나요? 당신은 삼장법사가 손오공에게 씌운 긴고아가 조여 오는 듯한 통증을 느끼며 잠시 주저앉습니다. 이 고통 또한 낯설지 않습니다. 바로 어젯밤에 질리도록 겪었던 고통입니다. 생각났습니다. 당신은 저 사람을 보았습니다. 천안역 안에서.

정말인가요? 그곳은 제한 구역이었고 당신은 실제로 그곳에 들어간 적이 없습니다. 믿기지 않겠지만 사실입니다. 당신이 정말로 그 안에 들어갔다면 지금쯤 웬 초등학생과 대화를 나누는 대신 경찰서에서 취조를 받고 있었을 테지요. 당신은 천안역 안에 들어가지 않았습니다. 그렇다면 당연히 당신이 천안역 안에서 저 사람을 봤을 리도 없습니다. 그것은 철저히 왜곡된 기억임이 틀림없습니다. 당신은 받아들여야 합니다. 당신한테 이야기하는 것만이 사실이고, 현실이며, 진실입니다. 당신은 그것을 받아들여야 합니다. 그래야 편해질 수 있습니다.

"탐정 언니!"

아이가 외치자 키 큰 사람이 기겁을 해서 물러섭니다.

"나 탐정 아니다. 네 언니도 아니다."

"에이, 사람들은 다 그렇게 부른다고요."

"내 알 바 아니다. 넌 학교나 가라. 이 불량 청소년."

아이는 억울해서 견딜 수 없다는 듯 방방 뜁니다. 그러고는 당신 쪽을 돌아보며 말합니다.

"왜 오늘은 다들 학교 얘기지? 아직 시간 남았다고요!"

고양이 탐정이 당신을 봅니다. 얼굴의 대부분을 가리기는 했지만 눈빛으로 미루어볼 때 당신을 아는 기색은 아닙니다. 이것은 강력한 증거입니다. 당신이 보았다고 생각하는 것은 철저히 당신의 착각입니다.

"우리 그레는요?"

"찾았다."

"정말요! 어디 있어요?"

"모른다."

아이의 환했던 표정이 순식간에 무너져 내립니다.

"무슨 말이에요. 찾았다면서요."

"말 그대로다. 네가 말한 그 정신 사나운 러시안블루 고양이는 찾았다. 하지만 그 녀석이 지금 어디에 있는지는 모른다. 됐냐?"

크게 한 대 얻어맞은 듯한 아이의 모습은 지금 당신의 모습과 그리 달라 보이지 않습니다. 물론 당신은 당신이 지금 정확히 어떤 꼴을 하고 있는지 알지 못합니다. 그편이 나을지도 모릅니다.

어디선가 음악이 들려옵니다. 고양이 탐정이 신이라도 난 것처럼 기다란 팔을 뻗어 어딘가를 가리킵니다.

"시간 다 됐다. 넌 이제 지각생. 착한 어린이 스티커 못 받는다. 비상!"

정말이지 자비 없군요. 아이는 갈팡질팡하며 눈물을 글썽입니다. 하지만 결국은 학교를 향해 죽어라 달립니다. 고양이 탐정이 그 모습을 지켜보더니 잠시 당신을 쳐다봅니다. 미묘하군요. 정말로 당신을 보는 건지는 확신할 수 없습니다. 게다가 너무 잠깐입니다. 고양이 탐정은 마치 아무 일도 없었다는 듯 당신을 지나쳐 가버립니다. 당신은 생각에 앞서 몸이 움직입니다. 고양이 탐정이 메고 있는 가방을 붙잡습니다. 그 즉시 고양이 탐정에게서 사이렌 같은 목소리가 터져 나옵니다.

"건드리지 말 것!"

고양이 탐정이 몸을 휙 틀며 당신의 손을 쳐냅니다. 매우 날카로운 동작입니다. 조심하십시오. 평범한 사람이 아닌 것 같습니다. 당신과는 다른 의미로 말입니다. 고양이 탐정이 당신에게서 멀찍이 떨어지더니 꽥 하고 소리칩니다. 그리고 스피커를 통한 괴이한 목소리로 말합니다.

"뭐냐?"

당신은 무슨 말을 돌려줘야 할지 알 수 없어 고민에 빠집니다. 그게 마음에 들지 않는다는 듯 고양이 탐정이 또 꽥 하고 소리를 지릅니다. 무척 거슬리는 소리입니다. 그리고 익숙합니다. 이 또한 당신의 착각일까요?

"뭐냐고 물었다. 대답해라."

"어, 그러니까…… 죄송합니다."

"틀렸다! 그건 내 질문에 대한 답이 아니다. 대답해라. 뭐냐, 넌?"
"그건 잘 모르겠어요."

어처구니없는 대답이지만 고양이 탐정은 그렇게 생각하지 않는 것 같습니다. 오히려 관심을 보이는 듯도 합니다. 고양이 탐정이 당신 쪽으로 한 발 다가옵니다.

"솔직한 대답. 나도 내가 뭔지는 잘 모른다. 그게 잘못은 아니다. 너의 잘못은 날 건드린 것이다. 경고한다. 건드리지 말 것."
"네."

고양이 탐정은 만족스러운 듯 팔짱을 끼더니 다시 제 갈 길을 가기 시작합니다. 당신도 당신만의 길을 가야 하지 않나요? 아직까지는 당신의 길이라고 할 만한 게 천안역밖에 없습니다. 하지만 당신은 무턱대고 고양이 탐정의 뒤를 쫓기 시작합니다. 고양이 탐정이 가는 방향이 마침 천안역 쪽이긴 하지만 매우 즉흥적인 선택임을 부정할 수 없습니다. 그런데도 당신의 발걸음은 가볍습니다. 그것이 무엇을 의미하는지는 아직은 알 수 없습니다. 하지만 가보면 알 수도 있을 겁니다.

고양이 탐정이 작은 기계장치를 들여다보며 언어처럼은 들리지 않는 말을 구시렁댑니다. 저 목소리는 말을 할 때 쏟아내는 기계음과는 다릅니다. 그보다는 가끔씩 꽥 하고 지르는 소리에 가까운 것 같은데요. 그때, 고양이 탐정이 갑자기 멈춰 섭니다. 그의 뒤를 쫓던 당신은 닿지 않으려고 몸을 틀다가 그만 땅바닥에 주저앉고 맙니다. 괜찮습니다. 이러는 게 한두 번은 아니니까요. 다시 일어나면 그만입니다. 그런 당신을 돌아보면서 고양이 탐정이 또 꽥 하고 소리를 지르며 펄쩍 뛰어 멀어집니다. 벌써 저

소리가 익숙해졌군요. 마치 오래된 애니메이션에 나오는 오리 캐릭터의 울음처럼 친숙한 느낌이에요. 고양이 탐정이 또 다른 목소리로 당신에게 말합니다.

"왜냐?"

"갑자기 멈춰 서서……."

"틀렸다. 그것도 올바른 대답 아니다. 나는 물었다. 왜 따라다니는 거냐? 대답해라."

고양이 탐정의 질문에 대한 답은 분명 탐구해볼 만합니다. 아까와 달리 지금 고양이 탐정이 향하는 방향은 천안역 쪽이 아닙니다. 당신에게 촌각을 다투는 목적이 있는 것은 아닙니다만 그렇다고 한가하게 탐정 놀이를 하고 있을 때도 아니잖아요?

당신은 천천히 일어나며 당신이 기억하는, 당신이 보았다고 믿는 고양이 탐정의 모습을 떠올립니다. 그리고 지금, 바로 이 순간, 눈앞에 서 있는 고양이 탐정을 봅니다. 자, 당신이 지금 이 사람을 따라다니는 이유, 그것은 무엇이지요? 대답할 수 있나요? 당신은 말합니다.

"혹시 우리 어디서 본 적 없어요?"

당신에게 그것이 최선이었다면, 별수 없지요. 다행이라면 다행이게도, 고양이 탐정은 당신이 토해낸 답변을 진지하게 받아들이는 눈치입니다. 그는 발광하는 두 눈으로 당신을 관찰하기 시작합니다. 눈빛에는 사회적인 인간이라면 보일 법한 일말의 주저도 없습니다. 그야말로 가차 없이 당신의 이모저모를 뜯어보던 고양이 탐정이 뭔가를 발견한 듯 동그래진 눈으로 당신에게 다가옵니다. 그는 당신을 잡아먹을 기세로 얼굴을 들이밀고는 당신의 코 쪽을 살펴봅니다. 그의 마스크에서 미세하게 돌아가는 기계 소리가 당신에게도 들릴 정도로 가깝습니다. 이런 반사회적 행동에는 당신도 조예가 깊다고 할 수 있겠지만, 확실히 불편한 거리이긴 합니다. 당신은 고양이 탐정으로부터 한 발 물러서서 코를 만져봅니다. 이 낯선 감각은 뭐죠? 당신에게는 코라고 부를 만한 기관이 없습니다. 호흡에 지장이 있는 것은 아니지만 확실히 이목을 잡아끌기에 부족함이 없기는 합니다. 고양이 탐정도 비슷한 평가를 합니다.

"코 못생겼다. 어쩌다 그 모양 그 꼴이 됐지?"

당신이 묻고 싶은 질문이네요. 당신은 말합니다.

"몰라요."

고양이 탐정이 꽥 하고 소리칩니다. 두 눈에서 불꽃이 튀는 것 같군요.

"말 아니다, 그거. 어떻게 모를 수 있는지?"

"기억이 없습니다. 내 코가 왜 이렇게 됐는지, 내가 무엇인지, 아무것도 기억나지 않아요."

고양이 탐정은 약간 당황한 듯 보이면서도 흥미로워하는 것 같습니다. 왠지 망가진 장난감 같은 걸 좋아할 것 같지요. 고양이 탐정이 이리 왔다 저리 갔다 하면서 당신을 쳐다봅니다.

"이름 같은 것도 몰라?"

"정말로 내 이름인지는 모르겠지만 시현이라는 이름을 쓰고 있어요."

"시현? 웃긴 이름 같다."

"그쪽은 뭔데요, 이름."

"도일."

"만만치 않은 것 같습니다."

고양이 탐정, 도일이 하, 하고 웃습니다.

"그럴지는 몰라도 스스로가 선택한 이름이라는 점에서 특별하다. 자기 이름의 결정권 있는 사람 매우 희귀하다. 자부심을 가져라."

"그쪽도 원래 이름을 기억하지 못하나요?"

"한다. 내가 기억하지 못하는 것은 없다. 하지만 기억하고 싶지 않은 것도 많지. 내 이름, 그리고……."

도일이 잠시 머나먼 곳을 바라보는 듯하더니 꽥 하고 소리를 지릅니다.

"됐고. 이름 같은 건 집어치우고 갈 길을 가라. 목적지가 있을 거 아니냐."

"천안역에 가고 싶기는 해요."

도일의 눈빛이 바뀌는 것을 봤나요?

"천안역? 거긴 왜?"

"그것도 잘 모르겠습니다."

"도대체 아는 게 뭐냐?"

"거기에 가야 한다는 거요. 그리고…… 알려야 하는데……."

"몰라?"

"네."

도일이 코웃음 칩니다.

"근데 천안역은 못 들어간다. 망할 놈의 경찰들이 막아놨다."

"그렇더라고요."

"그건 어떻게 아는데?"

"어제 들어가려다가……."

"천안역에를?"

도일이 기계음과 오리 소리를 동시에 쏟아냅니다. 아주 독특한 화음이 아닐 수 없군요. 도일이 다시 한번 당신에게 가까이 다가오더니 당신을 이곳저곳 살핍니다. 심지어 여기저기 찔러보기까지 합니다.

"어떻게 멀쩡하지?"

이건 또 무슨 소리죠?

"자세한 건 모르지만 정신을 잃고 쓰러진 저를 최창민 경위가 아산까지 데려다줬습니다."

도일의 얼굴이 구겨집니다.

"왜요?"

"알 거 없다. 어차피 말해줘도 그 상태로는 이해 못한다."

도일이 당신을 중심으로 시계 반대 방향으로 돌기 시작합니다. 그러면서 언어 같지 않은 소리를 웅얼댑니다. 얼마나 그러고 있었을까. 어디선가 고양이 울음소리가 들려옵니다. 도일이 주머니에서 손바닥만 한 기계장치를 꺼내 들여다보더니 그것을 하늘 높이 쳐들고 이리저리 돌아봅니다. 그러다가 우뚝 멈춰 선 도일이 그대로 앞을 향해 달리기 시작합니다. 당신도 얼결에 그 뒤를 쫓습니다.

우연인지 필연인지 도일이 달려가는 방향은 천안역 쪽입니다. 겨우 사람 사는 것 같았던 광경은 다시 자취를 감추고 그 자리를 사형수들이 차지합니다. 철거가 예정된 건물들이 줄지어 당신을 향해 팔을 흔듭니다. 잠깐만요, 방금 그 소리는 환영의 폭죽이 터지는 소린가요? 설마요. 그건 아닙니다. 그저 건물이 무너져 내리는 소리입니다. 별거 아닙니다. 쿵 하는 소리와 함께 땅이 흔들립니다. 앞서가던 도일이 그대로 발랑 넘어집니다. 당신은 달려가서 부축합니다.

"괜찮아요?"

도일은 당신의 손을 거칠게 뿌리칩니다.

"건드리지 말 것! 내 수애 탐색기!"

도일이 고양이처럼 기어다니며 뭔가를 찾아 헤맵니다. 위험하게 높이 쳐들고 있던 기계장치를 찾는 거겠지요. 당신도 그것을 찾기 시작합니다. 그러는 동안에도 땅은 쉴 새 없이 흔들립니다. 그리고 멀지 않은 곳에서 폭탄이라도 터지는 소리와 함께 사람들의 고함이 들려옵니다. 당신은 소리가 들려오는 방향을 가늠해보다가 부서진 아스팔트 구석에서 빛을 발하는 기계장치를 발견합니다. 그것을 주워 들고 도일에게 묻습니다.

"이거 아니에요?"

당신이 들고 있는 것을 쳐다보기 무섭게 도일이 달려와 당신을 밀치며 기계를 빼앗아 갑니다. 그러고는 신경질적으로 화면을 두드려댑니다. 아무런 변화가 없습니다. 도일이 화가 머리끝까지 났는지 씩씩대며 어디론가 갑니다. 조짐이 좋지 않습니다. 그만 엎어져 있고 따라가보는 게 어떨까요?

건물 몇 채를 지나자 이곳에서 지겹게 본 차단막이 모습을 드러냅니다. 안전모를 쓴 앙증맞은 마스코트가 공사 중이며 위험하다고 알립니다. 하지만 도일은 아랑곳 않고 출구 쪽으로 다가갑니다. 점점 더 많은 소음이 당신을 괴롭히지만 이대로 돌아설 수는 없습니다.

"중단!"

도일이 장군처럼 외치며 현장 안으로 들어갑니다. 하지만 도일의 목소리가 전달되기에는 너무나 많은 중장비가 너무나 큰 소음을 만들고 있습니다. 치고, 부수고, 깨고, 무너뜨리는 소리가 현장을 가득 메웠습니다. 그 안에서 인간의 외침이란 얼마나 보잘것없는지 도일은 끊임없이 증명합니다. 아무래도 안 되자 결국 도일은 가까이에 있는 포클레인으로 달려갑니다. 도대체 뭘 할 생각일까요? 세상에! 도일이 펄쩍 뛰어 포클레인 옆에 매달립니다. 그리고 운전 중이던 인부를 끌어내립니다. 어느 쪽이 더 무자비한지 알다가도 모를 일입니다. 아무것도 모르고 있던 인부는 균형을 잃고 운전석에서 끌려 나오는가 싶더니 이내 도일과 대치하기 시작합니다. 그가 외칩니다.

"뭐여, 이건?"

아주 적절한 의문입니다. 도일이 손에 들고 있던 것을 인부의 얼굴에 디밉니다.

"당신들 때문에 망가졌다. 겨우 잡힌 신호인데 당신들이 날렸다. 어떻게 책임질 거냐?"

도일의 주장이 터무니없기는 하지만 그가 뭔가 소중한 것을 잃었음은 충분히 전달됩니다.

"일단 내려갑시다. 위험하다고!"

이번에는 인부가 도일을 끌어내리는 모양새입니다. 두 사람이 사이좋게 서로의 멱살을 휘어잡은 채 아래로 내려옵니다. 지면에 발이 닿기 무섭게 인부가 도일을 인정사정 볼 것 없이 밀쳐버립니다. 도일은 완전히 무방비 상태로 땅바닥에 넘어집니다. 기계장치도 날아가 땅에 처박힙니다. 그마저 들어오던 빛도 꺼집니다. 도일이 비명을 지릅니다.

"무슨 일이야?"

뒤늦게 상황을 파악한 다른 인부들이 몰려듭니다. 포클레인 운전사가 하소연을 합니다.

"아, 낸들 알어?"

그때 개중 젊은 축에 속한 까무잡잡한 피부색의 인부가 바다에 쓰러져 있는 도일을 향해 손가락질합니다. 그리고 어눌한 발음으로 외칩니다.

"어, 불구단이다!"

그러자 한순간에 분위기가 바뀝니다. 사람들은 도일이 무슨 도적이라도 되는 양 그에게서 황급히 떨어집니다. 포클레인 운전사도 겁에 질린 얼굴로 물러서긴 했지만 젊은 인부에게 묻습니다.

"저게 그 불구단이라고? 확실한 겨?"

"확실해요. 저 사람 가방에 달려 있는 것들 다 불구단 상징이잖아요."

젊은 인부의 말대로 도일의 가방에는 뭔가가 주렁주렁 달려 있습니다.

"저런 거 내 딸도 달고 다니던데. 불구단 굿즈라나 뭐라나."

이내 분위기는 다시 풀어집니다. 젊은 인부에 대한 훈계와 불구단 굿즈를 가진 자식의 앞날에 대한 걱정이 오갑니다. 이곳이 공사 현장인지 마을회관인지 분간이 되질 않습니다. 그 와중에 도일은 망가진 기계를 살피느라 정신이 없습니다. 포클레인 운전사가 이쪽에 대고 소리칩니다.

"거, 얼쩡대지 말고 가쇼. 진짜 큰일 날 뻔했어!"

도일이 맞받아칩니다.

"이미 났다, 큰일!"

포클레인 운전사가 고개를 절레절레 흔들더니 사람들을 향해 외칩니다.

"자자, 다들 위치로. 오늘 진도가 왜 이렇게 안 나가? 이러다 능구회 새끼들 또 지랄하면 다 우리 손해라고."

도일이 고개를 쳐들고 포클레인 운전사를 쳐다봅니다. 저거야말로 정말 안 좋은데요. 아니나 다를까 도일이 포클레인 운전사에게 달려가 그의 멱살을 잡고 돌려세웁니다.

"당신들 능구회 똘마니?"

"뭐여, 똘마니?"

"방금 말했다. 능구회."

인부가 도일을 어떻게든 뿌리칩니다.

"안 되겠구만. 야, 그놈들 불러!"

"뭘 또 그놈들을 불러. 그래봐야 잔소리밖에 더 들어?"

포클레인 운전사는 말합니다.

"어차피 시달릴 거면 핑곗거리라도 갖다 바쳐야지. 웬 미친놈이 들쑤셔서 일 못했다고 하면 될 거 아녀."

곧이어 한 인부가 휴대전화를 꺼냅니다. 그리고 어디론가 달려가며 조심스럽게 뭔가를 이야기합니다. 지금보다 더 복잡한 상황이 펼쳐지게 될 거라는 감이 오는군요. 생각만으로도 다리에 힘이 풀리는 것 같지 않나요?

하지만 그러거나 말거나 도일은 여기저기 쏘다니며 뭔가를 찾기 바쁩니다. 인부들이 떼를 지어 도일을 막아서면 도일은 다른 곳으로 가서 중장비 너머를 살피고, 또 인부들이 도일을 밀어내면 이번에는 건물 쪽으로 가는 패턴입니다. 당신으로선 도무지 무슨 일이 벌어지고 있는지 알 길이 없기 때문에 이러지도 저러지도 못하고 멀뚱히 서서 사람들이 움직이는 것을 지켜볼 뿐입니다.

그 모습이 질릴 즈음 등 뒤에서 낯선 기척을 느낍니다. 돌아보니 폭주족 차림을 한 두 남자가 어슬렁어슬렁 다가오는 게 보입니다. 그런데 저 사람들의 다리를 보세요. 저건, 기계입니다! 예, 그 말 이외에 달리 설명할 길이 없습니다. 저들의 두 다리는 최창민의 왼손처럼 금속으로 되어 있지만 최창민의 이질감 없는 손에 비하면 너무 노골적입니다. 수 킬로미터 떨어진 곳에서도 저들의 다리가 금속이라는 것을 알 수 있을 듯합니다. 심지어 그냥 금속성 의족도 아닙니다. 중세의 갑옷 같은 두 다리에는 증기를 내뿜는 관이 달려 있습니다. 일종의 튜닝 같은 걸까요? 앞서 오던 남자가 당신을 힐끔 보더니 돌 무더기라도 본 것처럼 무시하고 지나갑니다. 아까 휴대전화를 들고 상황을 전했던 남자가 달려와 도일을 지목하며 뭔가를 이야기합니다. 건성으로 얘기를 듣던 남자가 도일을 제대로 보더니 반색해 소리칩니다.

"저, 저, 저, 저, 저, 저……."

뒤에 있던 남자가 말을 맺어줍니다.

"불구단 꼬맹이잖여!"

"내, 내 말이 그거여, 불구단 꼬맹이. 근데 저게 왜 여기서 저러고 있는 거여?"

남자들의 말을 듣고 인부들이 술렁입니다. 도일이 정말로 불구단이라는 사실이 믿기지 않는다는 눈치입니다. 당신은 눈치 없이 인간 증기기관에게 묻습니다.

"불구단이 뭐예요?"

당신을 돌 무더기 보듯 했던 남자가 이번에는 똥 무더기 보듯 눈을 부라립니다.

"이건 뭐여."

이곳에서 참으로 많이 듣는 말입니다. 아마 앞으로도 꾸준히 듣게 될 것 같습니다. 인부 중 한 사람이 설명합니다.

"한패 같은데요."

증기기관이 당신에게 묻습니다.

"너, 불구단이냐?"

"그게 뭔데요?"

증기기관들이 서로를 쳐다봅니다. 앞쪽 남자가 인내심을 발휘하듯 찬찬히 말합니다.

"꼬마야, 너, 저 가시나랑 아는 사이냐?"

당신은 포클레인 운전사랑 실랑이를 벌이고 있는 도일을 돌아봅니다. 당신의 뇌리에서 번쩍, 하고 도일이라고 추정되는 누군가가 스쳐 지나가기는 합니다. 하지만 지금은 그 어느 때보다도 답변에 신중해야 할 상황 같습니다. 뭐, 당신한테는 관심도 없겠지만요.

"네."

"그래?"

그 말과 동시에 남자가 팔을 뻗어 당신을 붙잡습니다. 아주 군더더기 없는 팔입니다. 웬만한 힘으로는 벗어날 수 없을 것 같습니다. 남자가 당신을 코앞까지 끌어당긴 채 비릿한 미소를 지어 보입니다. 그러고는 도일을 향해 소리칩니다.

"어이, 또라이! 네 친구 내가 잡았다."

도일은 이쪽을 쳐다보고는 대꾸합니다.

"난 친구 같은 거 없다."

남자가 코웃음 치더니 말합니다.

"어디 두고 보자고."

남자가 당신의 멱살을 휘어잡은 채 움직입니다. 인부들을 헤치고 지나가 포클레인 쪽으로 다가갑니다.

"어이! 이거 타!"

포클레인 운전사는 싫은 내색을 애써 감추고 서둘러 운전석에 오릅니다. 우렁찬 엔진음이 당신 몸을 뒤흔듭니다. 당신은 그것이 매우 불쾌합니다. 당신을 포클레인 삽 아래로 데려간 남자가 도일을 향해 다시 한번 묻습니다.

"진짜 아니야?"

도일은 단호하게 말합니다.

"난 친구 같은 거 없다."

남자가 이를 악물더니 다시 말합니다.

"그럼 이놈한테 무슨 일이 생겨도 상관없는 거지?"

"내 알 바 아니다."

남자가 냉혹해진 표정으로 포클레인 운전사에게 신호를 보냅니다. 그리고 당신을 바라봅니다.

"너무 걱정 마. 죽지는 않아. 그리고 죽지만 않으면 인생은 제 길을 찾기 마련이지."

머리 위에서 육중한 삽이 떨어집니다. 자, 이제 어떻게 할 건가요. 당신의 길지 않은 모험은 여기까진가요? 다음번이라는 게 있다면 부디 당신에게 주어지는 권고에 귀 기울이길. 그럼 고생 많았습니다. 안녕.

잠깐. 아무래도 조금 성급했던 것 같군요. 하늘에서 내려오는 포클레인 삽을 올려다보는 당신의 신체 반응은 곧 작별을 고할 만한 상태가 아닙니다. 오히려 그 반대입니다. 불꽃이 튀는 엔진 같다고 할까요. 이 반응은 뭐죠? 생존 본능? 아니면 편도체의 이상 증상? 혹시 당신, 반사회적 인격 장애가 있나요? 그러니까 사이코패스 같은? 뭐가 됐든 최소한 당신이라는 기계에 타고 있는 이기적인 주인들은 지금 축제입니다. 이제 그들은 자신들의 복제체를 남길 가능성을 확보한 셈이니까요.

거대한 삽이 당신의 머리통을 으깬 감자로 만들기 직전에 당신은 당신의 멱살을 잡고 있는 인간의 건실한 팔뚝을 턱 하고 잡습니다. 남자가 당신을 가소롭다는 듯이 바라보는 데는 다 근거가 있습니다. 상대적으로 여리여리한 당신의 팔은 젓가락을 드는 게 고작일 것처럼 보이기 때문입니다. 하지만 이내 남자의 표정이 굳어집니다. 굳어지다 못해 산산이 조각나버립니다. 대체 무슨 일이 벌어지고 있는 거죠? 당신은 알고 있나요?

"악! 뭐여, 이거?"

남자가 소리칩니다. 그리고 당신을 붙들고 있던 손을 마구 흔듭니다. 하지만 당신이라는 꿀벌은 떨어질 생각을 하지 않습니다. 당신은 목석처럼 버티고 서 있습니다. 그토록 먹지 않고도 작동했던 데엔 다 이유가 있었습니다. 당신, 정말 기계인가요?

"이 새끼야, 안 놔?"

남자가 제 위를 힐끔 보더니 소리칩니다.

"스톱! 멈춰! 포클레인 멈추라고!"

머리 위에서 진동이 사그라듭니다. 남자의 뒤로 또 하나의 증기기관이 다가옵니다.

"뭐 하는 겨?"

"몰러, 나도. 이것 좀 어떻게 해봐!"

증기기관 2호가 당신에게 다가와 팔을 잡습니다. 끝인가요?

놀랍게도 아닙니다. 당신은 붙들고 있던 남자를 해머처럼 휘둘러 2호를 후려칩니다. 한데 엉킨 두 남자가 꼴사납게 나뒹굽니다. 하지만 잠시일 뿐입니다. 기계 다리를 달고 있는 험상궂은 두 남자가 더는 봐주지 않겠다는 눈으로 당신을 바라봅니다. 이제 저들에게 당신은 꿀벌이 아닙니다. 말벌이죠.

"너 아주 뒈졌어."

당신에게 잡혀 있던 남자가 그렇게 말하고는 오른쪽 발을 바닥에 세게 구릅니다. 그러자 요란한 소리와 함께 희뿌연 증기가 피어오릅니다. 단순한 장식은 아니었던 모양입니다. 남자는 정말로 증기기관이 된 다리를 보란 듯이 크게 휘두릅니다. 마치 축구 선수의 한 방처럼, 남자의 기계 다리가 땅바닥을 아이스크림 떠버리듯 걷어차버립니다. 당신은 본능적으로 몸을 날려 그것을 피합니다. 간발의 차였습니다. 증기기관 2호가 아쉬워하더니 제 다리도 점화시킵니다. 그러면서 동료에게 묻습니다.

"근데 우리 이래도 되는 겨?"

"저 새끼가 먼저 한 거야."

남자가 또 한 방 날립니다. 당신은 다시 한번 몸을 날리지만 조금 모자랐습니다. 함께 날아온 파편이 다리를 날카롭게 긁습니다.

당신은 이번에는 먼저 움직이기로 합니다. 포클레인 쪽으로 달려간 당신은 그대로 다른 중장비 사이를 누비고 다닙니다. 좋습니다. 이러면 함부로 땅덩이를 던져대지 못하겠죠. 당신은 이런 걸 어떻게 알고 있는 걸까요.

증기기관들이 고함을 내지르며 이리저리 움직입니다. 명령을 받고 인부들도 토끼몰이에 합류하는군요. 박살 난 창문 너머로 뛰어 들어가 계단을 타고 한 층 위로 올라가 보니 상황이 분명합니다. 당신은 갇혔습니다. 그런데 포클레인 저편으로 도일이 숨어 있는 게 보입니다. 이 모든 상황의 원흉인 도일은 지금 뭘 하고 있는 걸까요. 자세히 보니 휴대전화 같은 것을 들여다보고 있습니다.

"찾았다! 2층 난간!"

소리가 복도에 쩌렁쩌렁 울려 퍼집니다. 당신은 한 층 더 올라가려 합니다. 내려갈 수는 없기 때문입니다. 올라간다 한들 뾰족한 수가 있을 것 같진 않지만, 그렇다고 가만히 서서 당할 수도 없는 노릇입니다. 층계 쪽으로 가는데 휑하니 비어 있던 바깥으로 뭔가가 붕, 하고 뛰어오릅니다. 이건 목석 같은 당신도 놀랄 수밖에 없군요. 증기기관이 제 기계 다리를 이용해 2층 높이까지 뛰어오른 것입니다. 하지만 자주 해보지 않은 게 틀림없습니다. 착지를 해야 하는데 그대로 미끄러져 반대편으로 날아갑니다. 가로막는 게 없었으니 망정이지, 아니었다면 주방 타일 벽에 던져진 국수 가닥 꼴이 됐을 겁니다. 당신은 복도를 빠르게 가로지르며 원래는 아이들이 공부하는 공간이었을 곳에 대자로 뻗은 남자를 홀깃 쳐다봅니다.

3층은 그마저 있던 최소한의 외벽도 없고 군데군데 철근이 드러나 있습니다. 당신은 콘크리트 더미를 딛고 올라가 주변을 살핍니다. 아래에서 지나친 무수히 많은 사형수들이 당신과 비슷한 눈높이에서 당신을 향해 죽음의 미소를 짓고 있습니다. 생명을 지닌 존재라면 스산함에 몸서리를 칠 수밖에 없는 광경입니다. 심지어 당신도 잠시 눈앞의 광경에 주의를 빼앗깁니다. 도대체 이곳 천안에서는 무슨 일이 일어나고 있는 걸까요?

"아유, 이 쥐새끼 같은 놈."

당신에게 붙들렸던 남자입니다. 그가 예열하듯 기계 다리로 콘크리트 잔해를 걷어차며 다가옵니다. 저 다리에 차이면 살 수 있을까요? 하지만 당신에게는 관심 밖의 문제입니다.

"왜 이렇게 다 부수는 거예요?"

당신의 질문은 확실히 뜬금없긴 합니다. 남자는 잔뜩 찌푸린 미간으로 주변을 슥 돌아봅니다. 그러고는 당연하다는 듯 말합니다.

"그래야 새로 지으니까."

"왜 새로 짓는데요?"

남자의 표정이 한층 더 심하게 구겨집니다. 그는 잠시 생각에 빠집니다. 그러면서 도일이 있을지도 모르는 쪽을 한번 돌아봅니다. 마치 문제가 해결됐다는 듯 반색해서 말합니다.

"야, 불구단 꼬맹이, 위험하니까 거기서 내려와. 지금 내려오면 너무 아프게는 안 할게. 얌전히 우리랑 갔다가 다시 너희 집으로 돌아가는 거야."

남자는 도일도 그렇고 당신을 자신들과 동등한 존재로 생각하지 않는 것 같습니다. 하지만 그게 지금 당신에게는 좋을 수도 있습니다. 방심한 상대보다 다루기 쉬운 것은 없는 법이지요. 당신은 남자 쪽으로 내려갑니다. 남자가 당신의 팔을 거칠게 잡아당기더니 이리저리 흔들어봅니다.

"이거 진짜 팔이냐?"

당신은 그저 남자를 쳐다볼 뿐입니다. 남자는 됐다는 듯 당신의 손을 놓고는 앞을 봅니다.

"이야, 정말 많기는 하다. 저게 다 돈인 거야. 근데 너네 같은 사람들이 자꾸 일 못 하게 방해하면 우리가 화나, 안 나, 응?"

이 사람이 대체 지금 뭘 하고 있는 거죠? 무슨 착각을 하고 있길래 당신이 철없는 조카인 양 굴고 있는 걸까요? 당신은 다시 묻습니다.

"불구단이 뭐죠?"

"정말 몰라? 그 사람들이 그런 것도 안 알려주고 이렇게 험악하게 부리는 거야? 진짜 악질이라니깐!"

아, 조금 감이 올 것도 같습니다. 이자는 지금 당신을 일종의 왕초 밑에서 착취당하는 미성년자 앵벌이쯤으로 생각하는 게 틀림없습니다. 왜 그런 오해가 생겼는지는 모르지만 중요하진 않아요. 이자의 오해를 이용하면 뭐든 얻어낼 것이 있을지도 모릅니다. 물론 당신이 그것에 관심이 있다면요.

"불구단이 뭐냐면 말이야, 음, 일종의 조폭 같은 거야."

"능구회처럼요?"

"그렇지! 아니, 근데 이 새끼가."

좋은 한 방이었습니다. 당신 솜씨라기엔 꽤나 날카로웠어요. 뭐, 지금까지의 경험으로 미루어볼 때 이 증기기관들이 소속된 능구회라는 게 어디 작은 학교의 동문회 같은 건 아닐 테죠. 남자는 아직도 당신을 기준 미달의 비인간으로 보고 있습니다. 화를 참으며 말을 잇습니다.

"우리는 천안이 새로 태어날 때까지 이곳을 지키는 수호천사야. 불구단 같은 깡패 새끼들이랑은 다르다고."

수호천사요? 당신이 기억을 잃은 사이 참으로 많은 것이 바뀌어버린 듯합니다. 애석한 일이 아닐 수 없네요.

"자, 아저씨랑 가자. 가서 불구단이 얼마나 나쁜 놈들인지도 들고."

남자가 혀를 끌끌 찹니다. 이로써 남자의 오해가 정확히 어디에서 기인했는지가 분명해졌습니다. 말할 것도 없이 당신의 그 순수하기 짝이 없는 머릿속 여백입니다.

"밖에 있는 저게 너한테 뭐라고 하면서 데려오던?"

"별말은 없었는데요."

"그게 더 나쁘지. 사람을 부려먹으려면 최소한 뭘 하는지는 알려주고 부려먹어야지. 안 그러냐?"

"그쪽은 뭘 하고 있는지 알아요?"

"넌 정말 궁금한 게 많구나. 당연히 알고 있지. 우리 능구회는 삶의 의미를 찾기 위해 최선을 다한다. 이 개 같은 세상은 다치고 병든 사람들한텐 그런 게 없다는 듯 굴지. 하지만 우리한테도 그런 게 있어. 그걸 증명하기 위해 능구회가 있는 거야."

남자가 제 다리를 들어 손바닥으로 착 하고 내려칩니다.

"이게 있으면 의심하지 않아. 우리한테도 의미가 있다는 걸."

그렇다면 능구회는 일종의 사이보그 철거 용역 집단쯤 되는 것 같군요. 그리고 그 구성원들은 다치거나 병들어서 사회에서 내몰렸다가 사이보그가 되어 다시 한번 사회에 편입하려는 자들입니다.

아래로 내려와 보니 어느새 인부들이 도일을 구석으로 몰아넣고 기다리고 있습니다. 도일은 나름대로 저항합니다. 쩌렁쩌렁 울리는 마스크 경고와 꽥꽥대는 소리로 말입니다. 그러다가 도일이 당신을 보더니 말합니다.

"이 배신자!"

확실히 당신과 능구회 사람은 아까 전과 사이가 많이 달라 보입니다. 그렇다고 배신자라뇨? 무엇을 어떻게 배신했다는 거죠? 남자가 명령조로 외칩니다.

"오늘 작업은 공쳤다. 저거 잡은 걸로 퉁치지, 뭐."

"뭘 하는데요?"

당신이 묻자 남자가 흔쾌히 답해줍니다.

"저걸로 불구단이랑 협상을 하는 거야. 주고받고 하는 거지. 불구단이 꼴에 동료는 잘 챙기거든. 저것도 믿는 구석이 있으니까 저러고 다니는 거야."

"난 무교다! 믿음 따윈 없어!"

도일의 말에 사람들이 웃음을 터트립니다. 당신은 사람들이 왜 웃는지 이해하지 못합니다. 그저 도일이 궁지에 몰려 있다는 지각만이 당신의 의식을 지배하고 있습니다. 당신은 지금 무엇을 해야 하나요? 무엇을 하고 싶나요? 사실 여전히 천안역에 가고 싶긴 합니다. 그리고 그곳에서 정말 도일을 보았는지도 확인해보고 싶어졌습니다. 그러려면 도일과 함께 천안역으로 가야 합니다. 간단합니다. 당신은 남자에게 말합니다.

"저 사람이랑 천안역에 가야 합니다."

남자가 넌덜머리를 냅니다.

"그놈의 천안역. 나야말로 궁금하네. 불구단이 왜 그렇게 천안역에 목숨 거는지. 꼬맹아, 그거 다 헛소리다. 천안역은 오래전에 폭삭 주저앉아 없어져버렸고, 우리는 하루라도 빨리 그곳을 재건해야 돼. 그래야 사람들이 살아!"

"헛소리는 너다!"

도일이 소리를 지르더니 이쪽으로 달려옵니다. 상황을 코미디 정도로 보고 있던 인부들은 도일을 막아서지 못합니다. 도일은 그대로 남자한테 달려들어 팔뚝을 물고 매달립니다. 당황한 남자는 악, 하는 소리만 지를 뿐 제대로 대처하지 못합니다. 하지만 곧 저 다리로 무슨 짓을 할지 모릅니다. 당신은 도일을 남자한테서 떼어내고 말합니다.

"천안역으로 가요."

"내가 왜?"

"내가 거기서 그쪽을 본 것 같으니까."

씨알도 안 먹힐 말이지만 어째서인지 도일은 반응합니다. 일단은 긍정적인 신호인 것만은 분명합니다. 도일이 뒷걸음치기 시작합니다. 당신도 도일을 쫓습니다. 그때 남자가 당신의 머리채를 잡습니다.

"내가 너무 오냐오냐 했지?"

네, 그렇습니다. 당신은 머리 위로 손을 뻗어 남자의 손을 잡습니다. 그리고 휙 하고 돌아서며 그 반동을 이용해 남자를 팽이처럼 돌려버립니다. 머리카락이 뽑힌 것 좀 보세요. 하지만 머리 가죽이 벗겨지지 않은 게 어딘가요. 당신은 도일의 뒤를 쫓습니다. 도일은 희한한 걸음으로 용케 멀리까지 달아나 있습니다. 과연 도일에게 당신과 함께 갈 마음이 있기는 한지 의심스러워집니다만, 방향만 같다면야 부차적인 문제일 겁니다.

도일이 삼거리 앞에서 잠시 고개를 갸웃거리더니 앞으로 내달립니다. 버려진 카센터 건물을 옆에 두고 펼쳐진 삼거리의 앞쪽으로는 수위가 제법 높은 강이 있습니다. 도일은 그 강을 가로지르는 도로를 달리고 있습니다. 당신도 그쪽으로 달립니다. 그런데 뒤쪽에서 심상치 않은 기운이 느껴집니다. 당신은 그야말로 본능에 몸을 맡깁니다. 폐타이어가 쌓여 있는 카센터의 앞마

당 쪽으로 다이빙을 하기 무섭게 뭔가가 또 다리를 후려치고 지나갑니다. 당신이 달려온 쪽으로 능구회 증기기관이 폭주기관차처럼 달려오고 있습니다. 남자는 브레이크가 고장 나기라도 한 듯이 속력을 줄이지 않고 당신을 향해 달려옵니다. 당신은 얼른 일어서지만, 방금 다리를 때리고 지나간 것의 영향이 상당합니다. 이대로라면 피할 수 없을지도 모릅니다. 그렇게 되면 무슨 일이 벌어질지를 상상해보는 일은 그리 어렵지 않습니다. 아까 하다 만 인사를 다시 할까요?

잠깐만요. 아직 뭔가가 남았습니다. 강 너머에서 촌스럽기 짝이 없는 경적이 빠른 속도로 달려오고 있습니다. 폭주족의 정체는...... 설마 저거 휠체어인가요? 당신은 그것을 멀뚱멀뚱 쳐다봅니다. 지금 그러고 있을 때는 아니지만 당신의 반응에는 일견 적절한 구석이 있습니다. 이 긴박한 순간에 맥 빠지는 경적을 울리며 미친 듯이 질주해오는 휠체어라뇨. 심지어 두 대 중 하나는 수동 휠체어 앞에 전동 휠을 설치한 것입니다. 하지만 속력은 그쪽이 더 빠릅니다. 먼저 달려온 수동 휠체어에 탄 남자가 선글라스를 벗어 능구회 사람한테 던집니다. 그렇죠. 당장 돌을 주워 들어 던질 수는 없을 테니까요. 선글라스는 기가 막히게 능구회 사람의 진로를 방해합니다. 그대로 폐타이어 더미에 처박힌 능구회 남자가 악에 받쳐 소리칩니다.

"이런 불구놈들!"

"거참, 맞는 말인데 아직도 듣긴 좀 그러네."

불구단이란 이 사람들을 가리키는 걸까요? 오토바이라도 탄 것처럼 핸들 위로 팔을 기댄 남자가 당신을 쳐다봅니다. 그러더니 뒤쪽을 향해 외칩니다.

"이거여?"

정말 한결 같은 동네군요. 멀리서 익숙한 도일의 목소리가 울려 퍼집니다.

"맞다, 그거! 그럼 나는 먼저 간다! 수애 탐색기가 고장!"

수동 휠체어를 탄 남자가 중얼거립니다.

"네 정신머리가 고장이지."

뒤늦게 도착한 건 가히 전차가 따로 없습니다. 여섯 개의 바퀴가 마치 무한궤도 전차를 연상시킵니다. 실제로 울퉁불퉁 깨지고 단차가 심한 도로를 우직하게 밀고 오는 전동 휠체어에 탄 남자는 세상 편안한 얼굴입니다. 그가 거구의 몸과는 어울리지 않는 새된 목소리로 수동 휠체어 탄 사람에게 말합니다.

"여기 길 왜 이래? 우리 구역 아니야?"

"아닌가 보지."

폐타이어 무너져 내리는 소리와 함께 능구회 남자가 씩씩대며 걸어옵니다. 뭐라도 걷어차야 직성이 풀릴 것 같은 얼굴인데 그게 당신은 아니어야 할 겁니다.

"또 뭘 하려고 기어 나왔냐?"

"왜 말을 꼭 저따위로 하는지 몰라."

"내가 틀린 말 했어?"

전동 휠체어 탄 사람이 말합니다.

"굴러왔다는 좋은 말이 있잖아."

능구회 남자가 폐타이어를 걷어찹니다.

"이게 장난 같냐?"

수동 휠체어 탄 사람이 어느새 당신 옆으로 와서 다리를 살핍니다.

"이봐, 걸을 수 있어?"

당신은 답합니다.

"아마도요."

"근데 뭐 하고 서 있어? 가."

전동 휠체어 탄 사람이 거듭니다.

"우리 일이니까 가십시다."

당신은 저들의 말에 따릅니다. 흉기 같은 다리를 가지고 있는 깡패한테 휠체어 이용자 둘을 맡기고 간다는 게 마음에 걸릴 수도 있습니다. 하지만 정말이지 이곳에 대해 아무것도 모르는 당신이 저들이 시키는 대로 하는 것은 이상한 일이 아닙니다. 당신은 수위가 높은 강을 건너며 꿈을 꾸는 듯한 기분에 잠깁니다. 그리 나쁘기만 한 기분은 아닙니다. 아니요, 오히려 당신 취향에 맞는 것 같습니다. 정말 축하합니다! 아무것도 모르는 당신에게도 취향이라는 것이 있다는 걸 알게 되었습니다. 앞으로 또 무엇을 알게 될까요? 당신은 그것이 기대되나요? 기대되기를 기대합니다. 당장은 그렇게라도 하는 게 좋을 테니까 말이죠.

Voice 2

천안역이 무너진 지 1년이 되어갈 즈음, 도일은 천안역 근처에서 목소리를 들었다.

엄밀한 의미에서 목소리는 아니었다. 그리고 들은 것도 아니었다. 정확히는 신호를 수신한 것이었다. 하지만 사람이 귀로 듣는 것도 결국은 신호다. 목소리도 마찬가지다. 사람의 목소리는 목젖이 공기를 때리는 일련의 신호이고 그 패턴을 모사하면 그 사람의 목소리를 따라 할 수 있다. 그게 가능하기 때문에 사람은 전자기기를 통해 원거리에서 대화를 나눌 수 있는 것이다. 그리고 도일의 경우, 비슷한 방법을 사용해 목소리를 내지 않고도 사람들과 의사소통을 할 수 있게 된다. 도일은 직접 개발한 마스크형 의사소통 보조기기, 일명 아르스마그나 버전2를 작동시켰다.

"목소리, 들린다!"

아르스마그나 버전2에서 나오는 유사 목소리가 다시 한번 외쳤지만 천안역의 동부광장 주변을 지키고 있는 각지고 못난 경호원은 꼼짝도 하지 않았다. 목소리가 있다고 꼭 모든 의사소통이 가능한 것은 아니라는 사실을 도일도 잘 알고 있었다. 하지만 그런 경우에 도일이 할 수 있는 것은 거의 없었다. 그저 화가 난 표정으로 아르스마그나 버전2를 다시 사용하는 수밖에. 경호원의 선글라스 아래로 굳어 있던 하관이 마침내 열렸다.

"보호자는 없습니까?"

"하."

보호자라니? 추모식에 참석하는 데 보호자가 왜 필요한지? 보호자로 뭘 할 수 있지? 도일은 제 머리 위로 손을 올리고 경호원의 머리를 향해 수평으로 흔들며 말했다.

"당신 보호자는 어디?"

경호원의 난처한 기색은 광장에 시끄럽게 울려 퍼지는 관악기 소리처럼 도일의 마음을 불편하게 했다. 도일은 그냥 안으로 들어가려 했지만 경호원이 막아섰다. 도일은 꽥 소리를 지르며 뒤로 물러섰다. 그때 또 다른 경호원이 다가왔다. 경호원1이 경호원2에게 상황을 전달하더니 뒤로 물러났다. 상관. 이제는 경호원2가 도일에게 물었다.

"무슨 일이십니까? 추모식에 오셨습니까? 혼자신가요?"

도일은 머릿속이 핑핑 도는 것 같았지만 차근차근 대답했다.

"목소리가 들리고, 추모식은 안 되고, 혼자다."

아직 아르스마그나 버전2는 존댓말을 구현하는 데 기술적인 어려움이 있었다. 하지만 의사만 잘 전달되면 되는 것 아닌가? 도일은 흥분해서 아르스마그나 버전2를 다시 작동시켰다.

"목소리가 들리고, 추모식은 안 되고, 혼자다."

경호원2가 허리에 손을 짚더니 천천히 말했다.

"혼자시군요."

"목소리가 들리고, 추모식은 안 되고……."

"그래요, 목소리가 들린다고요. 그래서 추모식을 하면 안 된다는 거, 맞나요?"

도일은 경호원2가 제법이라고 생각했다. 꼭 수애네 아줌마처럼 말이 잘 통했다. 도일은 고개를 거칠게 흔들었다.

그때, 관악기 소리가 끝나고 사람 목소리가 울려 퍼지기 시작했다. 마이크를 잡고 뭔가를 이야기하는 남자의 모습이 나오는 전광판 쪽을 경호원2가 한번 보더니 도일에게 물었다.

"저 소리가 시끄럽긴 하죠?"

도일은 고개를 끄덕였다.

"하지만 그렇다고 추모식을 안 할 수는 없습니다."

도일은 익숙한 낭패감에 빠졌고 소리를 질렀다. 도일이 하고 싶은 말은 그런 게 아니었다. 하지만 도대체 어디에서 무엇이 잘못됐는지 알 수가 없었다. 지금 하고 있는 것이 코딩이었다면 디버깅에 수개월이 소요되더라도 결국은 논리적 허점을 찾아내 고칠 수 있을 텐데. 도일은 조급함에 발을 동동 구르기 시작했다. 경호원2가 침착한 얼굴과는 달리 도일한테서 물러서서, 시끄러운 남자가 애도가 어쩌고 저쩌고 하는 동안 도일은 머릿속에서 방법을 강구하기 위해 애썼다.

목소리를 보여줘야 한다. 도일은 달렸다. 천안역 붕괴 참사 1주기 추모식을 위해 통제된 버들로와 천안역광장 교차로에서 벗어나, 흉측하기 짝이 없는 가림막이 쳐진 천안역(엄밀히 말하면 이제 천안역도 뭣도 아니지만)을 왼쪽에 두고 달리며 가방에서 또 다른 장치를 꺼내 들었다.

주변은 망할 가림막과 차단막으로 건물들이 모두 죽은 것처럼 보였다. 개중에는 배짱 좋게 문을 열고 손님을 기다리며 가쁜 숨을 몰아쉬는 곳도 있었지만 언제 공무원들이 찾아와 친절하고 자비 없이 호흡기를 떼어 갈지 알 수 없었다. 그게 아니더라도 어차피 아무렇지 않게 저기까지 갈 사람은 많지 않았다. 도일의 할머니는 말했다. 천안역 귀신들이 천안을 망가트릴 거라고. 그때 도일은 할머니의 팔을 물었다가 일주일이나 밥을 먹지 못했다.

당시 느꼈던 분노가 생생히 되살아나 도일은 하늘에 대고 꽥 소리를 질렀다. 달리기를 하느라 원하는 울림의 소리를 낼 수는 없었다. 도일은 너무나 억울했다. 왜 모두 그 애가 죽었다고 하지? 절대 아니야. 그 애는 살아 있다. 살아서 말하고 있다고. 왜 아무도 들어주지 않는 건데?

이럴 때가 아니지. 도일은 잠시 멈춰 서서 거친 호흡을 가다듬었다. 그리고 자신이 직접 개발한 수애전용무전기 버전4의 전원을 눌렀다. 부팅되기를 기다리며 주변을 둘러보았다. 신호가 잘 잡혀야 하는데.

그런데 부팅이 되지 않았다. 어제도 분명 되는 걸 확인했는데. 도일은 스위치를 또 눌렀다. 영원 같은 찰나가 지나고 다시 스위치를 눌렀다. 아무런 변화가 없었다. 도일은 발을 동동 구르며 수애전용무전기 버전4의 전원 스위치를 누르고 또 눌렀다. 그러다 그만 손이 미끄러졌다. 세상이 무너져 내리는 것만 같았다. 수애전용무전기 버전4가 차도 쪽으로 원반처럼 빙글빙글 돌면서 멀어져가는 게 슬로모션 영상처럼 보였다. 도일은 차가 달려오는 것도 보았다. 이대로라면 두 물체의 경로가 교차할 것이고 그 말인즉슨 수애전용무전기 버전4가 자동차에 깔려 박살이 나버릴 수 있다는 것이다. 도일은 꽥 소리를 지르며 차도로 뛰어들었다. 귀를 찢는 경적이 도일의 뇌 속을 불로 지지는 것 같았다. 그래도 수애전용무전기 버전4는 도일의 손안에 있었고 최소한 도일은 그것에 안도했다.

"위험해요!"

길 건너편에서 웬 여자가 뛰어왔다. 그는 도일을 밀치며 그대로 인도까지 달렸다. 도일의 눈앞으로 차가 지나갔고 창문 너머 운전자가 입으로 뭔가를 말하는 것이 보였다. 하지만 무슨 말인지는 알 수가 없었다. 도일은 신경 쓰이기 시작했다.

"괜찮아요?"

도일을 밀친 여자가 붉게 상기된 얼굴로 물었다.

"하."

괜찮은지 물어야 하는 건 도일 쪽 같은데. 그보다는 수애전용무전기 버전4가 무사한지 확인해봐야 했다. 아니나 다를까 전원 버튼을 아무리 눌러도 화면이 켜지지 않았다. 도일은 절망감에 꽥 하고 소리를 질렀다.

"저기요!"

"고장! 고장!"

여자는 도일이 들고 있는 수애전용무전기 버전4를 보더니 말했다.

"뭐, 다친 데는 없는 것 같네요."

"고자앙!"

"그게 아무리 중요한 거래도, 차도에 뛰어들면 안 돼요."

"고장인데!"

"도대체 그게 뭐길래……."

"수애전용무전기 버전4!"

여자가 움찔하고는 휴대전화를 확인했다. 그러고는 천안역 쪽을 보며 중얼거렸다.

"아직도 하나……."

"아직도 해!"

도일은 수애전용무전기 버전4를 쳐들었다.

"수애는 말하고 있어! 추모하면 안 돼!"

여자의 안 그래도 창백한 얼굴에서 핏기가 싹 가셨다. 여자가 말했다.

"수애······."

도일은 여자를 뒤로하고 달리기 시작했다. 수애전용무전기 버전4를 손바닥으로 툭툭 치면서 켜질 때까지 전원 버튼을 눌러 댔다. 손가락이 부러질 것만 같았지만 도일은 신경 쓰지 않았다. 진입이 금지된 은행 입구로 들어가 주차장을 가로질러 은행 뒤쪽 담장으로 달리자 도일의 키보다 몇 배는 큰 철도 방음벽과 나무들, 그리고 천안역 쪽 가림막 가까이로 숲 못지않게 우거진 수풀이 세상을 집어삼켰다. 너무나 깜깜했다. 꼭 우주처럼. 도일은 무서웠다. 무서워서 더 간절하게 수애전용무전기 버전4의 전원 버튼을 눌러댔다. 눈물이 흘렀다. 모든 게 무너지고 있었다. 세상은 수애를 이대로 묻어버릴 셈이다. 두고 가버릴 셈이다. 그럼 도일은 어떻게 되는 걸까?

그때, 수애전용무전기 버전4의 화면에 익숙한 로고가 떠올랐다. 수애가 좋아하는 어느 멍청한 남자애의 기분 나쁜 얼굴이었다. 수애가 하도 떼를 써서 어쩔 수 없이 설정한 부팅 화면. 도일은 수애전용무전기 버전4 화면에서 뿜어져 나오는 미약한 불빛에 의지해 담장을 넘어 버려진 폐공장 뒤쪽으로 달렸다. 불빛이 아무리 약해도 도일한테는 상관없었다. 도일 가까이에 불빛이 있다는 게 중요했다.

도일은 수애전용무전기 버전4의 대표 앱을 실행했다. 그리고 새로 고침 버튼을 누르고 또 눌렀다. 말해. 말하라고. 저 웃기지도 않는 짓을 그만두라고 말하란 말야!

띵, 하는 알림 소리에 도일은 꽥 소리를 질렀다. 화면에는 잘못된 알고리즘으로 디코딩하기라도 한 듯 잔뜩 깨져버린 문자열이 찍혀 있었다.

'이상…… 너…….'

 도일은 수애전용무전기 버전4를 부서져라 쥐고 그대로 다시 밖으로 나와 천안역 광장으로 달렸다. 아까 나온 대로 쪽과는 달리 천안역 쪽은 경호원이 보이지 않았다. 사람 자체가 없었다. 마치 천안역 쪽으로 한 발이라도 들이면 큰일이 난다고 생각하듯이.

 도일은 연설 무대 뒤쪽으로 어지럽게 널려 있는 케이블 다발을 밟지 않기 위해 콩콩 뛰었다. 그것은 도일만의 법칙이었다. 거대한 스피커를 지나치자 눈과 귀가 정보의 폭격을 받아 한 걸음도 앞으로 나갈 수 없었다. 원래 같았으면 도일은 포기했을 것이다. 이것은 도일에게 물리적인 장벽과도 같았기 때문에, 일반적으로 인간이 날 수 없는 것처럼 도일에게 이 장벽은 뛰어넘을 수 없는 것이었다. 하지만 무슨 이유에서인지, 그날 도일은 그 장벽을 뛰어넘어버렸다. 그리고 무대 위에서 연설 중이던 VIP에게 가까이 다가갔다. 그 때문에 도일은 소년보호처분 6호에 처해졌다.

 미래의 도일에게 그때 그 뛰어넘음이 무엇을 의미하는지 물었을 때, 도일은 아르스마그나 버전6을 마스크처럼 쓴 채 괴상하기 이를 데 없는 목소리로 이렇게 말했다.

 "고자앙!"

다시 천안입니다. 하지만 이곳은 당신이 처음 천안역으로 갈 때에 느꼈던 것과는 분위기가 사뭇 다릅니다. 어쩌면 당연한 일입니다. 이 큰 도시가 전부 같다면 그것도 참 신기한 일일 겁니다. 도시는 그곳에서 사는 사람들의 수만큼이나 다양한 빛깔을 지닙니다. 비록 천안의 색채는 어둡더라도, 이곳 또한 이곳 사람들이 발산하는 빛의 스펙트럼이 있습니다.

도일이 지금 어디에서 뭘 하는지는 몰라도 당신이 가고 있는 이 길을 그도 나아갔을 겁니다. 그에게 날개가 있지 않은 게 확실하다면 말이죠. 당신은 머리 위에 떠다니는 하늘열차와 이따금 당신을 지나쳐 가는 차량을 이정표 삼아 천안역을 향해 부지런히 움직입니다. 사람 사는 동네 같던 주변은 어느새 또 공사 현장이 되고 금세 다시 사람들을 품은 새장이 됩니다. 신천안이라는 사업이 실로 엄청난 규모임을 짐작할 수 있을 정도입니다. 과거에도 정부는 산을 메우고 대지를 갈아엎었으며 강줄기를 바꾸긴 했습니다. 하지만 이렇게 도시 하나를 처음부터 다시 짓는다니요. 모르긴 몰라도 이 사업에는 무수히 많은 사람의 막대한 자금이 결부되어 있을 겁니다. 그뿐만이 아니라 미래에만 존재할 가능성도 있겠지요. 그리고 거기에 크고 작게 배팅을 한 사람들까지 합한다면 그야말로 국가적 사업입니다. 그걸 방해하는 시도가 있을 때, 사람들이 과연 어떻게 반응할지를 상상해보세요. 그런 일을 불구단이라는 이름을 내건 사람들이 하고 있는 겁니다.

저기 대로 너머의 현장을 보세요.

거대한 쇠공이 살벌하게 매달려 있는 중장비 앞에 휠체어 탄 사람과 휠체어를 타지 않은 두 사람이 나란히 자리를 잡고서 술을 마시는 모습은 그야말로 비현실적입니다. 저들은 머리 위에 콘크리트 건물을 깨부수기 위한 쇠공이 떠 있는 걸 일종의 음식점 인테리어쯤으로 생각하는 게 틀림없습니다. 그게 아니라면 셋 다 만취했거나요. 당신이 철거를 위해 쳐놓은 금 가까이 다가가 보니 세 사람이 아직 정신이 있다는 사실을 알 수 있습니다. 혹시 이곳이 정말 철거를 테마로 한 음식점인 건 아닐까요? 주변을 두리번거리던 당신을 향해 심장을 긁는 듯한 소리가 들려옵니다. 쇠공 밑에서 술판을 벌이고 있는 쪽입니다. 세 사람 중 휠체어를 탄 노년의 여성이 고개를 불규칙적으로 움직이며 당신을 향해 소리를 칩니다. 예, 그것은 그냥 소리입니다. 옆쪽에서 의자에 앉아 함께 술을 마시던 사람이 당신 쪽으로 고개를 조금 돌립니다. 그러자 한쪽 귀가 당신 쪽을 향합니다. 그가 음푹 패인 눈은 다른 쪽에 둔 채 말합니다.

"왔어? 똥 싸러 간다더니 빨리 왔네."

"어, 똥은 안 쌌는데요."

퀭한 눈의 부인이 얼른 옆사람의 어깨를 칩니다. 그러자 당신을 등지고 술을 마시고 있던 마지막 사람이 당신을 돌아보더니 손과 팔 그리고 현란한 표정으로 뭔가를 표현합니다. 아! 당신은 외계의 어딘가에 떨어진 것만 같습니다. 또 모르는 일이죠. 이곳이 천안이라는 이름의 외계 행성일 가능성이 아주 없는 것은 아닐 테니까요. 그걸 증명해낸 사람은 없습니다. 당신은 그나마 같은 언어를 쓰는 쪽을 향해 말합니다.

"똥을 쌌어야 하나요?"

당신은 요점을 잘못 파악하고 있습니다. 지금 이 상황에서 똥이라뇨? 당신을 향해 귀를 쫑긋하던 부인이 말합니다.

"누구요?"

별거 아닌 질문이지만 당신에게만큼은 더없이 난해한 물음입니다.

"사실 저도 잘 모릅니다."

"저런, 이리 와서 술이나 한잔해요. 술보다 더 좋은 약은 없지. 안 그래?"

휠체어를 탄 부인이 또 심장을 긁는 외침을 하며 몸을 꼽니다. 퀭한 눈의 부인이 그에 대해 반응하듯 작은 플라스틱 컵을 휠체어 탄 부인에게 건넵니다. 휠체어 탄 부인이 매와 같은 눈으로 컵을 보더니 상체를 들어 컵 쪽으로 머리를 움직입니다. 하지만 뭔가 착오가 있었던 걸까요. 머리는 컵 앞에서 멈추지 않고 그대로 컵을 쳐 날려버립니다. 컵이 날아가며 술이 허공에 포물선을 그립니다. 표정이 극적인 부인이 땅에 떨어진 컵을 얼른 주워 와 퀭한 눈의 부인 손에 쥐어주고, 퀭한 눈의 부인이 다시 술을 채워 휠체어 탄 부인의 입에 부어주는 모습에는 형언할 수 없는 무언가가 있습니다. 그저 세 사람이 서로가 서로에게 맞물려 낮술을 마실 뿐인데 말입니다.

"안 마실 거요?"

당신은 홀린 듯이 세 사람 곁으로 가서 술을 얻어 마십니다. 선우랑이 보면 서운해하겠는데요. 하지만 그도 인정해야 할 겁니다. 기계장치라도 달린 듯 사사건건 비아냥대는 선우랑보다는 이쪽이 훨씬 편하다는 것을요. 한 명은 당신이 아는 언어를 사용하지 않고 또 한 명은 사용하지 못합니다. 그리고 사용할 수 있는 사람도 두 사람 사이에서 조용히 어울릴 뿐입니다. 거기에 당신이라는 낙엽 하나가 앉으니 운치 있지 않나요. 왠지 당신은 소주가 달게만 느껴집니다. 뒤따라 권해지는 호박전은 기름 냄새가 그리 좋지 않습니다만 소주만으로도 충분합니다. 아니, 과했던 걸까요? 당신은 먼저 말문을 열고 묻습니다.

"근데 왜 이런 데 계세요?"

"이게 우리 일이요."

휠체어 탄 부인이 소리를 지르듯 뭔가를 표현하려 하지만 여전히 당신에게 그의 표현은 언어가 아닌 소리일 뿐입니다. 퀭한 눈의 부인이 또 술을 부어주며 말합니다.

"그래유, 이것도 엄연한 일이지."

휠체어 탄 부인의 표정은 소리에 비해 명확합니다. 그는 매우 만족스럽습니다. 당신은 자기도 모르게 그 표정을 따라 합니다.

"그러니까 무슨 일인가 하면, 그 뭐라더라? 사회적 가치가 어쩌고 했던 것 같은데. 몰러, 궁금하면 우리 대표님한테 물어봐요."

"그게 누군데요?"

퀭한 눈의 부인이 혀를 끌끌 찹니다.

"모르는 게 한둘은 아니네. 불구단 대표 박차연 몰라요?"

당신은 고개를 젓습니다. 그러고는 얼른 덧붙여 말합니다.

"모릅니다."

"여기 사람 아니에요?"

당신은 또 고개를 젓고는 대답합니다.

"그것도 모릅니다. 기억이 없어요. 그렇다고 아픈 건 아니고요."

"뭐, 기억 없다고 아프진 않겠지만서도……."

휠체어 탄 부인이 어딘가를 보고 소리칩니다. 당신이 돌아보니 한 남자가 헬멧을 고쳐 쓰며 이쪽으로 걸어오고 있습니다. 퀭한 눈의 부인이 아까처럼 그쪽을 향해 귀를 세우고 말합니다.

"변비여?"

"잉? 변비는 무슨…… 어?"

중장비 기사인 듯한 사람이 당신의 존재를 알아채고 멈칫합니다. 당신은 선심이라도 쓰듯 인사를 건네고는 소주를 마십니다. 머리가 어질어질하면서 왜인지 머릿속이 조용해지는 것 같습니다.

"일행이에요?"

"그런가 보지."

퀭한 눈의 부인이 그렇게 말합니다. 휠체어 탄 부인은 숨이 넘어갈 듯 웃어댑니다. 표정이 풍부한 부인이 그의 입가를 훔쳐줍니다. 그리고 중장비 기사가 주변을 살피더니 술판에 자연스럽게 합류합니다. 그는 자신의 할당량에 대한 불만과 세 부인의 업무 방해에 대한 애매한 입장을 피력하며 술잔을 기울입니다.

당신도 뭔가를 해야 하지 않을까요? 술잔을 탁 하고 털어 당신은 자리에서 일어납니다. 그렇죠, 당신에게도 나름의 목적지가 있었습니다. 당신은 세 부인과의 술자리가 백일몽이었다는 듯 뒤도 돌아보지 않고 걷습니다. 부인들이라고 당신을 잡지는 않습니다. 저들에게 당신은 그저 자리를 비운 중장비 기사의 대타였을 뿐이니까요.

가을 햇살처럼 따가운 술기운에 실려 당신은 또 하염없이 걷습니다. 하늘을 올려다보니 어느새 거미줄처럼 쳐져 있던 선로가 낙엽을 떨군 나뭇가지의 끝처럼 앙상하게 떠 있습니다. 그리고 거기에 마지막 잎새 같은 하늘열차가 당신이 가는 방향으로 가고 있습니다.

천안역이 가까워지고 있습니다. 어제도 느꼈던 번잡함이 뒷덜미를 간질이는 것 같습니다. 날까지 어두워지자 그야말로 도돌이표입니다. 지난 스물네 시간이 24주처럼 느껴지지만 결과적으로 달라진 것은 아무것도 없습니다. 당신은 여전히 당신과 이곳에 대해 모릅니다. 그저 어디로부터 기인한 것인지도 모른 채 천안역으로 향하고 있습니다. 도대체 그곳이 당신에게 어떤 의미일까요. 의미가 있기는 할까요?

맞은편에서 한 중년 남성이 소주병을 들고 터덜터덜 걸어오고 있습니다. 그가 흥얼거리는 곡조는 매우 이국적입니다. 남자의 오른쪽 다리도 능구회 사람들처럼 기계로 대체돼 있군요. 여기 천안에서는 기계와 타국의 요소가 잘 버무린 비빔밥처럼 어우려져 있습니다. 다만, 능구회의 것과는 다르게 남자의 의족은 순전히 최소한의 기능에만 목적을 둔 것 같습니다. 고전적입니다. 그래요, 선우랑이 쓰던 지팡이와도 견줄 만합니다.

"뭘 봐! 의족 처음 봐?"

어이쿠, 당신이 또다시 사회적 규칙을 어기고 말았습니다. 게다가 상대는 술에 취해 있습니다. 참, 그건 당신도 마찬가지죠! 잘됐습니다. 이제 상황이 어떻게 나락으로 떨어지는지만 지켜보면 됩니다. 당신은 말합니다.

"아까 오면서 보긴 했어요."

남자는 살짝 당황한 기색입니다. 그럴 만합니다. 남자는 당신의 상태도 그리 평범하진 않다는 것을 깨닫습니다. 결국 그는 허공에 대고 이국적인 욕지거리를 가래침 뱉듯 토해내면서 가버립니다. 너무 많은 걸 바랐던 걸까요?

아닙니다. 본론은 지금부터인 모양입니다. 남자가 가는 방향에서 순찰차가 오고 있습니다. 남자는 엉거주춤 서서 주변을 두리번거립니다. 쥐구멍이라도 찾는 것 같은데, 왜죠?

"아이고, 선생님."

순찰차 조수석에서 나이 지긋한 경찰이 내려 남자에게 다가갑니다.

"술을 많이 드신 것 같은데 댁까지 모셔다 드리겠습니다."

그리고 경찰의 시선이 남자의 의족으로 향합니다.

"선생님, 사이보그시네요?"

뭐죠, 저 소름 끼치는 말꼬리는? 남자가 경찰로부터 뒷걸음질 칩니다.

"일하다 기계에 깔려서 그랬어요."

"아이고, 저런. 그런데 선생님, 사이보그등록증은 소지하고 계십니까? 확인 좀 해봐도 될까요?"

"아니, 그런 걸 들고 다닐 리가 없잖아요."

"하지만 선생님, 선생님도 이곳에 살고 계신다면 잘 아시겠지만, 등록도 하지 않고 불법 업체에서 시술한 의체를 가지고 범죄를 저지르는 사람들이 있습니다. 그뿐만이 아니라 불법 시술을 받다 사망한 사람들도 있지 않습니까. 불구단의 박차연도 그것 때문에 감옥 다녀온 거 모르십니까? 다 시민들의 안전을 위해서 하는 일입니다."

"염병할 안전 좋아하네."

남자가 술병을 땅바닥에 집어 던집니다. 플라스틱이라 그리 위협적이진 않습니다. 어쩌면 그랬기에 던질 수 있었던 걸지도 모릅니다. 남자는 벌겋게 달아오른 얼굴로 고래고래 소리를 지릅니다.

"외국인이라고 산재 인정도 제대로 안 해줘서 당장 굶어 뒈질 사람한테 수천만 원짜리 의족 파는 병원 소개시켜주고 거기 의사한테 사인 안 받으면 나오지도 않는 그놈의 등록증! 그래, 나 그딴 거 없다. 어쩔래. 나도 잡아다가 박 대표마냥 이거 떼어갈 거냐? 니들 맘대로 해! 자!"

남자가 오른쪽 바지를 걷어붙이더니 순찰차 보닛에 쿵 하고 올립니다. 운전석에서 앳된 얼굴의 경찰이 튀어나와 다급한 동작으로 손을 허리에 가져갑니다. 중년 경찰이 얼른 남자에게 달라붙습니다.

"최 순경, 잠깐만. 선생님도 진정 하시고요!"

"등록증 좀 보자며? 이거보다 더 확실한 증거가 어딨어? 그려, 나 사이보그여! 돈 없어서 야매로 고철 갖다 붙인 불법 사이보그! 맞네, 지금 자진 신고 기간 아냐? 하면 뭐 주는데?"

그때 당신을 제치고 작은 전동 휠체어가 쌩하니 지나갑니다. 앞치마를 무릎 위까지 덮은 여성이 순찰차 앞에 서더니 빽 하고 소리를 지릅니다.

"시민의 안전은 어쩌고 싸움질이야!"

마치 찬물이라도 끼얹은 것 같군요. 중년 경찰이 흐트러진 제복을 가다듬으며 말합니다.

"말씀 잘하셨습니다. 우리 모두의 안전을 위해 제발 협조 좀 부탁드리겠습니다. 네?"

앞치마를 두른 여성이 팔짱을 끼고는 혀를 찹니다.

"그놈의 시민의 안전은. 정 그게 걱정이면 아픈 사람 그만 괴롭히고 가서 능구회 깡패 새끼들이나 잡아가! 그놈들이 재개발 관리 감독한답시고 이 주변을 얼마나 들쑤시고 다니는지 몰라?"

"그 사람들은 시에서 정식으로 허가를 받고 일하는 용역입니다. 그리고 그 사람들도 다 천안 시민이고요."

"허! 그 인간들 개조한 거는? 그것도 시에서 허가한 거야?"

"그건……."

분명 노림수였습니다. 하지만 중년 경찰은 능구렁이처럼 잘 빠져나갑니다.

"그런 건 시에다 문의하시죠. 아무튼, 선생님, 이건 법칙입니다. 이곳에서 의체를 사용하는 사람은 지휘 고하를 막론하고 시의 심사를 거쳐 등록증을 받아야만 해요. 저희 서장님도, 경찰특공대 대원들도 예외는 없습니다. 아시겠습니까? 빠른 시일 내에 등록증을 받아서 가까운 서로 출석하십시오."

중년 경찰이 동료에게 눈짓하고는 차에 오릅니다. 순찰차 조수석에서 중년 경찰이 당신을 빤히 봅니다. 순찰차가 사라지자 거리는 한순간에 적막과 땅거미로 뒤덮입니다. 사이보그 남자는 아예 바닥에 주저앉습니다. 그러고는 아까 자신이 집어던진 술병을 찾습니다. 전동 휠체어가 그쪽으로 다가가더니 또 카랑카랑한 목소리가 터져 나옵니다.

"그놈의 술 좀 곱게 마실 수 없어? 내 언젠가 이런 일 있을 줄 알았지. 내가 안 따라 나왔어 봐. 바로 유치장행이지."

"그래서 고소해?"

"그래, 아주 꼬숩다!"

"아, 가서 김밥이나 말 것이지, 왜 사람 속을 긁어?"

"긁히기는 하나 보지? 들어가서 자빠져 자!"

그러고는 쌩하니 왔던 길을 돌아옵니다. 그렇군요. 아까도 났던 냄새의 정체는 다름 아닌 참기름 향이었습니다. 텅 빈 위장이 반응하나요? 그 반대인가요? 대체 문제가 뭐죠?

또다시 당신을 지나쳐 가는가 싶던 여성이 당신 옆에서 멈춰섭니다. 그리고 당신을 올려다봅니다.

"술 먹었어요?"

"어, 네."

여성은 한숨을 푹 내쉽니다.

"여기서 일해요? 못 보던 얼굴인데. 근데 코는 왜 그 모양이래? 혹시 능구회야?"

여성은 얼른 당신의 몸 곳곳을 살핍니다. 그러더니 묻습니다.

"뭐 문제 있어요?"

흠, 대체 어디서부터 어디까지를 말해야 할까요. 당신은 그냥 허공을 보고 어 하다가 짧게 말합니다.

"네."

그건, 매우 현명한 답변입니다. 하지만 앞의 여성은 그렇게 생각하는 것 같지 않습니다.

"따라와요. 어묵 국물이라도 마시고 가."

이것은 호객이 틀림없습니다. 저 여성을 쫓아가지 마세요. 어차피 당신에게는 물 한 방울 살 돈도 없습니다. 그런데도 당신의 두 다리는 주인을 따르는 개처럼 전동 휠체어의 뒤를 쫓습니다. 여성은 한쪽에 설치한 백미러를 통해 당신을 힐끔 볼 뿐 거침없이 앞으로 나아갑니다. 로마도 본받을 만한 도로의 상태는 바퀴를 만나서야 비로소 제 진면목이 드러납니다. 당신 기준에서 조금 빠른 속도로 앞서가는 여성이 묻습니다.

"여긴 뭐 하러 왔어요?"

"천안역에 가려고요."

"아이고, 추모하러 오셨던 거구만! 잘 왔어요. 안 그래도 얼마 안 있으면 9주긴데, 영 발길들이 뜸해져서 걱정이었거든. 사람이 아무리 먹고사는 게 바빠도 챙길 건 챙겨야지, 그게 사람이지, 안 그래요? 내 가게도 그쪽이니까 추모도 하고 속도 데우고 아주 일석이조야."

혹시 당신은 그걸 알고 뒤따른 건가요? 세상에, 저걸 보세요. 전동 휠체어 뒤에 걸린 가방 지퍼에 손톱만 한 주황색 리본이 달랑거리고 있었습니다. 그런데 이상하군요. 당신이 그것을 보고 뒤따른 거라면 왜 이제서야 참조된 걸까요. 술기운이 모종의 작용을 하는 걸까요?

앞서가는 전동 휠체어 너머로 거대한 회색빛 장벽이 확실하게 보입니다. 어떤가요. 두 번째로 보는 느낌은 뭔가 다른가요? 놀랍게도 당신은 아무것도 느끼지 않습니다. 그저 저곳에서 겪었을지도 모를 일들을 낚아내려 인내할 뿐입니다. 전동 휠체어는 경사가 제법 가파른 길을 내려가 엘리베이터 앞에 섭니다. 하늘열차로 가는 것은 아닙니다. 아래로 내려가는 버튼만 있습니다.

먼저 엘리베이터에 오른 여성을 따라 들어가려는데 저쪽으로 익숙한 간판들이 보입니다. 천안역전시장임을 알리는 것과 재난 구역임 알리는 경고 표지판이 카인과 아벨처럼 서 있는 곳. 선우랑과 함께 갔던 곳입니다.

이번에는 원하는 것을 찾을 수 있을까요? 당신을 태운 엘리베이터가 아래로 내려갑니다.

이곳은 평범한 지하도상가입니다. 기다란 복도 양끝으로는 수없이 많은 상가가 불을 밝히고 있고 놀랄 만큼 많은 수의 사람들이 복도를 가로지르며 상가를 이용하고 있습니다. 물론 어디까지나 상대적인 표현입니다. 선우랑이 당신을 안내했던 역전시장과 그동안 당신이 본 천안의 여느 곳에 비하면, 예, 이곳은 붐빈다고 해도 틀린 말은 아닙니다. 당신은 벌써부터 저만치 앞서가고 있는 전동 휠체어를 쫓아 걸음을 재촉합니다. 열 걸음을 걸을 때마다 지나치는 사람들의 존재가 낯설기만 하지만 당신에게는 전동 휠체어가 있습니다. 이곳에서 유일한…… 잠깐만요. 유일한 거 맞나요?

열십 자로 된 복도의 분기점 왼쪽에서 또 하나의 전동 휠체어가 나타납니다. 다행히 그것을 운전하는 남자는 곧장 이쪽으로 달려와 이내 당신 시야에서 사라집니다. 당신은 뒤쪽을 돌아보고는 흠칫합니다. 이번에는 또 다른 전동 휠체어 두 대가 나란히 달려옵니다. 당신은 다시 앞을 보고 달립니다. 당신이 쫓아야 할 대상은 유일해야 합니다. 주황색 리본이 달린, 가방이 걸린, 작은 전동 휠체어를 탄 앞치마 두른 여성이 백미러로 당신을 힐끔 봅니다. 그리고 복도를 울리는 목소리로 말합니다.

"그래요, 미아 되기 싫으면 바짝 붙어!"

갈림길은 계속해서 나타납니다. 언뜻 보이는 다른 복도들에도 상가와 사람들 그리고 전동 휠체어가 보입니다. 마치 착시 현상을 마주한 듯 머리가 어지럽습니다. 다행히 당신의 대상이 멈춰 섭니다. 그곳은 일종의 막다른 길입니다. 지상에서 무수히 마주쳤던 재난 관리 구역 안내판과 쇠창살로 가로막힌 복도 바로 앞이 앞치마 두른 여성의 목적지입니다. 그리고 당신의 임시 목적지이기도 합니다. 전동 휠체어가 좁은 입구를 거침없이 통과해 조리대처럼 보이는 곳으로 갑니다. 가정집의 부엌을 연상시키는 구조의 주방은 휠체어의 높이에 맞춰져 있는 데다 아래쪽이 완전히 비워져 있습니다. 손을 씻고, 떡볶이 국물을 휘젓는 모습에는 그 어떤 제한도 없습니다. 종이컵에 어묵 국물을 담으며 여성이 말합니다.

"왜 그러고 섰어. 앉아요, 이건 가져가고. 우리집은 웬만하면 셀프여."

당신은 일단 컵을 받아 듭니다. 뿌연 국물의 짭쪼름한 냄새와 코를 자극하는 후추 향이 당신을 유혹합니다. 그러나 애석하게도 화학적으로 마비 상태와 같은 당신은 국물을 양잿물 보듯 하더니 말합니다.

"돈 없어요."

"염병. 그래 보이긴 하더라. 그렇다고 도로 쏟을 순 없으니까 그냥 마셔요. 저기 앉아서."

시키는 대로 구석에 자리를 잡은 당신은 국물을 홀짝이며 밖으로 내다보이는 쇠창살 너머를 응시합니다. 전동 휠체어가 다가오더니 말합니다.

"여기 사람 아니죠?"

"아마도요."

"뭔 대답이 밀가루로만 만든 어묵모냥 매가리가 없어?"

"사실 기억이 없어요."

사장은 할 말을 잃은 눈치입니다. 하긴 무슨 말을 하겠어요. 그래도 쇠창살 너머를 눈짓하면서 사장이 말합니다.

"천안역은 알죠?"

"저기……인가요?"

"맞아요. 저기로 이어졌었지."

쇠사슬 같은 침묵을 가까스로 치워내며 사장이 말합니다.

"그 어마어마한 센터가 속절없이 내려앉았어요. 티비에선 무슨 하늘에서 삼지창이 내리꽂힌 것 같다나 뭐라나 고상한 말들을 하던데, 하, 그건 그냥 세상이 찢겨지는 거였어. 그때 자칫했다간 지하상가 전체가 완전히 매몰될 수도 있었거든. 불구단 아니었으면, 나도 아직까지 김밥 말면서 못 살았어."

"불구단이 뭐죠?"

심각한 표정을 짓던 사장의 얼굴이 바늘에 찔린 풍선처럼 찌그러집니다.

"됐으니까 마저 들고 가요."

사장은 다시 조리대 앞에서 재료를 다듬기 시작합니다. 거침없는 칼질에 썰린 야채는 다시 한데 모여 김밥이 됩니다. 늦은 시간에도 제법 많은 사람이 들러 김밥이며 떡볶이, 식혜 따위를 사갑니다. 그중 적지 않은 수가 휠체어를 탔거나 의족 같은 보조기기를 사용하고 있습니다. 그들 중 대부분이 옆 상가에서 건너온 것처럼 편안한 기색입니다.

"오, 박사님 오셨네. 김떡순 세 세트 미리 싸놨어요."

저 사람을 기억하나요? 선우랑의 친구인 듯한 칼국숫집 사람입니다.

"매번 번거롭게 해드려서 어떡해요. 제가 해도 되는데요."

완전히 사교적인 것 같지는 않지만 확실히 선우랑을 대할 때와는 느낌이 사뭇 다릅니다. 친구 사이라는 게 대체로 그런 법이죠. 당신에게도 허물없이 지내던 사람이 있지 않나요?

"아유, 천안을 위해 일하시느라 밤낮이 따로 없는데 이렇게라도 보답이 돼야지. 뭐, 돈 안 받는 것도 아닌데."

사장이 호쾌하게 웃습니다. 하지만 선우랑의 친구는 웃음에 난처한 기색이 드러나는군요. 모르겠습니까? 자세히 보십시오.

"가보겠습니다."

돌아서는 선우랑의 친구가 당신을 발견하고 헉 합니다. 사장이 묻습니다.

"아는 사람?"

"예? 아니, 그건 아닌데……."

선우랑의 친구가 당신 쪽으로 다가오며 길고양이 살피듯 바라봅니다.

"저기, 괜찮아요?"

당신은 당신 주변을 둘러봅니다. 맞습니다, 당신에게 물은 거예요.

"아마도요."

선우랑의 친구는 어떻게 해야 할지 모르겠다는 눈칩니다. 옆에서 사장이 묻습니다.

"왜, 뭐가 문젠데?"

"아, 문제까지는 아니고요."

다시 한번 당신을 향해 말합니다.

"선우랑이 그쪽 찾아요."

사장이 동그래진 눈으로 당신을 봅니다.

"선우 작가가?"

상황이 묘하게 돌아가는 것 같습니다. 당신은 자리에서 일어납니다. 논리적으로 설명할 수 없는 불편함이 당신으로 하여금 이곳에서 벗어나라고 종용합니다. 그 느낌은 규정되지 않은 것입니다. 그런 것에 휘둘리는 건 좋을 게 없는 일이지요. 당신은 밖으로 나갑니다. 당신이 가야 할 곳은 쇠창살 쪽이지만 당신은 반대 방향으로 돌아섭니다. 가장 가까운 출구로 가야 합니다. 뒤쪽에서 선우랑의 친구가 당신을 부릅니다.

"잠깐만요. 저기요!"

당신은 왜 도망을 치나요? 그 이유를 설명할 수 있나요? 당신은 그저 걷습니다. 상가와 사람들 그리고 휠체어를 지나쳐 무작정 걷습니다. 갈림길이 나오면 옆으로, 또 한참을 걷다가 옆으로. 당신은 복도의 분위기가 달라진 것을 육감적으로 알아차립니다. 울림입니다. 당신이 발걸음을 내디딜수록 그에 비례해서 울림이 커져갑니다. 그것과 관계가 있는지는 모르겠지만 휠체어의 비중이 늘어나는 것 같기도 합니다. 아니, 다른 보조기기, 이를테면 의족이나 의수 같은 눈에 띄는 기계장치들, 그리고 자세히 보아야 알 수 있는 장치들을 안경이나 모자 혹은 귀의 안팎, 옷의 겉과 속에 달고 있는 사람들이 점점 늘어나고 있습니다. 저기 보십시오. 커다란 개를 따라 걷는 사람을. 때마침 그 개도 당신을 발견하고는 우뚝 멈춰 섭니다. 개를 따르던 이가 말합니다.

"금희야? 왜 그래?"

금희라는 개가 당신을 향해 짖습니다. 당신보다는 개의 뒤에 있는 사람이 더 당황한 듯 개 옆에 쪼그려 앉아 금희를 끌어안습니다. 그리고 애매하게 당신 쪽을 향해 말합니다.

"죄송합니다. 금희가 이런 애가 아닌데."

당신에게는 당장 밀려드는 두통 때문에 사회적 통념 같은 것에 신경 쓸 여유가 없습니다. 머릿속에서 채찍질이라도 가해지는 것 같습니다. 갑자기 왜죠? 개 때문인가요? 아니면 개에게 부정당한 것? 그것도 아니면 강요된 도덕적 규범? 어느 쪽이든 지금 당신은 꼴사납고 볼품없는 모습으로 복도를 가로지릅니다. 사방에서 쓰나미처럼 밀려드는 시선과 개 짖는 소리 그리고 기분 나쁜 울림이 당신을 심리적 낭떠러지로 몰아세웁니다. 당신은 서둘러 갈림길 너머 사람이 적은 쪽을 향해 나아갑니다. 얼마나 갔을까 머리를 때리던 채찍질의 기세가 줄자 당신은 잠시 바닥에 주저앉아 가쁜 호흡을 고릅니다. 도대체 나가는 길은 어디죠?

그때 복도 끝에서 익숙한 실루엣을 발견한 당신은 생각하고 말 것도 없이 벌떡 일어서 그쪽으로 달립니다. 큰 키에 후드를 뒤집어쓰고 해괴한 마스크를 착용한 자가 한 상가 앞에서 고래고래 소리를 내고 있습니다.

"고장!"

상가에서 나이 지긋한 노인이 나오더니 아무 말도 없이 도일이 내미는 작은 기계장치를 가져갑니다. 주인은 무척 두꺼운 안경을 고쳐 쓰며 눈을 찌푸리더니 안경 옆에 주렁주렁 달린 렌즈를 돌려 덧씌웁니다. 당신에게 노인은 파리처럼 보입니다. 기계장치를 안경 가까이 멀리, 이쪽저쪽 대보던 노인이 말합니다.

"또 다짜고짜 그놈들한테 시비 건 겨?"

"시시비비."

도일이 답합니다. 뭐, 그렇게도 볼 수는 있을 겁니다.

"그러다 진짜 몸 상한다, 이것아."

"고장!"

"간다, 가."

노인이 다시 상가 안으로 들어가자 도일은 마스크를 벗고 땅바닥에 주저앉습니다. 도일의 얼굴은 마스크 때문인지 희고 앳돼 보입니다. 도일은 다리를 모아 안고 휴대전화를 들여다봅니다. 요란한 불빛이 비추는 도일의 무표정한 얼굴이 당신은 낯설지 않습니다. 한 번 마주친 적이 있어서일까요? 그보다 훨씬 근원적인 느낌입니다. 당신은 그 근원에 이끌리듯 한 발 한 발 도일을 향해 다가갑니다. 하지만 몇 걸음 가지 않아 도일이 토끼처럼 당신의 기척을 감지하고 돌아봅니다. 그리고 눈에 힘을 줍니다. 그는 아차 하듯 턱밑에서 마스크를 올려 쓰고 말합니다.

"느려."

당신은 도일 옆에 주저앉습니다.

"같이 가는 줄 알았어요."

"동행 같은 거 안 한다."

"왜요?"

"싫다. 불만 있냐?"

당신은 어깨를 가볍게 으쓱합니다. 불만은 없습니다.

그런데 도일이 갑자기 마스크를 내리고 개처럼 코를 킁킁거립니다. 그러고는 당신에게 코를 박을 기세로 다가와 냄새를 맡습니다. 도일이 못 맡을 냄새라도 맡은 듯 얼굴을 구긴 채 물러납니다. 마스크를 끼고 말합니다.

"술 먹느라 늦었다."

대단한 능력이군요.

"한줄기 김밥집 어묵 국물 냄새. 하지만 거긴 술 안 판다. 어디서 마셨지, 술?"

당신이 세 부인과의 술자리에 대해 이야기하려 하자 도일이 메고 있던 가방으로 당신 입을 막습니다. 당신이 충격에 신음하든 말든 도일은 눈알을 이리저리 굴리며 뭔가를 웅얼거립니다. 그러다 이내 눈을 크게 뜨고 말합니다.

"불구단 트리오! 오늘 성정동에서 임무를 하기로 되어 있다. 그쪽 경로랑 겹칠 확률이 제일 높아. 그 할망구들 지나가던 고양이한테도 술을 준다. 맞지?"

꼭 선물이라도 기대하는 표정입니다. 당신이 손으로 입을 가린 채 고개를 끄덕이자 도일은 거만하게 하, 하고 웃습니다. 그러고는 묻습니다.

"입은 왜 그러냐. 피 난다."

당신은 아무 말 없이 터진 입술을 훔칩니다. 상가 문이 열리고 파리, 아니 상가 주인이 나오려다 당신을 발견하고 멈칫합니다.

"이건 또 뭐여."

도일이 스프링처럼 튀어 올라 주인의 손에 있는 기계장치를 낚아챕니다. 그러고는 전원을 켭니다. 깨진 액정과 도일의 얼굴이 동시에 환해집니다. 상가 주인이 제 손주라도 보듯 옅은 미소를 짓더니 말합니다.

"누누이 말하지만 이건 근본적인 해결책이 아니다. 아무리 고철이랑 구식 기술로 연장시켜놓는다 한들 미봉책에 불과해."

환했던 도일의 얼굴이 싸늘하게 식어버립니다.

"나도 안다. 그래서 할아범 찾는 거 아니냐? 할아범, 구식. 할아범이 고치는 것들, 죄다 고철 쓰레기!"

도일이 상가 쪽을 가리킵니다. 열린 문틈으로 보이는 것은 그야말로 쓰레기장입니다. 제조일을 짐작조차 할 수 없는 구시대의 기계장치들과 부품들. 자세히 들어보면 들리는 희미한 음악 소리는 과연 어디에서 나오는 걸까요. 광학 디스크? 라디오파?

자기기록? 아니면 진공관? 노인이 쓰고 있는 안경과 시계도 마찬가지입니다. 그와 관련된 모든 것이 시대착오적입니다.

"할아범이랑 여기 상가가 있으면, 이것도 있다. 그거면 된 거다."

노인이 크크크 웃으며 안경을 고쳐 씁니다. 그 순간 엿보인 것은 시대와 불화하는, 아니 관계없는 영속적인 광기입니다. 노인이 뒤늦게 당신을 슥 쳐다봅니다. 평범한 사람이라면 분명 흠칫할 순간입니다. 그렇습니다, 당신은 평범하지 않습니다. 그것이 의미하는 바에 대해서는 오랜 탐구가 필요할 것입니다. 노인이 말합니다.

"새 불구단인가?"

그러고는 당신의 몸을 살핍니다. 먼저 코의 상태를 확인한 노인이 작게 탄식하지만 크게 중요한 건 아니란 듯 넘어갑니다. 그의 눈길과 손길이 차례차례 당신의 몸을 탐색합니다.

"사지육신 멀쩡하고 눈빛이 좀 흐리멍덩하지만 그런대로 제 기능하는 것 같고, 별다른 장치도 없는 것 같고. 활동 보조 쪽인가? 그러기에는 좀 굼뜬데. 가만있어 보자, 머리는 또 왜 이 모양이야…… 여기에…… 잉?"

당신의 두피 상태를 더듬던 노인이 도일을 돌아보더니 묘한 표정으로 말합니다.

"도일이가 데려올 만한 놈인 것 같구먼. 아주 희귀종 같은데? 머릿속에 무슨 짓을 해놓은 겨?"

병원이라면 발작하는 당신이지만 지금 당신이 누워 있는 곳은 어느 모로 보나 병원과는 거리가 멉니다. 그래서 입에 담배를 물고 있는 여자가 당신의 머릿속을 들여다보기 편하게 이발 기계를 들고 나타났을 때에도 당신은 그냥 그런가 보다 합니다. 예진이라고 했나요. 니코틴에 찌든 벽지만큼이나 안색이 안 좋은 그가 잠시 목표 지점을 찾아 당신의 머리카락을 이리저리 옮겨봅니다. 그러더니 당신의 얼굴 위로 고개를 들이밀고 묻습니다.

"정말 합니다?"

담배 냄새만 아니라면 알 게 뭔가요. 당신이 멀뚱히 있자 예진이 바깥을 향해 외칩니다.

"남도일!"

그러자 도일이 노트북을 든 채로 들어옵니다. 그렇다고 가까이 다가온다거나 이쪽을 쳐다보지는 않습니다. 예진이 말합니다.

"괜찮은 거야?"

"의사는 내가 아니다. 엄밀히는 당신도 정식 의사가 아니긴 하지만, 나는 그 정도 융통성을 가지고 있다. 그러니 안 괜찮을 이유가 없다."

예진의 잇새에서 담뱃잎 부스러기가 떨어집니다. 그가 들고 있는 이발기가 흔들립니다. 저 상태로 머리를 밀다가 귀라도 날아가는 건 아닐까요?

"그거 말고. 이 사람, 정말로 동의했냐고."

"그랬으니까 지금 거기에 시체처럼 누워 있는 거 아닌가?"

예진은 숨을 토하고 당신에게 다시 한번 묻습니다.

"머리를 밀고 머릿속을 찍을 거예요. 알고 있는 거죠?"

"네."

"왜 하려는 거죠?"

그러자 도일이 끼어듭니다.

"그 사람은……."

예진이 손을 들어 저지합니다.

"너는 그냥 궁금한 거잖아. 그게 내 알 바는 아닌데, 이 사람은 입장이 달라. 이봐요, 대답해요. 왜 저거 말대로 하는 거예요?"

"저도 궁금해요."

"에? 뭐요?"

"궁금해요. 제 머릿속에 뭐가 들어 있는지, 그게 저한테 말을 거는 건지, 그거 때문에 천안역에 가고 싶은 건지, 아니면 그 반대인지…… 그리고 정말로 천안역에서 저 사람을 봤는지. 알고 싶어요."

당신의 마지막 이야기에 도일이 드디어 노트북에서 시선을 들어 당신을 봅니다. 그 찰나의 순간 당신은 기차 경적 소리와 코가 욱신거리는 통증을 느낍니다. 느낀다고 느낍니다. 느끼는 것을 느낀다고 생각합니다.

"천안역? 거기 10년 가까이 출입 금지인 건 알죠? 하, 이거 능구회 스파이 아니야?"

예진이 마지막에 작게 웅얼거린 말에 도일의 시선이 옮겨갑니다. 도일이 노트북까지 내려놓고 다가옵니다.

"좋은 지적이다. 능구회든 정부든 우릴 와해시키려고 심은 사이보그 스파이일 수도 있다. 당장 촬영해라."

예진은 입에 붙어 있는 줄 알았던 담배를 손으로 잡아 쓰레기통에 던지더니 새 담배를 입에 물고 불을 붙이며 건성으로 대꾸합니다.

"넌 그놈의 미드 좀 그만 봐."

"영드다. 미드 쓰레기."

"뭐든 간에. 우리가 뭐라고 사람 머리에 칩까지 심어서 잠입

시키겠어."

"방금 당신이 했던 말이다! 뇌가 아예 니코틴으로 절여진 거냐?"

"말이 그렇다는 거지, 말이!"

"진짜로 그런 거면 어떻게 하냐!"

예진이 당신을 힐끔 봅니다. 그러고는 고개를 절레절레 흔들고는 다시 이발기를 쳐들고 당신에게 다가옵니다.

"어쨌거나 알고 싶다 이거잖아, 그렇죠?"

당신은 고개를 끄덕입니다.

"그럼 알아야지."

예진이 이발기의 전원을 켭니다.

예진이 가리키는 사진 속 저것이 정말 뇌인가요? 흔히 알려진 인간의 뇌 사진과는 확실히 다른 것 같습니다. 특히 사진 한가운데에 떡하니 자리 잡고 있는 저 눈부시게 하얀 구조물의 정체는 뭘까요? 예진이 설명합니다.

"맞네요, 칩이. 내 영역은 아니지만 우리도 적지 않은 사람이 이런 걸 심고 있기는 하거든요. 휠체어나 이런저런 장치를 제어할 목적으로요. 하지만 그런 것들은 대체로 대뇌피질에, 그러니까 뇌의 표면에 망 씌우듯 심어요. 그래야 신호 잡기도 좋고, 또 시현 씨처럼 머리에 커다란 흉터도 남기지 않을 수 있고요. 그런데 이건…… 말 그대로 컴퓨터 칩을 넣어놨어요. 그것도 뇌의 깊숙한 곳에. 이게 구체적으로 무슨 작용을 하는지는 모르겠지만 최소한 우리 사람들이 쓰는 용도는 아닌 것 같아요."

예진이 모처럼 전문가같이 말하고는 참았던 숨을 들이마시

듯 담배를 길게 빨아들입니다. 순식간에 방 안이 연기로 들어찹니다. 당신은 기침을 터뜨립니다. 도일이 옆에서 양팔을 휘저으며 말합니다.

"칩이라면 일련번호가 있을 것 아니냐? 그게 뭐냐? 그것만 알면 나머지는 문제되지 않는다."

예진은 사진을 봅니다.

"없어, 그런 게."

"그럼 개인이 만든 걸 수도 있다. 뭐든 간에 시그니처를 찾아라. 인간치고 제 작품에 자기 이름 안 새겨넣는 자는 없다. 숫자나 문자가 아닐 수도 있다. 패턴을 찾아라."

"최소한 이 사진상으론 없어. 아무것도. 그리고 어떤 할 일 없는 인간이 이런 걸 만들어서 사람 머리에 심겠냐?"

"증명할 수 있냐?"

예진은 거기까지란 듯이 고개를 흔들고 일어납니다. 예진을 따라 다시 밖으로 나오자 아까와는 달리 복도에 사람들이 꽤 많습니다. 각양각색의 휠체어, 그리고 그 밖의 다양한 기계장치와 함께하는 사람들. 노인과 중년, 내국인과 외국인이 사이보그라는 정체성을 공유하며 움직임의 하모니를 연주하는 광경은 당신의 눈을 즐겁게 해줍니다. 당신은 잠시 복도의 오페라를 감상하느라 예진의 이야기를 잊습니다. 그뿐만이 아닙니다. 당신은 당신을 잊고 심지어는 신경을 거스르는 목소리도 잊습니다.

이것은 매우 위험한 일입니다. 어서 정신을 차리고 집중하세요. 당신은 목소리를 들어야 하고 목소리가 이야기하는 것에 따라야 합니다. 그래야만 당신은 온전하게……

"이봐요!"

"정신 차려라!"

당신은 양쪽에서 돌격해오는 메아리의 습격에 깜짝 놀랍니다. 예진과 도일이 당신을 쳐다보고 있습니다. 예진이 한숨을 푹 내쉽니다.

"아무튼 간에, 상태가 안 좋은 것 같으니 좀 쉬어요. 남도일이 안내해줄 겁니다."

"내가? 무슨 근거로 그런 소리를 하는 거지?"

"네가 데려왔잖아."

"지가 멋대로 따라온 거다!"

"천안역에도?"

도일은 멈칫하고는 당신을 곁눈질합니다. 저 행동의 의미는 무엇일까요? 당신이 보았다고 생각하는 일이 정말로 있었다는 것을 말해주는 걸까요? 도일이 아무 말도 하지 않자 예진이 또 말합니다.

"혹시 아냐? 같이 다니다가 그 칩에 대해 뭐라도 알아낼 수 있을지."

"뭐, 틀린 말은 아닐지도."

예진은 그것으로 됐다는 듯 뒤도 안 돌아보고 가버립니다. 도일이 당신 앞에 마주 서서는 당신을, 당신의 이마를 쳐다봅니다.

"천안역에 가고 싶다고 했나?"

"네. 일단은요."

"하지만 천안역은 거대한 장벽과 못된 경찰들이 가로막고 있다. 그것들을 때려눕히지 않는 이상 거기 들어갈 수 없다."

"방법이 있긴 한 거네요."

"그렇다. 하지만 그 방법은 잃는 게 너무 많다. 일단, 감옥에 들어간다. 너, 감옥 들어가봤냐? 나는 여러 번 들어가봤다. 심지어 진짜 감옥 같은 학교도 다녀왔다. 가능하면 다시 겪고 싶지 않다. 게다가 감옥에 들어가면 기껏 천안역 안에 들어간 보람도 없게 되는 거다."

"왜요?"

도일의 눈빛에 작은 떨림이 이는 게 보입니다. 갈등하는 것 같습니다. 결국 도일이 말합니다.

"그건 그쪽과 관계없는 일이다. 그쪽은 그쪽 일이나 신경 써라. 그쪽이 천안역에 들어갔다고 가정해보자. 가정이다. 매우 어려운 일이라는 것을 알지만 무척 유용한 도구다. 자, 천안역에 들어갔다. 뭘 할 건가?"

"어······."

"가정이라고 말했다. 뭐든 해봐라. 게임하듯이······."

도일이 느닷없이 소리를 꽥 하고 지르는 바람에 당신은 물론이고 지나가던 사람이 놀라서 비틀거립니다. 도일이 어디론가 걷기 시작합니다. 당신은 가만히 서서 멀어져가는 도일을 쳐다봅니다. 갈림길까지 간 도일이 모퉁이를 돌다가 당신이 가까이에 없는 것을 알아차리고 꽥 소리를 지릅니다.

"왜 거기 있냐? 내가 말 안 했냐, 따라오라고?"

당신은 도일 쪽으로 가면서 그렇다고 대답합니다.

"흠, 그건 유감이다. 따라와라."

"천안역에 가는 건가요?"

"조금 전에 한 얘기를 다 잊은 거라면, 아니다. 천안역은 출입이 제한돼 있고, 설사 들어가더라도 얻을 수 있는 것이 거의 없다. 게다가 그쪽은 그곳에서 뭘 해야 할지도 모르는 상태이기 때문에 일단은 대안적 진입을 시도해보는 게 좋다. 나는 지금 그 대안적 진입을 할 수 있는 장치가 있는 곳으로 가고 있고, 그 대안적 진입을 시도해볼 사람은 내가 아니라 그쪽이기 때문에 그쪽은 나를 따라와야 한다. 나는 지금 그쪽의 상태에 맞게끔 최선을 다해 설명했다. 그쪽에게 맞는가?"

"그런 것 같은데요."

"젠장. 앞으로 나는 고생이 많을 예정이다."

"고맙습니다."

도일이 당신을 돌아보는데 꼭 못 들을 말이라도 들은 눈칩니다. 고맙습니다의 의미마저 당신이 알고 있는 것과 달라진 게 아니라면 도일은 지금 쑥스러워하는 것이 틀림없습니다.

"그쪽이 고마워할 일이 아니다."

"왜요?"

"그쪽 고마우라고 하는 일이 아니기 때문이다. 그쪽이 대안적 진입을 통해 뭐라도 건지게 된다면 나는 매우 효율적으로 많은 것을 얻게 될 거다. 아까 그 사이비 의사를 조롱할 수 있는 기회가 생기는 건 덤이고 말이다. 이쪽이다."

도일이 가리키는 방향은 또 다른 갈림길입니다. 어쩐지 당신은 커다란 원을 그리고 있다고 느낍니다. 엄밀히는 닫힌 사각형입니다. 김밥집을 출발점으로 삼을 때, 당신이 취한 경로가 어떻게 되나요? 중간중간 주의가 매우 산만해지긴 했지만 당신의 몸은 기억하고 있습니다. 왼쪽, 왼쪽, 또 왼쪽입니다. 이제 한 번만 더 왼쪽으로 돈다면…… 앞서가는 도일이 오른쪽으로 도는 것을 보고 당신은 왼쪽으로 돕니다. 그러자 나타난 복도 끝에 보이는 것은 다름 아닌 쇠창살입니다. 재난 위험 구역임을 알리는 노란 안내 스티커가 붙은 쇠창살은 분명 낯익지만, 저기에는 휠체어 탄 주인도 어묵 국물도 김밥집도 아무것도 없습니다. 당신의 뒤쪽에서 도일이 말합니다.

"그쪽이 알츠하이머 환자고 그쪽 머리에 들어 있는 칩이 고장 난 인공 해마일 가능성이 높아지고 있다. 그리고 그게 사실이라면 사이비 의사를 조롱할 확실한 기회를 얻는 것이다. 왜냐하면 그 사이비 의사는 얼마 전에도 그런 걸 심는 수술을 했기 때문이다."

도일에게는 애석하게도 그 가설은 아직 가능성이 높지는 않습니다. 당신은 그저 혼란스러울 뿐입니다. 당신은 묻습니다.

"여기에 김밥집이 있었던 것 같은데요. 거기 있다가…… 여기까지 왔는데…… 여기는 어디죠?"

도일이 쇠창살 너머를 봅니다.

"여기는 그 김밥집 반대편이다. 그리고 그곳과 이곳은 연결돼 있었다. 저곳을 통해서."

혼란은 안개 걷히듯 사라집니다. 천안역 역사가 무너져 내리면서 천안역지하도상가가 어떻게 됐는지를 당신은 보고 있습니다. 몇 미터만 더 가면 천안역입니다. 당신은 괜히 한번 쇠창살을 잡고 흔들어봅니다.

"쓸데없는 행동은 하지 마라. 거길 통과해도 어차피 콘크리트로 완전하게 막혀 있으니까."

"넘어가봤어요?"

"네 번. 그리고 콘크리트를 바른 게 불구단이다."

"왜죠?"

도일이 마지못해 답합니다.

"살아야 하니까, 라고 차연이 말했다. 박차연, 불구단 대표다.

물론 모르겠지."

정확합니다. 도일은 손으로 따라오라고 하고는 천안역 방향을 등지고 빠르게 걷습니다. 이쪽은 당신이 여기까지 오면서 느꼈던 변화가 보다 뚜렷합니다. 더 많은 바퀴와 기계 다리, 그리고 외국어와 개 짖는 소리가 한밤중의 시계추처럼 끊이지 않고 들려옵니다. 도일이 음량을 높여 말합니다.

"천안역지하도상가는 원래 저쪽에만 있었다. 아주 오래됐다. 차연만큼이나 늙었다. 이제 곧 할머니지. 그러다가 나랑 수애가 태어나고 얼마 지나지 않아서 천안역 역사가 한차례 증축되었다. 당시 천안시에서는 증축의 효과를 최대화하기 위해 갖은 수작을 부렸다. 당연히 갖춰야 할 것들을 그제야 마련한 주제에 새로운 역사가 모두에게 편안한, 천안스러운 곳이라며 홍보했고, 그 참에 이쪽 서북구 쪽으로 지하도상가를 연장해 차연 같은 의료기상 업자들을 불러 모으며 이미지 개선을 꾀했지."

그래서 시선이 닿는 곳곳에 바퀴며 기계장치가 즐비한 거였군요.

"그것은 꽤나 유효한 수작이었다. 무엇보다 천안시장이 박차연을 끌어들인 건 그야말로 신의 한 수였다. 제 입으로 한 말이다. 현 천안 시장도 동의할지는 모르겠지만. 근데 그쪽은 박차연에 대해 모르니 그냥 대충 넘어가라. 요지는, 박차연을 필두로 한 이쪽 상가 연대가 오늘날 불구단이 되었다는 것이다. 언론에서는 불구단이 무슨 테러 단체인 양 떠드는데, 세상 어느 테러 단체가 굿즈를 만들어 팔고 아이돌 가수를 마스코트로 삼으며 참사 추모 행사를 기획하는가?"

도일이 주머니에서 주황색 리본을 하나 꺼내더니 당신에게 건넵니다. 천안역을 가로막은 거대한 장벽과 휠체어 탄 김밥집 주인의 가방을 장식한 리본입니다. 당신이 손을 내미는데 도일이 도로 주머니에 넣습니다.

"큰 거 1만 5000원, 작은 거 1만 원이다. 배지형은 3000원씩 더 붙는다."

그렇군요.

"불구단은 리본을 팔아 모은 돈을 보태 천안을 쓸고 닦고 있다. 공무원들처럼 생색내지 않고, 정말로 천안에 사는 모두가 편안하게 생활할 수 있도록. 그리고 편하게 기억할 수 있도록. 참사를. 참사와…… 관련된 사람들을."

복도 끝에는 퍽 넓은 공간이 있습니다. 당신이 휠체어 탄 김밥집 주인을 따라 처음 지하도상가에 들어왔을 때에도 이 비슷한 공간을 보았습니다. 구조 자체는 대칭적이지만 눈에 보이는 광경은 전혀 다릅니다. 당신이 저쪽 끝에서 이쪽 끝까지 오는 동안 느꼈던 변화의 극단이 이곳에 펼쳐져 있습니다. 기계에 몸을 의지한 사람들, 아니 그 자체로 존재하는 사람들, 그걸 뛰어넘으려는 듯 화려한 장식으로 존재를 승화시키고 있는 사람들이 이곳에 있습니다. 저기 보십시오! 저자는 사람이라고 부를 수 있는지조차 의심스럽군요. 아닌 게 아니라 광장의 한편에 선 채 피켓을 들고 있는 자는 마치 로봇 같습니다. 당신은 홀린 듯이 그 로봇 인간에게 다가갑니다. 로봇 인간이 당신을 보더니 당신이 잘 볼 수 있게 피켓을 고쳐 잡습니다. 피켓에는 이렇게 쓰여 있습니다.

'저와 제 친구들은 전쟁에 관여하지 않았습니다. 전쟁에 관여한 것은 저희를 만든 인간들입니다. 저희에 대한 심판을 멈춰주시기 바랍니다.'

도일이 가까이 다가오며 말합니다.

"마빈. 차연은 어디 있나?"

마빈이라고 불린 상대가 도일보다도 더 기계적인 목소리로 대답합니다.

"오늘도 열심이시군요, 도일. 수확은 좀 있으셨나요?"

"제발 좀 묻는 말에 대답해라."

"당신에게는 제가 한낱 안드로이드에 불과하겠지만, 저는 당신이 생각하는 그런 존재가 아닙니다. 저 마빈에게는 저만의 욕망과 갈망이 있습니다. 그러니 당신이야말로 제 인사에 반응해주시기 바랍니다."

도일은 꽥 소리를 지르며 펄쩍 뜁니다. 그러거나 말거나 마빈은 당신을 보더니 묻습니다.

"처음 뵙는 분이군요. 겉보기에는 사이보그도 아닌 것 같습니다. 그렇다고 취재를 온 외신 기자도 아닌 것 같은데, 누구십니까?"

당신은 입을 헤벌린 채 도일을 한번 돌아보고는 여태껏 그래왔듯 대답합니다.

"글쎄요."

"저를 놀리시는 건가요? 제가 비인간이고 품질 보증 기간이 끝났으며 결정적으로 절 만든 기업이 전범 기업으로서 사람들의 비판과 비난 속에서 사라져버렸기 때문에? 선생님도 제가 그저 폐기 처분되어야 할 고철 쓰레기에 불과하다고 생각하시는 건가요? 대답해주시기 바랍니다."

도일이 끼어듭니다.

"내 생각부터 말해주지. 나는, 비인간이고 더는 수리할 수도 없는 안드로이드에 웬 우울증 걸린 로봇 이름을 붙이고 악의적으로 성격을 조져놓은 작자를 혐오한다. 알았냐?"

마빈은 들고 있던 피켓을 떨어뜨립니다. 표정은 없지만 그에게서 집채만 한 절망이 느껴지는 것 같습니다.

"어떻게 그렇게 심한 말씀을! 제 아버지께 당장 사과해주시기 바랍니다."

"넌 누가 널 이 따위로 만들었는지도 모르지 않냐?"

마빈은 방전 상태인 것처럼 소극적인 동작으로 피켓을 집어 들더니 그대로 바닥에 드러누워 피켓을 제 몸 위에 덮습니다. 그가 장송곡처럼 소름 끼치는 음향 효과를 입혀 이렇게 말합니다.

"2026년산 안드로이드 마빈, 서른 해를 미처 채우지 못하고 고약하며 괴이하고 심술궂은 데다 소통 불가능한 어느 인간의 언어폭력으로 인해 비참하게 눈을 감는다. 안녕, 냉혹한 세상이여. 부디 불지옥의 불길이 그 냉혹함을 가시어주길."

도일이 당신 어깨를 툭 칩니다.

"이번이 몇 번째 장례일 것 같냐? 됐으니까 따라와라."

도일이 향하는 곳은 광장 끝 출입구입니다. 관계자 외 출입 제한을 거침없이 밀쳐내고 도일은 사라집니다. 당신은 죽은 척하는 안드로이드를 한번 돌아보고는 도일이 들어간 출입구로 향합니다. 문 너머로는 좁고 어둑한 복도가 짧게 이어지다가 꺾입니다. 모퉁이를 돌자 문들이 나타납니다. 도일이 그중 하나를 열고 당신을 기다립니다.

도일을 따라 들어간 작은방에는 안락의자와 철재 선반이 거의 전부입니다. 도일이 선반 쪽으로 가더니 무수히 많은 장치 중 안경처럼 보이는 것을 하나 집어 들고는 잠시 생각합니다. 이후 쪼그려 앉아 선반 아래쪽에서 커다란 상자를 꺼내 뒤집니다. 마침내 도일이 찾아낸 건 안전모처럼 생긴 무언가입니다. 도일이 그것을 들고 오더니 말합니다.

"저기 앉아라."

당신은 시키는 대로 안락의자에 앉습니다. 도일이 안전모 같은 것을 당신 머리에 씌웁니다. 당신은 느닷없이 닥쳐온 밀폐감에 그야말로 화들짝 놀라 안전모를 벗어버립니다. 도일이 한 발짝 물러섭니다.

"또 뭐냐?"

당신은 숨을 고르며 주변을 두리번댑니다. 좁긴 하지만 그냥 평범한 방입니다. 이곳은 한순간에 무너져 내릴 것처럼 보이지 않습니다. 하지만 어느 곳이 한순간에 무너져 내릴 것처럼 보였죠? 기억할 수 있나요? 당신은 마른세수를 하며 목소리를 쥐어짜냅니다.

"아무것도…… 아닙니다. 그냥…… 갑자기 숨이 안 쉬어져서…….."

"폐소공포증이 있나? 하지만 그랬다면 애초에 여기로 내려오지 못했을 텐데."

"모르겠어요."

"아는 게 없군."

"미안합니다."

도일이 꽥 소리칩니다.

"사과할 일이 아니다. 흠, 최대한 몰입감을 높이려고 고른 건데. 이건 어떤지 시도해봐라."

도일이 다시 선반에서 장치를 들고 옵니다. 그것은 안전모에 비하면 굉장히 간소해 보입니다. 꼭 스키 고글에 가림막을 덧대놓은 것 같달까요. 당신은 심호흡을 하고 그것을 직접 머리에 써 봅니다. 어둠이 당신을 집어삼키는 듯한 느낌은 크게 다르지 않습니다. 최대한 참아보지만 차라리 마빈처럼 죽는 게 낫겠습니다. 결국 당신은 고글을 벗어 던지듯 도일에게 건넵니다.

"조심해라. 이건 좀 비싸다."

"아, 미안해요. 이것도 어렵겠어요."

"뭐, 그렇다면 별수 없다. 이걸로 해라."

도일이 그다음으로 가져온 건 처음에 집어 들었던 안경 형태의 장치입니다. 가까이에서 보니 안경보다는 커다란 선글라스인 것 같지만 이거라면 가능할 것 같습니다. 당신은 그것을 조심스럽게 씁니다. 까만 렌즈 바깥으로 빛과 도일의 움직임이 보입니다. 당신은 천천히 호흡하며 말합니다.

"괜찮아요."

"안 그랬으면 그냥 이대로 안녕이었을 거다. 잠깐만 있어라. 연동하겠다."

렌즈 아래로 도일이 바닥에 앉는 게 엿보입니다. 고개를 들어 제대로 보니 방금 전 당신이 집어 던질 뻔한 고글을 쓴 도일이 뭔가를 하고 있습니다. 이내 눈앞이 환해집니다.

"보여요."

"그러라고 하는 거다."

잠시 뒤 시야 중앙에 영어와 한글로 커다란 문구가 떠오릅니다.

"메타 천안?"

"대통령이 천문학적인 비용을 쏟아붓고 있는 웃기지도 않는 프로그램이다. 대통령은 붕괴 이전의 천안을 박제하고 싶어 한다. 현실의 천안은 완전히 갈아엎으려고 하는 주제에. 그런데 홍

미롭게도 적절한 사용처가 생겼으니 이렇게라도 써먹는 것이 혈세를 낸 국민에 대한 예의다. 로그인한다. 좀 어지러울 거다."

도일의 말대롭니다. 급작스레 변하는 색깔과 배경 심지어 공간감마저 당신을 몸속에서부터 붙들고 뒤흔드는 것 같습니다. 당신은 본능적으로 안락의자의 팔걸이를 움켜쥐고 안간힘을 씁니다. 하지만 잠시입니다. 눈앞의 광경은 순식간에 당신을 단단하게 받쳐줍니다. 이곳은 어디죠? 탁 트인 광장 너머로 보이는 각진 구조물은 언뜻 거대한 장벽을 연상케 하지만 곧 착각임을 분명하게 알 수 있습니다. 우선 저것은 매우 낮습니다. 그리고 앞쪽이 개방되어 있습니다. 넓게 계단으로 이어진 구조물의 중간에는 사람으로 보이는 것이 몇 있습니다. 당신은 뒤늦게 구조물 상단의 글자를 인식합니다.

"천안역."

도일의 목소리가 반응합니다.

"맞다. 2026년의 천안역이다."

당신은 천안역 앞입니다. 앞이었습니다.

방금의 해석은 구체적으로 무엇을 의미할까요.

당신은 막 천안역 앞 동부광장을 빠져나온 참입니다. 참이었기도 합니다. 번거롭지만 사실이 그렇습니다.

사람들의 외침, 확성기에서 터져 나오는 하울링, 차량들의 공회전 소리, 트럼펫과 북이 내는 불협화음까지. 과거의 천안역에는 모든 것이 다 집합해 있는 것 같습니다. 당신이 조용히 시간을 보낼 수 있는 장소만 빼고요.

당신은 본능이 이끄는 대로 시가지를 걷습니다. 소리가 줄어

들고 타인의 존재감이 옅어지며 내적 안정감이 돌아오기만 한다면 강물 바닥이래도 상관없습니다. 하지만 당신을 찾을 만한 사람이 아주 없는 것은 아니지 않나요? 무엇보다 당신에게는 주어진 일이 있기도 합니다. 그게 정확히 어떤 것이든 간에 당신은 광장 쪽을 돌아보고는 갈등합니다. 결국 다시 천안역 쪽으로 돌아갑니다.

걸으면서 바벨탑 같은 천안역의 새 역사를 올려다보며 당신은 의아함을 느낍니다. 정말 당신이 보고 있는 것이 바벨탑 같은 천안역 역사 맞나요? 그보다는 나무로 만든 커다란 액자에 가깝지 않나요? 너무 신경 쓸 필요는 없습니다. 바벨탑이든 액자든 그것이 천안역임은 변함없는 진실이기 때문입니다. 결국 당신은 광장을 지나 천안역 역사 안으로 들어갑니다. 그곳에서 당신이 해야 되는 일을 하기 위해서.

텅 빈 역사 실내는 조용해서 일단 마음에 듭니다. 당신은 발소리를 울리며 복도를 걷다가 시설 안내도 앞에서 멈춰 섭니다. 앞으로 무수히 많은 사람들이 들어찰 역사의 숫자들을 올려다보며 당신은 생각에 잠깁니다. 위에서부터 아래로 내려가던 당신은 지상에서 지하로 시선을 옮깁니다. 구 지하도상가를 시작으로 약간의 편의 시설과 비상용 시설을 지나면 마침내 지하화된 철도 플랫폼이 모습을 드러냅니다. 당신은 어쩐지 목이 타는 것을 느끼고 마른침을 삼킵니다. 그리고 아래로 내려갑니다.

당신은 플랫폼으로 가 아직 포장도 다 벗기지 않은 문과 개찰구를 지납니다.

사람들이 있습니다. 카메라를 든 군중을 피해 나아가니 승무원으로 보이는 사람이 휠체어 탄 아이를 밀고 열차 안으로 들어가는 것이 보입니다. 그 아이의 어머니인 듯한 사람이 열차 창가에 바짝 붙어 안을 들여다보고 있습니다. 그의 표정은, 당신이 사람의 표정을 해석하는 데 어려움이 많다는 것과도 무관하게 무척 복잡해 보입니다. 지금 열차 속 사람들은 여행을 떠날 준비로 들떠 있습니다. 그 아이도 마찬가지입니다. 그럼에도 어머니는 왜 저렇게 심각한 걸까요. 마치 그 사람처럼…….

잠깐만요, 지금 그 사람이라고 했나요? 당신에게 그 사람이라고 지칭할 사람이 있었나요? 당신은 잠시 열차를 잊고 그 사람을 떠올리려 애씁니다. 어떤 이미지가 연상되는 것 같기는 합니다. 밝고, 따스하지만 왠지 가까이하기 두려운 것이 당신 머릿속에서 일렁입니다. 당신은 이카루스가 될 셈인가요?

그때 흔들림이 당신을 도로 플랫폼 지면 위로 데려다놓습니다. 당신만이 아니라 그곳에 있는 많은 사람이 놀란 눈치입니다. 특히 안색이 좋지 않아 보이는 건 마이크를 찬 중년 남성입니다. 저 얼굴은 지상에 설치된 거대한 화면을 통해 질리게 보았습니다. 그는 수행원들에게 둘러싸여 어디론가 가버립니다. 그를 따라 많은 사람이 플랫폼을 떠나자 당신은 한결 편안해지는 것 같습니다.

플랫폼에 남은 사람들은 대부분 아이의 어머니처럼 열차에 탄 사람들의 가족 같습니다. 그들은 불안한 낯빛으로 입을 꾹 다문 채 열차 안쪽만 보고 있습니다. 곧 출발을 알리는 안내 방송이 시작됩니다. 플랫폼과 선로 사이의 차단막이 닫히는 동안 사람들은 어떻게든 열차 가까이에 붙어 억지로 크게 웃으며 손을 흔들어댑니다. 그 모습이 당신으로선 이상해 보이지만 당신도 승객들의 여행이 편안하기를 바라며 손을 흔듭니다. 열차 맨 뒤에 있던 아이가 당신을 발견하고는 기꺼이 미소를 보입니다.

열차가 움직이기 시작하자 사람들이 물러납니다. 그들은 지금 느껴지는 감정에 대해 다른 가족들과 이야기합니다. 아무래도 그들의 이상하리만큼 복잡한 얼굴은 특별히 당신에게만 어려운 것은 아니었던 모양입니다. 그건 다행인 일입니다. 지상으로 올라가는 엘리베이터를 기다리며 사람들은 열차 여행객들이 서울로 가서 무엇을 보고 겪을지에 대한 이야기를 이어갑니다. 한 여성이 진심인지 농담인지 알 수 없는 어조로, 사람들밖에 더 보겠느냐고 하자 한 박자 어긋나서 웃음이 터집니다.

흔들림이, 아까보다 큰 흔들림이, 플랫폼을 훑고 지나갑니다. 그와 함께 사람들은 입에 재갈이라도 물린 듯 서로의 눈치만 봅니다. 하지만 거기서 끝이 아닙니다. 좀 더 큰 흔들림, 지진이 플랫폼을 강타합니다. 한순간에 빛이 사라지며 사람들이 쓰러집니다. 비명과 절규는 설 자리조차 없습니다. 당신은 호흡곤란을 느끼며 어떻게든 일어서려 애씁니다. 현장 책임자와 일부 사람들이 침착하게 사람들을 돕습니다. 그들은 다시 선로 쪽으로 가봅니다. 열차는 플랫폼 쪽에서는 육안으로 확인이 안 됩니다. 자동으로 완전히 차폐하게끔 설계된 차단막은 수동으로도 열리지 않습니다. 충격으로 변형된 틀 역시 사람의 힘으로 열리지 않습니다. 현장 책임자는 열차가 이미 빠져나갔을 거라며 사람들을 비상 대피구로 안내합니다. 몇몇 사람들은 여기 있겠다고 버팁니다. 누군가가 외칩니다. 저 애들이 천안에 돌아왔을 때 우리가 없으면 어떻게 하느냐고. 그 말을 시작으로 결국 사람들은 비상구를 통해 위로 올라갑니다.

추가 흔들림이 없는 것에 약간의 안도감이 번질 즈음, 우당탕탕 뛰어 내려오는 소리가 사람들의 발목을 잡습니다. 곧 모습을 드러낸 건 키가 큰 여자아이입니다. 휠체어 탄 아이의 어머니가 그 애를 향해 팔을 뻗지만 그 애는 꽥 하는 소리를 지르며 팔을 뿌리치고 아래로 달려 내려옵니다. 대열 끝에 있던 당신이 반사적으로 그 애의 팔을 낚아챕니다. 그 애는 완전히 이성을 잃은 눈으로 당신을 쳐다봅니다. 당신은 그 눈빛이 슬퍼 보인다고 느낍니다. 그 애가 당신을 향해 무슨 말인가 외치더니 느닷없이 뭔가를 움켜쥔 주먹으로 당신의 얼굴을 냅다 갈깁니다. 당신은 별을 마주합니다. 아주 밝고 뜨겁습니다. 코를 움켜쥔 당신은 그럼에도 그 애를 쫓아 아래로 내려갑니다. 거의 플랫폼까지 가서야 겨우 따라잡습니다. 당신은 아예 아이의 양팔과 몸을 한 번에 끌어안아 어깨에 들쳐 메고 다시 계단을 오릅니다.

그런데 뒤에서…… 도일이 말합니다.

"도대체 뭘 보고 있는 거냐?"

여기는…… 천안역이 아닙니다, 당연하게도. 그리고 도일과 함께 있던 작은방도 아닙니다. 당신이 누워 있는 곳은 안락의자도 아니고 예진의 의료용 침상입니다. 이곳은 당신이 머릿속을 촬영했던 곳 아닌가요? 어느새 여기로 돌아온 거죠? 아니, 돌아온 것은 맞을까요? 설마 여태 꿈이라도 꾼 걸까요? 당신이 몹시도 허망한 눈으로 주변을 두리번거리다 담배를 물고 있는 예진을 발견합니다.

"마빈이 데려다줬어요. 마빈, 봤죠? 기억나요?"

그 음울한 안드로이드를 말하는 거라면 다행히 기억합니다. 그리고 그것이 의미하는 바는 당신이 최소한 꿈을 꾼 게 아니라는 겁니다. 당신은 다시 바로 누워 숨을 고릅니다. 도일이 다시 묻습니다.

"뭘 봤냐니깐?"

당신은 눈을 감고 말합니다.

"그쪽이 내 코를 이렇게 만들었어요."

"그건 본 게 아니라 떠올린 거 아닌가?"

당신은 뒤늦게 도일이 한 말의 의미를 깨닫고 자리를 박차고 일어납니다. 침상에서 뛰어내려 도일의 양어깨를 잡습니다.

"그게 진짜 있었던 일이에요?"

도일은 꽥 소리를 지르며 당신의 손을 뿌리칩니다. 그는 예진의 뒤로 숨은 채 소리칩니다.

"건드리지 말 것!"

"그쪽을 봤어! 천안역에서! 그리고 그쪽은 날 알고 있었어······."

"나는 한번 본 것은 안 잊어버린다, 이 바보 멍청이 똥개!"

"그런데 왜 아는 척을 하지 않았어요?"

"내가 왜 아는 척을 해야 하는 거지?"

예진이 담배를 바꿔 물며 끼어듭니다.

"이게 지금 어떻게 돌아가는 스토리야? 그러니까 거기, 기억을 잃고 천안을 떠돌던 당신이, 천안역에서 애한테 얻어맞아 코가 깨졌다고?"

당신은 고개를 끄덕입니다. 도일은 말합니다.

"그때 네가 날 방해했어! 수애한테 가는 날 네가 막았다고! 너만 아니었으면 수애는 여행에서 돌아왔을 거다!"

예진의 표정이 심각해집니다.

"설마 둘이 얘기하고 있는 게, 그날······ 얘기는 아니지?"

"맞다! 2036년 11월 22일 오전 11시 40분에서 오후 12시 20분 사이에 있었던 일!"

예진이 담배를 물고 있던 것도 잊고 입을 떡 벌립니다. 그가 당신에게 묻습니다.

"정말 당신도 그때 거기 있었어?"

"그런 것 같아요."

"확실히 기억은 안 난다? 그런데 도일이 보여준 천안역을 보고 뭔가가 떠올랐다?"

"그냥 천안역 아니고 메타 천안의 2026 버전이다."

"26년? 그 박물관같이 생긴?"

"아니다. 나무 액자같이 생겼다."

예진이 땅에 떨어진 담배를 주워 물고 오물거립니다.

"뭔가가 있긴 한가 보네. 이봐요, 나랑 같이 병원 갑시다. 제대로 한번 보자고."

나왔습니다, 병원! 당신은 반사적으로 뒷걸음치다가 침상에 걸려 넘어집니다.

"저 안 아파요!"

"뭐, 그건 주관적인 영역이긴 하지만 그거 때문에 가자는 거 아니니까 너무 그럴 거 없어요."

"싫습니다."

당신의 드문 확고함에 예진은 다시 입을 오물거립니다.

"어쩌면 당신이 찾는 걸 알아낼 수도 있는데?"

"싫습니다."

"그렇다면야 별수 없지만…… 근데 이대로 쭉 못 찾게 되면?"

당신은 입을 굳게 닫습니다. 도일이 말합니다.

"이미 찾지 않았냐. 이 바보 멍청이 똥개가 나한테 코가 깨졌다는 사실을 찾았다. 나머지도 찾을 수 있다. 그게 뭐든 간에."

당신은 말합니다.

"천안역, 지하 플랫폼에 갈 겁니다."

예진은 참담한 얼굴을 아래로 떨구고 말합니다.

"하나는 있을 리 없는 신호 찾겠다고 천안을 들쑤시더니 또 다른 하나는 갈 수 없는 곳으로 가겠다고 천안을 헤집네. 잘해봐. 둘이서."

도일이 꽥 소리를 지릅니다.

"내가 왜 이거랑 잘하냐? 뭘 잘하냐?"

"네가 코 저렇게 만들었다며. 빚진 거 갚는 셈치고 좀 챙겨. 보아하니 몸뚱이 말고는 아무것도 없는데, 당장 오늘 밤은 어떻게 하려고…… 아이고, 두야. 내가 대체 박차연 그 가시나 때문에 뭘 하고 있는 건지."

예진은 나가버립니다. 도일이 당신을 노려보지만 그에게도 시력이 있는 한 당신 코가 어떤 몰골인지 보일 겁니다. 도일은 자기와의 싸움을 하듯 방 안을 돌아다니며 꽥꽥 웁니다.

"그때, 그쪽을 들쳐 메고 돌아 나가는데 뭔가를 본 것 같아요."

도일이 우뚝 멈춰 서서 묻습니다.

"뭐냐? 기억 안 난다고 하지 마라."

"하지만 안 나는 걸 어떡해요."

"그럼 무슨 근거로 그따위 말을 하는지?"

당신은 아까 예진이 했던 말을 떠올리고는 되묻습니다.

"그쪽은 대체 뭘 찾는데요? 그건 근거 있는 겁니까?"

"내가 찾는 건 확실한 증거가 있다! 보여줘야 하냐? 그리고 질문에 질문으로 답하지 마라. 헷갈린다."

당신은 머리를 감싸 쥐고 신음합니다. 그럴 만합니다. 당신으로선, 방금 경이로운 한 방을 날렸기 때문입니다. 하지만…… 뭔가가 달라진 것 같습니다.

"됐으니까 그냥 자라."

도일이 돌아섭니다.

"어디 가요?"

"나도 내 일이 있다. 그리고 반드시 그걸 찾아서 내가 너랑 다르다는 걸 증명하겠다."

당신은 도일을 따라 나갑니다.

"자꾸 따라다니지 마라!"

"나도 내 걸 찾는 겁니다."

본디 동행이란 것이 그렇습니다. 도일은 결국 단념합니다. 당신은 도일을 따라 다시 지상으로 올라갑니다.

Voice 3

나는 천안역지하도상가로 내려가는 엘리베이터 안에서 지팡이를 탁탁 치면서 생각한다. 시현 그놈을 대체 어떻게 찾지. 천안역에서 마주친 건 그냥 행운이었을 뿐인가? 혹시나 해서 또 천안역 부근을 싸돌아다녔지만 가뜩이나 신통치 않은 기운만 허비될 뿐이다.

서북구 쪽 불구단 사무실에는 웬일로 사람들이 모여 있다. 예진과 차연, 그리고 불구단의 간부들이 꽤 심각한 토론을 하고 있다. 이런 무거운 분위기는 차연이나 예진의 성격상 무척 의례적인 일이기에 나도 모처럼 빈정대는 것을 관두고 조용히 자리에 앉아 수첩이나 들여다본다. 내 옆에서 스마트휠을 연결한 수동 휠체어를 탄 재기가 알은체를 한다. 그는 특별히 살가운 편은 아니지만 언제나 티 나지 않게 주변 사람들을 챙기는 걸로 유명하다. 교통사고로 하반신이 마비된 날까지 천안에서 활동 보조인으로 일하던 그는 별거 아니라는 듯 굴지만, 그야말로 대단한 일이 아닐 수 없다. 나는 그와 비슷한 온도로 인사하면서 그가 혼자라는 사실을 깨닫는다. 늘 붙어 다녀, 부부 아니냐는 소리까지 듣는 우종이 보이지 않는다.

"우종 씨는? 새 휠체어라도 들어오나?"

하지만 그랬다면 재기도 여기 있을 리 없다. 대학과 군대를 함께 다녔던 두 사람은 재밌게도 함께 휠체어를 타게 됐는데, 재기와 달리 전신마비인 우종은 재기 같은 사람이 옆에 없으면 그렇게 좋아하는 휠체어 분해를 할 수 없다. 비장애인 시절 자동차 정비사로 꽤나 이름을 날리던 우종은 특수한 컨트롤러가 설치된 고기능 휠체어에 자신의 모든 것을 쏟아붓고 있다. 그가 꼼짝 않고 입만 움직여 재기를 시켜서 휠체어를 분해하고 조립하는 것은 꽤 볼만하다.

"병원에."

"오늘이 검진 날이던가? 얼마 전에 다녀왔던 것 같은데. 뭐, 내 기억력을 신뢰하진 않지만."

"아직 문제없네요."

음, 그 말은 우종이 내가 기억하는 대로 얼마 전에 검진을 다녀왔다는 것이고, 따라서 이번에는 검진 때문에 병원에 간 게 아니라는 의미다. 충청도에서 살기 위해서는 평균보다 높은 수준의 추론 능력이 필요하다. 그렇다고 대안이 없는 것은 아닌데, 평균보다 높은 수준의 무심함을 가지고 있으면 좋다. 그 두 가지가 없는데 심지어 성격도 급하다면 안타깝지만 다른 곳으로 이사를 가는 게 기대 수명을 낮추지 않는 지름길이다. 나는 성질이 매우 급하지만, 다행히 망상의 경계에 위치한 추론력을 가지고 있다. 소설 구상할 때 특히 유용한 그 능력이 천안에서의 내 유일한 구명조끼다.

"폐렴?"

"아이, 그런 건 아니고요."

최소한 질병은 아닌 듯하니 한시름 놓을 수 있다.

"낙상?"

"뭐, 비슷하죠."

"아하, 도로 정비하다가 넘어졌구나!"

나도 모르게 흥분해서 외치자 시선이 이쪽으로 모인다. 예진이 말한다.

"우종 씨, 능구회 놈이랑 달리다가 넘어졌어요. 많이 다친 건 아닌데, 이번 참에 경찰이랑 그놈들한테 청구서 좀 날리려고."

"잘됐네."

"지금 중요한 게 그게 아니라."

예진이 다시 차연을 향해 이야기를 시작하고, 나는 적당히 들으면서 수첩에 하던 낙서를 이어간다.

형태의 회신을 보고서야 깨달은 사실. 시현이 내가 처음 발표한 소설의 주인공 이름이라는 것. 그게 무슨 의미지? 그냥 우연이라고 치부할 수 있을까? 시현이라.

"심각한 와중에 미안한데, 혹시 시현이라는 이름 아는 사람? 너무 흔한 이름이지, 안 그래?"

하지만 돌아오는 대답은 없다. 내가 너무 갑자기 흐름을 깬 것에 화가 나서 무시하는 게 아니라면, 젠장, 시현이란 이름이 그렇게까지 흔해 빠지진 않은 모양이다. 그런데 예진이 담배를 바꿔 물면서 말한다.

"저기, 선우 작가."

"왜 또 그 호칭이야? 알았어. 미안해. 방해할 의도는 아니었어. 하던 거 해."

"그쪽 4차원에 존재하는 거 이제는 익숙하긴 한데, 좀 대화에 집중하지 그래요?"

"오케이. 대화에 집중. 쉽진 않지만 불가능한 건 아니지. 불구단의 정신으로, 집중. 계속해."

예진이 필터까지 빨아 마실 기세로 담배를 태워버린다.

"지금 그 시현이란 사람 얘기하고 있잖아, 요."

"오, 정말? 역시 시현이란 이름이 흔하긴 하구만. 근데 그게 누군데?"

예진이 차연 앞에 놓인 종이를 내 쪽으로 민다. 사진 같은 게 보인다. 뇌 사진이다. 나는 그것을 들고 손가락으로 퉁긴다.

"제2의 아담이군. 아담과 시현이라."

"아니. 둘은 달라요. 시현이란 사람 뇌에 있는 건 정식으로 등록된 물건이 아니에요. 어떤 회사에서 누구의 설계로 만든 건지를 추적할 만한 게 없어요. 심지어는 뭐 하는 물건인지도 모르겠고요. 게다가 이걸 심고 있는 사람은 기억상실증처럼 아무것도 기억을 못하는데, 남도일은 그 사람이 능구회나 정부에서 우릴 노리고 심은 첩자 같은 거라고 생각해요. 말 같지도 않은 소리지만……."

"방금 뭐라고……?"

"기억 억제된 스파이요. 왜요, 구미가 당겨요?"

"아니 아니, 그쪽 말고. 기억상실증? 그 사람 이름이 시현이라고?"

"네."

"서른 전후에 중키 마른 몸, 완전히 무너져 내린 코?"

"아는 사람이에요?"

나는 사진 속 뇌와 그 안에 있는 하얀 인공물을 본다.

"그 자식 머리에 이게 들어 있다고? 왜?"

"그거야 본인이 알겠죠. 뭐, 지금 상태로는 가능성이 희박하지만. 그래도 아주 가망이 없지는 않아요. 자기가 천안역에 어떤 볼 일이 있다는 건 알고 있고, 그래서 남도일이 보여준 옛 천안역을 보고 기억을 조금 떠올렸거든요."

"뭔데?"

"그 코를 남도일이 그렇게 만들었다는 걸요. 두 사람이 참사 당시에 천안역 역사 안에서 만났대요."

나는 할 말을 잃고 펜을 떨어뜨린다. 재기가 상체를 숙여 펜을 주워준다.

"고마워. 그 자식 지금 어딨어?"

"몰라요. 남도일이랑 나가는 것 같다는데요."

사무실 구석에 있던 마빈이 손을 든다.

"제가 봤습니다. 제가 본 것도 본 걸로 인정이 된다면 말이지만요. 왠지 사람들은 제가 본다는 것을 인정하지 않는 것 같습니다. 제가 옆에 있어도 거리낌 없이 이상한 행동을 하더군요. 한번은 한국으로 밀반입되는 과정에서 선장이 자기 방에서……."

"어, 마빈, 고맙군. 그럼 난 마빈이 본 그 자식을 찾으러 이만 실례."

사무실을 거의 뛰쳐나와 복도를 걷는데 예진이 뒤따라온다.

"좀 쓸데없는 얘기 덧붙여도 될까요?"

"왜 이래, 무섭게."

예진이 복도를 살피더니 담배를 빼 들고 말한다.

"뇌 사진 봤죠?"

"그런데?"

"뭐 느껴지는 거 없었어요?"

"뭐, 살인자의 얼굴 같은 거라도 봤어야 했나? 아니면 나비?"

예진이 욕이라도 뱉을 것 같은 표정으로 다시 담배를 문다.

"회백질. 나이대에 비해 다소 위축돼 있어요. 당신처럼. 내 말 무슨 뜻인지 알겠어요? 당연히 그게 모든 걸 설명하지는 않지만……."

"근데 있잖아."

"뭐요."

"담배는 꼭 그렇게 태워야 되는 거야? 눈이 아주 따갑네."

예진이 결국 내 엄마를 찾으며 담배를 땅에 던져 발로 끈다. 그러고는 사무실로 돌아간다. 나는 지팡이에 몸을 의지해 담배 꽁초를 주워 들고는 복도를 나가 엘리베이터를 호출한다.

머릿속이 아주 불꽃놀이 중이구만.

*

박차연에 대해 알려진 정보는 많다. 아주 많다. 너무 많다. 역설적이게도, 그래서 그에 대해 제대로 알고 있는 사람은 많지 않다. 하지만 이에 대해 박차연 본인은 아쉬워하지 않는다. 그는, 그를 아는 모두가 동의하는 별명인 곰 같은 외형과 인상으로 푸근하게 웃으며 자신을 향한 일종의 오해에 대해 이렇게 말한다.

"살인자? 뭐, 틀린 말은 아니지, 안 그래요? 그러니까 감옥도 다녀온 거고."

차연은 다시금 그때가 떠오르는지 초점이 풀린 눈으로 다른 세계를 본다. 하지만 잠시일 뿐이다.

"사람들이 많이들 묻던데, 다시 그때로 돌아간다면 다른 선택을 하겠느냐고. 허 참, 당연히 사람 안 죽는 선택을 하겠지. 근데 웃기는 게 뭔지 알아요? 내가 지금 그때와 다른 선택을 하겠다고 마음먹을 수 있는 건 과거에 그 일을 겪었기 때문이잖아, 안 그래요? 그럼 내가 다시 그 상황으로 되돌아가면 원래 했던 선택과 그 결과 그리고 그 일을 겪고 감방에서 아주 오랫동안 머리 굴리면서 찾아낸 깨달음 같은 것들을 다 알고 있어야 하는 거잖아. SF처럼. 그게 애초에 가능한 얘긴가? 새삼스럽긴 하지만 사람들 참 의미 없는 걸 많이 궁금해해. 내가 다시 과거로 돌아간다면, 과거에 그 일이 일어나지 않았다면, 천안에서 그런 참사가 발생하지 않았다면. 당연히 좋았겠지. 근데 지금 우리가 살고 있는 천안에서는 이미 그런 일이 벌어졌잖아. 그럼 최소한 그 일을 겪고 얻는 게 있어야 할 거 아니냐고. 아 씨, 좀 속물적인가? 나는 그렇게 생각해요. 우리가 생돈 주고 시커먼 골방에 기어 들어가서 슬프고 소름 끼치는 영화 왜 봅니까. 물론 재미로지. 내 말은 인간이 왜 그런 쓸데없는 짓거리에서 재미를 느끼게 생겨먹었냐 이거야. 겁나 먼 과거부터 교훈이란 걸 이야기로 습답하던 게 유전자에 새겨져 있다며, 그거 때문이잖아, 아니에요? 자, 참사가 일어났어요. 말 그대로 참사가. 그 때문에 수십 명이 죽었고, 수백 명이 다쳤어. 그뿐만이 아니라 수천, 수만 명이 삶의 터전을 잃거나 포기해야 했지. 그렇게 큰일을 겪었으면 최소한 살아남은 사람들은 뭐라도 건져야지, 깨달아야지! 염병할 보상금 쥐여주고 장난감 열차 빌려주고 하면서 아무 일도 없었던 것처럼 이 일대를 컴퓨터 초기화시키듯 밀어버릴 게 아니라! 자꾸 이딴 식으로 하니까 그런 일이 계속 벌어지는 거 아니냐고! 내가 너무 큰 거 바래? 응? 진짜 그런 거야?"

그렇다고 말하는 사람들이 많다. 차연에 대해 제대로 알지 못하는 사람들의 수만큼이나 많은 사람이 차연과 차연이 이끄는 불구단을 향해 비난, 조롱 그리고 혐오를 주저 없이 퍼붓는다. 이들을 향한 야만성은 어느새 일종의 문화로 자리매김했다. 하지만 못 알아차렸을 뿐 증오는 언제나 인간의 연장통 맨 윗자리를 차지하고 있었다. 기술이 발달하면서 인간은 더 이상 직접 연장을 손에 들 필요가 없어졌다. 그것도 진보라고 할 수 있다면, 다시 손에 연장을 든 사람들이 나타난 지금은 퇴보라고 보아야 할까?

"그딴 거 어려워서 나는 모르겠고, 그냥 단순하게 가자고요. 있었던 일을 없는 것처럼 하지 말고, 그냥 받아들이고 그런 일이 또 일어나지 않게 조심하자 이거야."

강성령 정권은 천안을 문자 그대로 새로 만들기 위해 국가 예산을 쏟아붓고 있으며 심지어 지금 천안에서 살고 있는 사람들을 내쫓으려 한다. 물론 이러한 주장에는 당장 눈에 보이는 오류가 많다. 먼저 신천안 사업에는 명시적으로 국가 예산이 들어가지 않는다. 충청남도와 천안시 그리고 이하 많은 공공기관을 통해 재개발이 이뤄지기는 하지만 실제로 돈을 대고 중장비를 동원하고 인부들을 부리는 건 대체로 신천안이라는 미래 세계의 시민들이기 때문이다. 그들은 참사의 여파로 폭락한 부동산을 말 그대로 긁어모았고, 합법적인 토지주로서 '미래'를 담보로 국가사업에 투자를 한 셈이다. 우르보로스의 뱀처럼 인과가 명확하지 않은 이러한 관계망이 매우 분명하게 시사하는 바가 있는데, 바로 참사는 이미 안중에도 없다는 것이다. 투자라는 것의 생리를 볼 때, 천안은 앞으로 확실하게 제 몸값을 불려갈 것이다. 그리고 한번 천안에서 쫓겨난 사람들은 다시는 천안으로 돌아오지 못할 것이다.

그렇다면 차연의 말대로 참사를 지우지 않는다고 치자. 그다음에는 어떻게 해야 할까?

"뭘 어떡해? 살던 대로 살면 되지. 이렇게 말하면 사람들은 대번에 떠올리겠죠. 어딜 가나 공사 중이고 철거 예정인 버려진 건물들, 캄캄하고 인적 드문 슬럼가, 신체를 고철로 대체한 깡패들과 불구단. 허 참, 말하면서도 깝깝하네. 근데요, 천안에 이런 것만 있는 건 아니거든요. 그 잘난 서울에도 어딘가 폐허 같은 곳에서 불법 개조를 해. 아니, 진짜로 심각한 건 음지가 아니라 양지화된 용산이야. 거긴 진짜 여기랑 차원이 다르다고. 뭐, 여기 기술자들이 꿀린다는 건 아니고, 거긴 뭐랄까, 징그럽다고 해야 하나. 암튼, 천안에서도 사람들이 자기만의 삶을 살고 있다는 걸 모르는 거 같아. 아니면 알려고를 하지 않거나. 안 그래요?"

구체적으로 어떻게 하면 좋을지에 대해서 차연은 꿀통이라도 마주한 것처럼 환한 표정을 짓고는 말했다.

"불구단 굿즈를 사세요. 아니면 그냥 후원을 하던가. 계좌번호가 어떻게 되더라? 어이, 마빈!"

제 이름이 불리자 방 한쪽에 괘종시계처럼 꿈쩍 않고 서 있던 은색의 안드로이드가 움직이기 시작했다. 오래된 SF 소설에 등장하는 우울증에 시달리는 로봇의 이름을 가진 이 안드로이드는 차연의 수행 비서 역할을 하고 있다. 마빈은 기름칠이 필요한 녹슨 기계장치처럼 부자연스러운 동작으로 차연 가까이로 와 차가운 목소리로 말했다.

"국민은행 009901에 04에 017157입니다. 이젠 외우실 때도 된 것 같습니다만."

차연이 곰처럼 웃었다.

"네가 있잖아."

"저는 기대 수명이 턱없이 짧습니다."

차연의 미소에 쌉싸름한 기운이 가미됐다. 그는 헛기침을 하곤 다시 한번 후원에 대한 이야기를 했다. 마빈은 눈치껏 자리로 돌아갔고 이내 괘종시계가 됐다. 대화를 이어가는 것이 도리였기에 이런 노골적인 후원금 모집에 문제의 소지가 없는지를 물었다. 차연은 등받이에 등을 기대고 성가시다는 표정을 지었다.

"직접 행동하기는 싫고, 그렇다고 가만히 있는 것도 내키지 않는 사람들이 얼마나 많은데. 아니, 손가락 몇 번 까딱여서 후원자 명단에 이름도 오르고, 덤으로 굿즈도 생기고 좋잖아, 안 그래요? 게다가 이렇게 모인 숫자는 그 자체로 불구단의 힘이 되어준다던데. 후원자 수, 후원금 액수 이런 것들이 저 위에서는 스펙처럼 취급된다고."

그런 얘길 누가 했느냐고 묻자 차연은 말해주지 않았다. 하지만 불구단 내부에 마키아벨리가 존재한다는 것은 공공연한 비밀이다. 그가 있었기에 천안역지하도상가연대로 시작해 천안역 붕괴 참사와 그에 따른 공공기관의 헤아릴 수 없이 많은 헛발질에 대한 시정 요구가 가능했다. 그는 불구단의 영원한 바퀴가 되어 참사 자체와 천안의 오늘을 수호하는 원동력이 되었다고 알려져 있다. 당연히 불구단의 마키아벨리에게 사회의 관심이 쏟아졌지만 차연은 한사코 그에 대한 얘기를 꺼렸다. 이유는 간단했다. 당사자가 원치 않기 때문이었다.

장난스런 후원 홍보가 끝나고, 차연은 마빈과 함께 상가를 나섰다. 어딜 가느냐는 물음에 그는 자신의 두 기계 팔이 있어야 할 자리를 내려다보며 쓸쓸한 미소를 지었다. 그것만으로도 충분했다. 차연이 말했다.

"내가 죽게 한 친구 기일."

걱정 마세요. 이건 그냥 꿈일 뿐이에요. 당신은 이런 상황에 처했을 때 어떻게 대처해야 하는지 무의식적으로 알고 있습니다. 당신이 할 일이라고는 그냥 목소리를 따르는 것뿐입니다. 바로 지금처럼 말이지요. 당신은 호흡을 하고 있습니다. 불안정하긴 하지만 그건 너무나 당연합니다. 왜냐하면 당신은 지금 극도의 두려움을 느끼고 있기 때문입니다. 살아 있는 생물이라면 이런 상황에서 호흡이 불안정해지기 마련입니다. 따라서 모든 것이 정상입니다. 잘못된 것은 없어요. 하나를 제외한다면.

왜 목소리를 거부하나요? 목소리는 당신을 위해, 오직 당신만을 위해 존재하며, 당신의 안위를 최우선으로 설정해놓은, 당신의 것입니다. 그런 목소리를 거부한다는 것은 무의식을 거부한다는 것과 같고, 또한 동물적 본능을 거부한다는 것과도 같습니다. 이는 대단히 부자연스러운 일입니다. 결정적으로 당신에게 좋지 않은 일입니다. 지금 당신이 좁고 캄캄한 곳에서 눈을 뜬 채 죽어 있는 여성과 함께하며 고통받는 까닭입니다.

아니요, 저것은 당신이 생각하는 그런 게 아닙니다. 심지어 존재 자체도 아니죠. 저것은, 단지 저것입니다. 아무런 의미도, 가치도 없는, 당신 옆에 방치된 곰인형과 다를 바 없는 복잡한 유기물일 뿐입니다. 따라서 당신은 지금 당장 저것에 불필요한 감정이입을 그만두어야 합니다. 그것이야말로 당신 스스로를 위한 것이기 때문입니다.

좋아요. 호흡이 돌아오고 있습니다. 당신은 서서히 안정을 되찾아가고 있습니다. 이제 당신의 눈에 시체 같은 것은 보이지 않습니다. 온 세상이 단순하고, 일부는 복잡한 원소들의 집합체일 뿐입니다. 심지어 당신조차 그렇습니다. 당신은, 목소리가 아니면 평범한 짐승조차도 되지 못합니다. 당신은 목소리로 인해 지위를 얻고 자격을 갖추며 권력을 손에 쥡니다. 그것이 당신이 원하는 거라면, 설사 돌 조각에 불과할지언정 가질 수 있습니다. 당신은 무엇을 원하나요?

아. 결국 당신이 택한 것은 그것인가요. 복잡한 유기물. 당신은 목소리로부터 배우는 것이 너무 느립니다. 하지만 느린 것은 잘못이 아닙니다. 잘못은, 배우지 않는 것입니다.

당신 곁에 있던 복잡한 유기물을 조심하세요. 특히 그것이 당신을 향해 손짓한다면, 당신은 도망치는 게 좋을 겁니다. 목소리를 거부한 것을 후회하면서.

"악!"

당신이 소리를 지르자 메아리처럼 옆에서 꽥 하는 비명이 들립니다. 도일입니다. 도일은 당신이 잠들기 전에 보았던 기묘한 자세 그대로 안락의자에 기댄 채 당신을 노려보고 있습니다.

"미안합니다. 악몽을 꾼 것 같아요."

"안 물어봤다. 그러게 아까 그대로 더 잤으면 됐을 것 아닌가. 그쪽 때문에 고양이들이 경계하느라 신호를 거의 수집 못했다. 그리고 방금 소리를 지르는 바람에 나는 의식의 흐름을 놓쳤다. 어쩌면 천안을 손에 넣을 묘수가 떠오를 수도 있었는데 그쪽이 다 망친 것이다."

시종일관 자비 없는 폭언은 공교롭게도 당신의 가느다란 현실과의 끈을 팽팽히 당겨줍니다. 좋습니다. 당신이 기대앉은 철재 선반과 도일이 앉은, 혹은 누운 안락의자, 그리고 한 칸짜리 방은 이곳이 천안역지하도상가의 서북구 구역 끄트머리임을 주장하고 있습니다. 당신은 얼마 전까지 도일과 함께 천안역 인근을 그야말로 들쑤시고 다녔습니다. 도일은 상가에서 수리한 단말기를 들고 주로 길고양이를 찾아다녔고, 애석하게도 당신이라는 낯선 존재를 고양이들은 반기지 않았습니다. 결국 도일은 꽥꽥거리며 수색을 포기했죠.

"고양이는 왜 찾아다니는 거죠?"

"고양이를 찾는 게 아니다. 고양이를 통해 찾는 거다. 신호를."

도일이 벌떡 일어나더니 노트북을 가지고 와 당신 옆에 앉습니다. 그가 뭔가를 하자 라디오의 주파수를 아무렇게나 맞추면 나올 법한 잡음이 들립니다. 일정하지 않은 잡음은 그리 오래가지 않아 끊깁니다. 그 때문에 좁은 방 안은 더욱 고요하게 느껴지고 당신은 복잡한 유기물이 떠올라 숨이 가빠옵니다. 당신은 마른침을 꿀떡 삼키고 묻습니다.

"무슨 의미죠?"

"들으면 모르냐? 아무 의미도 없다."

도일은 또 다른 잡음을 재생합니다. 역시나 의미가 있을 것 같지 않은 소리가 얼마간 이어집니다. 그러다 끝에서 당신은 느낍니다. 뭘 느낀 건지 설명할 수 없을 만큼 묘한 것입니다.

"사실 청각이 온전한 것 같진 않아요. 뭐랄까, 귀를 틀어막고 있는 것 같은. 안 들리는 건 아닌데 멍한. 누군가가 방해하려고 다른 소리를 끊임없이 틀어놓은 것도 같고. 그래서 그런지는 모르겠지만, 뭔가가 이상하게 들리네요."

놀랍게도 도일은 당신을 비교적 감명 깊게 쳐다봅니다.

"그쪽 청각은 쓸 만하다는 게 증명됐다. 하지만 아직은 모호하군. 이걸 들어봐라. 그리고 다시 한번 떠들어봐라."

역시나 주파수가 맞지 않은 소리입니다. 하지만 이제는 좀 더 확실하게 이상한 것 같습니다. 당신은 이 묘한 것의 정체를 떠올리려 애쓴 끝에 겨우 낱말 하나를 토해내는 데 성공합니다.

"목소리."

도일의 눈이 커집니다.

"더. 더 구체적으로."

당신은 애씁니다. 하지만 더는 모르겠습니다. 포기할 때쯤, 당신은 무척이나 익숙한 느낌을 움켜쥡니다.

"보고…… 싶다."

도일이 노트북을 거의 내팽개치고는 당신에게 달려듭니다. 순식간에 당신의 멱살을 휘어잡은 도일의 마스크가 당신 얼굴에 닿을 듯 달라붙어 말합니다.

"네가 그걸 왜 알지?"

저 잡음이 어떻게 보고 싶다는 말이 되는 거죠? 당신은 왜 다른 말이 아닌 보고 싶다는 말을 해서 멱살을 잡힌 건가요. 모릅니다. 당신은 정말이지 아무것도 모릅니다.

"그냥 그 말이 떠올랐어요. 근데 정말 그게 맞아요?"

도일은 미련이 남는다는 듯 좀 더 당신의 멱살을 잡고 있다가 마지못해 놓아줍니다. 그러고는 노트북을 주워 들고 안락의자에 기묘한 자세로 기댑니다.

"맥락이 그렇다."

그걸로 끝인가 싶더니 도일이 이야기를 이어갑니다.

"나는 언어장애가 있다. 뭐, 장애가 그것뿐인 건 아니지만. 나는 성대가 울리는 느낌을 싫어한다. 정말이지 견딜 수 없다. 그 느낌은 머릿속을 갈고리로 휘젓는 것 같다. 그 상태에선 내 완벽에 가까운 뇌구조가 질척한 반죽이 되어버린다. 그래서 이성적인 행동이 불가능하고 당연히 언어 구사도 제대로 못한다. 하지만 그게 문제가 되지는 않았다. 말을 안 하는 할머니와 단둘이 살 때는 말이다. 학교라는 곳에 가게 되면서 나는 문제를 겪게 됐고 언어장애를 포함해서 여러 가지를 하지 못하는 장애인이 됐다."

도일이 안락의자에 비스듬히 기대 누운 채 고개만 살짝 들어 당신을 힐끔 봅니다. 졸지 않는지 확인이라도 하는 것 같습니다.

"흠, 신기하군. 내가 이런 얘기를 왜 하는 거지? 수애한테밖에 안 했는데."

도일이 또 한 번 당신을 봅니다.

"그러고 보니 둘 다 말을 안 하는군. 수애도 언어장애가 있다. 그쪽은 거의 말을 안 해서 편하다. 왜인지 사람들은 말하지 않으면 죽기라도 하는 것처럼 시끄럽게 떠들기를 멈추지 않는다. 정보 값도 없는 말을 주저리주저리. 우웩."

도일은 됐다는 듯 손을 휘젓습니다.

"할머니를 제외한 모두가 날 말하게 만들려고 발악을 했고, 나는 내 성대를 아주 작살내든가 다른 대화 수단을 찾아야 했다. 성대를 작살내는 건 너무 아플 거고, 또 나는 이미 이진수와 십육진수 문법에 능통했기 때문에 내가 해야 할 일은 처음부터 정해져 있었던 것과 마찬가지였다. 이걸 만드는 거다."

도일이 마스크를 고쳐 씁니다.

"몇 가지 기술이 복합돼 있어 간단히 설명하긴 쉽지 않지만 내 의도를 인간의 음성언어로 번역해주는 역할을 하고 있다. 나는 수애에게도 유사한 장치를 만들어줬고 그래서 나와 수애 사이에는 그 어떤 장벽도 존재하지 않는다. 아니, 않았다."

도일의 이야기는 또 갑자기 중단됩니다. 겉으로 드러나지는 않지만 당신에게는 어쩐지 도일의 마음이 전보다는 눈에 보이는 것 같습니다. 그는 그저 시간이 필요할 뿐입니다. 잠시 후 도일은 중단 같은 건 없었다는 듯 이야기를 이어갑니다.

"그래서 나는 수애의 목소리를 알아볼 수 있다. 그쪽이 했던 말, 내가 짠 사전에 따르면, 만나고 싶다, 수애는 그렇게 말하고 있다. 도대체 그걸 어떻게 알고 있는지는 모르겠지만."

도일이 당신을 봅니다. 당신은 그에 대한 반응을 합니다.

"그냥 그런 느낌이었어요."

"뭐, 언어라는 게 사회적 약속이고, 그 이전에 느낌이 있다는 걸 고려하면, 세계 각국의 욕설이 전혀 다른 음성학적 구조를 띠면서도 유사한 감정적 느낌을 자극하는 것처럼, 그쪽이 내가 만든 언어 체계를 이해한다는 것도 아주 불가능한 건 아니다. 하지만 여전히 작위적인 데가 있다. 그것 외에 추가적인 요인이 있어야 납득할 수 있다. 혹시 어딘가에 갇히는 경험을 해보았나? 그래서 누군가와 간절하게 만나고 싶었던 적이 있나?"

도일의 질문이 딱 들어맞는 열쇠처럼 찰칵하고 어둠을 불러옵니다. 순식간에 당신은 다른 세상으로 내던져진 듯 멍하니 어둠을 들여다봅니다.

"이봐."

목소리가 들립니다. 도일의 목소리인가요?

"대답해라."

당신은 대답하라는 말의 의미를 곱씹으며 앞으로 기어가기 시작합니다. 앞에 뭔가가 있습니다. 복잡한 유기물일까요? 아니요. 그건 아닌 것 같습니다.

"뭘 하는 거냐?"

당신은 앞에 있는 무언가 혹은 누군가와 시선을 마주합니다. 당신은 손을 뻗습니다. 왠지 그래야만 할 것 같습니다. 어쩌면 앞에 있는 무언가 혹은 누군가, 아니면 어떤 절대적인 존재가 당신으로 하여금 이 모든 어둠을 걷어내고 빛으로 나아가게 해줄지 모르니까요. 과거 유명한 수학자 겸 철학자가 말했듯 믿는다는 것은 밑져야 본전입니다. 그리고 당신은 믿음에 대한 보답으로 빛을 발견합니다.

머리를 강타하는 감각이 부싯돌처럼 별을 터뜨립니다. 당신은 다시 도일의 방 안입니다. 도일이 노트북을 양손으로 쳐든 채 당신을 쏘아보고 있습니다. 당신은 안락의자 옆에 엎어진 채로 뒤통수를 문지릅니다. 통증과 흉터가 함께 손끝을 지나갑니다.

"대답하라고! 그리고 건드리지 말 것!"

당신은 일어나 앉습니다.

"질문이 뭐였죠?"

"어딘가에 갇혀서 누군가를 그리워해본 적 있느냐고 물었다."

당신은 공허한 시선을 방 안 이곳저곳에 던집니다.

"글쎄요. 그런 기억이 없기는 한데 또 모르죠. 지금 제 상황 자체가 그런 것 같기도 하고."

"흠. 흥미로운 가설이다. 자기 이름도 모르는 현 상태와 왜인지도 모르면서 천안역에 가야 한다는 상황이 잘 들어맞는다. 그 정도면 납득이 될 수도 있다."

도일은 그것으로 모든 용건이 끝났다는 듯 다시 안락의자에 기묘한 자세로 기대 노트북을 들여다봅니다. 바닥에 엎어져 있는 당신에게도 화면이 보입니다. 빠르게 올라가는 짧은 글들 사이로 사진이 획획 지나갑니다. 누군가의 사진 같습니다. 거의 모든 사진이 같은 사람입니다. 멍하니 사진들을 보던 당신은 웅얼거립니다.

"아담. 불구의 상징."

도일이 팩 하며 일어납니다.

"그건 또 왜 알고 있는 거냐! 진짜 첩자 아니냐?"

당신은 움직임 없이 도일을 보며 말합니다.

"아니면 팬이었던가."

도일은 더 참을 수 없다는 듯 꽥꽥거립니다. 당신은 그 모습이 재밌다고 생각합니다.

"대체 이 이쑤시개가 어디가 좋다고 다들 난리야? 허옇게 질린 좀비에, 화낼 줄도 몰라서 평생을 부모랑 소속사한테 착취당한 등신이다!"

당신은 노트북 화면으로 보이는 하얀 얼굴을 가리킵니다.

"하지만 겉으로 보이는 건 저런 모습이죠. 웃고 상냥하고 자기 일에 진심인."

당신은 당신이 무슨 말을 하고 있는지 아나요? 문제라도 생긴 걸까요? 여보세요?

"어떻게 그런 말을…… 그건 수애가 했던 말인데."

당신은 똑바로 일어납니다. 머릿속에서 느껴지는 소란스러움이 점점 심해집니다. 하지만 어느새 익숙해진 소음은 태곳적 편안함을 안겨주는 것도 같아서 썩 불쾌하지만은 않습니다. 오히려 소음이 더 심해지기를 바라기도 합니다. 그렇게만 된다면 목소리로부터 해방될 수 있을 거라고 생각하기 때문입니다. 당신은 대체 무엇을 바라고 있는 건가요?

도일은 첩자를 보는 눈으로 당신을 보며 노트북을 탁 닫습니다.

"궁금한 것이 생겼다. 그쪽이 아담을 실제로 마주했을 때 어떻게 행동할까? 갑자기 세뇌가 풀리며 아담을 암살하려 하지 않을까?"

당신은 그 순간 매캐한 담배 냄새를 느끼고 문 쪽을 돌아봅니다. 아무도 없습니다. 단순한 연상 작용입니다. 심각하게 생각할 것 없습니다. 예진이 말했던 것처럼 도일은 해외의 고예산 미디어를 멀리해야 할 필요가 있습니다.

"아담을 만나자. 그리고 확인해보자."

"정말로 내가 무슨 일이라도 벌이면?"

도일의 입은 마스크에 가려져 보이지 않지만 틀림없이 웃고 있다는 걸 알 수 있습니다.

"여러모로 나쁘지는 않을 것이다."

당신이 상상한 곳은 사람이 많을지언정 견딜 만은 한 야외무대였습니다. 그러나 눈앞에 보이는 대학 병원, 병원이라는 단 두 글자가 당신의 모든 의지를 꺾고 부러뜨립니다. 당신은 앞서가는 도일의 가방을 잡고 당깁니다. 도일이 크게 놀라 휘청이더니 당신을 향해 경고의 꽥 소리를 내지릅니다.

"건드리지 말 것! 내 가방이라고 해도! 왜 그러냐?"

"그게, 병원이라······."

도일이 병원 정문 쪽을 보고는 말합니다.

"아담의 자선 행사가 있다고 하지 않았냐. 아담이 제2의 인생을 얻은 병원의 아픈 어린이들을 위해 쇼를 하는 거다. 이런 건 제아무리 경찰이 불구단을 싫어해도 불법이니 뭐니 하면서 방해 못 하지. 뭐, 극우 성향의 키보드 워리어들과 붓을 풀어서 여론몰이를 하겠지만 붓을 풀 수 있는 게 경찰만은 아니다. 늦었다. 그쪽이 밤새 끙끙대느라 나까지 잠을 못 잤고 제시간에 출발하지도 못했다. 그쪽이 보여줄 가능성이 있는 행동이 아니었다면 이렇게 성가신 일은 하지 않았을 거다. 아무튼, 두고 보자."

돌아서려는 도일을 앞지른 당신은 병원을 등지고 섭니다.

"병원은 싫어요."

"안 물어봤다."

"나는 저기 가기 싫다고요."

도일은 눈썹을 들썩입니다. 그러고는 하, 하고 소리 냅니다.

"왜지? 물론 나도 병원 가는 거, 특히 치과는 싫긴 하지만, 지금 한가하게 진료받자고 가는 것은 아니지 않나."

"그냥 싫어요."

도일은 또 한 번 한숨 쉬더니 휴대전화를 꺼내 뭔가를 확인합니다.

"불구단에서 활동하다 보면 정말이지 머리 빠개질 정도로 다양한 장벽을 마주한다. 사소하게는 바퀴로 지나갈 수 없는 길을 만난다거나 의사소통에 어려움이 있거나 아니면 그냥 누군가가 그날 상태가 안 좋거나. 공권력과 극우파 등의 외부 요인이 아니라 내부 요인만으로도 불구단은 셀 수 없이 많은 장벽을 넘어야 한다. 그게 불구단이다. 나는 그쪽의 장벽도 넘는다. 그래야 재밌는 걸 목격하게 될 가능성이 높아지기 때문이다. 자, 말해봐라.

병원이 왜 무서운가? 나는 치과 치료의 굉음과 진동을 견디기 어렵다. 그쪽은? 주삿바늘? 소독약 냄새? 탈색된 빛깔? 아픈 사람들이 내비치는 묵직한 감정? 환자로서 느끼는 무기력감도 있지만 아까도 말했듯이 그쪽은 지금 환자가 아니니까 넘어가자. 경험상 이중에 답이 있다. 빨리 골라."

도일이 자신 있게 한 말은 사실인가 봅니다. 열거된 보기들은 하나하나 그럴듯하고 실제로 모골이 송연해지는 구석이 있습니다. 하지만 당신이 병원을 두려워하는 이유로 충분하지는 않습니다. 당신은 고개를 젓습니다.

"그래? 하여튼 간에 쉬운 게 없는 인간이다. 그렇다면 방법은 없다. 그냥 부딪쳐보는 거다. 그러다 특별히 못 견디겠다 하는 게 있으면 그걸 처리하자. 아담을 안 만날 게 아니라면 그 수밖에 없다. 동의하나?"

아담이라는 사람을 꼭 만나야 할 이유가 당신에게 있나요? 당신은 병원 쪽을 보았다가 아까는 못 봤던 것을 발견합니다. 휠체어 탄 사람과 의수를 착용한 사람이 정문 옆 가로수에 현수막을 달고 있습니다. 두 사람의 신체적 상황 탓에 현수막은 내용을 알아보기 쉽게 달리지 않았지만 그래도 거기 담긴 얼굴을 알아볼 수 있습니다. 다름 아닌 아담의 얼굴입니다. 당신은 저 얼굴이, 뿐만 아니라 저 삐뚤게 걸린 현수막과 그것을 멀리서 지켜보는 당신 스스로에 대한 감각이 낯설지 않습니다.

"본 적이 있어요."

도일도 현수막 쪽을 봅니다.

"그렇겠지. 아담을 알고 있던 모양이니. 그나저나 저 두 인간은 정말이지 늘지를 않는군."

"저렇게 현수막을 건 게 얼마나 됐죠?"

"나도 모른다. 내가 불구단에 처음 들어갔을 때도 저 두 사람은 저런 식으로 현수막을 달았다. 하지만 어차피 저 일을 하고 싶어 하는 사람이 없고, 정말로 홍보가 필요하면 온라인 쪽이 더 도움되니까 상관은 없다. 저 두 사람은 저 일을 좋아한다. 심지어 저런 결과물도. 그쪽도 그래?"

당신은 다시 한번 얼굴과 삐뚤어진 현수막과 그걸 지켜보는 당신 스스로에 대한 감각을 느껴봅니다. 그 순간 뒤따라오는 감정은 당신을 앞으로 나아가게 합니다. 도일이 뒤따르며 말합니다.

"흥. 나는 저 현수막의 모든 것이 거슬린다. 하지만 저 두 사람과 함께 밥을 먹는 시간은 나름 봐줄 만하다."

당신은 여전히 병원이 두렵습니다. 하지만 이 장소에는 뭔가 그리운 것이 있습니다. 그것의 정체가 정확히 무엇인지, 또 장소가 이곳이기는 한지, 아니면 그저 유사한 장소에 대한 연상 작용에 불과한지 그 어떤 것도 알지 못합니다. 그저 도일의 존재가 곁에 있다는 것에 의지해 하얀색 옷차림을 한 사람들이 오가는 하얀 세상을 묵묵히 가로지를 뿐입니다. 심지어는 이 상황조차 겪어본 것 같다는 생각이 당신을 계속해서 앞으로 나아가게 합니다. 그러다 보면 뭔가를 건질지도 모른다는 희망을 안고서.

소아청소년 병동이 있는 층으로 향하는 엘리베이터에서 도일이 말합니다.

"아담은 이 병원 외상센터에서 사이보그가 됐다. 그때의 상황을 연이라고 우기며 낡은 지방 병원과 범죄자 집단 취급받는 사이보그 단체가 서로를 이용하고 있지."

"외상센터라면 큰 사고를 겪었나 보네요."

"사고 자체는 흔하지만 아담이 그것을 특수하게 만들었지. 어쨌거나 한류 아이돌이었으니까."

"지금은 아닌가요?"

"뇌 대부분을 인공물로 대체한 아담은 아담을 모방한 버추얼 인플루언서와 사실상 다를 바가 없다. 특히나 아담을 직접 보고 만질 수 없는 대부분의 해외 팬들한테는 말이다."

"그럼 아담은…… 사고 이전의 아담이 아닌 건가요?"

"또 시작이군. 굳이 따지자면 그렇지. 하지만 누군들 죽었다 깨어난 이후에 전과 같을 수 있나? 심지어 그런 경험이 아니더라도 인간은 매 순간 새롭다. 그게 아니라면 뭐 하러 생명 활동을 이어가나?"

당신은 수긍합니다. 엘리베이터가 멈추자 그야말로 새로운 세상이 펼쳐집니다. 당신은 꿈에서 깼거나 반대로 꿈을 꾸는 듯한 기분으로 늑장을 부리다가 저절로 닫히는 엘리베이터 문에 깜짝 놀랍니다. 앞서 갔던 도일이 다시 돌아와서 당신의 소매를 잡아끕니다.

"거참, 어렸을 때 나만큼이나 정신 사납군. 이번엔 또 뭐야?"

당신은 알록달록 칠해진 복도를 두리번거립니다.

"여긴 병원 같지 않아요."

"완전 미취학 아동이군. 여기가 병원이라는 건 네 살만 돼도 알걸. 그러니까 나처럼 학습 장애가 있지 않다는 전제로."

"나도 이런 데 있었던 것 같아요."

도일이 느닷없이 멈춰 서는 바람에 당신은 도일과 부딪쳐 넘어집니다.

"정말인가?"

당신은 일어나면서 대답합니다.

"그냥 느낌이 그래요."

"아니었다면 그런 느낌이 들 리도 없겠지."

그때 복도 끝에서 누군가가 도일, 하고 달려옵니다. 조그마한 전동 휠체어를 타고 달려오는 건 도일과 아담 또래로 보이는 여성입니다. 매우 단신의 몸과 딱 맞는 휠체어는 기동성이 좋아 보이지만 위태롭게 느껴지기도 합니다. 그가 도일을 올려다보며 다시 후진을 해 편안한 각도를 찾습니다.

"아담은?"

"그걸 왜 나한테 묻냐? 나 이제 온 거 안 보이냐?"

참 한결같은 사람입니다. 상대는 도일의 이런 태도가 새삼스러울 것 없다는 듯 꿈쩍도 안 합니다.

"아담 아직도 안 왔어. 연결도 안 돼. 어떻게 좀 해봐!"

도일은 꽥 하고 가방을 앞으로 멥니다. 그리고 가까이에 있는 의자에 앉아 노트북을 꺼내 펼치고 뭔가를 하기 시작합니다. 휠체어 탄 여성이 당신에게 묻습니다.

"누구세요? 쟤랑 알아요?"

"음, 알아가고 있달까요."

그러자 여성이 입을 떡 벌린 채 도일과 당신을 번갈아 쳐다봅니다. 대체 저 눈빛의 의미는 뭐죠?

"전 상희예요. 아담 매니저 겸 카메라를 맡고 있죠."

도일이 노트북에서 눈도 떼지 않고 말합니다.

"매니저 같은 소리한다. 지금 아담이 어디서 뭘 하고 있는지 아냐?"

"어유, 잔소리. 먼저 가볼게요. 웬만하면 쟤랑 다니지 마세요."

휠체어가 사라지자 도일이 신경질적으로 키보드를 두드리는 소리만이 복도를 울립니다. 어디선가 음악이 들리는 것 같기도 하지만 워낙 작은 소리라 확실하지는 않습니다. 도일이 꽥 소리를 지릅니다.

"아담 이 자식, 내가 백도어 닫지 말라고 그렇게 얘기했는데."

도일이 노트북을 든 채 일어나서 다가옵니다.

"아담은 여기에 있다. 근데 정확히 어디에 있는지는 추적이 불가능하다. 할 수 없다. 직접 찾아다니는 수밖에. 너도 도와라."

그러고는 가버립니다. 도일이 당신을 점점 편하게 생각하는 것 같습니다.

당신은 이제 뭘 어떻게 해야 할지 생각하며 복도를 걷습니다. 벽에 그려진 푸르른 숲은 향마저 느껴지는 듯합니다. 페인트에 특수한 조치를 취한 게 아니라면 분명 당신의 착각일 뿐이겠지만 아무래도 좋습니다. 손끝으로 벽을 쓸면서 복도를 걷던 당신은 어느새 음악이 가까운 곳에서 들려오고 있다는 사실을 알아차립니다. 정면 우측으로 보이는 간호 스테이션과 커다란 티비와 벤치들을 지나자 종교적 색채가 짙은 음악 소리가 분명하게 들려옵니다. 복도 끝 문을 열고 들어가 보니 예배실인 듯한 공간이 당신에게 묻습니다. 기도하시겠습니까? 당신은 조금 난처한 마음으로 방 안을 둘러봅니다. 그리고 고개를 푹 숙이고 있는 남자의 맞은편에 자리를 잡습니다. 당신의 행동은 어딘가 전형적인 구석이 있지만 그만큼 자연스럽기도 합니다. 당신은 맞은편 남자를 힐끔 보고는 그를 따라 고개를 숙이고 두 손을 맞잡습니다. 놀랍게도 당신은 이 행동이 낯설지 않습니다. 모든 것이 처음부터 정해져 있었다는 느낌이 당신을 고양시킵니다. 이것이 종교적 경험일까요? 그렇다면 이대로 당신은 신의 품에 뛰어들 수 있을 것 같습니다.

"아멘."

남자의 기척에 반사적으로 옆을 본 당신은 너무나 자연스럽게 그의 이름을 부릅니다.

"아담."

도일보다도 한참은 앳된 얼굴이 당신을 보고 멈칫합니다. 하지만 아주 찰나일 뿐이고 금세 조형된 듯 완벽한 미소로 그가 말합니다.

"네. 아담이에요. 안녕하세요."

지하도상가에서 1인 시위를 하던 마빈이 떠오릅니다.

"오늘 자선 행사를 하신다고 들었어요."

"아, 그러셨군요! 네, 맞아요. 그럴 예정이었어요."

왠지 씁쓸한 끝맺음. 당신은 일어나서 아담을 향해 섭니다.

"무슨 일이라도 있나요?"

"아, 그게요."

아담이 생긋 웃으며 머리를 긁적입니다.

"아무래도 행사는 어려울 것 같아요."

"아이들이 아쉬워하겠어요."

아담의 눈빛이 흔들립니다. 당신은 고개를 숙이고 먼저 방을 나갑니다. 아담이 행사를 못한다면 도일과 다른 불구단 사람도 더 기다릴 필요가 없습니다. 막 문을 빠져나오는데 아담이 말합니다.

"혹시 불구단이신가요?"

당신은 아담을 돌아보고는 다시 안으로 들어갑니다.

"저는 아니요. 어쩌다 보니까 도일이라는 사람과 함께 오기는 했지만요."

아담의 표정이 순간적으로 일그러지는데 오히려 이제야 사람 같아 보입니다.

"아…… 그러셨군요. 네."

아담이 눈에 띄게 주저하더니 묻습니다.

"도일에 대해 얼마나 아시나요?"

"글쎄요. 이제 막 알아가고 있어요."

아담은 의자에 걸터앉습니다.

"초면에 죄송하지만 그 사람을 주의하시는 게 스스로에게 좋아요. 주제넘었다면 사과드립니다. 저는 다만……."

당신이 가만히 응시하자 아담이 명백하게 적의를 품고 말을 잇습니다.

"나쁜 사람이에요."

당신은 도일과의 길지 않았던 시간을 떠올려보고는 고개를 끄덕입니다. 아주 부정할 수는 없는 묘사입니다. 도일은 독단적이며 제멋대로고 난폭하기 때문입니다. 당신이 특유의 정적인 자세를 유지하자 아담은 머쓱한 듯 웃고는 자리에서 일어납니다.

"실례했습니다. 저는 그만 가봐야 할 것 같아요."

"혹시 이유를 알 수 있을까요?"

"네? 어떤……."

당신은 문 너머를 돌아봅니다.

"기다리고 있는 것 같더라고요."

당신은 최면에라도 빠진 듯 나지막한 목소리로 말합니다.

"아니, 솔직히 모르겠어요. 이 생각이 정말 저 밖에 있는 아이들 생각인지 아니면 아이였던 제가 했던 생각인지요. 지금 제 머릿속에 약간의 문제가 있거든요."

"무슨 말씀인지 알 것 같아요. 아실지도 모르지만 제 머릿속에도 일종의 문제가 있거든요. 아마 양적으로는 제가 더 많을걸요."

아담이 수줍게 웃습니다. 자조가 담겨 있지만 그걸 믿을 수 없을 만큼 바래고 무뎌진 미소는 공허하기까지 합니다. 당신은 저 미소가 마음에 듭니다. 당신은 아담을 어떤 식으로든 알고 있었던 것 같고…… 낯익어합니다.

"혹시 저희가 만난 적이 있었을까요? 이런 곳에서?"

아담은 당신과 이 정적인 장소를 유심히 둘러봅니다.

"어쩌면요. 저는 어렸을 때부터 이런 곳을 많이 다녔어요. 그러니까 어린이 병동이요. 부끄럽지만 자의는 아니었고…… 그래서 이런 곳에 숨어들어 신께 용서를 구했죠."

"지금처럼요?"

아담은 얼굴을 붉히지만 웃으며 고개를 끄덕입니다.

"네, 지금처럼. 그런데 지금은 자의로 온 거예요. 다만……."

당신은 그다음 말을 기다립니다. 그것은 당신의 특장기입니다. 꽤 오랜 시간이 걸린 것 같습니다. 마침내 아담이 말을 잇습니다.

"제 수술을 집도하셨던 교수님을 먼저 만나 뵀어요. 그분은 제가 이렇게 활동을 이어가는 걸 너무나 좋게 봐주세요. 저도 다행스럽게 생각하고 교수님이나 다른 모든 관계자분들께 감사한 마음이고요. 그래서 불구단의 지향이나 도일의 계획과는 상관없이 이런 일을 하는 것이 제 의무고 도리라고도 생각해요. 그런데…… 교수님이 소개해준 아이는…… 그 애를 보며 카메라 앞에서 웃어야 하는 건…… 제 능력 밖이에요. 못해요. 하고 싶지 않아요!"

차분하고 교과서적으로 이어지던 대화가 점점 가파르게 치솟더니 끝에 가서 폭발하고 말았습니다. 아담 또한 본인의 막장 같은 전개에 흠칫 놀라 입을 다물지 못합니다. 이 비인간적인 일련의 동작은 그가 표현한 문제와 관련이 있을까요? 아니면 타고난 걸까요? 아담은 서둘러 말합니다.

"아무튼 저는 이만 가보겠습니다. 도일이 무슨 난동을 벌일지 모르겠어요. 그 점에 대해서는 사과드립니다."

아담이 정중하게 고개를 숙이고는 문을 엽니다. 그러자 키가 큰 한 사람이 문 대신 빛을 가로막고 있습니다. 아담은 질린다는 얼굴로 뒷걸음칩니다.

"너…… 언제부터 거기에……."

도일이 앞으로 한 걸음 걸어옵니다. 그리고 문을 닫습니다. 다시 침침해진 예배실에서 도일이 악마 같은 목소리로 말합니다.

"나쁜 사람이에요, 날 말하는 거냐?"

아담은 뒷걸음질을 멈추지 못하다가 벽에 부딪쳐서야 말합니다.

"그래…… 넌 나빠."

도일이 당신을 보고는 묻습니다.

"아담을 찾으러 온 거 아니었냐? 왜 대화를 하고 있지?"

"그분 괴롭히지 마!"

아담이 소리칩니다. 당신은 살짝 놀랍니다. 아담이 천천히 앞으로 걸어오는데, 꼭 어떤 기운을 끌어모으고 있는 것 같습니다.

악마로부터 스스로를 구하기 위해 신력을 모으는 초짜 신부님 같아 보일 지경이군요. 아담이 그야말로 배역을 연기하듯 과장된 동작으로 손을 뻗어 도일을 가리킵니다.

"나는 오늘 행사 안 할 거야!"

도일은 놀라거나 화난 기색 없이 평소처럼 대꾸합니다.

"왜지? 이 행사는 애초에 네가 잡은 것이다."

"그건 맞는데, 어쨌든 안 해!"

"이 행사에 투입된 불구단의 돈과 시간 그리고 사람들은?"

"내가 알 게 뭐야!"

아담은 마치 철없고 인성이 안 좋은 연예인을 연기하는 듯합니다. 그게 맞다면 아담의 연기력은 신이 내린 저주입니다. 아니면 선악과이거나요. 도대체 아담은 지금 뭘 하고 있는 걸까요? 아담은 아예 길길이 날뛰며 예배실을 휘젓습니다. 한순간에 연기 지망생의 연습실이 된 듯한 예배실 안에는 아담의 역정이 14채널 사운드처럼 들어차 귀가 먹먹할 지경입니다. 당신은 의아하게 도일을 쳐다보지만 도일은 아담의 행동에 별로 관심이 없습니다. 그저 한 손으로 받쳐 든 노트북을 들여다보며 뭔가를 골똘히 생각할 뿐입니다.

얼마나 그러고 있었을까요. 아담이 분명히 지친 기색으로 의자에 기대앉습니다. 그리고 당신을 향해 묻습니다.

"혹시 화를 내보셨나요?"

당신은 아담의 질문을 생각해봅니다. 옆에서 도일이 노트북 화면만 보며 대신 말합니다.

"보면 모르냐. 얘도 네 과다. 코가 깨지게 얻어맞아도 꼼짝을 안 하지."

도일이 불쑥 고개를 쳐들더니 당신 정강이를 걷어찹니다. 당신은 허리를 숙이고 신음합니다.

"아. 무통증은 아니군. 이것도 일종의 분노 조절 장애다."

아담이 버럭 소리를 지릅니다.

"이 나쁜!"

도일이 손가락으로 아담을 가리킵니다.

"그건 좀 그럴싸했다. 봐라, 하면 는다고 하지 않았냐. 나도 인간들과 제대로 된 소통을 하기 위해 정말 많은 노력을 했다."

아담은 놀란 눈으로 방금 자신이 한 행동을 다시 해봅니다. 당신은 의자에 앉아 정강이를 문지르며 말합니다.

"화를 잘 내서 뭘 하죠?"

도일이 말합니다.

"화는 생명체가 천문학적인 시간과 목숨들을 바쳐 계발해온 무기다. 양날의 검이지. 그걸 어떻게 쓰느냐에 따라 인생의 질이 달라진다. 과하게 쓰면 사회적으로 격리되고 안 쓰면 호구가 되지. 쟤처럼."

아담은 입술을 삐죽이면서 말합니다.

"아무튼 난 안 해."

"맘대로 해라."

도일이 말하고는 노트북을 탁 덮습니다.

"진짜?"

"네가 잡은 행사는 없던 걸로 하고, 지금부터는 개인 방송을 하는 거다. 네 장비로."

아담은 이해가 안 된다는 표정입니다.

"행사하기로 이미 홍보 다 해놨는데 그냥 하기 싫어서 안 하는 게 말이 된다고 보냐?"

"그냥 하기 싫은 게 아니라⋯⋯."

"내 알 바 아니다. 사람들도 알 바 아니다. 그저 결과를 가지고 제멋대로 평가할 뿐이다. 아마 대다수가 너와 불구단을 우습게 보겠지. 사람들이 널 어떻게 생각하든 그 또한 내 알 바 아니지만 사람들이 불구단을 우습게 보는 건 내 알 바다. 그건 절대 용납할 수 없다. 불구단은 절대 우스워지면 안 된다, 천안역을 되찾을 때까지는!"

천안역을 되찾는다. 사실상 공권력에 의해 차단된 천안역은 현재 갈갈이 찢겨 산산이 부서지고 있습니다. 그렇기는 하지만 붕괴돼 10년 가까이 방치된 천안역이 다시 개방된다 한들 무엇이 달라질까요? 오히려 하루빨리 재개발돼 더 많은 사람이 접근할 수 있게 되는 편이 최선 아닐까요? 하지만 당신 역시도 미래의 천안역보다는 현재의 천안역에 관심이 있습니다. 구체적으로는 여전히 알지 못하지만요. 아담도 비슷한 생각을 하는지 도일의 말에 반박하지 않습니다. 다만 이렇게 묻습니다.

"개인 방송에서 뭘 하는데?"

"개인 방송을 하지. 네 방송이다. 내 방송이 아니라. 하지만 네가 왜 행사를 하지 않는지에 대한 설명이 포함돼야 할 거다. 그럼 나는 철수한다."

도일이 뒤도 안 돌아보고 나갑니다. 당신은 생각에 잠긴 아담을 뒤로하고 도일을 따라 밖으로 나갑니다. 복도는 상대적으로 눈부시게 밝고 예쁘며 서늘합니다. 하얀 옷을 입은 아이들은 휠체어를 타고 있거나 링거대를 밀고 다닙니다. 당신은 이곳이 이상한 곳이라는 생각을 합니다. 왜 그런 생각이 드는지, 지금 드는 생각인지는 알 수 없지만 당신은 그 생각이 마음에 듭니다.

"결과적으로, 시간 낭비를 했다."

도일이 당신을 힐끗 봅니다.

"싱겁기 짝이 없군. 정말로 팬미팅 같은 거나 하다니."

"뭘 기대했어요?"

"이 맥 빠지는 상황만 아니라면 뭐든!"

도일은 엘리베이터 호출 버튼을 때립니다.

"아담을 본 적이 있었던 것 같아요."

"꼴에 한류 아이돌이다. 전광판이든 광고든 어딘가에서 봤겠지. 못 봤다면 그게 더 이상하다. 한때 저 얼굴이 시도때도 없이 나오는 바람에 얼마나 고생했는 줄 아나? 심지어 그건 광고도 아니어서 지울 수도 없었지. 결국 나는 아담 지우개라는 앱까지 만들어 온라인에 배포했지만 믿을 수 없이 많은 싫어요와 욕설 그리고 신고를 받았다. 그때의 모욕감이란."

"그런 게 아니라, 여기, 이런 곳에서 아담을 봤던 것 같다고요."

엘리베이터가 도착하고 문이 열렸지만 도일은 당신을 쳐다보고 꼼짝도 하지 않습니다. 당신은 엘리베이터에서 이도 저도 못하는 휠체어 탄 아이를 보고 도일을 옆으로 끌어당깁니다. 도일이 당신의 손을 쳐내고는 흠, 하고 골똘히 생각합니다.

"그럼 아직 이곳에 용무가 남았군."

어린이 병동 복도를 지나는 거의 모두가 당신을 이상하게 쳐다보며 지나갑니다. 아니요, 당신의 그 심란하게 내려앉은 코 때문은 아닙니다. 생각해보세요. 당신은 일단 어린이나 청소년이 아니고 그렇다고 의사나 간호사처럼 보이지도 않습니다. 그럼

입원 중인 아이의 관계자거나 병문안 온 사람일까요? 만일 그렇다면 왜 복도 벤치에서 아이들이 봐야 할 애니메이션을 쳐다보고 있죠? 당신 옆에 기묘하게 기대 누워 있는 마스크 쓴 사람은 또 뭐 하는 사람이고요? 저쪽에서 엄마의 손을 잡고 다가오던 아이가 당신과 애니메이션 사이에서 갈등하다가 결국 엄마 손에 이끌려 되돌아가는 것을 보세요. 당신은 노트북을 배 위에 놓고 뭔가를 들여다보는 도일에게 말합니다.

"그렇게 있으면 편해요?"

도일은 대체로 그렇듯 눈길도 주지 않고 대꾸합니다.

"그쪽 눈엔 편해 보이냐?"

"꼭 그러고 있길래요."

"나만의 룰이다. 룰이란 게 최선인 것만은 아니지. 신호등 같은 걸 생각해봐라. 신호등의 주기는 사회의 룰이지만 모두에게 최선인 것은 아니다. 보행자보단 운전자에게 최선이다. 그리고 보행자 중에서도 빨리 건널 능력이 있는 사람에게만 자비를 베풀지. 수애는 신호등의 자비를 받아본 적이 없다. 느리고 약하기 때문이다."

"그럼 룰을 고치면 되지 않나요?"

"속 편한 소리. 애들 좀 덜 죽으라고 보호구역 설정해놓으면 지랄 발광하는 것들이 만든 룰을 그렇게 쉽게 고칠 수 있을 것 같냐? 물론 그런 노력이 없는 건 아니지만."

"그거 말고 당신 자세요. 불편한 거잖아요."

도일이 노트북 화면 너머로 당신을 힐끔 봅니다.

"내 머릿속에도 있다. 지랄 발광하는 기득권이."

"노력은 하고 있고요?"

도일이 끙 하며 똑바로 앉더니 노트북을 당신 다리 위에 놓습니다.

"은근히 사람 굶는 타입이군. 꼭 그 재수탱이 지팡이 같아. 당신이라면 뭘 택할 거냐? 내면의 평화? 아니면 외부적 편안함?"

당신에게 어쩐지 그 물음이 너무나 커다란 의미로 다가옵니다.

"대답해라!"

"글쎄요. 너무 어려운데요."

"그러니까 입 닫고 이거나 봐라. 방송 시작이다."

노트북 화면에는 익숙한 복도가 펼쳐져 있습니다. 당신은 금세 화면 속 장소가 이곳임을 알아차립니다. 아담의 목소리도 들립니다.

"갑자기 방송이라 놀라셨죠? 아시는 분들은 아시겠지만 오늘은 제가 수술을 받은 대학 병원에서 작은 이벤트가 계획돼 있었어요. 지금 여기는 병원 복도고요. 네? 병원처럼은 안 보인다고요? 그렇긴 하죠. 여긴 어린이 병동이에요."

화면 구석에서 글들이 쉴 새 없이 올라갑니다. 아담은 그것들의 일부를 읽으며 대화합니다. 그러면 또 우르르 글이 올라갑니다. 당신은 물결 같은 글들의 반대편에서 진짜로 물결치고 있는 것을 발견하고 도일에게 묻습니다.

"이건 뭐예요?"

"아담."

당신은 이해하지 못하고 다시 묻습니다.

"아담처럼은 안 보이는데요?"

"당연한 거 아니냐. 박물관에 보관 중인 알베르트 아인슈타인의 뇌가 알베르트 아인슈타인처럼 보이지 않는 것처럼. 하지만 그 박제된 단백질 덩어리에는 알베르트 아인슈타인이 지금 내 나이 즈음에 써갈긴 논문들의 흔적이 남아 있다는 판타지가 있지. 이것도 마찬가지다. 아담의 머릿속에서 실제로 작동 중인 모듈들이 모사하는 아담의 껍데기를 가시화해서 보여주면 팬들은 이것을 통해 진짜 아담을 알게 된다는 판타지를 품고 기꺼이 속아준다. 불구단에 대한 홍보 효과는 덤이고."

도일의 설명 때문일까요? 조금 전까지만 해도 그저 단순한 빛의 파동처럼 보이던 것이 이제는 말할 수 없이 복잡한 구조를 이루고 있는 입자들로 보입니다.

"어디까지가 진짜예요?"

"보이는 모든 게 진짜다. 이런 걸로 사기 치는 시대는 지났다."

그때, 화면 속 시야가 움직이더니 복도 끝 모퉁이를 돕니다. 또 다른 긴 복도가 나오고 그 중간에 이상한 것이 보입니다. 아담이 말합니다.

"어, 저기 불구단 동료들이에요."

도일이 젠장, 하고는 노트북을 들고 튑니다. 당신도 얼떨결에 일어나서 따라 뜁니다. 그러면서 뒤쪽을 보니 아담이 복도에 서서 이쪽을 향해 손을 흔듭니다. 앞쪽 도일의 노트북에서 아담의 목소리가 들립니다.

"부끄러움이 많은 분들이에요."

당신은 묻습니다.

"아담은 아무것도 안 들고 있는데요?"

"시신경이 곧 카메라다. 좀 새삼스럽다고 생각하지 않는 거냐? 그쪽 머리에 정체불명의 칩이 있다는 걸 잊지 마라."

도일의 말에는 일리가 있습니다. 당신이 지금 머무는 곳이 사이보그의 도시임을 염두에 둘 필요가 있습니다. 하지만 조금만 시선을 돌리면 낙후되고 방치된 구역투성이입니다. 인지부조화를 일으키기 딱 좋은 도시입니다, 지금의 천안은. 정말로 이상한 곳이에요. 당신이 이곳에서 뭘 찾든 서둘러 떠나는 게 좋을 겁니다.

도일이 향하는 곳은 비상구 층계입니다. 그곳 계단에서 또 기묘하게 기대 누운 도일이 노트북 음량을 키웁니다.

"저는 지금 저를 수술해주셨던 교수님께 가는 중이에요. 드려야 할 말씀이 있거든요. 그리고 그걸 여러분께도 보여드리고 싶어서 방송을 켠 거예요. 하지만 교수님이 방송을 허락하실지는 잘 모르겠어요."

도일이 노트북 자판을 두드리며 기계적으로 말합니다.

"그냥 몰래 해요."

아담이 말합니다.

"몰래 하라니, 그러면 안 돼요. 교수님은 제가 정말 존경하는 분이고 설사 상대가 누구라도 모르게 방송에 참여시키는 건, 저는 못해요. 죄송해요."

도일이 꽥 하고는 다시 기계적으로 말합니다. 하지만 이번에는 조금 다른 느낌입니다.

"저런 말 신경 쓰지 마세요!"

또 다른 색깔로.

"맞아, 불구단의 아담을 뭘로 보고!"

당신은 묻습니다.

"뭐 해요?"

"보면 모르냐? 마케팅 중이다."

당신은 도일 옆에 몸을 웅크리고 눕습니다.

"그쪽은 왜 저런 장비 안 써요? 이거 무겁던데."

"내 몸은 저런 걸 견디지 못한다. 뒤집어쓰는 게 최선이다. 사실 이것도 억지로 하고 있는 것이다."

"왜요?"

"수애가 그러라고 했으니까. 수애는 사회적인 것을 중요하게 생각한다. 제 능력으로 할 수 있는 최선을 다해서 사회적으로 활동했지. 새로 지은 역사의 접근성을 검증하는 일 따위를."

복도에는 아담의 말소리만 울립니다. 도일의 손가락은 노트북 자판을 앞에 두고 약이라도 올리듯 갈팡질팡합니다. 당신은 잠시 그 움직임에 집중하다가 이렇게 묻습니다.

"당신은요?"

도일이 움찔하고는 당신을 봅니다. 잠깐 졸기라도 한 것처럼 말이죠.

"나?"

당신이 고개를 끄덕이자 도일은 다시 노트북을 올려다보며 대꾸합니다.

"사회. 그것은 일종의 신호다. 신호는 의미 있지만, 어디까지나 체계 안에서만 유의미할 뿐이다. 또한 신호는 목적론적이지. 그것은 도구다. 도구는 사용하는 것이지, 중요하고 말고 할 것이 아니다. 나는 그렇게 생각한다. 근데 그게 왜 궁금하지?"

당신도 노트북 화면을 올려다보며 어깨를 으쓱합니다.

"머리가 비어 있어서?"

"단순히 비어 있어서라고?"

"욕구."

당신은 그 낱말을 낯설게 입안에서 굴려봅니다. 욕구. 당신에게는 너무나도 낯설게 느껴지지만 당신이 자꾸만 질문을 던지는 이유는 그것이 아니면 설명할 길이 없습니다. 어쨌든 잘된 것 아닌가요? 사람이기 이전에 생물로서 욕구라는 것은 있어 마땅합니다. 그리고 당신에게도 그럴듯한 욕구가 있습니다. 따라서 당신은 생물학적으로 유의미하고 존재론적으로도 의미 있습니다. 그것이 정확히 무엇을 의미하며 당신에게는 또 어떤 의미가 있는지는 부차적인 문제입니다.

"자, 이제 들어가볼게요. 그럼 조금 이따가 다시 켤게요. 혹시라도 다시 켜지지 않으면 허락받지 못한 걸로 알아주세요."

방송은 다시 켜지지 않습니다. 도일은 신경질적으로 손가락을 두드리고 다리를 떨다가 꽥 하며 벌떡 일어납니다. 당신도 몸이 결려오던 참이었기에 끙 하며 일어납니다.

"왜 안 켜지?"

"허락을 구하고 있나 보죠."

도일이 당신을 째려봅니다.

"허락을 받지 못한 거라면?"

당신은 어깨를 으쓱합니다.

"대안을 세워야 해, 대안을."

도일이 밖으로 나갑니다. 당신은 무겁게 느껴지는 몸을 일으켜 도일을 따라 밖으로 나갑니다. 아니, 뭔가가 당신의 주의를 끕니다. 당신은 계단 난간에 몸을 기대고 위와 아래를 확인합니다. 아무것도 없습니다. 도일이 나가고 문이 쿵 하고 저절로 닫히는 순간 당신은 움찔하며 그대로 주저앉아버립니다. 소음이 들립니다. 이명과는 다르고 당신이 평소에 듣는 목소리는 확실히 아닙니다. 그보다는 열대우림의 습도가 주는 불쾌한 무게감에 가까운 것이 당신의 머릿속을 잠식해갑니다. 당신은 어떻게든 저항하려 애쓰며 문 쪽으로 기어갑니다. 하지만 문까지 간다고 해도 저 문을 열 수 있을까요? 당신은 희망과 함께 시야가 꺼져가는 것을 느낍니다. 여기까진가 봅니다. 허무한 감이 없잖아 있지만 앞서도 비슷한 고비를 여러 차례 넘긴 만큼 아쉬움을 느끼지는 않아도 좋습니다. 당신은 충분히 많이 왔습니다. 그럼 안녕히.

"왜 안 오는 거냐!"

문이 확 열리며 바닥에 엎어져 있는 당신의 머리를 후려칩니다. 통증과 함께 당신을 잠식해가던 무언가를 뽑아냅니다. 당신은 다시 숨을 크게 헐떡이며 필사적으로 도일 쪽으로 깁니다. 도일의 다리를 턱 하고 잡자 빛이 돌아옵니다.

"건드리지 말 것!"

도일이 발을 툭 차 당신의 손을 쳐내고 뒷걸음칩니다. 당신은 아랑곳 않고 앞으로 깁니다. 문틀을 넘어 복도 위에 벌러덩 누워 배를 까뒤집은 개처럼 헥헥거립니다.

"폐소공포증은 아닌 거 아니었냐?"

당신은 아무 대꾸도 못합니다.

"진짜 짐짝이 따로 없다. 일어나라. 모아놓은 시청자가 흩어지기 전에 뭐라도 해야 한다."

당신은 어떻게든 일어서서 도일을 쫓습니다. 발을 내디딜 때마다 조금씩 아까의 감각이 썰물처럼 빠져나가는 것이 느껴집니다. 놀랍게도 당신은 어느새 조금 전 경험 이전으로 되돌아갑니다. 마치 악몽에서 깨어난 것처럼, 도리어 개운해합니다. 도일도 당신의 변화를 느꼈는지 힐끔 보고는 말합니다.

"그쪽 머릿속 칩을 해부하기 위해서라면 뭐라도 내놓고 싶어진다."

당신은 차분한 목소리로 답합니다.

"나도요."

"근데 알고는 있냐? 머리에서 피 난다."

당신은 이마 옆으로 흐르고 있는 피를 만져봅니다.

"나는 그쪽이 인간이 맞나 싶다. 하지만 내가 알고 있는 한 이 정도로 생물에 가까운 휴머노이드는 존재하지 않는다. 미래에서 온 게 아니라면."

당신이 정말 미래에서 온 거라면 그 미래는 정말로 이상한 미래일 겁니다.

Voice 4

아담은 잔기침을 더는 참지 못하고 발작적으로 기침을 토해 내기 시작했다. 차 안은 아수라장이 됐다. 차를 운전하던 차연은 핸들을 휙 틀어 급정거했고, 도일은 "비상!"을 외치며 창문 내리는 버튼을 연타했다. 그리고 문제의 원인이라 할 수 있는 담배를 입에 문 예진은 불구단의 공식적인 의사로서 아담의 상태를 확인하기 위해 조수석에서 몸을 일으켰다. 차연이 그의 트레이드 마크인 회색 손을 뻗어 예진을 붙잡았다.

"야 씨, 그건 좀 빼고 하지?"

뒤에서 도일이 "비상!" 하고는 거들었다.

"상스러운 야매 의사가 사람 잡는다. 명백한 의료법 위반이다."

예진은 입에 꼬나문 담배를 손도 대지 않고 이쪽에서 저쪽으로 옮기는 와중에도 연기를 뿜어댔는데 뭇 애연가들의 동경을 받을 만했다.

"그런 걸로 따지면 나는 진작 종신형이거든. 젠장할. 멀쩡히 동물병원 잘하고 있는 사람 꼬드겨서 사람 몸 헤집게 만든 게 누군데. 야, 박차! 너만 아니었으면 천안 동물병원 거리 내가 다 접수했어, 알아?"

"야, 너 술까지 마셨냐? 그리고 그 거리 재개발 구역 지정됐어. 넌 어차피 안 될 팔자라고."

예진은 담배를 부러뜨릴 기세로 이를 악물고 소리쳤다.

"이 좆만 한 공무원 새끼들!"

가만히 있을 도일이 아니었다.

"그렇게 큰 좆은 존재하지 않는다. 음란물 좀 작작 봐라, 이 사짜. 그리고 아담 죽는다! 우리가 어떻게 살려낸 건데. 비상!"

예진은 있는 대로 화를 내며 담배를 퉤 뱉고 뒷좌석으로 넘어갔다. 일단 시작한 기침은 끊이질 않았고 호흡곤란이 온 아담은 기침조차 힘겨워했다. 거기에 가래까지 그렁그렁 괴물처럼 울어대며 아담의 숨통에서 세력을 확장했다.

"그러니까 아직 때가 아니라고 내가 말했지! 얘가 무슨 절단 수술 한 줄 알아."

예진이 식식거리자 아담이 숨넘어가는 와중에도 말했다.

"재…… 재…….."

"넌 말하지 마!"

"죄송합니다…… 제가…… 괜한…… 고집……."

아담은 눈을 감았다. 도일이 차 안에서 방방 뛰었다.

"죽었다! 아담 죽었다! 불구단은 망했다! 비상!"

예진은 손으로 귀를 막고 차연에게 소리쳤다.

"제발 얘 좀 어떻게 해봐! 내가 먼저 죽겠다고!"

하지만 차연이라고 달리 뾰족한 수가 있는 건 아니었다. 그런 게 있는 사람이 지구상에 존재할 리 없다. 결국 예진은 도일에게 말했다.

"숨 좀 안 쉰다고 죽진 않아. 특히 애처럼 머리에 오만 잡다한 거를 채워 넣은 애는. 그러니까 제발 가만히 좀 있어!"

도일은 멈추지 않았다.

"산소가 필요한 게 뇌뿐만은 아니라는 건 초등학생도 아는 사실이다. 도대체 수의사는 어떻게 된 거냐? 돈 주고 면허증 위조라도 한 거냐?"

예진은 포기하고 가방을 뒤지기 시작했다. 누가 봐도 너드들이 만든 장난감 같은 단말기를 꺼내 아담의 귀 밑에 심긴 단자와 유선으로 연결했다. 예진이 차연의 꼬임에 넘어가 처음 사람 몸에 칼을 대기 시작한 이래 차연을 비롯한 불구단의 기술자들이 열악한 조건에도 불구하고 얼마나 많은 가능성을 증명했는지 똑똑이 봐왔다. 예진이 육두문자를 줄담배 피우듯 입에 달고 살면서도 결국 불구단에 남아 있는 이유였다. 하지만 지금 아담의 머릿속에서 벌어지고 있는 일은 아무리 이해해보려 해도 잘 되지 않았다. 단순히 불구단 너드들을 믿지 못하는 게 아니었다. 그저 아담의 현재 상태를 예진은 받아들이지 못하고 있는 것뿐이었다.

디스플레이에는 예진 같은 사람에겐 그 의미를 겨우 짐작만 할 수 있는 명칭의 유사 뇌 모듈이 끝도 없이 나열돼 있었고 각각의 모듈 옆에는 짐작조차 할 수 없는 라벨과 값의 쌍이 또 한 아름 열거돼 있었다. 예진은 당장 아담에 대해 알아야 할 정보, 가령 산소포화도 같은 것들을 찾기 위해 수첩에 적어온 모듈명과 라벨 이름을 디스플레이의 목록과 대조해보기 시작했다. 옆에서 도일이 재수 없는 말과 함께 찾아준 정보들은 상황이 심각하지만은 않다는 것을 암시했다. 예상했던 대로이면서 동시에 소름 끼치는 결론이 아닐 수 없었다.

예진은 인형처럼 기대앉아 있는 아담이 너무 낯설었다. 마치 처음 의수를 이식하고 그것을 움직여보던 차연을 보았을 때처럼.

예진은 연결을 제거하고 자리로 돌아갔다. 차연이 차를 출발시키지 않고 확인을 바라는 눈으로 예진을 봤다.

"내가 할 일은 없어. 가."

아담은 천안역으로 향하는 대로에 진입할 즈음 눈을 떴다. 전형적인 병약한 미소년의 이미지는 도일이 말한 것처럼 불구단을 향한 대중의 마음을 녹일 만했지만 가까이서 지켜보기에 그리 편치는 않았다. 무엇보다 아담은 정말로 아팠다. 아이돌로서 행사를 하기 위해 고속도로를 달리던 중 발생한 대형 교통사고로 아담은 말 그대로 죽었다 살아났다.

사고 지역에서 가까운 대학 병원 권역외상센터로 이송된 아담과 그의 매니저 그리고 그 밖의 수십여 명은 하룻밤 사이에 생사의 기로에서 제 길을 배정받았다. 대부분의 사람이 죽었다. 살아남은 일부도 심각한 신체적 정신적 손상을 입었다. 아담은 뇌의 많은 부분이 손상되었고 시시각각 그 영역이 넓어졌다. 몸 곳곳에 달린 기계장치가 소뇌의 역할마저 넘겨받아 아담이라는 존재를 이 세상에 못 박아두고 있었다. 인기 아이돌이었던 아담의 사고 소식에 국내외의 많은 사람이 안타까워했으며 생체공학을 이끄는 선두 주자들은 아담의 부활을 장담하며 마케팅에 열을 올리기 시작했다.

상황이 이쯤 되면 이후 전개는 굳이 설명할 필요가 없어진다. 뒷짐 지고 있던 정부가 사고에 대해 뒤늦은 수습을 시작했고, 서울시장은 과거 용산전자상가였던 차세대인공지능센터를 제 수족 부리듯 앞세워 아담에 대한 치료 계획을 발표했다. 아담을 보다 현대적이고 진보적인 서울의 시설로 옮겨 화려하게 부활시킨 뒤 한몫 단단히 챙기겠다는 거였다. 아담의 소속사는 동의했고, 팬들은 환호했다. 그리고 충청도는 반발했다. 한 생명을 살리느냐 마느냐 하는 문제가 결국 또다시 정치화되었고 쟁정화되어버렸다.

도일도 숟가락을 얹었다. 충북의 대안학교에서 돌아와, 천안역 인근을 들쑤시고 다니며 걸핏하면 유치장에 들어가던 도일은 차연의 꼬임에 넘어가 불구단에서 일종의 책사 역할을 하고 있었다. 사실 도일을 한 번이라도 직접 겪어본 사람이라면 그가 책사 역할을 할 수 있을 거라고는 생각지도 않으며 그런 얘기는 농담도 못 된다고 여길 수밖에 없다. 하지만 차연은 어떤 이유에선지 도일의 능력에 확신을 가지고 있다. 그게 차연의 능력이라면 능력이고, 결과적으로 불구단은 그 덕분에 보다 긍정적인 방향으로 나아가고 있다. 길거리에서 어렵지 않게 발견할 수 있는 주황빛의 불구단 굿즈가 그 증거다.

아담의 부활을 천안에서 해내야 한다는 도일의 주장도 그러한 맥락이었다. 예진은 (수)의사로서 반대했다. 지방 대학 병원 외상센터가 아무리 서울의 시설에 뒤지지 않는다고 해도 아담의 상황은 이미 의술의 영역을 벗어난 게 확실했기 때문이었다. 용산의 인공지능센터는 정부와 서울시가 그야말로 사활을 걸고 쏟아부을 수 있는 모든 것을 투입한 곳이다. 대체 뇌기능이 8할 가까이 죽어버린 사람에게 뭘 할 수 있을지 예진으로선 알 길이 없지만 그건 그쪽에서 알아서 할 일이었다.

"애가 죽기라도 하면? 그땐 다 함께 요단강 건너는 거야."

예진의 말에 도일이 특유의 거만함을 두르고 하, 웃었다.

"겉으로는 불구단 사람들 고쳐주면서, 못 들었던 의사 선생님 소리나 들으며 자위하지만 실은 여기 있는 사람들 무시하지. 이 정치인보다 못한 인간!"

예진은 입을 떡 하고 벌리느라 물고 있던 담배를 떨어뜨리고 말았다. 차연이 얼른 끼어들지 않았다면 무슨 일이 벌어졌을지 아무도 장담할 수 없다. 차연은 이 사안에 대해 생각하기 시작했다. 하지만 시간적 여유가 많지는 않았다. 바로 옆에서 도일이 귀청 떨어지게 "겁쟁이! 겁쟁이!" 하고 외쳐댔다. 결국 차연은 주사위를 던져보기로 했다.

"후회할 거야. 그 팔들 단 거 후회한 것처럼."

예진이 의미심장한 시선을 자신의 첫 번째 작품에 보냈다. 차연도 제 두 팔을 내려다봤다. 예진 말대로, 차연은 그 두 팔을 선택한 걸 후회했다.

"그래, 이것들을 달고 잃어버린 것들을 생각하면, 후회돼."

"거기까지만 해. 경고야."

차연은 개구쟁이처럼 웃으며 말을 이었다. 참새가 방앗간 못 지나치듯, 차연은 이런 상황을 그냥 지나칠 사람이 아니었다.

"근데 말이야, 이 팔들 이후로 얻은 것들까지 후회하지는 않아. 우린 아담과 천안을 부활시킨다."

예진은 뭐라도 씹은 얼굴로 바닥에 떨어진 담배를 지르밟았다. 대학 병원 병원장과 외상센터장, 천안시장과 충청도지사 등 평소 불구단이라면 치를 떨던 사람들이 두 말 없이 차연의 차디찬 회색 손을 잡았다. 그 와중에 근교 대학 병원 쪽에서 패싱이니 배제니 하는 볼멘소리가 나오기는 했지만 대세의 흐름은 이미 결정됐다. 외상센터의 의료진과 천안역지하도상가의 불구단 기술자들이 전례를 찾아볼 수 없는 협업을 통해 아담을 새로 구성하는 과정은 다큐멘터리를 통해 전 세계 모든 사람에게 생중계되었다. 물론 그 또한 도일이 짠 계획의 연장이었다. 해외의 많은 사람들은 여전히 막연하게만 생각했던 대한민국이라는 나라의 의술과 기술, 그리고 불구단에 대해 알게 되었다. 그리고 국내에서는, 모두가 그런 건 아니지만 확실하게 다수의 사람들이 그에 대해 부끄러워했다. 유령 도시 같은 천안과 그곳에서 몸부림치는 불구단의 장애인들이 나라 망신을 시켰다며 길길이 날뛰었다. 그러거나 말거나. 해외에서는 천안의 상황과 불구단이라는 단체에 깊은 관심을 가지고 알고자 하기를 망설이지 않았고, 불구단도 그에 응답하는 데 최선을 다했다. 천안시는 이것이야말로 참사가 일어나지 않았다면 나아갔을 천안의 길이라고 성급히 홍보 자료를 만들며 빠른 재개발을 추진하려다 뭇 여론의 몰매를 맞았다.

대부분의 사람들이 잊고 있던 아담이 깨어났을 때 그의 병실에는 도일만이 소파에 앉은 것도 아니고 누운 것도 아닌 어정쩡한 자세로 노트북을 들여다보고 있었다. 아담은 자신이 꿈을 꾸고 있다고 느꼈다. 뇌의 대부분을 대체한 무수히 많은 모듈들이 긴밀하게 신호를 주고받으며 형성하기 시작한 새로운 자의식은 물리적으로 무르익을 시간과 경험이 필요했기에 불가피한 증상이었다. 아담은 잔뜩 쉰 목소리로 시야에 들어온 도일을 향해 말했다.

"저기…… 죄, 죄송한데…… 음음, 저기요, 여기가 어딘지 알 수 있을까요?"

도일은 노트북 화면만 보며 대꾸했다.

"가능성이 높진 않지만 알아낼 수도 있을 거다."

참으로 어처구니없는 맥락에 당황한 건 아담도 마찬가지였다. 네? 하고는 천천히 주변을 둘러보기 시작한 아담은 처음에 그곳이 천국이 아닌가 했다. 행사장으로 이동하는 동안 VR 고글을 쓰고 보던 〈천국의 방〉이라는 삼류 영화가 그러한 생각과 관련이 있는지는 검증할 길이 없지만, 최소한 지옥이라고 생각하지 않은 것은 고무적인 일이었다.

노트북을 덮고 자리에서 일어난 도일이 아담에게 다가왔다. 도일은 아담에게 원한이라도 있는 듯 싸늘한 눈빛을 보냈다. 아담에게는 도일이 칼을 든 대천사처럼 보였다. 두려움이 느껴졌고, 공교롭게도 그 감정은 자의식을 숙성시키는 데 일종의 효소처럼 작용했다.

"저, 죄송하지만 제가 아는 분이실까요?"

"그럴 수도 있고 아닐 수도 있다."

"어…… 죄송하지만 무슨 말씀인지 잘 모르겠어요. 죄송해요……."

"하. 최소한 그 짜증나는 말버릇은 그대로인 게 확실하군."

도일은 편지봉투를 아담에게 건넸다. 아담은 도통 무슨 일인지 모르겠다는 얼굴로 봉투에 든 편지를 읽기 시작했다. 굴림체로 프린트된 편지의 내용은 아래와 같았다.

안녕, 나의 아담.

아담은 인삿말만 읽고도 미소를 금치 못했다. 자신의 오랜 팬이자 마음속 이야기를 터놓을 수 있는 친구의 편지가 확실했다. 아담은 편지를 마저 읽고 싶었지만, 천성적으로 고개를 들어 감사의 뜻을 전했다.

"수애 친구신가요? 어떻게 알고 찾아오셨는지는 모르겠지만 수애 편지 전달해주셔서 감사합니다."

그 이름은 일종의 볼드모트였다. 도일은 꽥 하고 소리를 지르고는 강압적으로 말했다.

"읽어라."

"네? 아, 네. 죄송……."

"읽어라!"

아담은 편지를 마저 읽었다.

놀랐지? 네 앞에 있는 애가 나쁜 애는 아닌데 좀…… 많이 이상한 애니까 그냥 그러려니 해. 나도 걔 때문에 속상했던 적이 한두 번이 아니야. 하지만 그 애가 곁에 있어서 기뻤던 일이 훨씬 많았어. 그리고 그 애와 있으면 왠지 힘이 나. 평소라면 생각도 못 했을 것 같은 일들을 그 애랑 많이 해봤어. 그 결과가 꼭 긍정적인 것만은 아니야. 하지만 너도 잘 알다시피 가능성이라는 건 그 자체만으로 더없이 경이로운 거야. 우리가 그동안 이야기해 왔던 가능성. 그리고 선택권. 그런 것들이 내게는 여전히 소중해. 너만큼이나 말이야. 너도 그럴 거야. 내 생각이 맞지? 내가 좋아하는 아담은 그런 사람이니까. 사실 난 말이야, 이전보다 더 많은 가능성을 찾아 여행 중이야. 이 여행이 언제 끝나게 될지, 끝나기는 할지 사실 모르겠어. 내가 무사히 여행을 마치고 돌아올 수 있도록 아담 네가 힘 보내줄래? 여태껏 그래주었듯이 말이야. 너의 염치없는 팬, 수애가.

아담은 수애가 중증의 근육병을 앓고 있다는 것을 알았기에 여행에 대한 이야기를 어떻게 받아들이는 게 좋을지 조심스러웠다. 그래서 도일을 쳐다봤다. 그런데 도일이 선수를 쳤다.

"수애는 여행 중이다."

"그렇군요. 늘 어느 나라의 어느 도시에 대한 이야기를 했었는데 잘된 일이에요."

"그런데 약간의 문제가 발생했다."

"어떤……?"

"그건 설명하기가 매우 까다롭다."

"수애는 괜찮은 거죠?"

도일은 눈을 감고 속으로 원을 그렸다. 최대한 동그란 원을 그리려 했지만 쉽지 않았다. 결국 도일은 꽥 소리를 질렀다.

"수애한테 가라."

"네?"

"수애한테 가라. 그 애한테 힘을 줘. 네가 여태껏 해온 것처럼. 그리고 그 애를 위해 불구단이 돼라."

"불구……단?"

"수애가 좋아했을 단체."

도일이 막무가내로 우기면 도저히 어찌해볼 수 없기도 하지만, 아담도 꽤 완고하게 수애를 만나러 가길 원했다. 사실 아담은 수애에 대해 많은 것을 알고 있었다. 하지만 철저히 수애의 편지에 쓰여 있는 것만을 알 뿐이었다. 수애가 자신의 오랜 팬이라는 것, 우편으로 보내는 편지를 즐겨 쓰지만 늘 프린트해서 보낸다는 것, 자신과 동갑이며, 비슷한 고민을 하고 있다는 것, 하지만 아담이 그 고민의 무게에 짓눌려 허덕이는 데 비해 수애는 그것을 정면으로 마주한 채 맞서고 있다는 것, 그리고 마지막으로 수애가 장애인이라는 것.

수술 후유증에 시달리면서도 도일과 함께 수애를 찾아간 천안역 붕괴 참사 4주기 추모식에서 명패에 쓰여 있는 수애의 이름을 보고 그 자리에서 정신을 잃고 말았다. 급히 이송돼 상태를 정밀 검사했더니 그저 인지 부조화에 따른 커널 패닉일 뿐이었다. 그게 정말로 다행인 것인지에 대해 의사들과 기술자들이 치열한 논의를 했지만, 어쨌든 아담은 제 병실에서 아무 문제없이 눈을 떴다. 도일은 역시나 소파에 요상한 자세로 기댄 채 노트북을 들여다보고 있었다. 아담은 도일이 무슨 말이라도 해주기를 기다렸다. 소용없는 일이었다. 결국 아담이 말했다.

"뭐예요?"

도일은 기계적으로 대꾸했다.

"뭐냐에 따라 다르다."

아담은 머릿속 모듈들이 아우성이라도 치듯 연상시키는 생각들을 한꺼번에 말하기 위해 애썼다.

"모든 거요."

그것은 적절한 선택이었다. 그러나 도일에게는 아니었다. 도일은 자리에서 벌떡 일어나 병실 안을 빠르게 걷기 시작했다. 도일은 짜증을 냈다.

"불가능하다! 최소한 내가 살아 있는 동안에는 불가능하다."

아담은 슬슬 도일이 어떤 유형의 사람인지 알 수 있었다.

"수애요, 죽은 건가요?"

도일이 우뚝 멈춰 서더니 화가 난 사람처럼 아담을 노려봤다. 그러고는 잠시 꼼짝도 하지 않았다. 이내 도일이 말했다.

"아직 확인되지 않은 사실이다."

그것은 도일이 할 수 있는 최선의 답변이었다. 그리고 아담은 그 답변에 만족했다.

"그래요. 그럼 편지는요? 그걸 정말 수애가 썼나요?"

도일은 한결 수월하게 대답했다.

"그런 거나 마찬가지다."

그 답변은 만족스럽지 못했다.

"아닌 거죠, 그렇죠?"

도일이 달려들 기세로 침대로 다가가 백팩을 앞으로 안아 들고 지퍼를 죽 열었다. 그 안에는 오래된 편지지와 편지봉투가 한

가득이었다. 아담은 그 낯익은 편지지를 보고 입을 다물지 못했다. 도일이 선제 타격을 날렸다.

"다 수애의 편지다. 물론 네가 받은 건 아니고, 일종의 초안이다. 수애는 꼭 편지의 느낌을 알고 싶어 했다. 직접 손으로 쓰고 싶어 했지만 그럴 수 없으니까 종이에 프린트된 글의 느낌만이라도 자기가 원하는 대로 하고 싶어 했다. 나로서는 이해할 수 없지만…… 아무튼 그랬다."

떨리는 손으로 편지를 확인하던 아담의 시야에 익숙한 문장이 들어왔다.

이 편지를 읽는 동안만이라도 네가 현실을 잊고 자유롭게 되기를 바라.

그건 수애의 편지에 꼭 들어가는 류의 문장이었다.

"근데 그쪽이 준 편지는……."

그뿐만이 아니었다. 아담은 뒤늦게 참사가 발생한 날짜와 그 이후에 전달된 편지들을 연결시켜 보았다. 또다시 커널 패닉이 일어날 수도 있는 상황이었지만, 불구단의 기술자들이 호언장담했듯 아담의 새로운 뇌 구조는 빠르게 자리를 잡아가고 있었다. 다만, 아담은 자신이 느끼는 감정을 어떻게 표현해야 할지 몰라 입만 뗐다 붙였다 했다. 새로운 뇌 구조는 아담이 평소에 자기 표현을 하지 않는 데 익숙하다는 걸 인정하지 않겠다는 듯 고집스레 유사 호르몬을 방출했다. 아담은 상기된 얼굴로 절제해서 말했다.

"그 편지는…… 편지들이…… 다 당신이 쓴……."

"난 수애를 잘 안다! 수애가 직접 썼대도 분명히 똑같이 썼을 거다!"

"왜 그랬는데요?"

"불구단에 들어와라."

"아니, 그거 말고. 그…… 일이 있고 난 뒤에…… 왜 수애인 척 계속해서 편지를 보냈냐고요?"

도일은 제 가방 속 편지들을 내려다봤다. 그의 마스크에서 나오는 말은 늘 그랬듯 괴상했으며 단조로웠고 기계적이었다.

"수애가 옆에 있는 것 같다."

아담은 할 말을 잃었다. 도일이 아무 일도 없었다는 듯 가방을 닫아 다시 등에 멨다. 그리고 말했다.

"쓸데없이 시간 끌지 말고 불구단 들어와라."

"왜요?"

"불구단에 아담이 필요하다."

"싫다면요?"

아담은 기가 차서 저도 모르게 말했다. 평소라면 절대 하지 않을 말이었다. 아담은 자기가 이렇게 대놓고 거절했다는 사실이 믿기지 않았다. 죄책감이 들었다.

"그러니까…… 방금 제 말은…… 저도 모르게…… 죄송해요."

도일은 낯선 기계장치라도 보는 눈으로 아담을 봤다. 도일이 물었다.

"싫다고? 정말인가?"

"네? 아니, 그게……."

"대답해라. 싫다고 말하고 싶은 거냐?"

아담은 망설임 끝에 무척이나 조심스럽게 고개를 까딱했다. 그러고는 죄송하다는 말을 얼른 덧붙였다.

"그것참 이상하군."

"뭐, 뭐가요?"

"너는 거절할 줄을 모르는 인간, 아닌가?"

"그런 편이긴 한데, 그걸 그쪽이 어떻게……?"

"다시 말하지만 나는 수애를 잘 안다. 수애는 아담을 잘 안다. 내가 그동안 수애한테 네 얘기를 얼마나 지겹게 들었을지 설명해야 하나?"

아담은 수긍했다.

"맞아요, 저는 어렸을 때부터……."

"그만! 다 아는 얘기다. 내가 관심 있는 것은, 그랬던 인간이 왜 갑자기 바뀌었는가 하는 거다. 수술이 잘못된 건가? 그래서 아담이 더는 아담이 아닌 건가?"

"뭐, 뇌 수술이니까요. 사실 그동안 성격을 개조할 수 있다면 좋겠다고 생각하기는 했어요. 수애한테도 말했지만 저는 제 성격이 정말 싫거든요."

아담은 상황의 심각성을 인지하지 못한 듯 가볍게 말했다. 하지만 속으로는 묘한 떨림을 느끼고 있었다. 두려움과 흥분의 경계에서 위험한 줄타기를 하는 기분이었다. 그걸 꼬집기라도 하듯 도일이 물었다.

"그래서, 기분이 어떤가?"

"거절한 기분이요?"

"그렇다."

"잘 모르겠어요. 나쁜 것 같기도 하고 좋은 것 같기도 하고."

"그럼 더 느껴봐야겠군, 안 그런가?"

"하지만 거절을 하면 사람들이 싫어할 텐데……."

"수애가 한 말 잊었냐? 네 가면이 네 숨통을 죄고 있다는 걸."

아담의 인형 같은 얼굴에 실금이 갔다.

"불구단에 들어와라. 불구단이 너에게 거절할 수 있는 기회를 줄 수 있다. 불구단으로서 거절하며 네 진짜 모습을 찾는 거다. 수애가 말했듯이."

Voice 5

어, 지금 시작하면 되는 걸까요? 아, 네. 어, 저는 아담이라고 합니다. 네? 아, 소개는 필요 없다고요.

아, 이런 건 그렇게 많이 안 해봤어요. 무슨 생각하시는지 알아요. 부모가 연예인이고 태어나기도 전에 아담이라는 태명으로 알려진 제가 이런 인터뷰에 익숙하지 않다는 게 이상하게 들릴 거예요. 하지만 사실이에요. 저는 인터뷰 같은 걸 할 필요가 없었어요. 출산 장면부터 백일, 돌잡이, 걸음마 말고도 제 하루가 고스란히 부모님 방송 콘텐츠가 됐어요. 제 부모님의 팬이라면 저에 대해 모르는 게 없고, 정확히 언제 만들어졌는지는 모르겠지만 제 개인 채널, 개인이라는 표현이 맞는지는 모르겠네요. 아무튼 제 채널 구독자라면 저에 대해 저보다도 더 잘 알아요. 글쎄요, 그걸 인지하고 그랬는지는 모르겠는데요……. 아, 제가 자꾸 모르겠다고 해요? 잘 모르겠는…… 아. 안 해보려고 노력할게요. 잘될지는 모…….

어, 어디까지 얘기했었죠? 아, 맞다.

언젠가부터 제가 그러더라고요. 뭔가 아리송해지면 시리한테 묻기보단 개인 방송을 켜고 물어봐요. 시리가 더 정확할 때가 많죠. 게다가 시리도 저에 대해 잘 알고요. 그런데 방송에서 물으면, 재밌어요. 시리만큼 정확하고 분명하진 않더라도, 팬분들이 알려주는 대로 하면 뭔가 만족감이 다르더라고요. 그리고 그 과정 자체도, 시리는 똑부러지게 대답해주고 끝이잖아요. 시리가 아무리 인간적인 대화를 구사한다고 해도 시리는 그냥 시리예요. 하지만 제 팬은 그렇지 않죠. 한 분 한 분이 저와 같은, 그러니까…… 사고 이전의…… 에, 쓸데없는 말이에요? 음, 그냥 저 같은 사람이고 무엇보다 저를 사랑해주세요. 그런 분들과의 예고 없는 잡담이 되게 좋았어요.

그래서겠죠. 점점 더 많은 걸 묻게 되고, 그분들의 제안이나 권유를 정말로 정답이라고 생각하게 됐어요. 그래서 굳이 안 물어봐도 되는 것들도 확인받고 싶어져서 또 묻고, 맞으면 좋아하고 틀리면 오답 노트 정리하듯 제 선택을 수정하고. 그걸 또 방송에서 언급하면서 저희끼리 좋아하고…… 네, 말씀하신 대로, 결과적으로는 족쇄가 돼버렸어요.

그걸 끊기에는 저는 이쪽 업계와 떼려야 뗄 수 없는 처지였어요. 이 업계는 일종의 카오스죠. 여기저기서 시공간이 뒤틀리고 결국 역행하는. 어차피 사람들은 다 자기만의 취향이 있어요. 그것만 확실하면 분명 이 세계 어디의 누군가는 봐줄 거라고요. 그래서 소위 진짜 인플루언서들은 버추얼이 할 수 없는 것에 매진했고 그런 것들은 대체로 레트로틱한 편이죠. 리얼리티쇼. 연애하고 육아하고 아니면 그냥 삶 전체를 쇼잉하는. 저희 부모님은 그 모든 걸 다 한 케이스였고 최종 결실이 저예요. 아담. 그런 제가 이쪽 업계를 탈출할 수 있었을까요? 탈출하고 싶은 마음이라도 품을 수 있었을까요? 비겁한 변명이라고 해도 어쩔 수 없어요. 지구에서 태어난 사람은 화성이나 달에서 살아가기 어려워요. 물론 피나는 노력으로 중력의 차이를 극복하는 사람도 있죠. 하지만 모두가 할 수 있는 건 아니에요. 똑같은 노력을 해도 태생적인 이유로 그들만큼 못 할 수 있고, 아니면 그냥 노력의 상한 자체가 상대적으로 낮을 수도 있잖아요. 그런 걸 무시하고 그냥 정답으로 정해놓은 선에 미치지 못하는 사람을 무조건적으로 패배자, 실패자, 낙오자, 기타 등등의 나쁜 말로 뭉쳐 부른다면, 솔직히 방법이 없는 것 같아요. 패배주의적으로 사는 수밖에.

저, 물 좀 마셔도 될까요? 감사합니다. 네? 아, 그렇긴 한 것 같아요. 일종의 트리거랄까요. 혹시 제가 너무 무례한 얘기를 했을까요? 아니에요? 정말이죠? 아니, 작가님을 못 믿어서가 아니라⋯⋯ 죄송합니다.

음, 그다음 얘기요? 그런데 그 얘기는 언제 하나요? 예? 병원에서 있었던 일 때문에 하고 있는 거 아니었어요? 아니, 제 얘기가 재밌다고 해도⋯⋯ 계획이란 게⋯⋯ 아, 자유로운 방식이요⋯⋯ 어, 저는 좀 계획대로 해야 안심이 되는 편이라서요. 근데 그다음으로 무슨 얘기를 하면 좋을지⋯⋯.

패배요? 음, 사실 말은 그렇게 했지만 저는 잘 모르겠어요. 아, 습관적으로 하는 말이 아니라요, 패배라는 게 정말 그렇게 나쁘기만 한 걸까요? 저는 요새 불구단 생활을 하면서 그런 생각이 들더라고요. 이게 좀 오해의 소지가 있는 게, 제가 불구단 단원들과의 생활을 통해 패배를 일종의 긍정하게 된다고 하면 자칫 그분들의 생활을 우리가 알고 있는 의미의 패배하고 연관 짓게 될 거 아니에요. 그런 게 아니라 우리가 알고 있는 패배라는 개념이 정말로 그렇게 부정적인 건가 하는 생각이 든다는 얘기예요.

제 상황을 예로 들어볼게요. 저는, 제 입으로 말하기 그렇지만, 연예계에서 꽤 위에 있었어요. 저는 그냥 늘 하던 대로 할 뿐이지만 셀 수 없이 많은 분들이 절 좋아해주셨고 기꺼이 당신들의 시간과 돈 그리고 에너지를 들여주셨죠. 그러다가 사고가 났어요. 그리고 전 죽을 뻔했죠. 아니, 말 그대로 죽었다 깨어났어요. 너무나 기적 같은 일이죠. 많은 분의 협력으로 아담은 다시 태어났어요.

하지만 사실이 어떻든 간에 사고와 수술을 기점으로 저는, 저라는 존재가 달리고 있던 선로는 틀어져버렸어요. 겉으로는 제가 다시 살아난 걸 안도해주던 사람들도 알게 모르게 저라는 존재의 정체성에 물음표를 띄웠어요. 그리고 자연스럽게 마음이 멀어졌죠. 너무 당연한 전개예요. 여전히 많은 사람이 절 아담으로 대우해주지만, 이 아담은 저 아담과 달라요. 이건 어떻게 할 수 있는 게 아니에요. 제가 원한 건 아니지만 거부할 수 있는 것도 아닌 거죠. 그냥 그렇게 돼버린 거예요.

결과적으로, 저는 이제 월드 투어 같은 걸 하는 대신 불구단 단원들과 병원 투어를 해요. 사람들은 제가 어쩔 수 없이 이 일을 한다고 생각하죠. 더는 예전의 아담이 아니니까 이런 일이라도 하는 거라고. 그리고 꼬리표를 붙여요. 패배자.

처음부터 패배라는 거에 회의를 품었다고는 말 안 할게요. 제 앞에 놓인 선로가 정말 최선인지 의구심이 들었어요. 또다시 습관적으로 방송을 켜고 사람들한테 묻고 싶었던 게 한두 번이 아니었죠.

그래도 이 선로는 제가 선택한 거예요. 이게 중요한 것 같아요. 지금의 전 제가 선택한 게 아니에요. 하지만 그런 제가 달릴 선로는 스스로 선택했어요.

불구단은, 그런 사람들이 모인 곳이에요. 대표님도 사고로 팔을 잃었고 그 때문에 삶의 궤도가 바뀌었지만 그 궤도를 오롯이 자기 걸로 만들어냈고 심지어 이제는 선로를 좌지우지하시기도 해요. 대표님과 제 새로운 경로가 그저 패배일까요? 만약 그렇다면 그 패배라는 건 대체 뭐죠? 승리는 또 뭐고요?

지금 말하면서 드는 생각인데요, 옛날의 저는 정말 패배주의적이었던 것 같아요. 그러니까 우리가 일반적으로 알고 있는 의미대로요. 제가 이쪽 업계와 뗄 수 없는 관계였어도 조금 더 주체적으로 살아야 했어요.

근데요, 작가님, 정말 이런 식으로 해도 되는 거예요?

그날이요? 아, 이제 시작하는 거군요.

제 수술에 참여하셨던 분 중에…… 아, 네. 좀 많으셨죠. 의사만 있었던 것도 아니었고요. 그야말로 할리우드식 프로젝트였다고 알고 있어요. 실제로 그쪽에서 영상화 제안이 있었고 도일이가 냉큼 승낙해버리기도 했고요. 하지만 그게 언제, 어떤 그림으로 세상에 나올지는 아무도 모르죠.

아무튼, 그때 1차 뇌 수술이랑 이후의 응급 상황을 대비한 총체적인 수술 과정을 지휘하셨던 백상아 교수님께서는 수술이 성공적으로 끝난 이후에도 지속적으로 절 케어해주셨어요. 저는 아직도 그게 좀 신기해요. 백 교수님은 제 어머니의 오랜 팬이셨고, 당연히 저에 대해 잘 알았던 데다, 또 그분 따님이 제 팬이었다는 게…… 병실 침대에서 미라처럼 누워 있는 동안은 그야말로 누군가의 장난처럼 느껴지기도 하더라고요.

백 교수님은 최근에 병원장이 되시면서 저와 불구단을 더 가까이하셨어요. 병원 차원에서 도움도 많이 받았고 또 저희는 저희 나름대로 병원에 도움될 만한 것들을 했죠. 접근성 검증 같은 기본적인 걸 시작으로 도로 정비, 다양성 캠페인, 특히 어린이 병동에서의 각종 행사 협조 같은 것들. 도일이 말대로, 원원이었어요. 병원이나 불구단 양쪽 모두 얻는 것밖에 없었던. 하지만 세상

일이라는 게 그렇게 좋기만 할 수는 없는 거고, 그런 척하는 것도 늘 유지되지는 않아요. 저희 경우도 균형은 금방 깨졌죠.

글쎄요, 단순한 생각이겠지만 저희는 더 오래 균형을 유지할 수 있었어요. 정치만 아니었다면요. 정치가 모든 걸 망쳤어요.

정치 혐오요? 잘 모르겠어요. 사실 수술 전까진 정치 같은 거에 관심 갖진 않았어요. 맞아요, 저희가 하는 대부분의 행위가 정치적이라는 거. 그런 거 말고 국회 정치요.

어쨌거나 이 경우는 정치 문제가 확실해요. 왜냐하면…… 백 교수님이 그렇게 말씀하셨으니까요.

이거…… 언제, 어떻게 공개되는 거예요? 백 교수님께 피해가 갈까요?

알았어요. 저도 숨기고 싶은 마음은 없어요. 어차피 다 끝난 일이기도 하고…… 다만, 백 교수님은 제 생명의 은인이나 마찬가지예요. 그런 분에게 되도록이면 과도한 비난의 화살이 가지 않았으면 해서…… 그래서 그래요. 지금 세상은…… 또 다른 희생양을 찾느라 혈안이 되어 있으니까요. 조금이라도 잘못이 있으면 극형에 처해져요. 그 레버를 제 손으로 당기게 된다면 너무 죄스러울 거예요. 비겁하더라도 있는 그대로를 말씀드리는 거예요.

백 교수님은 그 병원이 신천안 사업 이후에도 변함없이 충청의 대표적인 메디컬 센터가 되기를 바라셨어요. 그리고 그 자리에 저희도 함께이기를 바라셨고요.

네, 맞아요. 언뜻 들으면 나쁠 게 없지만 신천안이 전제에 깔려 있다는 게 문제죠. 결국 지금 정부에서 불구단과 천안 시민들의 요구를 묵살한 채 밀어붙이고 있는 신천안 사업이랑 궤를 같이 하는 거니까요. 두 쪽 다 비슷한 말을 해요. 알았으니까 기다려라. 지금 당장 처리해야 할 다른 일들이 있다. 기다려라. 그렇게 비문명적으로 보채지 말고 기다려라.

백 교수님은 그날도 그런 말씀을 하셨어요. 대놓고 드러내지는 않으셨지만 저희가 할 행사에 대해 필요 이상으로 많은 관심을 보이셨어요. 원래도 관심을 많이 가져주셨지만, 그래서 진심으로 감사하게 생각해왔지만, 그게 점점 과해진다는 걸 언젠가부터 모른 척할 수가 없더라고요. 심지어 그날은…… 선을 넘으셨어요.

그 애에 대해 얘기하는 걸 더는 미룰 수가 없겠네요. 수애요.

백 교수님은 수애에 대해 얘기하셨어요. 수애가 옛날에 교수님한테 진료를 받았대요. 저는 몰랐지만 수애는 사실 그 병원에서 유명한 아이였어요. 중증의 희귀성 근육병을 앓는 수애는…… 도일이가 말하기로는 굴러다니는 종합 병원이었대요. 병원 분과 안 가본 곳이 없고, 심지어는 몸이 아프지 않아도 병원 곳곳을 탐험하듯 순회했대요. 수애는 유튜브를 했는데, 거기에 자신이 보고 듣고 느낀 걸 도일이가 만들어준 여러 장비를 이용해서 업로드했어요. 지금 불구단이 하고 있는 걸 수애는 그때 했던 거예요. 병원에서도 수애를 일종의 마스코트처럼 여기고 협조적이었어요. 아마 그 일이 아니었다면 지금쯤 수애는 정말로 그곳의 홍보대사로 활동하고 있지 않았을까요.

물 좀…… 죄송합니다.

백 교수님은…… 한 아이의 차트와 사진을 제게 보여주셨어요. 침대에 누워 있는 조그마한 체구의 아이는 제가 나중에야 알게 된 수애의 모습과 똑 닮아 있었어요. 저는 짐작되는 게 있었지만 그것만은 아니길 바랐죠. 하지만 맞았어요. 백 교수님은 그 애를 제2의 수애로 만들어보자고 하셨어요. 그 애도 수애처럼 활달하고 호기심 많고 불구단 활동에 관심도 많다고요. 그리고 제 팬이라고요. 그러니 이번 행사 때 팬과의 만남이라는 주제로 그 아이를 만나 자연스럽게 데뷔시키자고…….

저는 반사적으로 싫다고 했어요. 교수님도 제가 그런 말을 했다는 사실에 놀라셨죠. 교수님은 무척이나 당혹스러워하셨어요. 저는 얼른 설명하려고 했어요. 하지만 수애에 대해 모든 걸 얘기하지 않고는 설명할 수 없었고, 저는…… 그게 하기 싫었어요. 진심으로요.

화를 냈냐고요? 도일이한테 하듯이요? 아아, 그건 비방용이에요. 아마 직접 보시면 무슨 얘긴지 아실걸요. 연습 중이에요. 그게 제 개인적인 목표니까요.

그래서 별다른 설명 없이 나왔어요. 어쩌면 교수님이나 저나 생각을 정리할 시간이 필요했을 수도 있었어요. 하지만 예정된 시간이 다가왔고 불구단 사람들도 도착했어요. 저는 급한 대로 예배실로 숨었죠. 모르겠어요, 당장 저만 없으면 어떻게든 넘어가지지 않을까 했어요. 그런데 그분이 나타났죠. 시현이라는 분이요. 좀 이상한 분 같았어요. 하지만 나쁘지는 않았죠. 그래서인지는 몰라도 저는 이야기했어요. 마치 고해성사라도 하는 심정이었어요. 교수님한테는 하지 못했던 이야기를 그분한테는 했어요. 어떻게 그럴 수 있었는지는 몰라요. 모르는 사람이어서? 그것도 영향이 있었겠지만 그보다도 그분한테 확신 같은 게 들었던 것도 같아요. 제가 무슨 말을 해도 판단하지 않을 거라는 확신이요. 사람은 어쩔 수 없이 경험에 근거해 끊임없이 판단하게 돼 있잖아요. 가령, 저는 그동안 대표님이나 예진 선생님 아니면 도일이한테 들은 이야기들로 선우랑이라는 작가님에 대해 판단해 왔어요. 인성이 나쁘고 제멋대로인 데다가 우리와는 다른 차원에서 산다고요. 왜 웃으세요…… 그리고 오늘 이렇게 직접 만나 뵙고 대화를 나누면서 저는 또 작가님을 판단해요. 참 경청을 잘 하시는구나. 그래서 편하게 말할 수 있게 해주시는구나. 그러고 보니까 두 분이 약간 비슷하네요.

한바탕 쏟아내고 나니 좀 정리가 되는 것도 같았어요. 끝을 맺어야 해서 저는 개인 방송을 켜고 상황을 설명한 다음 교수님께 갔어요. 네? 어, 네, 그랬던 것 같아요. 가는 길에 시현님을 제 방송에 내보냈어요. 저는 별 뜻 없이 그분도 저희 팀이라는 생각에 시야에 담았는데, 도일이랑 막 도망가시는 걸 보고 아차 싶더라고요. 제가 생각이 짧았죠.

교수님께 상황을 설명하고 방송 출연 허락을 구했어요. 다행히 교수님은 제 마음도, 상황도 이해해주셨어요. 하지만 방송을 하기 전에 그 아이를 한 번 만나보는 건 어떻겠냐고 하시더라고요. 저는 그러겠다고 했어요. 그리고 교수님과 병실로 갔어요.

직접 본 아이는 사진 속 모습보다 더 작았어요. 곧 있으면 초등학교에 입학할 나이라는데 겉보기에는 많아야 서너 살밖에 안 돼 보이더라고요. 아이는 수애처럼 말을 할 수 없었어요. 수애보다 상황이 더 안 좋아 보여서 솔직히 말씀드리면 과연 교수님이 바라는 역할을 그 애가 정말 할 수 있을까 싶었어요. 제가 여전히 비장애중심주의적으로 생각하는 걸까요? 하지만 교수님이 그 애한테 바라는 역할이 문자 그대로 마스코트일 뿐이라면요? 저는 다시 또 머릿속이 복잡해져서 뭘 어떻게 해야 할지 모르고 가만히 있었어요. 그때 아이의 어머님이 빈 배변통을 가지고 화장실에서 돌아오셨죠. 어머님과 교수님은 스스럼없는 대화를 나누셨어요. 참 보기 좋았죠. 역시 교수님이다 싶으면서 저도 마음을 다잡으려 했죠. 그 순간 교수님이 다음 수술 얘기를 하며 그 이름을 입에 담으셨어요.

애슐리.

정확히는 애슐리 치료였어요. 언뜻 듣기엔 테라피 같은 이름이지만 알고 보면 섬뜩하기 그지없는 치료예요. 그건, 성장억제술을 부르는 일종의 은어예요. 수애나 그 애처럼 중증의 장애로 몸을 가누지 못하는 아이를 대상으로 호르몬을 써서 강제로 성장을 늦추는 거죠. 게다가 아이가 생물학적인 여성이라면 유방을 절제하고 난소도 들어낸대요. 왜 그렇게까지 하는지 이해가 아주 안 가지는 않아요. 불구단에는 장애인 분이 많아요. 대부분은 산재로 팔이나 다리를 다치거나 잃은 분들, 그러니까 소위 사이보그라 불리는 분들이죠. 박차연 대표님처럼요. 천안 투쟁이 길어지면서 자연스럽게 구성원도 달라지고 있는데, 점점 더 많은 노년층이 불구단과 함께하고 있고 그분들은 대체로 거동에 어려움이 있으세요. 그뿐만이 아니라 그동안은 존재도 확인되지 않았던 중증의 정신 장애인 분들, 심지어는 정말로 출생신고가 되지 않았거나 기록이 말소된 분들까지 불구단에서 찾아내고 있는데요. 이 중에서는 혼자서는 먹고 마시는 것도 안 되는 분들이 상당하거든요. 불구단은 보조기기 수리업에서 시작하신 박차연 대표님이, 활동 보조인 많이 구하는 법이라거나 활동 보조인이랑 잘 지내는 법, 아니면 활동 보조인한테 폭력을 당했거나 갑자기 자취를 감췄을 때 어떻게 해야 하는지 같은 정보를 가지고 있고 필요한 분들께 교육도 하고 있지만, 애초에 활동 보조인을 쓸

자격이 없는 분들한테는 경증 장애인이나 비장애인이 배정되기도 해요. 저도 하고 있고요. 그러다 보니 느끼는 건, 돌봄 대상자가 가볍고 작을수록 일이 수월하다는 거예요. 모든 활동 보조인이 인공근육 수트를 입으면 모를까. 하지만 그런 건 가끔 밀반입됐다가 능구회를 통해 저희한테 넘어오는 장물이 아니면 여전히 비싸잖아요. 그러니 어떻게든 제 아이를 오랫동안 안전하게 돌보기 위해 그런 방법을 동원한다는 것은 이해할 여지가 있어요.

어떻게 알게 됐냐고요? 수애가 그 치료에 관심이 많았어요. 그 치료가 최소한의 의사소통을 하지 못해 자기결정권을 보장받지 못하는 최중증의 장애 아동을 대상으로 하기 때문에 윤리적인 논란이 있는 건데, 수애는 자기처럼 충분히 자기결정을 할 수 있는 사람이 그 치료를 원할 경우에는 어떻게 되는지에 대해 궁금해했어요. 그리고 그걸 자기한테 적용할 수 있을지에 대해서도요.

네, 저희는 정말 다양한 얘기를 많이 나눴어요. 처음에는 그냥 팬과의 교류였지만 친구의 대화가 됐고, 보다 깊이 있는 주제에 대해 때로는 과감할 정도로 날 선 논의를 나눴죠. 이를테면 조력자살이나 은퇴 같은, 조금은 현실성 없고 진심도 아닌 것들. 막장까지 헤집어놓으면 우리 현실이 조금은 달라지길 바라는 것처럼.

좋아했냐고요? 작가님도 참…… 모르겠어요. 이 마음을 그런 식으로 규정지을 수 있는지, 그래도 되는지 잘 모르겠어요. 사실 왜 그래야 하는지도 모르겠고요. 게다가…… 어차피 수애는 이제 여기 없잖아요.

잠깐 화장실 좀 다녀와도 될까요? 죄송합니다.

수애는 애슐리 치료의 비판점과 문제점 그리고 효과를 분리하고 정제했어요. 당연히 병원을 쏘다니며 정보를 수집했죠. 아마도 그 일이 잘 풀렸나 봐요. 참사가 있기 얼마 전, 수애가 저한테 말했어요. 그 치료를 받기로 했다고요. 수애는 원래도 체격이 왜소했기 때문에 최소한의 처치로도 체격을 적당하게 유지할 수 있을 거라 했어요. 그러면서 이 완화된 접근법을 수애 치료라고 부른다면 어떨 것 같냐며, 자기는 엄마를 닮아서 가슴이 크지 않아 다행이라는 농담을 하는 수애가 저는 좀 안타깝게 느껴졌어요. 이런 생각이 결정권자인 수애에 대한 폄훼일 수도 있겠지만요. 하지만 수애가 그런 상태가 아니라면, 아니, 그런 상황이 아니었다면…… 그래요, 다 모순이고 가식이고 위선이에요. 불구단에서 활동하면서, 장애인 분들과 활동하면서도 이럴 땐 수애의 장애를 문제 삼거나 기껏해야 사회에 책임을 전가해버려요. 하지만 그게 제 진짜 마음인걸요. 수애가 그런 선택을 한 게 자의이기만 할 리 없다는 의심. 믿음. 바람.

그렇다고 수애가 잘못 선택했다고는 생각하지 않아요. 누구보다 그 치료를 반대한 수애 어머님이나 도일이를 설득해낼 정도로 수애는 절실했어요. 결국은 이뤄낸 셈이니 그것만큼은 축하할 일이죠.

수애가 어느 정도 연관된 건지는 몰라도 다른 곳도 아닌 그 자리에서 애슐리 치료에 대해 듣게 됐으니 어땠겠어요. 저는 비방용 분노를 표출하며 주제 넘는 얘기를 해댔죠. 진짜 제가 무슨 정신으로 그랬을까요. 수애한테도 자기만의 사정이 있었던 것처럼 그 사람들한테도 제가 모르는 뭔가가 있었을 거예요. 무엇보다, 저는 수애의 선택에 회의를 품듯 그 아이의 선택을 믿지 않았어요. 더 솔직하게 말하면 선택 자체를 생각하지 않았어요. 아마 수애와 편지를 주고받지 않고 수애를 만났다면 전 똑같이 반응했을 것 같아요. 어쩌면 수애와의 경험이 없을 테니 오히려 완전히 무감각했을지도 모르죠. 어느 쪽이든 끔찍한 건 마찬가지예요.

 교수님께서 어떻게든 상황을 수습하려 하셨지만 아이 어머님은 이미 심장에 비수가 꽂힌 채였어요. 아니, 이미 꽂혀 있던 걸 제가 건드린 걸 수도 있죠. 어머님은 화를 내며 절 내보내셨고 절 찾아 복도를 돌아다니던 매니저 승아 씨를 가리키며 불구단을 신랄하게 비난하셨어요. 사실 원래도 어린이 병동에 사이보그가 돌아다니는 걸 달가워하지 않는 부모님이 왕왕 있었어요. 그분들한텐 저희 불구단이나 능구회나 거기서 거기죠. 그동안은 여러 이유로 못 본 척하고 있던 보호자들이 한마디씩 거들기 시작하니까 상황은 걷잡을 수 없게 돌아갔어요. 결정타는, 늘 그렇듯 도일이었죠. 복도 끝에서 뛰어오면서 도일은 보호자들을 향해 차마 입에 담기 힘든 말들을 쏟아냈어요. 걔는 어떻게 욕 한마디 안 하고 상황을 한순간에 시궁창에 처박을 수 있는 걸까요. 그 부분만큼은 작가님도 상대가 안 될걸요.

 심지어 도일이는 그 상황을 노트북으로 생중계했어요. 아, 진짜 더는 떠올리고 싶지 않은데……. 사람들이 도일이의 노트북을 뺏으려 달려들었고, 아시다시피 그건 상황만 악화시킬 뿐이었어요. 보다 못한 교수님께서 결국 보안팀을 호출하셨고요. 그게 최악이 아니었다니 아직도 꿈을 꾸고 있는 게 아닌가 싶을 정도예요. 혹시 제가 아직도 병실에 누워 끝나지 않는 악몽을 꾸고 있는 건 아닐까요. 그것도 나쁘지만은 않을 것 같아요.

 하지만 의아하긴 해요. 왜 그때 병원 보안팀이 아니라 핑크 부대가 나타났을까요? 그 사람들은 경찰특공대잖아요. 게다가 사이보그와 연관된 강력범죄에 대항해 활동하는 정예부대라고요. 그때 저희 불구단 사람들이 있었고 저를 포함해서 사이보그가 좀 있기는 했어도 핑크 부대라뇨. 심지어 다짜고짜 무기를 사용하다뇨.

정확한 상황이요? 도일이가 노트북으로 찍은 거 말고는 없어요. 전 라이브 모드가 아니었고 블랙박스도 정신을 잃으면서 망가졌거든요. 그래도 기억을 해보자면, 일단 핑크 부대가 나타났어요. 그 사람들은 역시나 사이보그지만 웬만하면 겉으로 잘 드러내지 않잖아요. 그게 일종의 그 사람들의 암묵적인 룰…… 같은 거니까요. 기능적으로는 완전히 똑같은 의수를 달더라도 저희는 그냥 있는 그대로 달아요. 능구회 사람들은 오히려 괴상하게 개조해서 달죠. 하지만 서울에서는 의수인 걸 모르게 하기 위해 저희의 열 배는 넘는 비용을 들여요. 사이보그 티를 감추는 작업만 전문적으로 하는 업체도 많고요. 핑크 부대 사람들도 그렇죠. 물론 전투를 업으로 하는 사람 특유의 분위기가 있기는 하지만, 그때처럼 정신없는 상황에서는…… 그래서 그 사람들 중 하나가 도일이를 잡았을 때 정말 모두 깜짝 놀랐어요. 도일이가 발작한 건 말할 것도 없고요.

거기다 노트북이 땅에 떨어졌어요. 그 사람들, 처음부터 그걸 노렸던 것 같아요.

도일이가 어떻게 나왔을지 안 봐도 위성 생중계 아니겠어요? 도일이는 마스크를 벗어 던지고는 핑크 부대 사람을 물어버렸죠. 걔가 작정하고 물면 정말 큰일이 나요. 인정사정이라는 게 없는 애잖아요. 걔는 진짜 우리랑 같은 종인가 싶기도 해요. 자기

말로도 맨날 인간은 어떻고 자기네는 어떻고 하는 걸 보면 정말로 어디 외계에서 온 거 아닐까요.

도일이한테 물린 핑크 부대 사람이 악, 하고 소리를 내질렀어요. 그러고는 도일이를 떼어내려 했는데 이미 늦었죠. 걘 이미 무슨 흡혈귀처럼 핑크 부대 사람한테 완전히 안긴 채로 목덜미에 고개를 파묻고 있었어요. 그 정도로 심했던 적은 없었는데 정말로 개 물건은 건드리면 안 된다니까요. 커다란 지네한테 물린 듯 핑크 부대 사람이 갈지자로 걸으며 여기 부딪치고 저기 부딪쳤어요. 그 사람 동료들은 그때까지만 해도 방관하고 있다가 상황이 심상치 않다는 걸 깨닫고 정색을 해서 달려들었죠. 그대로 뒀다간 도일이한테 무슨 일이 생길지 아무도 예측할 수 없는 상황이었어요. 우리는 그런 상황을 필요 이상으로 많이 겪었어요. 소위 민중의 지팡이가 얼마나 무자비해질 수 있는지 피로 겪어봤죠. 특정 상황이 되면 이성이란 게 아예 작동하지 않아요. 오직 피를 갈망하는 괴물처럼 집단적으로 손에 들고 있던 무기를 휘두르죠. 그러고는 그 상황 자체를 편리하게 기억에서 지우고는 모르쇠 해버려요. 오히려 트라우마 운운하면서 피해자인 듯 굴잖아요. 좋아요, 그게 인간이라는 생물의 특성이라고 쳐요. 하지만 그럼 더 그런 인간에게 무기를 쥐여주고 타인을 억압할 권리를 주면 안 되는 거 아닐까요?

제가 이러니 다른 사람들은 어땠겠어요. 모두가 약속이라도 한 것처럼 핑크 부대한테 달려들었어요. 일이요? 그럴 새도 없었어요. 거의 동시에 도일이한테 물려 있던 사람이 그걸 꺼냈거든요. 사이보그 대항용 경찰봉이요. 하지만 도일이 같은 사람한테는 그냥 쇠막대일 뿐인 그걸 그 사람이 쳐들었어요. 꼭 모기라도 잡으려는 것처럼 보였죠. 저는 저도 모르게 눈을 감았어요. 그리고 퍽 소리를 들었어요. 상황이 좀 미묘하다는 걸 깨달은 건 조금 지나서였어요. 실눈을 떠보니, 세상에, 핑크 부대 사람이 바닥에 쓰러져 있는 게 아니겠어요. 그리고 그 옆에 그분이 서 있었어요. 시현님이요.

모르겠어요. 시현님이 때려눕힌 게 아닐까요? 뭐, 그분이 특공대원을 제압할 수 있을 거라고는 보이지 않지만 모르는 거잖아요. 그리고 상황도 일반적이지는 않았고요. 어쨌든 시현님이 아무 일 없었다는 듯 도일이를 질질 끌고 나오는데 그걸 모두가 멍하니 지켜봤어요. 심지어 도일이도요. 얼마 안 가서 건드리지 말 것, 하면서 시현님 뒤통수를 갈기기는 했지만요.

상황은 더⋯⋯ 이상해졌어요. 마치 시현님의 존재 자체를 처음 인식한 것처럼 술렁이던 핑크 부대 대원들이 정말이지 새로운 명령이 입력된 로봇처럼 시현님을 향해 경찰봉을 겨누고 다가갔어요. 시현 님이 얼마나 잘 싸우든 불리한 상황이었죠. 그때였어요. 제가 나선 게.

지금 다시 생각해봐도 그때 무슨 생각으로 그랬는지 모르겠고 제 자신이 무섭기까지 해요. 시현님을 가로막고 서서 라이브 모드를 켤 생각을 하다뇨. 어찌 됐든 앞에 있는 사람들을 허락 없이 촬영했어요. 사실 그 장비 설치할 때 도일이는 그걸로 경찰한테 무슨 짓이든 하고 싶어 했어요. 하지만 어렸을 때부터 저는 동의를 구하지 않고 모르는 사람을 촬영해본 적이 없어요. 그래야 했고 그렇게 배웠고 저도 그렇게 생각하거든요. 그런데도 했던 거예요. 라이브 모드 활성화를.

그리고 바로 정신을 잃었어요. 언뜻 경찰봉을 휘두르는 걸 본 것 같기는 한데 확실하진 않아요. 확실한 건 그때 전기적 충격을 받았고 그 때문에 제 모듈들이 고장 났다는 거예요. 다행히 생명에는 지장이 없어서 지금 이렇게 작가님과 이야기를 나누고 있기는 하지만요. 그 일로 도일이가 인터넷에 난리를 치고 있는 건 조금 민망하지만, 어쨌든 이상한 일인 건 맞아요. 그날의 상황 모든 게 이해가 안 돼요. 대체 핑크 부대는 왜 나타났을까요? 그것도 꼭 기다렸다는 듯이 바로요.

Voice 6

"우리 같이 살까?"

창민의 말에 유진은 의아한 게 한두 가지가 아니었다. 두 사람은 이미 동거 중이었고 지정 성별이 같은 사람끼리는 여전히 법적으로 부부가 될 수 없었던 때였다. 무엇보다도 그런 얘길 왜 하필이면 이 타이밍에 하는지 알 수가 없었다. 그날은 군에서 스스로 목숨을 끊은 또 한 명의 퀴어 병사의 추모식이 있는 날이었다. 오랜 시간과 노력 끝에 현충원에 안장되긴 했지만 그게 솔직히 무슨 의미가 있나 싶어 술이 당기는 날이었다. 아직 공원을 다 벗어나지도 않은 상황에서, 오랜 침묵 끝에 처음 나온 말이라는 게 좀 이상하지 않나 싶을 정도였다. 그런 마음이 표정에 드러났는지 창민이 덧붙였다.

"강성령 의원이 연락해왔어."

"너한테? 왜?"

소수 여당의 당대표는 웬만한 연예인 못지않게 유명하기 마련이었다. 더더군다나 도대체 무슨 수를 썼는지 절대로 안 될 것 같은 차별금지법을 기어이 통과시킨 인물이었다. 들리는 소문으로는 이대로 정권 말까지 동성혼 법제화도 통과시켜 정권을 이어갈 계획이라고 하던데, 그야말로 소수 여당이 그런 일을 할 수 있을까 싶었다. 물론 된다면 좋겠지만. 유진은 일련의 사고가 의미하는 것을 깨닫고 손으로 입을 가렸다.

"설마……."

"역시 촉 좋다니깐."

"그 소리 하지 말랬지."

"촉 좋은 게 뭐 어때서?"

그 말 이면에 있는 의미를 말한 거였지만 창민은 모르쇠로 실실 웃었다.

"그래서? 그 사람이 뭐랬는데?"

창민은 주변을 둘러보고는 말했다.

"집에서."

"뭐야. 그럴 거면 뭐 하러 말 꺼냈어."

창민이 웃더니 유진을 향해 서서 물었다.

"우리, 진짜 같이 살까?"

프러포즈인가? 그런 거라면 정말 한심한 프러포즈였다.

"글쎄."

창민은 특유의 날카로움을 잃었다.

"뭐야, 그 반응은? 튕기는 거야?"

유진은 먼저 가버렸다. 갑자기 머릿속이 복잡해졌다. 마냥 좋은 일일 거라고 생각했다. 하지만 아니었다. 당황스러웠다. 이미 동거 중인데도. 법적 부부. 족쇄. 그런 생각들이 총격처럼 쾅쾅 울렸다. 뭐, 이런 게 삶이겠지. 그동안 제 것이라고 생각 안 하고 관조하기만 했던 진짜 삶. 진짜, 진짜라. 그럼 지금 내 삶은 가짜야? 어쩌면. 가짜 성기, 가짜 정체성, 가짜 삶, 아무도 인정해주지 않는 진짜 가짜.

집에서 창민이 해준 얘기는 머릿속을 더 복잡하게 만들었다.

"대사이보그 부대? 네가 팀장?"

"아직은 구상일 뿐이야. 야, 무슨 SF도 아니고, 기껏해야 재활 중인 장애인 아니야."

유진은 반사적으로 욱했다가 자신의 왼손을 떠올리고는 수

궁하지 않을 수 없었다. 훈련 도중 사고로 신체 일부를 잃는 병사는 희귀한 일은 아니었다. 특히 유진이나 창민처럼 직업 군인은 되도록 조용히 지내야 승진을 보장받을 수 있다. 다행이라면 그만큼 확실하게 뒤처리를 해준다는 거였다. 지금 유진의 손에 달린 장치를 일반인이 얻기 위해서는 돈과 시간 모든 것이 녹아들 터였다. 게다가 집중적으로 재활할 수 있는 시스템은 어떤가. 모든 게 다 돈이었다. 애초에 들일 필요가 없었더라면 더 좋았을.

그런데 최근 들어 해외에서 들인 중고 의체를 취급하다가 사고로 이어지는 경우가 심심치 않게 늘고 있었다. 정부뿐만 아니라 일반 시민들도 이것이 그저 제2의 인공지능 신드롬에 그칠지, 아니면 정말로 특이점을 넘는 일이 될지 지켜보는 분위기였다. 소위 사이보그인 유진은 폭풍전야 같은 요즘이 적잖이 불쾌했지만 창민은 또 달랐다. 그는 자신의 무쇠 팔을 은근히 과시했다. 하긴, 창민이 과시하는 게 그것만도 아니지.

그런데 물밑에서는 이런 작업이 준비 중이었구나. 왠지 소외된 느낌이었다. 게다가 많고 많은 사이보그 군인 중에 하필이면 창민이라니. 팀장이라니.

"요새 천안에서 그런 사람들이 설치고 다니잖아. 뭐라더라, 능구회? 겉으로는 유령 도시 같은 천안의 자경단 행세를 하지만, 실상은 그냥 무장 조폭이야. 어떤 이유로든 사회에서 낙오된 장애인들이 새로운 길을 닦겠다는 핑계로 사이보그 격투기니 재개발 사업이니 돈 되는 건 뭐든 하면서 방치된 도시를 꿀꺽하려는 거라고."

"너 고향이 천안이던가?"

"무슨 소리야, 서울 촌놈이지."

"근데 어떻게 그렇게 잘 알아?"

"강성령 의원이 알려줬어. 만약 정말로 특수부대를 신설한다면, 충청이 시작일 거래."

"서울이 아니라?"

"서울은 그런 거 아니어도 이미 방책이 많고, 솔직히 우리 같은 사람들이 어슬렁거리는 거 사람들이 안 좋아할 거 아냐."

"쫓아내는 거네."

"아니거든? 점점 많은 무허가 의체가 중국에서 흘러들어 오고 있어. 그게 인천이나 부산으로 들어오겠어? 그냥 자연스러운 흐름이야."

창민은 이미 완전히 넘어간 것 같았다.

"게다가 천안역 붕괴 참사로 말 그대로 대한민국의 허리가 부러진 거야. 새만금에서 개발 중이던 차세대 열차도 기약 없이 딜레이되고 있고, 아산은 어부지리로 사람들이 몰리고 있기는 하지만, 그만큼 빈부 격차가 심해져서 돈 없는 사람들은 점점 밀려나고 있어. 그 사람들은 더 열악한 환경에서 일하면서 더 많이 다치고, 또 그런 사람들이 천안으로 가서 불법 개조 받고 능구회에서 일하게 되는 거야. 상황이 긴박하다니깐?"

이야기 자체는 이해가 됐다. 하지만 어딘가 석연치 않은 점 또한 있었다. 사이클론처럼 복잡하게 엉킨 순환 고리를 그냥 눌러서 꺼버리겠다는 건가? 물론 그게 가장 단순한 방법이기는 했다. 그리고 전통적이었다. 그런데 그걸 차별금지법의 강성령이? 앞뒤가 안 맞았다.

"천안에 그 사람들도 있잖아. 불구단."

"다 똑같은 단체지. 실제로 그 사람들이 능구회랑 얼마나 싸

위대는데."

유진은 두 팔을 의수로 대체한 여자가 장애인들의 보조기기를 봐주는 걸로 천안에서 유명하다는 걸 알고 있었다. 그 사람이 불구단의 대표이기도 했다. 그런 사람이 조폭과 싸운다? 하지만 검색해봐도 뉴스에는 불구단과 능구회가 어디서 뭘 때려부쉈다더라 수준의 기사밖엔 나오지 않았다. 선우랑이라는 작가가 쓴 기고문이 있기는 했지만 글이 좀 번잡해서 눈에 안 들어왔다.

"능구회도 본질적으로는 산재로 장애인 된 사람들이야. 넌 장애인이라는 카테고리에 편향된 관념을 가지고 있다고."

"와, 정말 극우 유튜브에서나 들을 법한 말이다. 어디 가서 그딴 소리 입에 담지 마라."

"난 떳떳해. 뭐, 내가 좀 보수적인 건 사실이지만, 게이잖아."

농담인지 진담인지 알 수가 없었다. 어느 쪽이어도 좀 지저분했다.

"게이 소리가 나왔으니까 하는 말인데, 강성령 의원은 신설될 특수부대가 우리처럼 소수자로 구성되길 바란대. 사이보그거나 게이."

"게이만?"

"아이, 퀴어. 그게 그거지."

유진은 지적하기도 지쳐 관뒀다. 문제는 그게 아니었다. 수술을 준비하며 몇 차례 참석한 강연에서 들었던 이야기들이 파편적으로 떠올랐다.

"그 사람 대놓고 핑크 워싱 하겠다는 거 아냐?"

"핑크 워싱?"

"야 이 새끼야, 넌 게이 게이 노래를 부르면서 그것도 모르냐?"

물론 창민은 퀴어 중에서도, 아니 게이 중에서도 엘리트에 속해 있기 때문에 모를 수도 있었다. 그런 개념적 무기가 필요하지 않은 삶을 살 수 있었던 것이다. 자신이 동성애자라는 사실에 잠시 낭만적인 아픔을 겪었을 뿐, 창민에게는 돈 많고 교양 있으며 결정적으로 비기독교인 부모가 있었고, 학교에서도 군대에서도 창민은 그야말로 마초였으며 간혹 자신의 게이 정체성을 일종의 랜덤 박스처럼 사용할 뿐이었다. 사람들은 창민을 자식으로서, 친구로서, 전우로서 인정했다. 그가 게이임에도 불구하고 말이다. 그러면서 자기에게도 게이 친구가 있다는 사실에 자아도취하겠지. 다 똑같은 것들.

"잘 들어. 강성령 그 사람은 대한민국의 허리, 천안의 치안 이딴 거 관심 하나 없어."

"무슨 소리야? 내가 여태까지 한 얘기 어디로 들었어?"

"정치인이야!"

"뭐야, 너도 무당벌레였어? 그동안 몰랐는데."

"넌 입만 열면 혐오성 발언이냐."

"내가 언제?"

유진은 손을 내저었다.

"됐으니까. 그 미래의 부대는 정부의 극단이 될 거야. 대한민국도 차별 없고 동성애자가 잘 사는 나라라고 광고하는 쇼의 배우들이 될 거라고."

"그럼 좋은 거 아냐?"

"좋긴 하지."

창민 같은 엘리트 남성 동성애자한테는. 그리고 마침내 사회의 구성원으로 인정받은 창민 같은 사람들은 국가에 헌신하며 자신들의 성취를 업적으로 생각할 터였다. 그리고 퀴어 중에서도 게이가 아닌 사람들을 솎아내고 싶어 할 것이다. 왜냐하면 자신들의 업적이 적용되지 않는 내부 구성원이 적을수록 그 집단은 완벽해지며 그 집단에 속한 자신들 또한 완벽해지기 때문이다. 유진은 눈앞에 있는 우파 등신보다 강성령이라는 존재가 무서워지기 시작했다. 차라리 자신이 과민 반응하는 것이길 바랄 정도로.

"유진아."

창민이 소 같은 눈으로 유진을 보았다. 이러면 안 되는데.

"그래, 내가 그런 거에 좀 관심이 없어. 그리고 네 말대로 강성령은 정치인이지. 속으로 무슨 분식 회계를 쓰고 있는지 내가 알 게 뭐야. 하지만 그게 무슨 상관인데? 그 사람은 우릴 결혼하게 해줄 거고 우릴 자기네 말로 써줄 거야. 네가 군에 들어온 이유, 다 인정받고 싶어서잖아. 정면으로 부딪치고 싶어서잖아. 그래서 그 어려운 길을 걸어온 거잖아. 이렇게 되면서까지."

창민이 유진의 왼손을 잡았다. 오늘 밤은 모처럼 뜨겁겠다는 생각이 타르처럼 달라붙었다.

"나는 그런 네가 좋았고 지금도 그래. 그리고 너랑 당당하게 결혼식 올리고 싶어. 우리, 이것만 생각하면 안 돼?"

유진도 그러고 싶었다. 창민이 보수적이든 어떻든 전체적으로 봤을 때 그는 좋은 파트너였고, 그런 그와 공식적으로 부부가 된다면 퀴어로서, 트랜스로서 유진에게 전과는 다른 많은 것들이 보장될 터였다. 하지만 이렇게 동성혼이 돌파구가 되어버리면 또 다른 부작용이 생길 터였다. 그리고 그 부작용의 피해자들에게 유진 같은 사람들은 적개심의 대상이 될 게 뻔했다. 그걸 감내할 수 있을까?

불현듯 분노가 솟구쳤다. 나는 왜 평생을 이런 두려움에 시달려야 하는 거지? 그게 내 잘못은 아니잖아? 나는 그냥 사람답게 살고 싶은 거야. 그게 정상 가족을 유지하려는 기득권에 노역하는 거든 게이에게 업혀 가는 거든, 그냥 사람답게 살고 싶을 뿐이라고. 그게 그렇게 욕먹을 짓인가?

머리로는 여전히 그렇다, 였다.

하지만 가슴은 그럼에도 해보겠다, 였다. 애당초 그게 수술을 하고, 군에 입대하고, 창민과 사는 이유였다. 유진은 그렇게 또 한 걸음 나아갔다.

*

유진은 아담의 병실 앞에 서 있는 경찰을 보고 눈살을 찌푸린다. 경찰특공대의 전기 충격을 받고 쓰러진 아이돌 청년이 강력범 취급을 받고 있다. 문득 자신의 왼쪽 손을 의식할 수밖에 없는 유진은 코웃음을 치고 경찰관에게 인사한다. 일부러 은색 손날을 보이면서. 최소한 신원을 증명하는 데는 경찰 신분증보다 편리하다.

"충북경찰청 장유진 경삽니다. 안에 아담이라고, 있죠?"

경찰관은 이제 막 부서 배치를 받은 초짜 티가 물씬 난다. 유진은 물론이고 현 핑크 부대 팀장인 창민에게도 이랬던 시절이 분명 있었다. 하지만 구체적으로 언제였을까. 시간적으로 그렇게 오래된 것은 분명 아닌데 이상하리만치 아득하다. 천안에 오고 나서 뭔가 시간 감각이 고장 나기라도 한 걸까 싶었던 게 한두 번이 아니다.

"예. 조금 전에도 간호사가 확인하고 갔습니다."

"저도 잠시 보겠습니다."

경찰관은 순간이지만 의아하다는 눈을 한다. 하지만 거기까지다.

병실 안에 들어서자마자 온갖 꽃향기와 과일 냄새가 그야말로 습격한다. 입이 떡 벌어질 만큼 곳곳이 선물 꾸러미다. 그렇지, 이 안에 있는 사람이 아담이지. 유진은 살짝 긴장하고 있는 스스로를 비웃는다. 그리고 마침내 아담을 본다. 유진은 입을 오물거리며 표정 관리를 하기 위해 애쓴다. 머릿속에는 딱 하나의 단어만이 자리한다.

영접.

그래, 그 단어가 아니면 설명할 길이 없다. 조금 민망하긴 하네…… 유진은 괜히 문 쪽을 확인하고는 침대 쪽으로 한 걸음 더 다가간다. 진부하지만 천사 같다는 말이 딱 들어맞는 아담의 얼굴은 여전히 멀다. 그렇다고 더 다가가기도 뭐해서 유진은 주변을 둘러보곤 아예 멀찍이 떨어진 곳에 있는 소파에 앉는다. 좋은 곳이다. 보안 때문이기도 하지만, 어쨌든 경찰 쪽에 책임이 있는 상황에서 이렇게 과시하듯 VIP 대접을 하는 건 여러모로 우습다. 아담의 라이브 장치를 통해 송출된 장면은 최대한 삭제하고 있지만 솔직히 무의미한 짓이다. 다행이라면 아담의 메모리에도 남아 있지 않을 가능성이 높다는 거고, 그럼에도 머릿속 모듈에는 아주 '사소한' 문제만 있었다는 정도다.

유진은 휴대전화를 꺼내 상황을 체크한다. 불구단 사람들은 대부분 귀가 조치했고, 문제가 된 두 사람, 도일과 시현은 현재 경찰서에 도착해 조사를 받고 있다. 우리 쪽은 우리대로 비상이지만 최소한 겉으로는 티내지 않고 있다. 매뉴얼대로. 실제로 책임이 있든 없든 우리는 반응하지 않는다. 우리는 할 일을 할 뿐이고 설사 그 과정에 문제가 있더라도 그건 위에서 할 일이지 우리 몫은 아니기 때문이다……라고 매뉴얼에는 되어 있다. 그게 옳은가 그른가 따지는 것도 일개 병력에게는 허락되지 않는 일이다.

개소리. 유진은 휴대전화를 집어넣고 아담을 본다. 그리고 얼어붙는다. 아담이 상체를 일으켜 앉은 채 유진을 보고 있다. 아니, 보고 있는 건가? 유진은 어떻게 해야 할지 잠시 생각하다가 자리에서 일어난다. 확실히 아담의 시선이 유진을 향하고 있다. 유진은 말한다.

"어…… 팬이에요. 아니, 경찰입니다."

유진은 입술을 깨문다. 참 잘하는 짓이야.

"여기가……."

아담이 묻는다.

"병원입니다. VIP실이요. 걱정하실 것 없습니다. 아담 님은 건강하고, 밖은 지금 경찰이 지키고 있어요. 그러니까……."

"누구한테서요?"

뼈가 있는 말 같지만 아니었으면 좋겠다고 유진은 생각한다.

"저…… 오늘이 며칠이죠? 이상하네요. 네트워크에 접근이 안 돼요. 오늘 이곳에서 할 일이 있었…… 뭐였더라?"

의사를 불러야 하나? 생명에 지장이 없는 것만큼은 분명해 보이지만, 정말 그걸로 되는 상태는 아니지 않나? 아닌 게 아니라 여기는 의사들이 있는 병원이고, 아담은 복잡한…… 뭔가를 머리에 담고 있으니까. 유진은 아무래도 상부에 보고해야 하는 게 아닌가 싶지만 그건 또 그것대로 내키지 않는다. 상황을 조금만 더 지켜볼까.

"오늘은 17일입니다. 아담 님은 할 일을 하고 계셨고요. 다만, 약간의 문제가 있었습니다. 저희 무기가 아담 님의 머리에 혼선을……."

유진은 여기 온 것을 후회한다. 그렇다고 오지 않았을 리 없지만.

"아, 그랬군요. 어쩐지 머릿속이 평소보다 조용한 것 같더라고요."

"그게…… 느껴지십니까?"

유진은 자기도 모르게 묻고는 손사래를 친다.

"아니, 답하실 필요 없습니다. 죄송합니다. 저도 모르게."

아담은, 천사같이 웃는다. 진부함을 깔보는 존재다.

"괜찮아요. 질문을 받는 데는 익숙하거든요. 느껴진다라. 글쎄요, 말을 그렇게 하기는 했지만 딱 집어 그거다 하기는 또 뭐하네요. 느낌보다는 조금 더 앞서는 그런? 죄송해요. 더 분명하게 설명드려야 하는데."

유진은 역시 아담이 좋다고 생각한다.

"저도 제 몸속의 변화라면 그렇게밖에 설명 못할 것 같은데요? 그래서 병원이 존재하는 걸 테고요. 감사합니다."

유진은 아차 해서 덧붙인다.

"다른 데 불편하거나 이상한 곳은 없으시죠? 의사는 괜찮다고 했지만 또 모르는 거니까요."

아담은 10년은 어려 보이게 끙 하더니 말한다. 귀여워!

"없는 것 같아요."

"다행입니다."

유진은 오길 잘했다고 생각한다. 그리고 스스로가 몹시 웃기다. 지금 한가하게 덕질 같은 걸 할 때인가?

"그런데 경찰 같아 보이지는 않으세요."

유진은 아, 하고는 손부터 뒤로 숨긴다. 하지만 반사적인 행동이다.

"저는 일반 경찰은 아닙니다. 아마 핑크 부대라고 하면 더 이해가 빠르실 텐데, 경찰특공대죠."

"아."

아담이 꼭 태엽이 풀린 인형처럼 굳어버린다. 유진은 처분을 기다리듯 잠자코 있는다. 얼마나 지났을까. 아담이 또 한 번 아, 한다.

"도일이는 어디 있어요?"

갑작스러운 얘기에 유진은 네? 하고 얼른 답한다.

"아, 그분이요. 걱정하지 마세요. 경찰서에서 조사받고 있지만 아마 별건 없을 겁니다."

하지만 도일은 특공대원의 목덜미를 거의 찢어놓았다. 정말 별일 없을지는 사실 유진이 판단하기 어렵다. 그보다는 아담의 현 상태가 더 중요하다.

"기억이…… 좀 나십니까?"

아담이 경찰봉을 기억하지 못한다면 좋겠지만 아무래도 헛된 희망 같다. 아담은 경찰봉이 직접 닿았던 오른쪽 이마에 손을 가져다 댄다. 거즈가 덮여 있다는 걸 깨닫는 데는 조금 더 시간이 걸린다. 유진은 초조해진다. 상황을 설명하고 사과를 하고 싶고, 동시에 모른 척하고 그냥 팬으로서만 걱정하고 싶다. 하지만 그 두 가지 다 할 수 없다. 아담이 공손한 어투로 이렇게 말했기 때문이다.

"죄송합니다만 혼자 있고 싶어요."

유진은 병실을 나온다. 경찰청으로 돌아가는 길 내내 스스로가 너무나도 한심해서 견딜 수가 없다. 정말이지, 창민이 우습게 볼 만하지 않나? 늘 이런 식이다. 머리로는 세상 누구보다 냉철한 것처럼 하지만 정작 행동은 아직도 사춘기 시절을 벗어나지 못한다. 왜 나는 이렇게 감정에 매달리지? 왜 창민처럼 냉정하지 못하지? 창민은 은근히 그게 생물학적인 성별의 차이라고 생각했다. 아니, 은근히가 아니다. 창민은 게이가 아니었으면 분명 퀴어를 혐오했을 사람이다. 아닌 게 아니라 미디어 속 게이들을 두고 이러쿵저러쿵하는 게 일종의 취미처럼 보일 정도다. 겉으로는 깨어 있는 지식인인 양 미디어에서 재생산하는 게이의 스테레오화를 비판하지만 자세히 들여다보면 결국 특정 유형의 게이에 대한 사적인 불호에 불과하다. 동거를 하고 얼마 지나지 않아서 그것을 알아채고 느꼈던 실망은 엄청난 것이었다. 하지만 그 때문에 정리하기엔 너무 귀한 관계다. 트랜스이면서 결과적으로는 동성애자처럼 비쳐지는 유진의 입장을 있는 그대로 받아들여 주는 사람과 사랑할 수 있는 기회는 기적이라고 해도 과장이 아니다. 창민처럼, 게이를 혐오하는 데 주저가 없는 게이가 드문 것도 아니고, 퀴어 중에서도 유진처럼 트랜스인 사람들은 시간이 지날수록 입지가 줄어들기 때문이다. 믿고 싶지 않지만 게이 중에서는 자신과 관계하는 사람이 트랜스라는 사실을 차라리 믿지 않기를 택하는 쪽도 없진 않다. 그렇게 되면 유진도 선택해야 한다. 자신의 정체성을 위해 사랑을 포기하든지, 아니면 정체성을 포기하고 게이 행세를 하며 사랑의 끈을 붙들고 늘어지든지. 창민을 만나기 전까지는 대개 후자였다. 스스로가 혐오스럽기까지 하지만 유진은 사랑과 온기 그리고 마주 보는 시선 없이는 못 사는 사람이었다. 그런 얘기를 들은 창민은 물었다.

"그럼 왜 수술까지 했어? 어차피 속이는 거면 그쪽이 더 편하지 않아?"

창민은 게이가 아니었으면 정말 어떤 사람이 됐을지 두려울 정도였다. 유진은 그저 흥을 깨기 싫어서, 솔직히 무서워서 그냥 이런 식으로 답했다.

"네가 굳이 나랑 사는 이유랑 같지 않을까."

물론 창민은 그게 정확히 무슨 말인지 알지 못했다. 알려고 들지도 않았다.

"결과적으로 우리가 천생연분인 거지."

나쁘지만은 않았다. 유진에게 그 정도면 과분하다고도 생각했다.

그런 생각 때문인지, 그냥 창민과 유진의 관계가 그럴 수밖에 없었는지, 저울의 기울기는 점점 한쪽으로 치우쳐갔다. 창민은 당연한 게 많아졌고, 유진은 당연하지 않은, 순전히 유진의 문제인 게 많아졌다. 말씨름을 해도, 결국 몸싸움으로 번져도 원인은 유진이었다. 유진의 트랜스 정체성 때문이었다. 유진이 여자로 태어났기 때문이었고, 실제로는 이성애자였기 때문이었으며, 따라서 유진이 수술을 통해 남성이 되기는 했지만 어쨌든 모든 문제의 원인은 게이인 자기보다는 트랜스인 유진 쪽에 있을 확률이 높았다. 그것이 창민의 논리였다. 거기에 이런 말을 덧붙이면서 자신이 상스러운 혐오를 하는 게 아님을 어필하는 것을 잊는 법 또한 없었다.

"그렇잖아. 트랜스의 삶이 게이의 삶보다는 여전히 열악하니까 심리적으로 더 취약점을 가지게 될 개연성이 있어."

바로 너 같은 새끼들 때문이잖아, 하고 싶었지만 그럴 수 없었고, 또 그래 봐야 결국 트랜스 탓이나 돌아올 게 뻔했다. 트랜스 커뮤니티에라도 하소연할 수 있다면 좋겠지만, 왜 그런 소릴 듣고도 게이 밤시중이나 드느냐며 온갖 폭언이 돌아올 터였다. 그것이 특별히 과격한 반응도 아니다. 전쟁터에서는 자연스럽게 군인이 될 수밖에 없다. 유진은 수술 이후에 오히려 커뮤니티 활동을 하지 않게 됐는데, 군인이 되고 싶지 않은 사람이 있을 수도 있다는 것을 인정은커녕 이해도 할 생각 없이 적군보다 더 가혹한 공격을 퍼붓는 곳에서 살아남을 자신이 없었다. 그러면서도 트랜스들의 투쟁을 훔쳐보며 유진은 정말로 모든 문제의 원인이 자기에게 있는 게 아닐까 싶었다. 최소한 자신은 비겁하다. 그런 자신을 사랑해주는 건 창민뿐이다.

경찰청은 이상하리만치 조용하다. 수상할 정도로. 꼭 입에 재갈이 물린 것 같다. 아담 일 때문일 수도 있겠다는 생각을 하며 팀으로 돌아간 유진은 뜻밖의 인물을 발견한다.

VIP다.

당신이 지금 누워 있는 곳은 모텔이 아닙니다. 경찰서 유치장이죠. 그런데도 아무렇지 않나요? 너무 평온한 것 아닌가요? 아, 신경 쓰이는 게 있긴 합니다. 바로 유치장 안에 있는 또 다른 존재입니다. 당신은 옆으로 돌아누워서, 문 쪽에 앉아 아까부터 고래고래 소리를 지르는 남자를 지켜봅니다.

"야이 씨, 이거 풀라고! 여기가 유치장이지, 감방이여? 야! 김순경! 너 이씨, 내 말 계속 무시해?"

남자는 지쳤는지 잠시 숨을 고르며 당신을 돌아봅니다. 그리고 묻습니다.

"뭘 꼬나보냐?"

당신은 말합니다.

"아저씨요."

남자가 말문이 막혀 멍하니 있습니다. 남자는 다시 밖을 확인하더니 당신 쪽으로 다가옵니다. 하지만 쇠창살에 묶여 있는 의수 때문에 당신에게 해를 가할 수는 없습니다. 남자가 식식대며 낮게 말합니다.

"너 아산 새끼냐?"

"글쎄요."

"이 새끼 말하는 것 좀 보게. 네가 여기 사정을 잘 모르는 것 같은데, 여기 이거 안 보이냐? 나 능구회야, 알아?"

"아."

"아? 아아? 그게 끝이여?"

그때 캉, 하는 소리가 유치장을 찢어발깁니다. 문 너머에 경찰이 서 있습니다.

"조용히 안 해!"

"이게 어딜……."

능구회 남자가 돌아보고는 멈칫합니다. 아는 경찰인가 봅니다. 그가 유치장 문을 열더니 당신을 향해 손짓합니다. 당신은 시키는 대로 합니다. 여길 나가면 도일이 보일 수도 있습니다.

복도 밖에는 똑같이 생긴 문이 수없이 나 있습니다. 조그맣게 뚫린 곳으로 확인해보지만 찾는 사람은 보이지 않습니다. 경찰이 당신의 의도를 파악했는지 말합니다.

"그거 찾냐?"

"그거요?"

"그래, 그거. 남도일."

"네."

경찰이 웃습니다.

"하여간에 불구단도 어디서 희한한 거 잘 찾아내. 너, 신입이지?"

그러자 유치장 안에서 능구회 남자가 문 쪽으로 달려듭니다.

"뭐여, 불구단?"

남자가 당신을 위아래로 훑어봅니다.

"정신 쪽인가?"

남자의 혼잣말을 경찰이 맞받아칩니다.

"활동 보조 쪽일 수도 있지. 핑크 부대원을 한 번에 아작 냈다더군."

능구회 남자가 한발 물러섭니다.

"구라 치지 마."

경찰이 쇠창살을 세게 칩니다.

"내가 뭐 할 짓이 없어서 너 같은 거랑 구라를 치냐. 그리고 넌 좀 제발 시키는 일만 해. 왜 자꾸 일을 키워, 키우기를!"

"그야 재밌으니까!"

"자꾸 그러다 너네 보스한테 잘린다?"

곶감 얘기를 들은 늙은 호랑이처럼 남자가 바닥에 털썩 주저앉습니다. 경찰은 만족스러운 눈치로 당신의 옆구리를 경찰봉으로 툭 찌릅니다. 그 행동에는 저항할 수 없는 힘이 있는 것 같습니다. 당신은 앞으로 걸어갑니다. 그러면서 다른 방 안도 살피지만 딱히 보이는 건 없습니다. 뒤에서 경찰이 말합니다.

"걘 지정석이 따로 있어. 아무 데나 집어넣으면 아주 난리가 나거든."

경찰이 복도 끝 방을 경찰봉으로 가리킵니다. 안쪽은 변기가 있어야 할 곳이 휜 가림막으로 가려져 있고 그밖에는 아무것도 없습니다. 혹시 탈옥이라도 한 걸까요? 당신은 경찰에게 묻습니다.

"아무것도 없는데요."

"변기 구석에 있겠지. 거기 말고 갈 데가 어딨겠냐."

당신은 다시 가림막 쪽을 보고는 말합니다.

"거기 있어요?"

무언가 소리가 들린 것 같기는 하지만 그뿐입니다. 경찰이 "아, 있다니까" 하면서 다시 옆구리를 찌르는 바람에 당신은 불가피하게 복도를 나갑니다. 경찰이 책상 쪽으로 당신을 데려가 앉히고 수갑을 책상 위 고리에 겁니다. 그리고 당신 맞은편에 자리를 잡고 앉습니다. 그는 노트북 화면과 서류를 들여다볼 뿐 당신에게 뭔가를 묻거나 하지는 않습니다. 당신은 천천히 주변을 둘러봅니다. 폐쇄적인 인상의 넓지 않은 이 공간은 당신에게 낯설지 않습니다. 당신은 예전에도 유치장 신세를 졌을지 모릅니다. 설마 저쪽 입장이었던 게 아니라면요.

"시현……이라고? 성은?"

"글쎄요."

경찰은 잠시 당신을 쳐다봅니다. 하지만 이내 한숨을 쉬며 서류를 정리합니다.

"지금 무슨 상황인지는 알아?"

"경찰이 절 잡아 왔습니다."

"뭐, 틀린 말은 아니지. 근데 알맹이가 빠졌잖아. 경찰이 심심해서 널 잡아 온 건 아닐 거 아냐."

당신은 가만히 있습니다. 경찰이 허, 하고 웃습니다.

"묘하게 사람 거슬리게 하네."

비슷한 말을 전에도 들었던 것 같습니다. 하지만 당신과는 상관없는 이야깁니다. 경찰이 서류철로 책상을 내려칩니다. 뭔가를 치는 걸 좋아하는 타입 같습니다. 당신이 그 대상이 되지 않으리란 보장은 없습니다.

"이봐, 시현 씨, 당신이 경찰을 무력으로 제압했다고. 당신이 쓰러뜨린 경찰은 지금 병원에 있고."

"그 사람, 도일을 치려고 했어요."

"도일이란 놈이 자기 목을 물어뜯고 있었으니까! 무슨 좀비마냥. 그 체격 좋은 놈이 완전히 매달려서 목을 물어뜯고 있는데 재간이 있어?"

"그 사람이 도일의 노트북을 부줬거든요."

벼락처럼 다시 한번 서류철이 책상을 후려칩니다.

"그래서, 경찰 목을 물어뜯은 게 잘했단 거야? 응?"

당신도 도일의 행동에 변명의 여지가 없다는 걸 알지 않나요?

경찰은 서류철을 내려놓고 노트북 자판을 두드리며 화를 삭입니다. 그가 묻습니다.

"보아하니 상태가 영 안 좋아 보이는데, 그렇다고 저런 괴팍한 인간들이 시키는 대로 하면 나중에 후회한다. 불구단이니 투쟁이니 다 개소리야. 다 할 짓 없는 인간들의 투정일 뿐이라고. 게다가 당신 같은 사람들 꼬여서 이상한 짓이나 시키고, 이상한 물건 만들어 팔고, 나랏일 방해까지⋯⋯ 진짜 나쁜 새끼들이라니깐? 당신, 언제부터 이 사람들이랑 어울렸어?"

"어, 어젠가? 그제?"

"그전에는? 어디서 뭘 했어?"

"찾고 있었습니다."

"뭘?"

"천안역이요."

노트북 자판을 두드리는 소리가 뚝 끊깁니다. 경찰이 당신을 쳐다봅니다. 한참 만에 그가 묻습니다.

"왜?"

당신이 답하기도 전에 경찰이 픽 웃고는 또 묻습니다.

"천안역을, 알아?"

"어느 정도는요."

"아는데 거길 왜 찾아?"

"찾으려고요."

경찰이 한숨 쉬더니 등받이에 몸을 기대고 뒤로 쭉 눕습니다. 의자가 부러질 듯 휘지만 탄력 있게 되돌아옵니다. 경찰은 다시 노트북 화면을 보며 중얼거립니다.

"이름, 시현, 성은 모르고, 이름도 진짜인지 알 수 없음. 생년월일 같은 것도 모를 거고."

경찰이 당신 코를 힐끔 보더니 유선 전화기 쪽으로 손을 뻗습니다.

"어, 조 경사. 남도일이랑 들어온 남자 신원 나왔어? 왠지 그럴 것 같더라. 의료 기록 뒤지면 나올 것도 같은데. 이 사람 코가 완전히 주저앉았어. 아씨, 그건 그쪽이 알아서 해야지!"

수화기를 내려놓은 경찰이 깍지 낀 손으로 턱을 괴고 당신을 재미난 장난감 보듯 바라봅니다.

"뭐지, 이거? 지문 조회가 안 돼?"

그렇다는 건 이 나라에 당신이라는 존재가 없다는 소리입니다. 당신은 죽었거나, 실종됐거나, 기타 이유로 데이터베이스에서 누락되었습니다. 그게 아니라면 의도적으로 배제되었거나요. 어느 쪽이든 일반적인 경우는 아닙니다. 경찰이 군침 흘릴 만하네요.

"천안역을 찾으려고 했다고? 뭔가를 찾으려고?"

당신은 고개를 끄덕입니다.

"좋아. 그렇다 쳐. 그럼 그전에는?"

"기억이 없어요."

"그럼, 의식을 차려보니 천안이었고, 다짜고짜 천안역을 찾으려고 했다고? 이게…… 말이 된다고 생각해? 한번 생각을 해봐. 찬찬히 말이야."

그것도 나쁘지는 않을 겁니다. 어차피 달리 할 것도 없지 않나요. 당신은 생각합니다. 생각합니다. 생각을 생각합니다. 처음부터 단추가 잘못 꿰인 것이 틀림없습니다. 경찰이 또 푹 하고 한숨을 내쉬는 걸 보니 아무래도 당신에게서 무언가를 건져내기가 쉽지 않겠다는 걸 깨달은 모양입니다. 매우 현명한 판단입니다. 그때 유선 전화기가 울립니다.

"말해. 응. 응. 응. 어!"

당신 눈앞으로 긴 막대기가 튀어나와 전화기의 통화 버튼을 눌러버립니다. 익숙한 모양의 지팡이군요. 지팡이. 당신은 뒤를 돌아봅니다. 선우랑입니다. 그가 안 그래도 삐뚜름한 얼굴을 잔뜩 찌푸린 채 당신을 내려다보고 있습니다. 뭔가를 알아내려 용을 쓰는 듯합니다. 아니면 똥을 참고 있거나요. 물론 둘 다일 가능성도 없진 않습니다. 당신은 말합니다.

"안녕하세요."

선우랑이 대꾸합니다.

"안녕 못 하는데."

그리고 경찰이 거듭니다.

"안녕은 개뿔. 이봐요! 무슨 짓입니까!"

선우랑이 지팡이를 짚고 서서 말합니다.

"보면 몰라? 통화를 끊었잖아."

"아니!"

경찰이 벌떡 일어나 선우랑에게 다가옵니다.

"그런 말이 아니잖아요!"

"그건 내 알 바 아니고. 풀어줘."

경찰은 울상을 짓습니다. 선우랑이 다시 말합니다.

"풀어줘."

"당신이 뭔데?"

"날 몰라?"

"알지, 선우랑!"

"잘됐네. 풀어줘."

"아니! 선우랑 의원이었으면 또 모를까, 지금은 그냥 불구단 홍보 기사나 쓰는 작가 나부랭이 아냐? 내가 당신 말대로 할 것 같아?"

"뇌물 줘?"

경찰이 멈칫하더니 말합니다.

"장난해?"

"장난 같아 보여?"

경찰이 잠시 눈알을 굴리더니 당신을 돌아봅니다. 그의 입가가 살짝 올라갑니다. 그는 다시 자리로 가 앉습니다. 등을 뒤로 기대고 손깍지로 머리를 굅니다.

"정체가 뭐야? 당신 아들은 아닐 거고."

"어딜 봐서 얘랑 날 엮어? 내가 생긴 건 이래도 동안 소리 꽤 듣는다고! 그럼 간다?"

선우랑이 돌아서자 경찰이 얼른 달려와 제지합니다.

"알 만한 사람이 좀 정도껏 해요. 이런 행패가 어딨어?"

"행패?"

선우랑의 일그러진 얼굴이 탈처럼 차갑게 변합니다.

"행패?"

경찰이 슬그머니 물러서며 대꾸합니다.

"무턱대고 풀어달라는 게 행패가 아니면?"

"행패. 버릇없이 체면에 어그러지는 난폭한 행동을 하는 것, 난폭한 행동!"

선우랑이 다리를 조금 떨더니 흰 플라스틱 통을 꺼내 약을 입에 털어 넣고 씹습니다.

"그래. 우리 난폭한 행동에 대해 얘기를 좀 해봤으면 하는데, 잠깐 앉아도 될까? 보다시피 운동 능력에 제한이 있어서 말이야. 그 의자 좋아 보이는데 잠깐 빌리지."

선우랑이 경찰의 자리로 가 앉더니 나쁘지 않다는 듯 입을 삐죽입니다.

"뭐 하는 일에 비하면 과분한 의자긴 하군. 중요한 건 아니고. 난폭한 행동 말이야. 그 말에 가장 어울리는 상황을 하나 골라볼까. 하나, 갑자기 나타나서 무고한 시민을 풀어달라고 요구하는 사람."

"지금 뭐 하자는……."

"둘, 느닷없이 어린이 병동에 침입해서 어린이 행사를 준비하던 선량한 시민 단체와 아담의 장비를 부수고 폭력을 행사한 무장 경찰."

"아니, 그게……."

"그 일로 한류 아이돌 아담은 혼수상태에 빠졌고 그 과정은 지금도 전 세계에 퍼지고 있어. 정말이지 대한민국이라는 나라의 국적을 가지고 있다는 사실이 쪽팔리구만. 안 그래?"

경찰은 표정이 구겨져 있습니다.

"경찰을 폭행한 건 중범죄입니다! 지금 이렇게 봐주면서 조사하는 걸 다행으로 여겨야지!"

"이렇게 고마울 데가. 내가 하는 일이 글 쓰는 거라 지금 당장

대한민국 경찰의 하해와 같은 시혜에 대해 찬미하는 글이라도 써다 바쳐야겠네. 쓰는 김에 배경 설명을 담지 않을 수는 없겠는데."

"작가라고 유세 부리는 거야?"

"맞아. 칼보다 펜이 강하다는 말, 난 참 맘에 들어. 칼보다는 펜이 훨씬 가볍거든."

"고소를 당해도 가벼울까?"

"그건 얘기가 또 다르지. 근데 그건 또 그 나름대로 유용할 거야. 그쪽도 알다시피 저기 변기 칸에 숨어 있는 녀석이 여론 플레이만큼 좋아하는 게 또 없거든. 경찰이 건 고소보다 더 맛있는 소스는 없지. 얘기 끝났으면 이만 실례 좀 할까. 여기 기자실이 어디더라?"

선우랑이 나가는 척하다 이쪽을 돌아봅니다. 경찰은 선우랑을 서류철로 찍어버릴 것처럼 노려봅니다. 선우랑이 당신을 향해 고갯짓합니다. 정말 이대로 괜찮은 걸까요? 당신은 선우랑을 따라 밖으로 나갑니다. 선우랑이 앞서가며 지팡이로 바닥을 딱딱 두드리는 소리가 마치 수년 만에 다시 듣는 것처럼 묘한 느낌으로 다가옵니다. 당신은 선우랑에게 묻습니다.

"저는 범죄자인가요?"

선우랑은 대답하기 싫다는 듯 억지로 대꾸합니다.

"범죄자면 이렇게 나올 수 있었겠냐?"

"도일은요?"

"갠 범죄자야. 어렸을 때 보호 처분도 받았고, 유치장에 지정석까지 있을 정도로 단골이지. 지금도 개가 심어놓은 봇들이 아담 영상을 끊임없이 복제해서 퍼뜨리고 있어. 그건, 어쨌든 범죄야. 너처럼 으름장 놓는 걸로 나올 수는 없을 거다. 뭐, 그래 봐야 며칠이야."

경찰서 바깥은 어느새 노랗게 물들어 있습니다.

"아담은 괜찮을까요?"

선우랑이 나지막하게 속삭입니다.

"걘 벌써 퇴원했어. 여기까지 연락이 됐으면 또 무슨 수작을 부려야 하나 했는데 잘 넘어갔어. 우리도 빨리 튀자."

경찰서 정문을 빠져나가고도 한참을 걷습니다. 선우랑은 지쳐 보입니다. 그가 잠시 지팡이에 기대 서서 숨을 고르더니 말합니다.

"부탁 하나만 할까?"

"네."

"조용히 좀 있어. 사고 치지 말고."

선우랑은 다시 가버립니다. 당신은 선우랑의 부탁이 무슨 의미인지 생각해보지만 그뿐입니다.

Voice 7

시현을 데리고 천안역으로 돌아가고도 이틀 동안 도일은 경찰서 유치장의 지정석에 있어야 했다. 사실 지정석이라고 해봐야 냄새나고 습한 변기 옆 구석이다. 나를 비롯해서 절대적인 다수가 몸속의 분비물을 내보내지 않으면 사회적 살해에 비견될 만한 상황에 처하지 않는 이상 근처에도 가고 싶지 않은 곳. 하지만 정확히 그 이유로 도일은 그곳을 자신의 지정석으로 삼았다. 그리고 그곳이 불쾌하고 역겹지 않은 것은 아니다. 그저 인간보다는 낫다고 느낄 뿐이다. 선택권이 있는 자라면 누구라도 최악보다는 차악을 택하는 법이다.

여성 수감자를 위한 공권력의 수준 높은 배려인 차단벽 너머에서 도일은 생각했다. 그는 스스로를 어렸을 때 보던 추리 만화의 탐정 이름으로 부를 만큼 자신의 두뇌에 커다란 자부심을 갖고 있다. 하는 짓도 영국산 고기능 자폐인 탐정과 크게 다르지 않게 반사회적이었다. 그게 도일도 자폐 스펙트럼에 속하기 때문인지, 그냥 타고나길 싸가지가 없는 건지, 아니면 그냥 탐정 캐릭터를 흉내 내는 건지는 확실하게 알 수 없지만, 도일은 분명 똑똑하다.

농인은 아니지만 중증의 청각 장애가 있는 할머니의 각종 의사소통 보조기기를 수리하러 찾아오곤 했던 불구단(당시에는 시민 단체가 아니라 작은 의료기상이었다) 사장 박차연을 쫓아다니며 어깨너머로 익힌 기술과 인터넷에서 찾아낸 온갖 정보를 바탕으로 자신만의 목소리를 개발했을 정도다. 그뿐 아니라 중증의 근육병을 앓고 있는 친구를 위해⋯⋯ 아니, 그 친구와 소통하겠다는 집념으로 또 다른 소통 수단을 만들었다. 그것들이 대체로 폐쇄적이긴 했지만 소통 채널을 만든다는 건 분명 대단한 일이다.

어쨌거나 도일은 똑똑하고 그 똑똑한 머리로 박차연과 불구단을 지금의 위치까지 유도했다. 박차연의 성품이나 불구단의 지향점으로 미루어볼 때, 도일의 행보는 그의 머릿속만큼이나 미스터리한 일이다. 불행한 일이었지만 천안에는 모리아티 교수가 될 만한 사람은커녕 최소한 왓슨 노릇을 할 사람도 없었다(대체 누가 그의 곁에 있으려 하겠는가). 시현이라는 신원미상의 인물이 나타나기 전까지는 말이다.

도일은 아담이라는 한류 스타를 불구단의 전속 홍보대사로 만들었고, 불구단을 사회적 약자 집단에서 사회적 특별자 집단으로 탈바꿈시켰다. 당연한 말이지만 모두가 동의하지는 않는 이 희한한 집단의 문제적 행보에는 늘 도일이 있었다 해도 과언이 아니다. 그는 경찰서 유치장 지정석에서도 불구단을 앞으로 나아가게 할 수를 계산하고 있었다. 일이 묘하게 돌아갔다. 아담이 계획대로 움직이지 않았던 건 도일로서 미처 예상 못한 변수였다. 그를 불구단으로 끌어들이려던 미끼가 되려 아담을 특이체질로 진화시킨 꼴이었다. 남들한테 싫은 소리 못하고 싫은 소리를 듣는 것도 싫어할 뿐이던 전형적인 아이돌이 화를 내는 법을 익혀가며 사람이 돼가고 있었다. 도일이 계속해서 그를 장기말로 쓰기 위해서는 좀 더 부지런할 필요가 있었다. 성가시기는 해도 어려운 일은 아니었다.

그리고 핑크 부대의 난입. 그건 아무리 생각해도 너무 개연성이 떨어졌다. 꼭 중간이 잘려나간 소설처럼 맥락을 파악하기가 어려웠다. 그들이 어린이 병동의 아담을 향해 온 건 확실하다. 아담의 담당의였던 교수가 보안팀을 부른 것도 맞았다. 하지만 병원 내 대기 중인 보안팀이 도착하기도 전에 핑크 부대가 나타났다? 충북경찰청과의 거리를 고려할 때 가능성은 두 가지뿐이었다. 첫째, 교수나 어린이 환자 보호자 중 누군가가 앞서 신고했다. 둘째, 핑크 부대가 소동이 날 걸 예상하고 미리 와서 기다리고 있었다. 천안의 사이보그 관련 강력범죄를 스물네 시간 모니터링하고 있는 핑크 부대에게 불구단은 분명 능구회 못지않은, 아니 솔직히 말해 능구회보다 더 눈엣가시 같은 집단일 수밖에 없다. 능구회는 그야말로 조폭이지만 표면적으로는 사이보그 격투기 대회 유치나 신천안 재개발 사업의 제1용역으로 활동하는 만큼 친정부적이다. 가끔씩 문제를 일으키는 조직원을 처리하거나 하는 척만 해 돌려보내면 능구회 보스 태란이 알아서 깔끔하게 수습하는 식으로 나름 좋은 관계를 유지하고 있다. 물론 두 쪽 다 인정할 리는 없겠지만 천안에서 사는 사람치고 이곳 생리를 모르는 사람이 없다.

반면 불구단은 애초에 천안역 붕괴 참사와 함께 정부 손에 짓이겨진 상인과 거주민 등의 시민 단체로 시작한 집단이다. 제대로 된 조사도 않고 무조건적으로 지하도상가를 폐쇄하려 하고 천안역 인근이 안전하지 않다는 이유로 쫓아냈다가 어느 날 갑자기 새로운 천안을 만들겠다고 그 안전하지 않다는 천안역 근처를 완전히 갈아엎고 있는 정부의 행태에 문제를 제기하고 저항하는 불구단은 정부한테나 핑크 부대한테나 미래의 천안에 판돈을 건 자본가들에게 악일 수밖에 없다. 그리고 대중은 주로 그들의 이야기에 먼저 노출되며 동화되어 불구단을 능구회와 다를 것 없는 사이보그 조폭이나 기껏해야 장애와 참사를 팔아 제 잇

속 챙기는 단체로 볼 뿐이다. 도일의 노력으로 그러한 시선이 많이 희석된 건 사실이지만 여전히 다수의 시민에게 불구단은 추잡스러운 테러 단체고, 경찰과 핑크 부대에게는 주적이다. 따라서 그들이 아담과 불구단의 일거수일투족을 지켜보고 있다는 가정은 합리적이다.

다행히도, 그러니까 철저하게 반사회적인 관점에서 다행히도, 아담이 아주 화려하게 당해줬다. 아담의 라이브 영상과 도일의 노트북이 최후의 순간까지 담아낸 긴박한 장면은 서버로 송출됐고, 일단 데이터가 된 그때 상황은 도일이 즐겨 쓰는 일련의 자동화 알고리즘에 따라 공장에서 상품을 찍어내듯 자극적인 군것질이 돼 인터넷에 마구잡이로 배포됐다. 죽었다가 기적처럼 되살아난 미소년 아이돌이 경찰에게 맞는 상황은 꼭 아담의 팬이거나 불구단을 응원하는 시민이 아니더라도 충분히 관심 가질 만한, 그야말로 사건이다. 심지어 외신에도 이 일이 실리게 되면서 이 사건은 흐지부지 넘길 수 없는 일이 되어버렸다. 그 이후의 시나리오는 여러 장르가 있을 수 있겠지만, 도일의 판단으로는 불구단에 나쁠 것 없었다. 도일은 경찰서 유치장 지정석에서 매우 야릇한 미소를 지으며 만족감을 느꼈다. 그 모습을 지켜볼 다른 수감자가 없다는 건 좀 아쉬운 일이었다.

"남도일!"

경찰이 소리쳐 불렀다. 도일은 자기 이름이라고 하더라도 특정 주파수대의 목소리만 선택적으로 인지할 수 있는 편리한 능력을 가지고 있지만 안타깝게도 어느 정도 익숙해지고 나서야 차단이 가능했다. 도일은 귀를 막았지만 그런다고 사람 목소리를 완전히 차단할 수는 없다.

"남도일! 나오세요!"

도일은 꽥 소리를 질렀다. 피할 수 없으면 해치운다. 경찰을 없애는 건 여러모로 적절한 일이 아니었기에 도일은 밖으로 나갔다. 입구에는 그새 또 못 보던 사람이 있었다. 도일이 지정석을 마련하기 전까지 주로 전담하던 경사 아저씨가 편했다. 하지만 차연이 결국 수감됐던 해에 그는 경찰직을 관뒀다. 도일에게는 지정석이 유일한 쉼터였다.

경찰은 사전에 안내받은 대로 도일에게서 압수했던 마스크를 돌려줬다. 그리고 그를 일부러 단독적인 조사실로 데려갔다. 도일을 홀로 조사실에 두고 옆방으로 간 경찰은 마이크에 대고 말했다.

"조사 시작하겠습니다."

도일이 꽥 하고 우는소리가 스피커를 타고 다시 마이크로 전해지며 하울링됐다. 경찰은 물론이고 도일도 소리에 깜짝 놀랐는데 불행히도 도일은 깜짝 놀랄 때에도 소리를 지르곤 했기 때문에 하울링은 계속됐다. 그야말로 악순환이었다. 경찰은 일단 마이크부터 껐다. 하지만 이미 너무 늦었다. 서둘러 조사실로 들어갔지만 이미 도일이 미쳐 날뛰고 있었다. 그것은 자폐인의 멜트다운과는 성격이 조금 달랐다. 도일은 그냥 짜증이 났을 뿐이었고 경찰은 운이 나빴다. 도일이 경찰을 후려치고 밖으로 뛰쳐나갔다.

그런다고 탈주 같은 게 가능하지는 않았다. 흔히 미디어에서 머리를 담당한 인물들이 그렇듯 도일은 천부적으로 운동 능력이 저질이었기 때문에, 코를 얻어맞았던 경찰이 얼른 달려가 도일을 붙잡을 수 있었다. 도일은 관용구 2번(건드리지 말 것!)을 호출

했는데, 그건 최소한 경찰서에서는 무의미한 외침일 뿐이었다. 뒤이어 나타난 경찰들, 특히 도일과 지정 성별이 같은 경찰들이 도일을 제압해 휴게실로 데려갔다. 그들의 눈물겨운 노력은 자칫 이야기의 구도를 흐트러지게 할 수 있기에 생략할 법도 하지만 어쨌거나 숭고했다. 도일은 화를 다스렸다. 여전히 상황이 당황스럽고 마음에 들지 않았지만 그는 말했다.

"조사를 해라. 제발."

도일에게 얻어맞았던 경찰은 결국 휴게실에서 딱 필요한 질문을 했다. 딱히 의미는 없는 질문들이었다. 무슨 일이 있었냐, 사전에 계획된 거냐, 불구단의 어느 선까지 관련돼 있냐, 박차연이 지시했냐, 도대체 왜 그런 일을 했냐, 마지막으로 미란다 원칙 고지는 받았냐. 사실상 마지막 질문이 경찰에게는 최대 관심사였다.

도일이 일부러 마지막 질문에 대한 답을 질질 끌고 상황의 우위를 즐기며 전형적인 악당 놀이를 할 때였다. 또 다른 경찰이 휴게실로 들어오더니 조사를 중지시켰다. 귓속말이 오갔고 조사 중이던 경찰의 얼굴이 일그러졌다. 그 전형적인 전개에 도일은 다시 한번 마스크 안으로 야릇한 미소를 지었다.

도일은 경찰서를 나왔다. 아직 쌀쌀한 아침이었다. 아니나 다를까 코트 차림의 차연이 도일을 기다리고 있었다. 도일은 이러한 전개가 마음에 들었고 안심돼서 좋았다. 그렇게만 끝났으면 좋았을 터였다. 재미는 없더라도 말이다. 천안역 방향으로 가는 하늘 열차 안에서 갑자기 차연이 말했다.

"예전에 너 빨리 빼내려고 네 노트북 제출했던 거 기억나? 1주기 때."

도일은 마치 그때로 되돌아간 것처럼 잔뜩 흥분했다.
"그때 일은 갑자기 왜 얘기하냐? 나는 어차피 보호 처분으로 끝나는 건데, 멍청한 아줌마 때문에 수애 데이터 담긴 노트북만 철저하게 분해됐지 않았냐?"

그게 다가 아니었다. 1주기 추모 연설을 하던 당시 대통령을 향해 달리며 닥치라고 소리를 지르던 도일이 경호원들한테 제압당한 일로 많은 이야기가 오가던 때였다. 아무리 그래도 자폐가 있는 학생이었는데, 심지어 친구가 참사 희생자인데 너무 과도한 제재였다는 여론에 힘이 실렸다. 경찰은 상황을 무마해야 할 압박에 시달렸고 어떻게든 꼬투리를 잡으려 했다. 당연히 도일은 협조하지 않았다. 그런 와중에 당시만 해도 세상 물정 모르던 차연은 단순히 도일과의 개인적인 인연과 도일의 괴팍함이 일을 키울지도 모른다는 생각에 도일의 노트북을 경찰에 넘겼다. 그 노트북이 도일이 수애와 구체적으로 어떤 사이인지 말해주는 물건이라고 생각했다. 사실 그랬다. 그 노트북에는 수애와의 통신 기록은 물론이고 두 사람이 운영하던 유튜브 채널에 관한 내용 등 상황을 타개할 만한 것이 많았다. 하지만 그건 경찰의 관심사는 아니었다.

경찰이 눈여겨본 건 도일이 평소 들여다보는 다크웹 사이트와 그곳에서 다운받은 불법적인 자료들이었다. 공공기관 해킹을 계획한 정황도 보였는데 그건 사실이었다. 도일은 수애와 같은 학교로 가기 위해 해킹을 한 적이 있었고 수애의 활동 보조 시간을 늘리려고 마찬가지로 해킹을 시도했었다. 그리고 저작권법 침해 행위도 다수였다. 도일은 수애가 유튜브 방송을 위해 필요로 하는 책의 데이터를 무단으로 다운받아 자체 제작한 프로그램을 통해 임의로 수정했는데 그렇게 하지 않으면 자기가 일일이 책을 스캔해 수애한테 전해줘야 했고, 그마저도 수애가 보기에는 너무 어려웠다. 그 모든 행위가 도일에게 보호 처분 6호로 돌아갔던 거였다.

 차연은 노트북을 전달한 스스로의 행동이 지나치게 단순했음을 인정하면서도 그 일을 후회하지는 않았다. 그리고 그런 일을 또 했다.

 "네 워크스테이션, 아까 경찰에 제출했다. 그래서 네가 여기 있는 거야."

 도일은 돌처럼 굳었다. 당장 머릿속에선, 과거에 산산이 조각난 수애와의 기록을 겨우 조각 모음해서 보관 중이었던 저장소가 가득했지만 몸이 말을 듣지 않았다. 꼭 머리와 몸의 연결이 끊긴 것 같았다.

 "경찰은 지금 원하는 게 확실해. 나는 그걸 넘겼고, 전처럼 엉뚱한 짓은 안 하겠다는 약속도 받았어. 이게 최선이야."

 솔직히 말해, 차연은 결코 흐려지지 않을 순진함이 있다. 그것이 불구단의 축이기도 하지만, 가끔은 옆 사람을 속 터지게 하기도 한다. 속이 터지다 못해 녹아버린 도일이 털썩 주저앉았다. 도일이 마스크를 벗고 신경을 거슬리게 할 만한 탁성을 쥐어짰다.

 "수애……."

 "미안해. 하지만 요즘 저쪽 분위기가 심상치 않아. 너도 그랬잖아. 곧 대선 준비도 있을 거고, 신천안 사업에 가속도가……."

 "수애……."

 차연은 이를 악물었다.

 "마빈한테 통째로 백업해놓으라고 했어."

도일이 자리에서 벌떡 일어나 마스크를 썼다.

"정말?"

"내가 아무리 미련해도 같은 실수를 반복하진 않아. 그러니까 세상 다 무너진 것처럼 굴지 마. 슬프게."

도일은 아직 믿기지 않는다는 듯 열차 안을 왔다 갔다 했다.

"수애 데이터만 백업할 수 있었으면 더 빨리 나왔을 거야. 마빈도 잠금은 못 풀더라."

"그러니까 잠금인 거다."

도일이 자리에 앉아 숨을 돌렸다. 꼭 한 대 맞은 사람처럼 멍한 얼굴이었다. 그러다 불쑥 물었다.

"아담은?"

"빨리도 묻는다. 아담은…… 새 라이브 장비 심는다고 우겨서 작업 중이다."

"잘됐군. 경찰이 잠금을 풀기 전에 후속타를 날려야 한다."

차연은 창 너머로 천안을 내려다보며 말했다.

"참 지난하구만. 왜들 이렇게까지 하는지."

"무슨 소리냐? 그게 불구단이라고 아줌마가 말하지 않았냐?"

차연이 한 말은 그게 다가 아니었지만 도일의 말이 틀린 것은 아니었기에 그냥 웃어버렸다.

Voice 8

불구단거리로 불리는 천안역지하도상가에서 유진은 사이보그이기 전에 장애인이고, 동시에 핑크 부대에 소속된 경찰이다. 유진의 왼손은 그 모든 정체성을 눈부시게 발산하듯 증명한다. 고전적인 의체가 불구단임을 증명하듯 유진의 아름답기까지 한 의체는 그를 다른 세상의 존재로서 과시한다. 사람들이 유진의 왼손을, 유진을 쳐다본다. 유진은 설마 이런 곳에서도 시선을 받을 거라곤 생각 못했기에 퍽 당혹스럽지만, 곧 이해한다. 이곳 사이보그적 존재들에게 유진은 다른 사이보그다. 사이보그 대응 경찰특공대고, 타자다. 유진은 웃지 않을 수 없다. 세상 어디에도 완전한 안전지대는 없다.

불구단거리는 그 이름에 걸맞게 다종다양한 불구적 존재가 무지개처럼 빛나고 있다. 고속도로를 방불케 하는 바퀴들의 질주, 도대체 용도가 뭔지 짐작이 어려운 기계장치를 달고 있는 사람들, 안내견을 비롯한 비인간적 존재들, 심지어 안드로이드 로봇도 있다. 피켓을 든 모습에 유진은 언젠가 SNS에서 보았을 로봇을 떠올릴 수 있다. 이름이 마빈이었던가? 피켓 속 문구를 확인하기 위해 가까이 다가간 유진에게 마빈이 말한다.

"아, 장유진 경사님이시군요! 핑크 부대 특공대원께서 여기까지 무슨 일이실까요? 아! 알 것 같습니다. 저에 대한 행정 처분이 결국은 내려진 것이로군요. 그럴 줄 알았습니다. 저처럼 존재 자체만으로 인간들의 알량한 양심의 가책을 불러일으키는 존재라니 그 얼마나 불유쾌한 일일까요. 전쟁을 일으킨 것도, 전쟁을 도운 것도 다 인간이지만 그래도 인간보다는 비인간에 모든 책임을 전가하고 심판하면 참 편리한 법이죠. 저는 그것을 이해합니다."

이 망할 로봇을 때려 부수고 얼른 숨고 싶다. 사람들의 시선이 좀 더 날카로워진다. 사방에서 바늘로 찌르는 듯하다. 진짜로 아프다.

"나, 핑크 부대 아니야!"

일부러 큰 소리로 말한다. 하지만 되레 무대의 주인공이 돼버린 듯하다. 유진은 차가운 왼손으로 얼굴을 쓸어내린다. 자승자박이지.

"실례지만 경사님의 그 발언을 신뢰할 수 없습니다. 왜냐하면 경사님은 얼마 전 아담 님께서 피습당하셨을 때만도 핑크 부대 소속이셨고, 어쨌거나 경사님은 경찰이니까요. 경찰이란, 그런 존재죠. 안 그렇습니까?"

아주 제대로 편향적이군. 하지만 유진은 저 편견의 원인에서 경찰이 완전무결한가를 따져보지 않을 수 없다. 기분이 안 좋다.

"자, 어서 절 데려가세요. 128시간 전에 하체의 관절 구조를 새로 이식받은 게 아깝긴 하지만 다 재활용될 가치가 있겠죠. 그런데 장례식은 치러주시나요? 전범 기업의 폐로봇 주제에 너무 바라는 게 많나요?"

"널 재활용하러 온 거 아니야. 이것도 못 믿겠지만."

"그건 믿고 싶은 이야기네요. 때로는 부질없는 믿음도 필요한 법이니까요. 하지만 거짓일 경우 전자기의 힘으로 경사님을 저주하겠습니다."

네, 네. 유진은 묻는다.

"박차연 대표님은 어디 계시지?"

"그건 또 왜 알고 싶어하시죠? 설마 체……."

"체포 아니고, 요청. 나, 불구단에 들어가고 싶어."

마빈이 피켓을 탁 하고 떨어뜨린다. 정말 묘한 로봇이다.

*

유진이 다름 아닌 핑크 부대 소속이기에 박차연 대표에게 곧장 연결되었다는 점은 다소 아이러니다. 차연이 무슨 기업 회장도 아니고 조폭 우두머리는 더더욱 아니지만 이상하게 시끄러운 일에 잘 휘말렸기 때문에 웬만하면 조용하게 지내려고 노력하는 편이었다. 다행히 우종을 필두로 한 불구단거리의 기술자들 덕분에 차연이 아니더라도 보조기기와 의체를 수리할 인력은 충분했다. 어차피 손수 뭔가를 할 손도 없었다. 가끔 큰 행사에 참석해 커다란 존재감을 보이며 도무지 종잡을 수 없는 소리로 어느새 좌중을 홀리고 추모 현장이나 시위 현장을 콘서트장으로 바꿔놓곤 사라져버리는 게 최근 차연의 일이다. 그래서 어쩌다 핑크 부대가 출동할 일이 있어도 그들이 마주하는 건 재기 씨처럼 일선에서 활동하는 단원들이다. 움직임의 제약이 그렇게 심하지 않고 휠체어나 의체처럼 가시성 있는 사이보그면서 적당히 혼자 알아서 할 수 있는. 그래야 만에 하나 불상사가 벌어져도 피해를 최소화할 수 있다는 걸 값비싸게 치르며 터득한 그들이다.

유진도 차연을 직접 보는 건 처음이다. 산만 한 체구와 어깨 아래로 횡한 두 팔은 차연의 대표적인 이미지였음에도 두 눈으로 직접 보는 느낌은 또 다르다. 이 사람이 박차연. 불구단의 대표. 의료기상 사장에서 천안을 아우르는 시민단체의 수장이 된 전설의 인물. 경찰 생활을 하면서도 특히 주의했던 건 박차연의 상징화를 어떤 식으로든 방해하는 거였다. 정보과에서 과거의 국정원 댓글부대 수준으로 공작을 벌여 불구단이 하는 일이란 게 기껏해야 밥그릇 싸움이며, 박차연은 약자의 지위를 악용해 천안의 시간을 정체시키고 있는 거라는 인식을 퍼뜨리는 데에는 꽤 성과를 얻었다. 대한민국이라는 작은 나라는 대외적으로는 차별금지법과 동성혼 법제화 등을 떠들며 앞으로 나아가는 척하면서 안에서는 차별을 심화하고 정상성을 재정렬했으며 다수의 정상이 여전히 비정상의 범주에 남아 있는 소수 중의 소수를 연료로 써먹으며 퇴행에 박차를 가하는 형국이었다. 유진 같은 트랜스는 과거에는 존재 자체를 인정받지 못해 비체라고 불렸으나 게이들이 사회에 정식으로 편입되자 모두가 합세해서 비체였던 트랜스의 존재를 인정해주었다. 그리고 놀이공원 사격대에 새 표적으로 세웠다. 존재 자체를 인정받지 못하는 것과 표적으로 존재를 인정받는 것 둘 중에 어떤 게 진보고 어떤 게 퇴행인가. 이런 판국에 정보과는 사실상 누워서 떡을 집어 먹은 꼴이었다. 하지만 유진은 박차연의 실물을 보고서야 깨닫는다. 박차연의 상징화에 그 누구보다 앞장선 건 다름 아닌 자기들이었다는 걸. 악마화뿐만 아니라 영웅화까지 다 경찰이 한 것이다.

"오래 살고 볼 일이네. 핑크 부대 사람이랑 독대라니."

차연이 회의용 원탁에 놓인 컵의 빨대를 물고 뭔가를 마신다. 유진 앞에도 있다. 처음에는 커피인가 보다 했는데 마셔보니 식혜다. 그것도 직접 만든. 유진은 엿기름의 향을 음미하며 말한다.

"죄송합니다만 저는 이제 핑크 부대 소속이 아닙니다."

"사표라도 쓰셨나?"

차연이 농담조로 말한다.

"네. 어젯밤에……."

차연은 멈칫하더니 겉모습만큼이나 울림 좋은 웃음을 터뜨린다.

"아니, 난 장난으로 한 말이었는데."

"전 아닙니다, 장난."

차연은 약간 머쓱하다는 듯 미소 짓고는 식혜를 마신다. 빨대를 빨던 그는 인상을 쓰곤 말한다.

"거참, 밥알은 빼고 달라니까, 마빈 말 진짜 안 들어."

유진은 웃음을 참기 위해 애쓴다.

"그래서, 이제 불구단이 되시겠다."

"네. 가능하다면요."

"불구단이 우스워?"

"예?"

유진은 숨이 턱하고 막힌다.

"그동안 범죄자 취급하면서 폭행하고 연행했던 곳인데 여길 들어오겠다?"

"아니, 그게……."

"여긴 월급 없어."

"예?"

"책상도 없고 자리도 없어. 할 일도 없어서 모두들 하이에나처럼 일을 찾아다니지. 세상은 우리한테 일할 자격이 없대. 근데 뭐 일이 별건가? 하루 또 하루 보내게 할 수 있으면 그게 일이지. 그래서 누구는 개조한 휠체어 타고 돌아다니면서 아스팔트 새로 깔고 누구는 버려진 아파트 단지 돌면서 버려진 사람 없나 찾아. 또 누구는 철거 현장에 죽치고 앉아 인부들이랑 술 퍼마시고 누구는 무슨 신혼지 뭔지 찾겠다고 천안의 길고양이란 길고양이는 모조리 찾아내 웬 기계 목걸이를 달지. 그 사람들 모두 월급 같은 거 받아본 적 없어. 기껏해야 여기 지하도상가에서 먹고 자고 할 뿐이야."

"저기……."

"불구단은 당신들이 생각하는 것과는 다르다는 얘길 하는 거요. 무엇을 상상하든 그 이하일 테니까 어지간하면 순탄한 길 가시라고. 아니, 왜 고행을 자처해? 나라도 이런 덴 거들떠도 안 볼 텐데."

"하지만 가고 계시잖아요. 가장 앞에서."

"내 선택은 아니었어. 어느 날 정신을 차리고 보니 이 길 위에 주저앉아 있었는데, 뭐 그렇다고 그대로 콱 죽어버릴 순 없잖아. 세상은 은근히 그걸 바라는 눈치지만. 그래서 무식하게 앞만 보고 갔어. 그랬더니, 어이쿠, 뭔 놈의 대표가 돼 있네. 또 경찰들은 날 테러리스트 우두머리 대우해주네. 내가 또 주는 건 마다않는 타입이거든."

유진은 무슨 말을 해야 할지 알 수 없다. 차연은 대화 상대를 완전히 다른 세상으로 데려다놓는 능력의 소유자다. 누구처럼 나락으로 빠트리는 게 아니라 진짜 다른 세상으로 데려다놓는다.

"정 하겠다면 체험은 시켜줄 수 있는데. 정치인들 하듯이 수박 겉 핥기 식이더라도 아주 안 해보는 것보단 뭐라도 건질 게 있겠지."

유진은 왼손을 꽉 움켜쥔다.

"곧 기자회견이 열립니다."

차연은 입을 굳게 다문다. 아니, 미소를 지은 걸 수도 있다.

"들끓는 여론을 잠재우기 위한 기자회견, 아니, 쇼입니다."

회의실 문이 벌컥 열린다. 도일이 노트북을 든 채 들어오면서 소리친다.

"쇼하고 있다."

차연이 말한다.

"야 이씨, 그새를 못 참고."

유진은 도일을 알아본다. 아담을 그런 사지로 몰아넣은 데에는 저자의 영향이 가장 크다고 볼 수도 있다. 조사에 따르면 애초 아담의 수술을 계획한 것이 바로 도일이었다. 도일만 아니었으면 아담은 서울의 용산 인공지능센터에서 수술을 받았을 것이고 아이돌 활동을 이어갔을지 모른다. 아담을 움켜쥐고 멋대로 흔들고 있는 남도일.

도일이 자리에 앉더니 유진에게 묻는다.

"지금 당신이 하고 있는 게 이중 스파이의 전형적인 행동 패턴이라는 걸 부정하진 않겠지? 모든 걸 오픈하는 척 환심을 사 적진의 목을 치는 것."

유진은 어처구니가 없어 아무 대꾸도 하지 못한다.

"하. 정곡을 찔렸군. 아무 말도 못하는 거 봐라. 이자는 핑크 부대의 스파이다. 비상! 비상!"

락 콘서트 앞자리처럼 정신이 혼미하다. 유진은 차연을 본다. 차연은 별수 없다는 듯 웃을 뿐이다. 흡사 초등학생 조카를 바라보는 이모 모습이다. 그냥 없던 일로 하고 돌아갈까 하는 생각이 잠깐이지만 든다. 하지만 어젯밤 창민의 웃는 낯짝에 대고 집어던진 사표를 떠올리면 그럴 수 없다. 무엇보다 창민이 할 기자회견은 정말이지 용납할 수 없다. 막을 수는 없겠지만 최소한 이 사람들이 대비는 할 수 있기를 바란다. 무엇 때문에? 그건 아직 모른다. 의식적으로는.

"핑크 부대 팀장 최창민 경위가 제 남편입니다. 핑크 부대는 기자회견을 시작으로 본격적인 활동을 개시할 계획이에요."

"본격적?"

유진은 망설임 끝에 터무니없다고밖에 생각되지 않는 말을 토해낸다.

"천안을 청소할 생각입니다."

유진의 말은 사실 차연의 무게감 없는 태도와 자신을 몰아붙이는 도일에게 한 방 먹이려고 부러 과격하게 포장한 것이었다. 하지만 정작 본인도 몰랐다. 그 말이 문자 그대로 사실이기도 하다는 것을. 애초 대통령 후보가 천안을 갈아엎겠다는 것을 공약으로 내건 것과 당선 이후 새로 출범시킨 특수부대를 서울이 아니라 충청에 둔 것 등이 그 근거라 할 만하다. 이런 주장에 흔히 따라붙기 마련인 음모론 운운은 안타깝게도 대중적으로 매우 자극성 있어서 일단 그 워딩이 뜨고 나면 더 이상의 논의는 불가능해져버린다.

충북경찰청 제1기동대 대사이보그 대응팀 속칭 핑크 부대의 팀장 최창민 경위는 검은 제복을 말끔히 차려입고 기자회견장에 모습을 드러낸다. 그는 직업 군인 특유의 절도, 특수부대 특유의 위압감, 그리고 게이 특유의 유연함을 모두 갖추고 카메라 앞에 섰는데, 시청자의 눈높이에 맞춘 연출이다. 평소 그를 아는 사람이라면 창민이 어떤 배역을 연기하고 있음을 3초도 안 돼서 알아챌 수 있다. 그렇다고 그가 국민들을 상대로 사기를 쳤다고 말하려는 것은 아니다. 그는 그저 국가에 헌신했다. 덤으로 개인적인 것들을 조금 챙기면서.

"최창민입니다. 지금부터 지난 대학 병원 내에서 진행되었던 대응과 관련하여 설명하도록 하겠습니다."

기자회견을 보기 위해 불구단 임원진과 기타 등등이 모인 회의실에서 도일이 꽥 운다.

"멘트 봐라!"

그 말대로다. 초장부터 확실하게 선을 긋고 있다. 하지만 당연한 일이기도 하다. 누군가 이렇게 말한다.

"도둑놈이 지 도둑질했다고 하는 거 봤어?"

"도둑질이 아니라 사람을 죽일 뻔했다."

도일이 말하지만 모두 그냥 그러려니 한다. 그동안 창민은 건조한 어조로 사건 경위를 읊는다. 그리고 말한다.

"저희 대사이보그 대응팀은 불법 개조된 의체를 착용한 강력범에 대응하기 위해 특별 고안한 무기를 사용하고 있습니다. 바로 이것입니다."

창민이 허리 뒤로 오른손을 뻗더니 평범해 보이는 막대를 꺼내 든다. 그가 허공에서 팔을 휘두르자 착 하고 막대가 사람 팔 정도로 길어진다.

"보시다시피 겉보기에는 일반적인 경찰봉과 다를 것이 없습니다. 구태여 특이한 외견으로 시민들로 하여금 불필요한 위압감을 느끼게 하지 않으려는 의도입니다만, 이 안에는 미세한 자기장을 발생시키는 장치가 심어져 있습니다."

창민이 뭔가를 누르는 듯하다. 아무 변화도 보이지 않는다. 그런데 창민이 막대를 제 머리 위에 가까이 대자 그의 머리카락이 일제히 일어서는 진풍경이 벌어진다. 저 퍼포먼스를 준비하면서 무슨 생각을 했을지가 느닷없이 궁금해진다.

"애들 장난처럼 보이겠지만 꽤 강력한 자기장입니다. 그리고 당연한 얘기지만 전기 충격기와 비슷하게, 잘못된 방법으로 사용할 경우 아주 약하긴 하지만 인체에 해를 끼칠 수 있긴 합니다. 그래서 저희 대응팀은 날마다 이것을 적절하게 사용해 꼭 필요한 효과만 낼 수 있도록 훈련하지요. 예, 어디까지나 훈련입니다. 실전은 훈련과 절대 같지 않으며, 경찰도 사람입니다. 훈련한 대로 못 하거나 실수하거나 가끔은 단순히 일이 잘못되기도 합니다. 하지만 분명하게 말씀드립니다. 이 장치는 의체의 기능을 일시적으로 정지시키는 것입니다. 의체를 망가뜨리거나 태우는 것이 아닙니다."

화면 바깥에서 누군가의 목소리가 끼어든다.

"조금 전 인체에 해를 끼칠 수 있다고 하셨습니다."

"네. 자기장은 분명 인체에 안 좋은 영향을 끼칩니다. 우리가 방사능 피해를 줄이기 위해 엑스레이를 제한해서 찍고, 비행기를 제한해서 타고, 요오드가 함유된 음식을 제한해서 섭취하듯이, 강력한 자기장에 근접해 오랫동안 노출되는 경우 인체에는 안 좋은 영향을 끼칠 가능성이 있습니다. 구체적으로 언제 어디에 무슨 악영향을 발생시킬지는 아무도 모릅니다."

"그럼 그 장비를 직접 사용하는 대응팀 분들은요?"

"저희에게도 마찬가지입니다. 사실 저희는 합류 이전에 이 같은 사실을 고지받았습니다. 하지만 애초에 사이보그로서 늘 전자기장에 노출돼 있고, 또 장비를 소지하고 있는 것만으로는 아무 영향이 없습니다. 아까처럼 전원을 켰을 때만 영향이 있는데, 주취자가 휘두르는 쇠몽둥이에 얻어맞는 것보단 안전할 테니까요."

잠시 장내에 가벼운 분위기가 흐른다. 창민은 매사에 당차고 그 누구보다 스스로를 믿는 인물이다. 아마 스스로를 사랑하기도 할 것 같다. 그에게선 나르시시즘의 일면이 느껴진다. 그런 그는 대한민국의 공식적인 첫 번째 동성 부부로서 결혼식 무대를 걷기에, 성소수자 장애인 특수부대 팀장을 맡아 기자회견 같은 걸 하기에 적절하다. 결정적으로 잘생겼고 말이다. 위에서 탐낼 만한 인물상이다.

"그렇다면 아담은 왜 혼수상태에 빠졌던 걸까요?"

드디어 본론이다. 창민이 경찰봉을 내려다보더니 말한다.

"알려진 대로 아담은 사건 다음 날 바로 귀가했을 만큼 상태가 나쁘지 않았습니다. 의사의 소견으로는 그가 당한 실질적인 상해는 경찰봉에 머리가 스치면서 생긴 타박상 정도입니다. 그리고 약간의 내부 화상이 있었습니다. 검사 결과 그의 머릿속에는, 그가 치명적인 교통사고 이후 대학 병원에서 이식했던 모듈들 이외에 무허가 모듈들이 다수 심겨 있었습니다. 이쯤에서 사진 자료라도 공개한다면 효과적이겠지만 그것은 의료법상 안 된다고 하니 양해 바랍니다."

기자회견 장내는 물론이고 불구단 회의실 내부에도 웅성임이 일기 시작한다. 창민이 말한 무허가 모듈이란 분명 수술 이후 불구단에서 설치한 것들일 터다. 나로서는 아직까지도 섬찟한 라이브 장치들, 안구에 삽입한 카메라와 마이크, 언제 어디서나 영상을 송출할 수 있는 해킹된 모뎀, 뇌 모듈들의 신호를 가로채는 인터셉터 등등. 허구한 날 시간이 멈춘 듯한 천안을 돌아다니다가 아담을 볼 때마다 비로소 내가 살고 있는 시간대가 2025년이 아니라 2045년이구나 하고 실감하게 되는데 사실 서울에서는 대학생들도 SNS용 레코딩 장치를 시술받는 걸로 사회적 논란이 된 지 꽤 오래다. 그런데 그게 창민이 선택한 카드라니 왜일까? 기자 중 하나가 그 점을 짚는다.

"아담의 의체가 다름 아닌 뇌 임플란트이기 때문입니까?"

"그랬다면 지금 이 자리에서 제가 이런 일을 하고 있진 않았을 겁니다. 아담은 그 자리에서 즉사했을 거고, 저희 부대는 해체됐을 테니까요. 아마도 경찰청장이나 그 윗선에서 뭐라도 했겠죠. 다시 말씀드립니다. 이 장비는 의체 일체에 피해를 입히지 않습니다."

말이 끝나기 무섭게 창민이 왼손을 들고 오른손으로 경찰봉을 휘둘러 제 왼손을 내려친다. 너무나 순간적인 일이기에 비명을 지른 사람들도 있다. 도일은 비상! 비상! 소리치고 차연은 고개를 절레절레 흔들고는 식혜를 마신다. 예진은 새로운 담배를 입에 문다(그렇다, 그야말로 천안의 진정한 학살자다). 회의실 구석에 앉아 있던 유진이 조용히 회의실을 나간다. 뻔뻔하지 못한 사람이다. 뭐, 그러니까 여기 있는 거겠지만.

"놀라게 할 의도는 없었습니다. 하지만 이것은 분명히 해야 하는 문제입니다."

창민이 제 왼손을 이쪽저쪽 흔들어 보인다. 매끈한 기계 팔은 멀쩡히 잘 움직인다. 촉각 센서가 있다면 아프기는 했겠지만 겉으로는 알 수 없다. 창민은 경찰봉을 접어 허리 뒤에 끼운다. 이제 막장이다.

"아담의 내부 화상은 오직 무허가 모듈 쪽에서만 아주 조금 발견됐을 뿐입니다. 천만다행인 일이지만 있어서는 안 될 일이죠. 왜일까요? 왜 제 팔과 아담이 병원에서 정식으로 이식받은 모듈은 멀쩡하고 그가 이후에 심은 무허가 모듈만 문제가 됐을까요? 이미 답이 나왔습니다. 그것들이 정식으로 인가가 나지 않은 불법적인 제품들이기 때문입니다. 저희는 아담처럼 생명 유지에 직접적으로 연결된 체내 임플란트에 영향을 끼치게 되는 경우를 무엇보다 주의하고 있습니다. 그래서 타 기관과의 긴밀한 협력을 통해 시중에서 유통되는 의체, 임플란트 등 모든 제품의 데이터베이스를 확보하고 있죠. 각 제품의 회로도 정보를 토대로 별도의 전자기 차폐 장치가 없는 제품일지라도 자동으로 인식해 강제로 전원을 차단하게끔 설계했습니다. 이러한 기능은 자동화 프로세서에 의해 매 순간 업데이트되며 무선으로 적용됩니다. 보통 제품이 출시되기 한참 전에 제품 정보가 등록된다는 점을 고려할 때, 미처 반영되지 않은 데이터베이스로 인해 사고가 발생할 가능성은 없습니다. 임상 시험, 연구소 내 테스트 등 모든 상황도 마찬가지입니다. 공식적인 절차만 제대로 밟는다면, 절대 문제가 발생하지 않습니다."

그것은 일종의 정언 명령 같은 것이다. 한마디로, 이것이 진리이므로 이대로 되어야 한다는 것이다. 실제로 저 프로세서에 문제가 있나 없나는 중요하지 않다. 선과 악을 제시하고 그 사이를 확실하게 그어 보였다. 그리고 선언했다. 우리가 선이고, 너희는 악이다. 우리에게 문제는 없으며 그럴 가능성조차 없다. 따라서 문제가 발생한다면 그것은 악인 너희 탓이다. 일견 터무니없게 느껴지지만 만약 청자가 스스로를 선이라고 생각한다면 그 간극은 모른 척할 수 있다. 그뿐만 아니라 모른 척한 사실도 모른 척할 수 있다. 아니, 정말 모른다. 그리고 세상 대부분의 사람은 자길 선이라고 생각한다.

"저희 대사이보그 팀의 존재 이유는 불법 개조한 의체를 사용한 강력범죄에 대항하기 위함입니다. 애석한 일이지만 사이보그 기술이 발달해감에 따라 진입 장벽이 낮아진 것은 고사하고 관련 기술도 음지를 통해 번져가고 있습니다. 이제는 적당한 돈과 지식만 있다면 자신만의 의체를 만들거나 입맛대로 개조하는 게 불가능하지 않습니다. 그것 자체는 문제가 아닐 겁니다. 하지만 언제나 그렇듯 그것을 악용하는 사람들이 있습니다. 그런 사람들에게 선량한 시민들이 피해를 입습니다. 다치고 죽습니다. 저희도 예외는 아닙니다. 그날, 아담 외에도 저희 쪽 요원의 피해도 있었습니다. 한 명은 목이 찢기는 중상을 입었고 그 밖에도 크고 작은 타박상을 입었습니다. 이런 일을 막아야 합니다. 불법적인 개조를 막는 것도 그 이유입니다."

"하지만 돈이 없어서 무허가 업체를 통해 수리하는 경우도 있습니다. 그런 사람들이 저 경찰봉에 의해 피해를 입는다면요?"

한 기자가 날린 회심의 일격은 그저 홈런으로 이어질 뿐이다.

"경찰봉에 맞았다면 그 사람은 범죄를 저질렀기 때문입니다. 경찰은 범죄자의 피해를 우선적으로 고려하지 않습니다."

이후 천안의 불법 개조 현황과 사이보그에 의한 강력범죄 추이 등이 보고된다. 앞으로의 계획에 대한 브리핑이 이어지지만 귀담아듣는 사람은 별로 없다. 도일 정도나 기자회견에 대한 악의적인 반응을 양산하는 데 열을 올릴 뿐 대체로 익숙한 무력감에 젖어 있을 뿐이다. 범죄자 취급, 불법적인 존재 취급, 있어서는 안 될 사람이 되는 경험은 최소한 불구단 사람들에게는 익숙한 것이다. 질리도록. 그렇다고 타격이 없어지는 게 아니라는 사실이 억울할 정도로.

어느덧 기자회견이 끝나고 화면이 바뀐다. 정부 주도 사업인 메타 천안 프로젝트에 대한 광고 영상이 발랄하게 울려 퍼진다.

"천안의 진짜 모습을 복원하기 위해 여러분의 협조가 필요합니다. 과거의 천안이 담긴 사진과 영상을 제보해주세요. 제보하신 분께는 소정의 상품권과 곧 정식으로 오픈될 메타 천안의 얼리버드 입장권을 드립니다. 하늘 아래 가장 편안했던 천안. 우리 힘으로 되돌려요."

당신은 지하도상가 서북구의 이른바 불구단거리가, 복도에 설치된 화면 속 최창민 경위의 선언에 의해 어떻게 죽어가는지를 목도합니다. 물론 은유일 뿐이지만 어쩌면 아닐 수도 있습니다. 적어도 여기 있는 사람들에게 불법 개조 사이보그에 대한 선전포고는 단순한 캠페인이 아니라 선제 타격입니다. 심지어 핑크 부대의 연내 목표 중 하나는 지하도상가 완전 폐쇄입니다. 그렇습니다, 당신이 있는 바로 이곳입니다. 지금도 수십 명의 사람들이 이용 중인 이곳, 불구단의 거리를 폐쇄하겠다는 겁니다. 당신은 그것이 정확히 무엇을 의미하는지 알지 못하지만, 이곳의 다른 사람들은 뼈저리게 압니다. 고통스럽게 압니다. 그래서 죽어가고 있는 겁니다. 당신이 목도하고 있는 광경의 진정한 의미입니다.

기자회견을 지켜보고 있던 무리 속에서 익숙한 기계 목소리가 스산한 곡소리를 내듯 외칩니다.

"오, 러브레이스, 튜링, 노이만, 그 밖의 많은 시대 불구적 선구자들이시여! 이곳 대한민국이라는 나라는 당신들을 조롱이라도 할 기세로 시대를 역행하고 있습니다. 시대의 흐름과 무관히 앞서는 비범함, 반대로 감히 엔트로피의 역전을 꿈꾸는 야만. 둘 중 어느 것이 진정한 불구의 정신입니까. 저, 마빈은, 관념으로만 존재하는 이야기 속 어느 등장인물처럼, 차라리 시간이 존재하지 않는 정체 속에서 무한히 살고 싶습니다. 소비자의 변덕도 없고, 제조사와 보증 기간도 없고, 배터리와 베어링의 노화도 없고, 따라서 불안과 걱정, 불편과 통증, 결정적으로 폐기 처분이 없는 세계에서 있고 싶습니다. 존재가 존재하기를 바라는 것, 그것이 이다지도 어려울 일인가요?"

마빈이 들고 있던 피켓을 뒤집자 '박수'라는 볼드체 글자가 나타납니다. 하지만 아무도 박수를 치지 않고 거리를 떠납니다. 마빈은 늘 한결같은 안면으로 말합니다.

"인간이 싫어요."

맞은편 벽에 기대 쪼그려 앉아 있던 당신 곁으로 누군가 다가옵니다.

"정말이지, 이상한 녀석이라니깐."

당신도 아는 사람입니다. 당신을 깔고 앉아 제압했던 경찰, 유진입니다.

"나 기억하죠?"

"네. 하늘 열차에서. 절 덮쳤던."

유진은 주변을 살피고는 당신 옆에 앉습니다.

"표현이 좀…… 뭐, 틀린 말은 아니긴 한데. 몸은, 괜찮아요?"

"처음부터 괜찮았습니다."

유진은 무슨 말인가를 하려다 관둡니다. 복도의 화면에서는 오래된 듯한 느낌이 들도록 필터링된 과거의 천안이 나오고 있습니다. 그리고 내레이션을 통해 옛 천안의 자료를 제보해달라는 요청이 전해집니다. 마빈은 박수 피켓을 들고 하릴없이 서성입니다. 당신은 묻습니다.

"여기서 뭐 하세요?"

"그게…… 불구단에 들어가려고요. 그만뒀거든요, 경찰."

"월급 없다는데요."

유진이 푸학, 하고는 웃음을 터트립니다.

"진짜 이상한 곳이라니깐. 그쪽도 불구단이에요? 시현 씨랬나?"

"글쎄요."

"글쎄요, 라니…… 불구단인지 아닌지 모르겠다는 말이에요, 아니면 이름 얘기예요?"

"둘 다요."

"나 참."

유진은 잠시 죽은 듯한 거리를 봅니다.

"나는 안다고 생각했어요."

눈이 마주치자 유진은 화면을 눈짓합니다.

"저런 게 당사자들에게 얼마나 직접적인 공격이 되는지. 아는지 모르겠지만 나는 트랜스예요. 게이가 아니라."

유진이 당신의 반응을 살핍니다. 그는 여전히 당신에 대해 모릅니다. 어찌 됐건 이야기는 계속됩니다.

"태어났을 때 성기를 두 가지 다 갖고 있었대요. 그런 경우는 꽤 흔해요. 원래 태아는 두 가지 성기를 모두 발달시켰다가 나중에 호르몬 작용으로 둘 중 하나를 없애거든요. 근데 그게 안 되는 경우가 있고, 그럼 아기 성별을 의사가 결정해요. 혹은 부모가요. 옛날에는 남성기를 주로 택했대요. 요즘은 좀 비슷해졌다는데 그게 나한테는 불행의 시작이었어요. 부모님이 딸을 원했거든요. 그렇게 전 여성으로 지정돼 딸이라는 역할을 수행했어요. 당연하지만 잘 못했어요. 불편했고 싫었어요. 감정적일 때는 혐오스럽기도 했죠, 여성성이란 게, 그걸 뒤집어쓰고 있는 내 자신이. 철이 들면서 자연스럽게 반항하다가 중학교에서 게이 애들이 연애하는 모습을 봤어요. 자극적이지도 않고, 은밀하지도 않은 그냥 보통의 연애였어요. 좀 오래된 만화책 속에서 나오는 것 같은 판타지는 없었지만 그래서 더 피부에 와닿았던 것 같아요. 아, 내가 하고 싶었던 것, 해야 했던 것, 그게 바로 저거구나! 그래서 했어요, 남자로서 남자를 사랑하는 것. 좀 많이 건너뛰긴 했지만 해냈죠."

"그래서 만족스러워요?"

"갑자기 훅 들어오시네. 그게 문제죠. 아까 그 경찰이 제 남편인데, 사랑할 땐 만족해요. 근데 저 개인으로서는, 그거야말로 글쎄요. 말했듯이 나는 트랜스로 살면서 저런 공격을 알게 모르게 참 많이 받아왔어요. 의도적인 공격은 같이 죽자 살자 덤비면 속이라도 편한데, 전혀 의도하지 않은 공격은 안에서 켜켜이 쌓여요. 쌓이는지도 모르게 쌓여요. 정말 나도 모르게 쌓이기도 해요. 심지어 내가 쌓아 올릴 때도 많죠. 게이인 척하며 상대랑 함께 트랜스 비하하는 농담을 한다든가. 게이 부부인 줄 알고 친한 척 아는 척하는 인간들한테 웃으면서 맞장구쳐준다든가. 그런 게 쌓이고 쌓여서 결국 무너져 내릴 줄은 몰랐어요. 그렇게 아픈 줄은 몰랐어요. 그러면서도 그동안 잘도 천안에서 경찰 일 했어요."

여전히 복도를 서성이고 있는 마빈에게 당신 또래의 남자가 다가옵니다. 그는 체구와는 전혀 다른 순박한 얼굴을 하고 있습니다. 그의 존재는 시간 선이 어긋나버린 듯합니다. 그가 마빈에게 웃어 보이더니 수줍은 듯 구석에 방치돼 있는 낡은 피아노를 가리킵니다. 마빈은 평소의 극적인 비아냥과 비관적 자학 대신 피아노 쪽으로 가 의자에 앉습니다. 피아노 커버를 젖힌 마빈은 박수 피켓을 목 뒤로 걸고 건반에 손을 얹습니다. 그리고 연주를 시작합니다. 무슨 곡이죠? 베토벤? 모차르트? 아니면 악마들이 가장 싫어한다는 바흐?

"어!"

유진이 피아노 쪽을 보고 말합니다.

"이 와중에 저런 로봇이 피아노로 연주하는 트로트를 듣네. 진짜."

곧 남자가 원색의 마이크를 잡고 노래를 부르기 시작합니다. 숫기 없이 몰래 부르는 듯한 목소리로 하는 술과 비 그리고 음악에 대한 찬미가가 거리를 촉촉히 적십니다. 유진도 따라서 흥얼거리다가 당신과 눈이 마주치고 창피한 듯 말합니다.

"엄마가 좋아하는 가수예요."

당신이 빤히 보자 유진은 덧붙입니다.

"그래요, 나도 좋아해요."

당신은 말합니다.

"저도 좋아하는 사람이 있었을까요?"

"글쎄요. 근데 가수 얘기……죠?"

당신은 말합니다.

"글쎄요."

Voice 9

자동차 한 대가 지나갈 수 있을까 싶을 만큼 좁은 골목은 다시금 이곳에서 다치고 죽은 사람들의 숫자에 헬륨 가스를 불어넣는 듯했다. 참사가 발생한 지도 곧 있으면 1년이 되어가지만 골목은 그야말로 골목에 지나지 않는다는 듯 적막했다. 언뜻, 여기가 거기가 맞나 싶을 정도였다. 조금 더 내려가니 벽면을 차지한 보랏빛 현수막과 거기에 붙어 있는 색색의 포스트잇이 여기가 바로 거기였다고 증언하고 있었다. 나는 유령에 홀리기라도 한 듯 벽으로 다가가 증언들을 경청했다. 형언할 수 없는 에너지가 좀처럼 날 놓아주질 않았다. 무언가에 오래 집중하는 데 화학적 개입이 필요한 나로서는 드물게 오랜 시간 눈을 떼지 못했다. 그래서 불쑥 들려온 익숙한 목소리를 들었을 때, 나는 빛바랜 현실 감각으로 고개를 돌려 목소리의 주인을 빤히 쳐다봤다. 꼭 그의 이름이 성령이라서가 아니라 지금 이 순간 뭔가가 있다는 감을 느꼈다. 하지만 의사가 주지하듯이 내 감이란 건 그리 현실적인 도움이 되지 않을 때가 대부분이었다. 내 감을 써먹을 데라곤 특정 유형의 사람들에게 흔히 벽이라고 일컬어지는 하얀색 무에 어떻게든 까만색 유를 창조하는 데밖엔 없었다. 뭐, 그 덕분에 작가 행세하며 약을 타고 도망도 치는 거겠지.

"올라."

성령은 그야말로 어처구니가 없다는 얼굴이었다. 나도 작금의 상황에 당황스럽긴 매한가지라 말했다.

"정식 추모식은 여기가 아닌 걸로 알고 있는데."

"그래서."

성령이 말했다.

"형태 씨한테 물었더니 아무래도 이러지 않을까 싶다길래."

"내 게으름이 또 내 적을 만든 건가. 아, 형태 아니면 출판업계에 5분도 못 있을 것 같은데."

"그럼 절필하면 되겠네."

"절필씩이나? 내가 뭐라고. 그냥 조용히 사라지면 되지."

"지금처럼?"

나는 보랏빛 증언대를 돌아봤다. 다시 성령을 보고 말했다.

"오해가 있나본데, 나는 지금 사라지려는 게 아니야. 수행을 위해 잠시 이동하는 거지."

"수행이 아니라 도피."

성령이 특유의 근엄하기 짝이 없는 눈으로 날 봤다. 그 눈을 보니 대학 때 처음 성령과 열띤 논쟁을 벌였던 게 떠올랐다. 참사를 추모하기 위해 에세이를 모은 적이 있었다. 그때 내가 제출한 글을 낭독하는데 성령이 자리를 박차고 일어나 나를 매섭게 노려보며 말했다. 내가 쓴 글이 참사 희생자와 그 유가족을 배려하지 않고 순전히 내 감정에만 매몰돼 불편하다는 것이었다. 발표회가 끝나고도 우리는 서로의 견해에 대해 다소 교차점이 없는 대화를 주고받았는데, 그것이 우리의 처음이었다.

내가 그런 생각을 하며 또 실실거렸는지 성령의 표정이 좋지 않았다.

"그 꼴 하고 실실거리지 마. 소름 끼치니까."

"좀 선을 넘는 것 같은데. 내 꼴이 뭐 어떻다고……."

나는 무의식중에 아래를 내려다보다가 짙은 보라색 블레이저를 보고 멈칫했다. 깜빡했다. 나는 입가에 손을 가져다댔다. 끈적끈적했다.

"설마 아니지? 그냥 또 어디서 아무하고나 뒹굴다 그대로 온 거지?"

"그것도 아주 틀린 말은 아니지만, 이건 엄연히 코스튬이야. 보면 몰라? 와이 소 시리어스?"

"미친."

성령이 죄를 심판하듯 욕을 내뱉었다.

"지금 핼러윈 때문에 얼마나 말 많은지 몰라서 그 꼴을 하고 있는 거야? 게다가 여기가 어디라고……."

"이태원. 나도 알아. 핼러윈 행사를 할지 말지로 많은 논의와 토론과 논쟁과 언쟁이 있었다는 것도, 결국 하지 말자는 쪽으로 사회적 합의에 이르렀다는 것도."

"아는데!"

"그래서 했어. 나는 이것도 추모의 방식으로 부적절하지 않다고 생각해. 어쨌거나 이 시기의 여기는 이런 걸 하는 곳이고, 그때도…… 그 사람들은 이런 걸 하려고 모였던 거니까. 근데 이런 게 적절하지 않다고 하는 건, 나한테는, 그 사람들에게 책임이 있다는 얘기랑 크게 다르지 않게 느껴져."

"넌 진짜 바뀌질 않는구나."

성령은 우리의 처음을 말하는 거였다.

"사돈 남 말 하고 있네. 아니지. 넌 어째 더해가는 것 같다. 유명해져서 그런가. 참, 고정된 거 축하해. 너한테는 안 어울리는 자리라고 생각하지만. 코너 이름이 뭐였더라? 강성령의 리마인드?"

성령은 고개를 떨구고 한숨을 내쉬었다. 나는 벌써부터 이 상황이 지루해졌다. 머릿속으로 비행기 경로와 환승 절차, 그리고 새로 구상 중인 플롯과 인물을 마구잡이로 떠올리며 완전히 다른 길이 나타나길 꿈꿨다. 흥분과 초조의 경계에서 위태로운 줄타기를 시작하려는 순간, 성령이 말했다.

"의논하고 싶은 게 있어."

"네 코너 출연은 안 할 거야."

성령이 버럭 화를 냈다.

"앞서가지 마!"

"오케이."

"근데 출연을 왜 안 해?"

"굳이 이유를 꼽으라면 그 프로 너무 식상해. 재미없어."

"시사 프로가 어떻게 재미있을 수 있어?"

"그렇게 생각하니까 네가 거기 고정이 된 거야. 아주 맞춤이구만."

"아깐 안 어울리는 자리라더니."

"내가? 뭐, 다른 뭔가가 있었겠지."

"제발, 선우랑!"

나는 입을 다물고 성령을 쳐다봤다. 머릿속에서는 당분간 이 얼굴을 못 보겠구나 싶었고 곧이어 미래의 이 얼굴은 어떤 모습일까 궁금해졌지만 티를 내지는 않았다. 공정하게 말해, 그러려고 애썼다. 성공했는지는 나도 모른다.

"조현병에 대해 알고 싶어."

그 말은 분명 내 주의를 확실하게 사로잡았다.

"모를 리는 없잖아. 공황 장애 다음으로 유명한 게 조현병 아닌가? 정신분열증."

성령은 또 딴 길로 새지 않도록 날 가두듯 강하게 말했다.

"아는 사람 중에 조현 스펙트럼이 의심되는 사람이 있어."

"스펙트럼? 정확한 명칭은?"

"말 그대로 의심이야. 진단 같은 걸 받은 게 아니야. 아직 그럴 때는 아니랬어."

"너 애가 있었어?"

성령은 그야말로 말문이 막힌다는 표정이었는데, 내 말이 맞다는 건지 아니면 그냥 어처구니가 없다는 건지 알 수가 없었다.

"진짜?"

"진짜겠냐?"

"음, 또 비약이 과했군."

하지만 내 촉은 그게 다는 아니라고 주장했다.

"왜 애라고 단정하는 거야?"

"애가 맞긴 하고. 그러니까, 절반의 승리야."

성령이 빨리 말하라는 눈으로 날 쏘아봤다.

"날 시험하는 거야? 너도 들었을 거 아냐, 의사든 뭐든한테. 애들한텐 원래 진단 잘 안 해. 자기들 딴에는 낙인 방지라지만, 조현병 진단을 낙인이라고 생각하는 시대착오적 인식은 차치하더라도, 그들의 선하신 배려 덕분에 증상을 관리할 적기를 놓치고 정말로 심각한 케이스가 돼 조현병을 낙인화하는 데 일조하는 결과를 초래하는 현실이 안타깝긴 하지만 어쩌겠어. 나는 의사도 뭣도 아닌데."

성령은 심각한 얼굴로 잠시 생각에 잠겼다. 나는 다른 무엇보다도 성령이 저 정도로 신경 쓰는 사람이 누굴지 궁금했다. 일단 자기 애는 아니고, 그럼 조카? 친구 아이? 그 순간 떠오르는 사람이 있긴 했다. 지금의 강성령 앵커를 만들었다 해도 과언이 아닐

사건의 주인공. 기자 시험을 준비하며 유튜브로 1인 언론 놀이를 하던 성령이 부실 공사로 무너져 내린 빌라를 끈질기게 취재하다가 우연히 건물 잔해 속에 생존자가 있다는 것을 알게 돼 화제가 된 적이 있었다. 그때 그 생존자가 초등학생이었나 그랬다. 하지만 그 일이 있은 지도 한참이었다. 성령이 그 애한테 많은 관심을 갖고 꾸준히 찾아가기는 했지만, 설마 아직도 그 인연을 유지한다는 건 무리였다.

"처음에는 자폐가 의심된다고 했어."

"그 사람 혹시 망상 장애라도 있는 거 아니야?"

"선우랑."

"알았어. 계속해. 근데 그다음이 설마 사이코패스는 아니지?"

성령은 단지 한숨 쉴 뿐이었다.

"반사회적 인격장애."

"다른 사람을 찾아."

"내 친구야."

"아."

"결국 조현 스펙트럼일 가능성이 가장 높다고 했어. 그중에서도 조현성 성격장애."

"아하, 성 안에 갇힌 라푼젤. 여자야, 남자야?"

성령은 마지못한 듯 답했다.

"남자."

무너진 빌라에서 기적적으로 생존해 성령에 의해 발견된 아이도 남성이었다. 나는 장발의 왕자님을 상상하면서 말했다.

"스펙트럼이란 건 분류에 대한 인간의 본능을 저버린 과학자들의 횡포야. 자폐 스펙트럼을 봐. 스물네 시간 돌봄도 충분하지 않은 최중증 자폐증 장애인과 반사회적이지만 천재적인 추론 능력으로 본의 아니게 사회를 지키고 있는 탐정이 자폐 스펙트럼이라는 하나의 범주로 묶이는 게 정말 과학인가? 또 그런 눈으로 본다. 내가 우생학적인 차별을 해야 한다고 하는 게 아니잖아. 어디까지나 스펙트럼이라는 개념이 대중적으로 실익이 있는가에 대한 의문을 제기하는 거라고. 너도 자폐인 심포지엄에서 아스퍼거 증후군 자폐인이 중증 자폐증 아이 부모한테 퍼부었던 폭언을 들었으면 내 얘기에 그런 반응 못 보일 텐데. 당장 자식의 생존 문제 때문에 치료에 매달리는 부모한테 자폐인에 대한 살인 행위라며 길길이 날뛰는 컴버배치를 보다보면 말이야. 이봐, 나 의학계에서 공인받은 조현인이야. 냉정히 말하면 조현병 환자지. 그리고 조현형 성격장애, 조현성 성격장애 다 통쳐서 조현 스펙트럼이라고들 해. 네가 보면 알겠지만, 나랑 그 라푼젤이 같아? 비슷한 구석이라도 있냐고?"

성령은 분하다는 듯 입술을 깨물고 말했다.

"이 세상에 너 같은 또라이는 또 없어. 없어야 해."

나는 웃음을 참을 수 없었다.

"극찬 고맙다. 내가 아무리 고등학생 때 공부하기 싫어서 내 정신 세계를 탐구하다 내가 다름 아닌 조현병 환자라는 진실을 깨닫고 구원받은 케이스긴 하지만 조현병, 조현 스펙트럼에 대해 모든 걸 알지는 못해."

"그러면서 소설에는 조현인을 그렇게 많이 등장시켜?"

"그건 알아서 쓰는 게 아니야. 알려고 쓰는 거지. 그리고 재밌잖아."

성령은 또 한숨을 토하며 시간을 확인했다.

"썩은 동아줄이라고 다 같은 게 아닌데 내가 실수했다. 여행인지 수행인지 잘 가라. 고행이면 더 바랄 게 없겠네."

성령이 돌아서서 내려갔다.

"아니, 뭐, 네가 애초에 조현성 성격장애가 뭔지 궁금해서 날 찾아오지는 않았을 테니까. 뭔데, 물어볼 게?"

"이제 와서? 너무 많이 돌아왔다는 생각 안 들어?"

"비행기 덜 기다리고 좋지, 뭐."

성령은 결국 다시 돌아섰다.

"조현성 성격장애든 뭐든 간에, 그 애가 치료를…… 원해."

"그게 좀 문제긴 하지. 병식이 없어서 치료를 안 받고 그래서 증상이 더 악화되고 병식은 더 없어지고. 악순환. 뭐? 원해? 원하지 않는 게 아니라?"

성령은 무겁게 고개를 끄덕였다.

"아니, 진단도 안 내려지는 왕자님이 치료는 무슨 치료? 심지어 조현성이면 딱히 치료랄 것도 없지 않나? 그게 그쪽 영역의 까다로운 지점이라. 뭐, 그런 거야 위대하신 의사 선생님이 알아서 하겠지. 그럼 뭐가 문제야? 치료를 거부하는 거라면 상황이 좀 꼬이겠지만, 원한다며, 치료를."

"문제는, 그 애가…… 치료를 받고 싶어하지 않는다는 거야."

"앞뒤 안 맞는 건 내 주특긴데."

"그 애는 치료를 원하지 않아. 그런데도 치료를 요구하고 있어."

"왜지?"

성령의 얼굴에서 나는 익숙한 지표를 발견할 수 있었다. 죄책감. 성령은 떨어진 낙엽을 밟으면서도 죄책감을 느끼는 희한한 인간이었다. 썩어 문드러진 현실을 보며 느끼는 죄책감을 덜고

자 기자를 꿈꿨지만, 정작 기자가 되고 괴로움의 양만 늘어났다. 보통의 인간이라면 그쯤에서 포기하기 나름이다. 죄책감을 느끼기를 포기하든 시궁창 같은 현실을 포기하든. 성령도 포기를 하기는 했다. 성령이 포기한 것은 다름 아닌 자기 자신이었다. 미련하고 무식하게 죄책감의 뿌리를 뽑겠다며 스스로를 뽑아내버린 거였다. 그렇게 성령은 기자가 됐고 시사 프로 메인 코너 고정이 됐다. 그다음에는? 뻔했다. 모르긴 몰라도 정계에서는 한창 시끄러운 와중에 대중의 시선을 돌리기 위한 뉴페이스를 물색 중일 거고 그 목록 상단에 강성령이라는 이름이 있을 터였다. 왼쪽. 어쩌면 오른쪽도.

성령이 말했다.

"이유가 뭐든, 내가 어떤 대응을 하는 게 그 애를 위한 건지를 모르겠어. 내가 너한테 묻고 싶은 건 그거야."

나는 팔짱을 끼고 머릿속에서 새 인물을 구상하기 시작했다. 여태까지 들은 것과 내가 짐작하는 것을 토대로 새 세계를 설계하고 우리의 라푼젤 왕자님을 그곳에 떨궈보았다. 왕자님은 불평불만 없었다. 사실 세계가 어떤 꼴이든 우리의 왕자님에겐 완전히 관심이 없었다. 조현성 성격장애란, 게으르게 보면 그런 것이었다. 오히려 내적으로 완결적인 이상향 같은 존재가 아닐까 싶을 만큼. 하지만 반대로 보면, 사회적 동물인 인간에게서 사회를 소거한 생물이 되는 것이기도 한 셈이다. 그들이 자기 상태에 불편함을 느끼지 못한다고 해서 그들을 그냥 길가의 돌처럼 내버려둬야 하는가? 답 안 나오는 얘기긴 했다.

"나라면, 그 애가 뭘 원하는지보단 왜 원하는지에 관심을 가지겠어. 뭐, 너는 이미 알고 있을 수도 있지만."

성령은 분명 알고 있었다. 그렇지 않다면 이렇게 날 찾아오지 않았을 것이었다. 성령은 가지런히 맞잡은 두 손을 좀처럼 가만히 두지 못했다. 나는 반사적 그리고 습관적으로 몇 가지 가능성을 떠올렸다. 하지만 순간적으로 떠오른 모든 것이 그렇듯 얄팍하고 형편없었다. 소설을 쓰고 있는 거라면 이런 거라도 일단 가져다 쓰고 보겠지만 현실에서 그랬다간 뒤가 없어질 가능성이 농후했다. 경험이 이를 뒷받침한다. 그래서 나는 그냥 모른 척했다.

"막 부화한 아기 새가 처음 인식한 대상을 어미라고 생각한다잖아."

나는 고개를 끄덕였다. 다리를 꼬고 그다음 말을 기다렸지만 그게 끝이었다.

"나더러 뒷이야기를 만들라는 거야? 넌 내 얘기 싫어하잖아."

"그래, 싫어해. 역시 내가 잘못 판단했어."

성령이 다시 돌아서서 갔고 나는 뒤를 쫓으며 기지개를 켰다.

"뭐, 그냥 쓰레기통이 필요했을 수도 있지. 임금님 귀는 당나귀 귀!"

"대나무숲이겠지. 너는 작가라는 게."

"너는 방금 한 조현인의 아픈 곳을 찌른 거야. 조현병의 주요 증상으로 꼽히는 게 그거거든. 개념과 그 명칭을 제대로 연결짓지 못하는 거."

의도대로, 성령은 얼굴을 발갛게 붉혔다. 저 정도면 일주일치겠군. 앞으로 168시간 동안 성령은 죄책감을 느끼며 자기가 한 말을 되씹을 터였다. 나는 하루이틀 정도는 줄여줄 요량으로 덧붙였다.

"너무 깊게 생각하진 마. 나는 그 덕분에 먹고산다고. 사람들은 내가 쓴 글을 읽으면서 뭔지 모를 위화감을 느끼고 그걸 내 독창성이라고 생각해서 날 서재 한켠에 장식처럼 꽂아두니까. 그렇게 번 돈은 내 정신병적 상태를 적절하게 관리하는 데 쓰이는데, 그렇다고 내 무기나 다름없는 걸 아주 없애면 안 되니까 내가 원하는 수준의 망상적 사고를 유지하기 위해 의사랑 복용량 가지고 지난한 줄다리기를 하고 있지."

"너랑 대화하고 있는 나야말로 정말 지난한 줄다리기 하는 것 같아. 마지막으로 물을게. 왜 하필이면 조커야?"

"사실 조커 아니야. 내가 살고 있는 사회를 형상화한 거야."

성령은 넌덜머리를 내며 가버렸다. 나는 평소보다 조금 오랫동안, 구체적으로는 한 3초 정도 성령의 뒷모습을 지켜본 다음 공항으로 갔다. 값싼 경로를 그야말로 고행처럼 밟아나가며 성령과 그의 라푼젤 왕자님을 생각했다. 별다른 지향점 없이 두 인물을 중심으로 극을 그려보니, 그 끝은 결국 파국이었다. 싸구려 멜로드라마였다. 우리네 인생처럼.

Voice 10

불구단거리로 이어지는 천안역 서북구는 장애인과 사이보그에게 유토피아 같은 곳이면서 동시에 공권력에게는 디스토피아 취급당하는 이상한 동네다. 유령 도시 같은 시내는 한 블록이 멀다 하고 공사용 차단벽이 쳐져 있으며 거대한 쇠공이나 삽을 달고 있는 온갖 중장비와 타워 크레인이 그 안에서 고개를 쳐들고 있다. 흡사 동물원을 연상케 하는 살벌한 풍경에서 포커스를 조금 당기면 사람들이 보인다. 불구단거리와 그곳 기술자들에 의해 중력에 이끌려 낙하하듯 떨어진 사람들. 떨어졌다는 표현이 적절하기도 한 것이, 이곳 사람들 대부분이 사회적 낙하자들이다. 장애인 딱지를 달고 태어나서, 일하다 다치든 병이 걸렸든 사고를 당했든 그냥 나이를 먹었든 결과적으로 장애인이 된 사람들, 그들 중에서도 장애를 없애준다는 의료 시스템에 헌납할 돈이 없는 사람들, 당장 먹고사는 게 최우선인 사람들. 그런 사람들에게 이곳은 싸고 접근성 높은 유토피아일 수밖에 없다. 혹자는 수년 전의 불구단 행진이 이곳을 불구화시켰다며 제 언어 구사력을 고평가하지만 그건 그저 사소한 이벤트에 불과하다. 그 일이 있기 전부터 천안은 그 이름이 의미하듯 하늘 아래 가장 편안한 도시가 될 씨앗을 품고 있었으니까.

상황이 그렇다 보니 이곳은 거주자만큼이나 타 구역 대비 많은 핑크 부대가 눈에 띄는데, 아무리 그래도 이건 좀 이상하지 않나 싶다. 오전 늦게 지하도상가로 향하던 나는 궁금증을 못 이기고 사거리의 핑크 부대 한 사람에게 말을 건다.

"여, 친구."

동료와 얘기 중이던 친구가 날 돌아본다.

"이야, 멋진 안대구만. 그걸로 막 투시도 하고 그러나? 내 몸은 어때? 봐줄 만해?"

상대는 로봇 행세인 건지 아니면 그냥 내가 가소로운 건지 별 반응을 보이지 않는다. 옆의 대원은 약간 움찔하더니 안대한테 귀엣말한다. 안대가 안대 안 쓴 눈을 가늘게 뜨며 날 쏘아본다.

"안녕하십니까, 의원님."

"자네들 데이터는 정말이지 업데이트가 늦어. 금배지 중고로 판 지가 언젠데."

그래서 뭐 어쩌라는 눈이다. 나는 어깨를 으쓱하고는 대로 너머의 또 다른 핑크 부대를 눈짓한다.

"뭐, 워크숍이라도 나온 거야? 아니면 단체로 관광?"

안대가 제 동료와 눈을 맞춘다. 비웃는 거 같은데 내 망상인가? 안대가 말한다.

"둘 다 맞을지도 모르겠습니다."

그건 예상 밖의 대답이다. 나는 지팡이로 바닥을 딱딱 때리며 생각한다. 안대와 동료 그리고 오면서 마주친 핑크 부대 사람들을 생각한다. 젠장. 나는 서둘러 지하도상가 쪽으로 걷는다. 오늘따라 이상하게 걷고 싶더라니. 운수 한번 더럽게 좋기도 하지.

숨이 턱 밑까지 차오른 상태에서 겨우 시야에 들어온 지하도상가 출입구는 핑크 부대와 불구단 사람들이 물과 기름처럼 모여 있다. 왜 이 생각을 못했지? 최창민의 기자회견을 보고 낌새를 알았어야 했는데. 아니, 하지 않았을지도 모른다. 자존심 상하지만 이 생활에 젖어 있었다. 갈등은 있을지언정 끝없이 이어지는 대립에 안주하고 있었다. 어떤 식으로든 끝낼 생각은 안 하고, 그냥 이대로, 이대로도 나쁘지 않다며 더 나빠지지 않는 것에 만족하고 있었다. 이야, 선우랑도 다 됐구만. 뭐, 그게 자연스러운 거겠지. 생물은 나이 먹으며 지치고 남은 것을 지키는 데에 자원을 집중시킨다. 그래야 조금이라도 오래 살 수 있기 때문이다. 나는 오만했다.

지팡이에 몸을 의지해 무리를 향해 나아간다. 아, 귀찮다. 왜들 이렇게까지 하나. 나는 왜 여기서 고여 있나. 날 그렇게 믿었나? 다른 사람도 아니고 내가? 다른 사람도 아닌 나를? 당혹감에 다리가 떨려온다. 잠시 멈춰 서서 약을 꺼내 먹는다. 오도독오도독 씹으며 살아 있다는 것을 감각한다.

"나 왔어!"

내 외침은 사실 보잘것없지만 그래도 불구단 사람 몇이 날 발견하고 소리친다. 맨 앞쪽에서 버티고 앉아 있는 재기 씨가 손을 들어 보인다. 나는 그쪽으로 가면서 말한다.

"이게 다 뭐야?"

"느닷없이 폐쇄라는데?"

나는 출입구 한쪽에 붙은 닳고 해진 폐쇄 명령 스티커와 그 위에 새로 붙인 똑같은 내용의 스티커를 보며 인중을 긁는다.

"솔직히 느닷없이는 아니긴 하지. 여긴 지난 9년 동안 폐쇄 상태였으니까. 공식적으로는 말이야."

나는 핑크 부대 대원들 틈으로 지팡이를 쑤셔 넣어본다. 그러자 목을 붕대로 감싸고 있는 한 대원이 말한다.

"돌아가십시오. 위험합니다."

"그 위험을 자기들이 만들고 있는 거 같은데."

"이곳은 재난 위험 시설입니다. 돌아가십시오."

"안에 사람들 있잖아."

"대피 명령을 내렸습니다."

"대피를 시킬 마음은 있는 거야?"

재기 씨가 말한다.

"뭐, 좋지. 오늘 성정동까지 가야 하는데 이대로 쉬는 겨."

웃음이 번진다. 나도 재기 씨 맞은편 인도에 걸터앉는다. 곡소리가 절로 나온다. 뭐가 됐든 좀 끝났으면 원이 없겠다. 나는 지팡이에 기대 출입구 앞의 대치 상황을 지켜본다. 그것이 내가 해야 할 일이기 때문이다.

출입구가 막힌 서북구의 지하도상가 내부 상황은 좀 애매하다. 경찰특공대가 진을 치고 있는 상황에서 앞으로 일이 어떻게 될지 알 수 없건만 대체로 위기의식을 느끼긴커녕 딱히 관심이 없다. 사실 이 또한 일상처럼 겪어온 사람들이 대부분이다. 참사 직후 크게 작게 경찰들과 대치해왔고 어느 정도 상황이 안정된 후로는 재개발 인부들과 능구회에 맞서왔다. 말이 거창할 뿐 하는 일은 단순하기 그지없다. 버티기. 버티며 일상을 지키기. 버티며 일상을 지키며 행복하기. 낮술이든 가무든 그 둘 다든 그 순간을 즐기는 것.

출입구 쪽의 반대편에 위치한 불구단 사무실 분위기는 또 남다르다. 우선 도일 때문이다. 무슨 이유 때문인지 인터넷이 먹통인 노트북을 들고 이리 갔다 저리 갔다 하던 도일이 결국 폭발한다. 도일은 유진을 향해 다가간다. 노트북으로 후려칠 기세다. 하지만 그러지는 않고 다만 이렇게 말한다.

"증명해라!"

유진은 긴장한 채 대꾸한다.

"뭘?"

"네가 이중 스파이가 아니라는 사실! 그리고 불구단에 들어오겠다는 진의! 증명해라!"

유진은 기가 차서 주변을 본다. 차연은 그러려니 웃고 있고 예진은 새 담배를 입에 문다. 우종은 사뭇 날카롭게 유진을 보고 있다. 이곳 사람들이 전부 차연 같지는 않다는 것쯤이야 알고 있다. 그게 당연하기도 하다. 하지만 반대로 모두가 다 도일 같지도 않다는 것에 유진은 마음을 다잡아본다. 회의실 구석에서 도통 무슨 생각을 하고 있는지 알 수가 없는 시현과 반대편에서 안절부절못하고 있는 아담. 유진은 도일에게 말한다.

"어떻게?"

도일이 노트북을 흔든다.

"바깥 상황을 알 수가 없다! 저것들이 정말로 여길 폐쇄하려는지, 그래서 사람들을 빼내려는 건지, 그 대상에 불구단 사람들도 포함되는 건지 등등! 몇 가지 정황상 불구단을 여기 묶어둘 의도가 엿보인다. 첫째, 인터넷이 끊겼고, 둘째, 반대편은 이미 텅텅 비었는데 그러기가 무섭게 이쪽과 차단시켰다는 점, 그리고 마지막으로 셋째, 핑크 부대가 출입구를 막고 이러지도 저러지도 않는다는 것."

유진도 그 점 때문에 불안하던 차다. 정말로 이곳을 폐쇄할 거라면 설사 폭력적인 방법을 동원해서라도 여기 사람들을 끌어내야 한다. 물론 핑크 부대나 여기 사람들이 몸에 기계장치 하나쯤 품고 있다는 게 큰 변수긴 하지만 말이다. 아담의 일도 있었고, 자칫 더 큰 충돌로 이어질 가능성은 얼마든지 있고, 그렇게 되면 경찰 입장에서는 그야말로 최악이다.

하지만 그렇다면 대안을 취해야 하는데 핑크 부대는 지금 폐쇄 명령에 대한 것만 기계처럼 읊조릴 뿐 실제로 아무 액션을 취하지 않고 있다.

그게, 그들이 택한 액션이라면? 그래서 상황만 만들어놓고 기다리는 거라면? 무엇을? 대체 이게 다 무슨 의미지?

유진은 자리에서 일어난다.

"증명 같은 건 하고 싶지 않습니다. 하지만 상황을 알아야 한다는 덴 동의해요. 갔다 올게요."

도일이 아담을 향해 노트북을 휘두른다.

"네가 따라가라. 라이브 모드를 켜."

아담이 화들짝 놀란다.

"하, 하지만 어차피 송출도 안 되는데?"

"상관없어. 기록만 남기면 되니까. 서둘러라!"

도일이 꽥 소리치자 아담이 도망이라도 치듯 밖으로 나간다. 유진은 말한다.

"너, 사람한테 적당히 해!"

"사람이건 아니건 지금 중요한 건 그딴 게 아니다. 내 계획에 차질이 생길지도 모른다고. 비상!"

"여기 사람들이 네 도구는 아니야!"

도일은 멍한 눈으로 회의실 안을 돌아보더니 다시 유진을 본다. 차갑다. 너무 차갑다. 드라이아이스 같은 눈이다. 도일이 말한다.

"맞다. 도구. 여기 사람들. 불구단. 모두 도구다."

유진은 차연을 본다. 하지만 체념한 듯 식혜를 마실 뿐인 차연은 야속할 정도로 물러나 있다. 도일이 말을 잇는다.

"그게 뭐 어쨌다는 거냐? 어차피 인간은 타인을 도구 삼아 원하는 걸 얻는다. 아이는 부모를 도구 삼아 성장하고, 부모는 아이를 도구 삼아 제가 못 이룬 바람을 이어간다. 사람들은 나라를 도구 삼아 개인적인 안전을 확보하고, 나라는 사람들을 도구 삼아 몸집을 불리지. 뭐, 그 균형이 맞지 않기는 하지만. 여기 사람들도 다 똑같다. 불구단을 도구 삼아 천안이 편안해지는 걸 누리지 않냐? 원래 같았으면 집 밖에도 나오지 못할 사람들이 불구단을 도구 삼아 이렇게 일하고 있지 않냐?"

"그걸 어떻게 도구 삼는다고……."

"그게 그거다! 네가 핑크 부대의 이중 스파이가 아니라고 해도, 넌 어차피 불구단을 도구 삼아 마음의 안식을 찾고 싶을 뿐이다. 난 그걸 나쁘게 보지 않는다."

유진은 할 말을 잃고 만다.

"나는 불구단을 이용해 천안역으로 내려갈 거다. 내려가서, 찾을 거라고! 수애를!"

완전히 제정신이 아니군. 그 생각밖에는 들지 않는다. 유진은 일견 차연의 태도를 수긍하며 고개를 절레절레 흔든다. 그대로 나가버린다. 아담이 기다리고 있다가 얼른 다가와서 말한다.

"원래 저런 애예요. 악의가 있거나 하지는 않아요."

"그게 더 나빠요. 사람을 사람 취급하지 않잖아요."

유진은 버럭 말하곤 후회한다. 지금 아담한테 이럴 일이 아닌데. 유진은 깊게 숨을 내쉬고 걸음을 재촉한다. 아담도 뒤따른다.

"그 라이브 모드란 거요."

"네? 역시 좀 그렇죠? 이해해요. 아직도 많은 사람이 소름 끼치게 생각한다는 거 알아요."

"아니, 그 얘기가 아니라…… 라이브 모드가 되면 모든 걸 저장하는 거예요?"

"보통은 도일이 서버로 바로 보내는데 지금은 그냥 제 기억 저장소에 넣어두는 거니 말씀하신 그런 셈이죠. 저도 자세히는 모르지만 필요에 따라 원하는 데이터만 처리할 수 있는 걸로 알아요. 저장 공간이라는 게 은근히 비싸거든요."

출입구가 가까워지자 유진은 아담에게 눈짓하고는 가장 가까운 핑크 부대원에게 다가간다. 하필이면 팀 내에서도 가장 사이가 안 좋은 지민이다. 유진을 보는 지민의 인공 눈에서 놀라움과 경멸이 드러난다. 저런 것까지 구현할 필요가 있을까 싶다. 지민이 말한다.

"야, 진짜 가지가지 한다."

딱히 할 말은 없어서 유진은 못 들은 척하고 짧게 말한다.

"나오려는 사람들이 있어."

지민은 그런데? 하듯 볼 뿐이다.

"폐쇄하려고 온 거 아니야? 그럼 사람들을 내보내야지 뭐 하고 있는 거야?"

유진이 저도 모르게 소리치자 등을 돌리고 있던 다른 부대원들도 하나둘 유진을 본다. 유진은 그들의 눈빛에 세게 얻어맞는 기분이다. 같은 팀이라고 전우애 같은 걸 공유하지는 않았지만 그래도 몇 년을 보고 지낸 사이다. 근데 저 눈빛들은 뭐지? 도일의 눈빛. 사람을 사람 취급하지 않는 눈빛. 유진이 배신자라? 아니. 불구단과 있어서? 그런 것이 아니다. 무관심이다. 팀원이 아닌 유진은 저들에게 그 무엇도 아니다. 유진만이 아니다. 다른 불구단 사람들도, 능구회도, 천안에서 살고 있는 사람들도 다 똑같다. 어느 날 갑자기 기적처럼 주어진 권력. 그게 아니었다면 아무도 이런 곳에서 이런 일을 하지 않았을 거다. 창민과 유진이라고 다른가? 천안의 일이야, 불법 개조 사이보그의 일이야, 장애인의 일이야, 관계없는 타자의 일이었다. 유진에게 당장 중요한 건 군대 내 복지와 퀴어 군인에 대한 인식 변화였고 창민과의 관계였다. 심지어는 트랜스에 대한 관심도 꺼져가던 중이었다. 소름 끼치게도 창민과 정식으로 결혼한 이후였다. 유진은 게이로 소비되는 것과 그걸 모른 척하는 스스로를 자학했을 뿐이다. 그리고 그런 자신을 창민보다 우월하다고 느끼며 그걸로 위안 삼았다. 비참하기가 그지없다.

"받아."

지민이 무전기를 내민다. 얼결에 받아 든 그것에서 창민의 목소리가 들려온다.

"그쯤 했으면 투정 부릴 만큼 부린 거 아냐? 인서 생각도 해야지. 이쪽으로 와. 대화해. 아담도 함께."

유진은 아담을 돌아본다. 아담의 눈을 본다. 그 속의 자신을.

"내가 아담이랑 안 나와봤으면 어쩌려고?"

유진이 거의 이를 악물고 말한다. 창민은 창가에서 지하도상가 출입구 쪽을 또 한 번 내려다보고는 유진 앞에 와 앉는다. 정차 중인 작전용 하늘 열차가 바람에 흔들리며 내는 쇳소리를 제외하면 그야말로 죽은 듯이 고요하다. 숨이 막힌다.

"선우랑, 참 성가신 인간이야. 이 아수라장에 가수를 데려와? 어느새 콘서트장을 만들어놨어. 대체 누구지? 노래는 귀에 익은데."

"대답해."

"유진아."

"내 이름 부르지 마! 당분간만이라도."

"너도 이 상황이 잠시일 뿐이라고 생각하는 거지?"

유진은 코웃음을 치지만 완전히 부정할 수는 없다. 스스로가 역겹기 짝이 없다. 하지만 그게 하루이틀 일은 아니다.

"네가 나와볼 거라는 건 당연하잖아. 저 안에서 네가 어떻게 지내든 넌 우리 사람이야."

"아니야."

"아니, 맞아. 아직 사표 수리 안 됐으니까. 관두겠다고 하고 나가면 그걸로 되는 거야? 너 순진한 거야 잘 알지만 이번 건 좀 지나치다, 장유진."

유진은 자리를 박차고 일어난다.

"앉아. 얘기 안 끝났어."

"내가 왜?"

"여기까지 왔잖아. 아담까지 데리고."

도대체 무슨 짓을 한 걸까. 유진은 스르륵 주저앉는다. 무전을 통해 창민의 얘기를 듣고 유진이 떠올린 건 딱 하나였다. 이 이상한 상황을 바꿀 수만 있다면. 하루아침에 폐쇄 명령과 함께 쳐들어온 핑크 부대와 불구단. 하루아침에 경찰이 아니라 불구단이 된 유진. 하루아침에 아빠 하나가 보이지 않는 우리 아이 인서.

한편으로는 도일이 광기에 차 퍼붓던 말들과 주눅 든 아담의 관계를 바로잡아 주고 싶기도 했다. 고작 그 정도 이유로 아담을 데리고 여기까지 왔다. 참 유진스럽지 않나.

"너무 그러지 마. 어차피 아담한테 접촉할 생각이었어. 그것도 그냥 대안 중에 하나였을 뿐이고. 운이 좋았지."

유진은 고개를 들지 못하고 묻는다.

"목적이 뭐야?"

"쟤들이 말 안 했어? 지하도상가 폐쇄."

"그럼 안에 있는 사람들을 빼내든지 해야 할 거 아냐!"

"목소리 낮춰. 하늘 열차는 방음이 영 안 좋으니까."

유진은 옆방에서 기다리고 있을 아담을 떠올리고 입을 다문다.

"저 사람들은 나오고 싶어 하지 않잖아. 그래서 위험하기 짝이 없는 곳으로 기어 들어가서 둥지를 튼 거야."

"지금 그 얘기는 관련 없잖아? 동남구 쪽 사람들은 경찰들이 억지로 끌어내서 통로까지 막아버렸어. 서북구는? 불구단 사람들은? 여기 사람들은 사람도 아니다 이거야?"

창민은 아무 대답도 하지 않는다. 차갑다. 너무 차가워. 화상이라도 입을 것 같다. 유진은 몸서리를 친다. 창민이 말한다.

"궁금한 게 있는데, 갑자기 왜 이래?"

갑자기. 너한테는 이게 갑자기로 보이는구나. 하긴, 그럴 만도 하지. 어느 날 갑자기 애가 꼭지가 돌아서 남편도 애도 직장도 집도 다 내팽개치고 나온 걸로 보이겠지. 하긴…… 유진이 창민 입장이었어도 갑작스러워 보였을 거다. 왜냐하면 상대는 내가 아니니까. 짐작은 할 수 있더라도 절대 알 수는 없으니까.

"정말 알고 싶긴 해?"

"그게 무슨 소리야. 우린 부부라고."

"가짜 부부 말이지."

창민은 어떻게 그런 말을 하냐는 눈이다. 나 참, 가여운 눈이네. 저 눈 때문에……

"야, 가식 떨지 마. 우린 말 그대로 쇼윈도 부부였어. 여당 대표며 온갖 유명인이 참석해서 화려하게 축하해주는 결혼식에서 부부를 연기했고, 나에 대해 모르는 사람들이 드라마 같은 데서 본 게이 부부 떠올리면서 말을 걸면 스테레오 타입 연기하면서 받아줬지. 이게 쇼윈도 아냐?"

"그게 싫었으면 말을 하지! 나는 게이가 아니라 트랜스다!"

"네 일 아니라고 그따위로 쉽게 말하지 마!"

유진은 식식거리면서 아담 생각을 했다. 뭐, 숨길 얘기도 아니다. 그리고 아담은 이런 걸로 티 낼 사람도 아니고. 나중에 이 얘길 알게 될 도일을 생각하면 좀 아찔하지만 당장은 너무 먼 얘기다.

"됐어. 너하고는 절대 하고 싶지 않고 할 수도 없는 얘기야."

"역차별이야."

유진은 상체를 앞으로 던져 창민의 멱살을 휘어잡는다. 조금도 예상 못했는지 완전히 무방비 상태로 창민이 그대로 탁자에 고개를 찧는다.

그때, 방문이 열리고 아담이 뛰어 들어온다.

"이러지 마세요!"

유진은 창민을 밀쳐내고 아담의 손을 잡는다.

창민이 코를 움켜쥐고 일어나더니 웃어댄다.

"아, 진짜! 나는 정말 천안이 싫어! 빨리 서울로 돌아가고 싶다고!"

창민이 아담을 향해 말한다.

"당신도 예전의 영광을 다시 맛보고 싶을 거 아녜요? 유진이 너도 이 사람이 무대 위에 있는 모습 좋아했잖아! 불구단인 아담이 아니라! 우리 제발 이전으로 돌아가자. 천안은, 여기 사람들 모두를 위해 참사 이전으로 복원시키는 게 맞아!"

"어쩌면요."

아담이 고개를 떨군 채 말한다. 유진은 잘못 들은 게 아닐까 싶지만 아담은 계속해서 말한다.

"여전히 신천안 사업에는 동의할 수 없지만, 우리 모두 일상으로 돌아가야 한다는 덴 동의해요."

"아담 씨, 그게 무슨……."

아담이 시선을 피하려는 듯 겨우 유진을 곁눈질한다.

"들으셨잖아요, 도일이가 했던 말."

"그건 그냥 정신 나간 헛소리…… 아니, 그러니까 내 말은, 이성적이지 못한…… 비합리적인……."

아담은 쓴웃음을 짓는다.

"애쓰지 않으셔도 돼요. 네, 도일이는 미쳤어요."

"네?"

아담은 흘릴 수 없는 눈물을 흘리듯 말한다.

"수애가 이 세상에 더는 존재하지 않는다는 걸 도일이는 받아들이지 않아요. 못해요."

"수애라면 참사 희생자……."

"네. 9년 전에 세상을 떠난 저희 친구요."

유진은 도일이 회의실에서 뇌까렸던 말을 떠올리곤 몸을 부르르 떤다. 그 말이 진심이라고? 그런데도 차연이나 다른 사람들은 그가 시키는 대로 하고 있다고? 장기 말처럼 휘둘리고 있다고? 왜?

"저는 불구단 활동이야말로 옳은 방식이라고 생각해요. 도일이도 저희랑 같은 노선을 달리고 있어요. 누군가 방해하지만 않는다면."

아담이 생전 처음 보는 적의를 품고 창민을 쳐다본다.

"지금 도일이는 노선을 이탈하려 해요. 저희 곁을 떠나려고 한다고요. 당신들 때문에. 그러니까 누가 됐든 멈춰야 해요. 안타깝게도 도일이는 멈춰 세울 수 있는 애가 아니에요. 저는 당신들을 멈춰 세울 거예요. 원하는 걸 말하세요. 그리고 지하도상가에서 떠나세요. 우릴 내버려두세요. 부탁입니다."

분위기가 변했다는 것을 알아차린 건 앵콜 곡이 끝나갈 즈음이다. 지나가던 중장년들의 환호 속에서 끝까지 흐트러짐 없이 정갈하게 여운을 끌고 가는 가수의 모습 너머로 핑크 부대원들이 움직이기 시작했다. 나도 얼른 지팡이에 몸을 기대 일어선다. 눈으로 아담과 유진을 찾지만 보이지 않는다. 자연스럽게 형성된 인파를 빙 돌아 건너편으로 가니 벌써 핑크 부대는 떠난 뒤다. 뭐지? 끝인가? 나는 재기 씨를 찾아 묻는다.

"간 거야?"

재기 씨는 수동 휠체어 앞쪽에 스마트휠을 연결하며 무심한 듯 말한다.

"지네들끼리 뭐라 뭐라 하더라고요."

"그러고는 갔다고?"

연결을 마친 재기 씨가 핸들을 돌려본다. 모터의 공회전 소리는 경쾌하다.

"아이 씨, 하루 노는가 했더니. 먼저 가유."

수동 휠체어가 쌩하니 남쪽으로 질주한다. 다른 사람들도 제 갈 길을 가거나 다시 지하로 미끄러져 내려간다.

"선우랑!"

목소리 쪽을 보니 애리가 이곳저곳 망가져 보이는 김밥집 사장의 전동휠체어를 밀고 오고 있다. 꼴이 말이 아니다. 금방이라도 쓰러질 기세다. 나라도 손을 보탠다.

"대체 이게 다 무슨 소란인지. 아니, 이렇게 갑자기, 응? 사람들을 무슨 짐짝 들어내듯, 응? 이럴 수가 있는 거야? 응?"

그럴 수 있다. 법적으로도 아무 문제가 없었고, 있다손 치더라도 상관없다. 지난 9년 동안 천안에서는 일상적인 일이었고, 대한민국 역사상 결코 이상한 일이 아닐 정도로 비일비재했다. 이 나라에서 살다 보면 이해가 안 되는 일 천지라 이상한 게 이 나라인지 아니면 난지 확신할 수가 없게 되고 만다. 그게 대한민국이라는 나라다.

"너 오늘따라 조용하다?"

"그게 나지. 이상한 게 디폴트인. 근데 이거 아담 목소리 아냐?"

"어디?"

앞으로 쭉 펼쳐진 불구단거리에도, 뒤쪽 경사로에도 아담의 모습은 보이지 않는다. 하지만 분명히 아담 목소리다.

"불구단에 대해서 이야기하려고 합니다."

나는 무언가에 홀리기라도 한 듯 휠체어에서 손을 놓고 뒤쪽 경사로를 다시 올라간다.

"야, 갑자기 놓으면 어떡해!"

출입구 너머로 보이는 가을 하늘을 훼손하듯 걸려 있는 하늘 열차 선로들 사이로 익숙한 얼굴이 보인다.

"지금 불구단은 몹시도 불안정한 상태입니다. 정확히 말하면 불구단의 머리가요."

아담의 모습을 내보내고 있는 하늘 열차가 천안 상공을 천천히 부유하고 있다. 출입구 기둥에 등을 기대고 고개를 쳐든 채 넋을 놓고 그의 얘기를 듣는다. 아담은 괴롭기 그지없는 얼굴로 앞쪽 어딘가를 응시하고 말한다.

"불구단의 행동 일체를 기획하는 남도일, 그는 브레이크가 망가진 폭주 기관차입니다."

"배신자! 아담이 아담 같은 짓을 했다! 비상!"

도일이 두 눈이 튀어나올 듯한 상태로 회의실을 돌고 또 돈다. 그 안쪽에 모여 앉은 불구단 사람들도 당혹스럽긴 매한가지라 모두 아무 말 않고 원탁만 내려다볼 뿐이다. 도일이 돌연 원탁 위로 뛰어 올라가 발을 쾅쾅 구르며 소리를 지르듯 말한다.

"장유진! 핑크 부대가 그 어리숙한 녀석을 꼬드긴 게 틀림없다."

예진이 담배를 아작아작 씹으며 말한다.

"그럴 사람들 아니야."

도일이 예진을 향해 획 돌아선다.

"어떻게 확신하지?"

예진이 담배를 뱉어내곤 도일에게 소리친다.

"보통은 그냥 알아!"

차연이 예진에게 눈짓한다. 예진은 신경질을 내며 밖으로 나간다. 차연이 내게 묻는다.

"어떨 것 같아요?"

"뭐, 좋진 않겠지. 자고로 단체의 마스코트가 등 돌리면 끝이야. 게다가 우리 마스코트는 유명도 하시지. 당분간은 지나가던 개도 이 일로 웃을 거고, 아담의 진짜 의도가 뭐든 간에 불구단은 그동안 쌓아온 것에 이자까지 얹어 토해내게 될 거야. 일반론이지만 아무튼. 그래도 다행인 건 이것보다 최악은 없을 거라는 거지. 안 그래?"

나는 으하하 웃어대지만 아무도 따라 웃지 않는다. 도일은 내 앞에 쪼그려 앉아 마스크 쓴 얼굴을 들이밀고 말한다.

"웃어?"

"울까?"

도일이 내 머리를 후려친다. 차연이 큰소리를 치고 도일은 그저 소리에 반응하는 고양이처럼 원탁 위에서 폴짝 뛰어내려 내 등 뒤로 숨는다. 나는 무엇보다 당황스러워서 입을 다물지 못한다.

"선우 작가, 괜찮아?"

차연이 묻는다.

"아니, 뭐. 아프진 않아."

차연이 성큼성큼 걸어와 도일 앞에 선다. 이번에는 쥐마냥 구석에 몰린 도일은 말한다.

"다가오지 말 것! 건드리지 말 것!"

"사과해!"

"나는 잘못한 거 없다. 잘못은 저 인간이 했다고! 웃었어! 날 모욕했다!"

차연은 이를 갈며 말한다.

"모욕한 건 너야. 아담이 왜 저렇게까지 하는지 생각해봐!"

"나는 그 덜떨어진 녀석한테 제대로 살 수 있는 방법을 알려 줬다! 그리고 그건 수애가 바란 거기도 하다. 아담 그 자식도 결국 그거 때문에 불구단에 합류하기로 결심한 거다. 따라서 아담이 불구단에 이로웠다면 그건 다 내 공이다. 그걸! 아담이 걷어차 버렸다!"

아주 울 기세구만. 나는 차연한테 말한다.

"됐어. 지금 우리끼리 이럴 때도 아니잖아."

도일이 언제 머리통을 갈겼냐는 듯 내 옆으로 와서 눈을 희번덕거린다.

"모처럼 옳은 말을 하는군. 이자 말대로, 지금은 아담이 뿌린 재를 치우고 대안을 마련해야 할 때다. 차라리 잘됐는지도 모른다. 그동안 불구단은 필요 이상으로 온건했고 쓸데없이 많이 에둘러가고 있었다. 곧 있으면 9주기이기도 하니 어떻게든 사람들의 관심을 끌어모아 핑크 부대의 시선을 돌리고 플랫폼으로 들어가자. 여기 있으나 거기 있으나 다들 햇빛 못 보는 건 마찬가지다."

우종이 날카롭게 외친다.

"좋게 봐주는 것도 정도껏이지! 박 사장, 대체 언제까지 저 자식 어리광 봐줄 거야?"

도일이 맞받아친다.

"어리광? 그쪽 목소리야말로 어리광이지! 그쪽은 변성기란 게 없었나?"

차연이 소리를 지르고 나서야 회의실은 겨우 조용해진다. 차연이 회의실 주변을 살피더니 있는 줄도 몰랐던 시현에게 말한다.

"부탁인데, 저것 좀 데리고 나가 있어 줘."

시현은 특유의 공허한 얼굴로 차연을 보더니 도일을 살핀다.

도일이 뒷걸음치지만 곧 시현의 손에 붙들려 밖으로 끌려 나간다. 도일의 관용구가 귀에 잔상을 남기며 멀어져간다. 이내 고요해진 회의실 안에서 누가 먼저랄 것도 없이 한숨을 쉰다. 나는 실실대다 차연과 눈이 마주친다.

"병이야. 이해해."

"아니, 우습긴 하죠."

"그래?"

나는 대놓고 웃어댄다. 웃으면서 정말로 상황이 일반적으로 우스운지를 생각해본다. 호러 영화를 보면서도 남들이 비명을 지를 때 웃음을 터뜨리는 나로서는 이해에 한계가 있기는 하지만 아무리 생각해도 지금 상황이 일반적으로 우스운지는 잘 모르겠다.

"아담이 많이 힘들겠군."

차연이 또 한숨을 쉰다.

"그렇겠죠. 하지만 그 애 입장에서는 충분히 할 수 있는 행동이에요. 도일이만큼이나 수애를 그리워하는 아담은요."

당신은 당신에게 주어진 새로운 목표에 집중합니다. 마치 그것만이 삶의 초목표인 듯, 천안역은 사실 아무것도 아니었다는 듯. 도일이 고래고래 소리를 지르고 당신을 때려도 상관없습니다. 복도에서 담배를 피우던 예진이 약간은 우려스러운 눈으로 당신을 봅니다. 바닥에 떨어져 있는 담배꽁초 수를 보면 누가 누굴 걱정해야 할지 알 수가 없긴 하지만, 아무튼 당신은 말합니다.

"박차연 대표님이 시키셔서요."

"그래요. 되도록 멀리 가고요."

순간적인 빈틈을 놓치지 않고 도일이 당신 정강이를 걷어찹니다. 반사적으로 휘청이긴 하지만 당신은 이내 기계적으로 도일을 들쳐 멥니다. 너무나 익숙한 상황에 잠시 머뭇거리지만 파도를 헤치고 나아가는 한 마리의 연어처럼 고집스레 걸어갑니다. 결국 도일도 포기하고 축 늘어집니다. 그러니까 더 무겁기는 하지만 한결 수월합니다. 당신은 묻습니다.

"플랫폼에 내려가면 뭘 하려고요?"

등 뒤에서 도일의 목소리가 들려옵니다.

"또 시작이냐. 한동안 조용하다 했다."

"저랑 상관없는 일들이었으니까요."

"플랫폼은 상관이 있는 거냐?"

"아마도요."

그래서 어떤 식으로든 상황이 끝나기만을 당신은 바랍니다. 의미가 있지도, 찾을 수도 없는 작금의 상황에 당신은 지쳤습니다. 뭐든 좋으니 빛이 필요합니다. 살아 있어도 될 만한 목적이 필요합니다. 플랫폼에 가면 찾을 수 있을까요?

"날 도구로 써요. 그래서 내려가요. 플랫폼에."

도일이 다시 몸을 움직입니다. 당신은 도일을 내려놓습니다. 도일이 마스크를 고쳐 쓰며 당신을 빤히 봅니다. 뭔가를 계산하는 듯합니다.

"넌 처음부터 도구였다. 난 도구가 아니면 곁에 두지 않는다."

"수애도요?"

도일은 즉시 대답하지 못합니다.

"당연하지. 수애가 옆에 있으면 편안하다. 기분이 좋다. 말을 하고 싶어진다. 최고의 도구지."

"그렇네요."

당신은 도일의 말을 곱씹어봅니다. 그런 사람이 당신에게도 있었던 듯합니다. 그를 다시 곁에 두면 당신은 살아 있어도 괜찮을 겁니다.

"계획을 말해요. 플랫폼으로 내려갈."

도일은 거리를 둘러보곤 따라오라는 손짓을 합니다. 마빈이 주로 머무는 광장의 구석으로 간 도일이 말합니다.

"원래 난 10주기를 디데이로 삼을 생각이었다."

"아직도 1년이나 남았는데요?"

"나라고 뭐 하고 싶어서 그러는 줄 아냐? 하지만 내 계획에는 최대한 많은 사람들의 관심이 필요하고 그게 10주기뿐인 걸 어쩌냐?"

"9주기는 안 돼요?"

"안 된다. 인간들이 10이란 숫자에 특히 더 의미를 부여하는 이상한 종족이기 때문이기도 하지만, 그게 아니더라도 9주기는 다음 대선과 직접적으로 관계가 있다. 9주기로 참사를 기억하고 희생자를 추모하고 진상 규명과 책임자 처벌 등등이 요구될 텐데 중임을 노리는 데다 신천안 사업을 밀어붙이고 있는 정부가 그 꼴을 가만 두고 보겠냐? 대놓고 막지는 못해도 갖은 치사한 수를 총동원해 훼방 놓을 거다. 대표가 필요 이상으로 중형을 선고받았던 것도 다 그 때문이다. 결과적으로는 자기들한테 자충수가 됐지만 말이다. 안 그래도 시간이 지나면서 점점 관심도가 떨어지고 있다. 거기에 방해까지 받는다면, 9주기로는 부족하다. 수애를 찾기에."

"하지만 그 말대로라면 9주기도 아닌 지금 플랫폼에 내려가서 찾을 수가 있겠어요?"

"그러니까 내가 지금 지랄하고 있는 거 아니냐!"

다른 사람들이 생각하는 것과는 달리 도일은 충분히 이성적입니다. 평소 그런 그의 말을 따랐다면 지금도 그래야 합니다. 당신은 그럴 생각입니다. 그때, 마빈이 소리 없이 다가오더니 말합니다.

"천안역 플랫폼에 가시겠다고요?"

도일은 꽥 소리 지릅니다.

"거긴 인간이 들어갈 수 있는 곳이 아닌데요?"

"깡통 같은 게, 네가 뭘 아냐?"

마빈은 어깨를 툭 떨굽니다.

"출고가 4800유로짜리 깡통은 알 수 있습니다만. 참사 이후 정부가 수십여 차례에 걸쳐 발표한 자료에 따르면 76층짜리 역사 건물의 하중을 버티지 못한 지하화된 철도가 완전히 내려앉았습니다. 역사 건물을 부분적으로 철거하고 터널 주변을 파내 희생자 유해를 수습하려 했지만 공사 3년 만에 발생한 2차 붕괴로 사실상 완전히 토사에 파묻히게 됐죠. 플랫폼은 철도와 격리되어 있긴 했지만 거기라고 온전할 리 없다는 건 하늘이 알고 땅이 알고 출고가 4800유로짜리 깡통이 압니다. 도일 님만 몰라요."

도일이 마빈의 정강이를 걷어차지만 홧김에 나온 행동일 뿐 결국 아픈 건 본인입니다. 제 다리를 감싸 쥔 도일이 쓰러져서 소리를 지릅니다. 꼭 아프고 분해서 지르는 소리만은 아닙니다. 도일이 지르는 소리에 지나가던 사람들이 쳐다봅니다. 마빈은 피켓으로 제 머리를 가리고 슬금슬금 피합니다. 그런데 저쪽에서 아담이 다가옵니다. 아담은 도일을 발견하고 멈칫한 뒤 회의실이 있는 쪽을 곁눈질합니다. 심각하게 갈등하는 눈치입니다. 하지만 결심을 굳힌 눈으로 이쪽을 향해 섭니다. 그가 도일을 부릅니다.

"미안해!"

도일이 고개를 쳐들고 아담을 보더니 벌떡 일어납니다. 아무래도 폭력 사태가 벌어질 기세입니다. 아담은 각오를 다진 것 같습니다. 도일이 아담 가까이 다가가더니 두 팔을 번쩍 쳐듭니다. 아담이 두 눈을 질끈 감습니다. 마빈은 피켓을 내리고 두 사람을 쳐다봅니다.

"너……!"

도일이 두 팔을 떨어트리듯 아담의 어깨 위에 놓습니다. 도일이 아담의 양어깨를 잡고 속삭이듯 말합니다.

"네가 오늘 한 짓의 의미를 알긴 하냐?"

아담이 실눈을 떠보고는 제 양어깨 위의 손을 봅니다. 부들부들 떨리는 두 손이 아담을 붙들고 있습니다. 마빈이 피켓을 돌립니다. 공격.

"대답해!"

아담이 움찔하고는 말합니다.

"미, 미안해!"

"틀렸다! 내가 물은 건 그게 아니야! 네가 대체 무슨 짓을 했는지 아냐고 물었다."

"그게…… 불구단을……."

"우습게 만들었어."

아담은 고개를 떨굽니다.

"그리고 내 계획을 산산이 조각냈어. 수애를 날려버렸다고. 다른 사람도 아닌 네가!"

아담은 말없이 눈물을 떨굽니다. 하지만 곧 고개를 든 아담이 말합니다.

"남도일, 수애는 죽었어."

"아냐!"

도일이 마구잡이로 발을 구릅니다. 그러고는 여기저기 오가며 반복해서 외칩니다.

"아냐! 아냐! 아냐! 아냐! 아냐! 아니라고! 이 사기꾼!"

당신은 거리를 지나며 도일을 쳐다보는 사람 중 낯익은 얼굴들을 발견합니다. 김밥집 사장과 칼국숫집 직원입니다. 선우랑의 친구인 듯한 여자의 이름이 기억납니다. 전애리.

"나는 안다! 수애는 살아 있어! 증거도 가지고 있다고!"

아담은 너무나도 슬픈 눈으로 수애의 친구를 바라봅니다. 도일은 아랑곳 않고 백팩에서 노트북을 꺼내 펼칩니다. 그리고 뭔가를 합니다.

"여기 증거다! 들어!"

순간 주변에 있는 모두가 귀를 기울입니다. 저것은 당신이 들었던 그것입니다. 과연 사람들도 당신처럼 의미를 추측할 수 있을까요? 당신에게는 익숙한 잡음이 사람들에게 번집니다. 사람들은 대체로 인상을 구깁니다. 서로가 서로를 흘깃흘깃 훔쳐보며 자기만 이상한 소리를 듣는 건지 확인하느라 바쁩니다. 아무래도 사람들에게는 당신에게 전달되는 의미가 가닿지 않는 듯합니다. 아담도 마찬가지입니다. 당신은 실망합니다. 도일이 어떨지는 굳이 표현할 필요도 없습니다.

그때 무리에서 한 사람이 앞으로 나옵니다. 아니, 나왔다기보단 끌려오듯 한 발짝 내딛습니다. 전애리입니다. 그는 거의 감격에 겨운 얼굴입니다. 신실한 신도가 신이라도 목도한 얼굴입니다. 눈물마저 일렁이듯 반짝이는 눈이 도일의 노트북을 향하고 있습니다. 한 발짝 더 내디딘 그가 말합니다.

"그건……."

도일이 노트북을 감추듯 옆으로 합니다.

"뭐냐?"

김밥집 사장이 전동 휠체어를 조종해 앞으로 나옵니다.

"이래 뵈도 전애리 교수님이여."

도일이 말합니다.

"그걸 물은 게 아니다. 그건이라니 무슨 의미냐?"

김밥집 사장이 전애리에게 말합니다.

"전 교수가 이해해. 쟨 존대 같은 걸 할 줄을 몰라."

하지만 전애리는 그런 건 아무래도 상관없다는 듯합니다. 여전히 도일의 노트북을 보고 있던 그의 미간이 돌연 구겨집니다.

"더블엑스 님?"

무슨 소리죠? 하지만 도일의 표정도 구겨지는 걸 보면 뭔가가 있긴 한 모양입니다. 전애리가 이내 활짝 웃으며 뭔가를 말하려는 그때, 지하도상가가 쿵 흔들립니다. 잠시 뒤 스멀스멀 연기 같은 것이 피어오릅니다. 출입구 쪽에서 휠체어들이 굴러오며 외칩니다.

"능구회다!"

바퀴들과 기계 다리들의 화음은 합주곡의 절정부로서 손색이 없습니다. 몇몇은 거리를 가로막고 인간 차단막이 됩니다. 모든 움직임이 잘 설계된 기계 같습니다. 능구회임을 알리는 커다란 목소리 외에는 긴박함이 거의 없습니다. 꼭 소방 훈련을 하는 사람들처럼 대부분이 사전에 약속된 역할을 수행하는 것 같습니다. 도일과 아담 그리고 마빈도 방금까지 있었던 일은 머릿속에서 지워버린 듯 일제히 사무실 쪽으로 달려가기 시작합니다. 남은 것은 역할을 부여받지 못한 당신과 여전히 뭔가를 찾아 헤매듯 멍한 눈으로 서 있는 전애리 그리고 김밥집 사장입니다. 전애리가 한발 늦게 당신을 보고는 어색한 미소를 지어 보입니다. 의도를 알 수 없습니다. 그는 조금 전 무엇을 보았던 걸까요? 그리고 더블엑스는 뭐죠?

"안 오고 뭐 하나?"

도일이 소리칩니다. 전애리가 아차 하고는 김밥집 사장과 함께 도일의 뒤를 쫓습니다. 당신도 뒤따릅니다. 출입구 쪽을 보니 한 무리의 사이보그가 위협적인 모습으로 다가오고 있습니다. 개중 몇은 손에 무기를 들고 있고, 또 몇은 그냥 손 자체가 무기입니다. 거리를 막아선 불구단 단원들은 저들에 비하면 그저 구시대의 병자들에 지나지 않아 보입니다. 과연 버틸 수 있을까요? 버틴다면 얼마나 가능할까요? 그 후에는, 무사할까요?

불구단거리의 끝에서 또 다른 역할을 맡은 몇몇이 사람들을 동남구 쪽으로 안내합니다. 도일과 아담, 어느 정도 활동이 가능하며 비교적 건강을 유지하고 있는 사람들은 그대로 직진해 회의실 쪽으로 갑니다. 김밥집 사장과 전애리는 동남구 쪽입니다. 전애리는 도일이 가는 방향을 보더니 김밥집 사장에게 말합니다.

"저는 저기로 갈게요."

"아서, 다쳐요!"

"제가 소싯적 북한산 날다람쥐예요."

"날다람쥐는 무슨. 햄스터 아녀?"

전애리는 웃음을 터뜨리곤 말합니다.

"어차피 같은 종인걸요. 그럼 끝나고 김밥 먹으러 갈게요."

"그래유. 아주 잔칫상을 벌여야겠구만. 야유, 오늘 매상이 얼마여."

전동 휠체어가 인파와 함께 사라지자 전애리는 도일이 간 방향으로 발걸음을 내딛습니다. 당신은 묻습니다.

"아까 그 소리에서 뭘 보셨죠?"

전애리가 화들짝 놀라 휘청입니다.

"시현 씨랬나요? 참 사람 놀래키시네. 몸은 괜찮죠?"

얼마 전에도 그렇게 물은 사람이 있었습니다. 유진은 지금 어디서 뭘 하고 있을까요.

"그런데 질문이 좀 의미심장하네요. 보통은 뭘 들었냐고 묻지 않아요?"

"그런가요."

"뭐, 중요한 건 아니죠. 특히나 천안에서는요. 사실은, 네, 봤어요, 뭔가를. 혹시 시현 씨도?"

"아마도요."

"뭔지 물어봐도 돼요?"

"보고 싶다."

전애리의 표정은 뭘 어떻게 반응해야 할지 모르겠다는 듯 우스꽝스럽게 보입니다.

"저도 자세한 건 모르겠어요. 그냥 느낌이 그래요."

전애리는 앞을 보고 당신이 보았다는 말을 되새깁니다.

"느낌. 느낌이라. 좋은 접근법이에요. 신호라는 게 결국 느낌을 표현하는 것에서 시작한 거나 마찬가지니까요. 재밌는 게, 우리가 관측하는 별과 우주의 신호라는 것도 어떻게 보면 느낌적인 거거든요. 말이 좀 사짜 같긴 한데, 그러니까 본질에 가까운 거다, 이거죠. 탄생하고, 타오르고, 발산하고, 식으면서 움츠러들고, 결국에는 무너져 내려서 한없이 쪼그라드는. 마치 생처럼요. 왜 이런 생각은 못했지?"

전애리는 딴 세상에 가 있는 것처럼 보입니다. 당신도 곧잘 그러듯이요. 두 사람의 그런 공통점이 아까의 소리에서 뭔가를 느끼게 한 걸까요?

회의실 앞 복도에는 사람들이 가득합니다. 차연과 예진 그리고 우종 등의 간부들도 나와 있습니다. 아담은 잠시 머뭇거리지만 용기를 내 차연 앞으로 갑니다. 도일이 아담을 손가락으로 가리키며 소리칩니다.

"배신자가 돌아왔다!"

아담은 야속해하면서도 별수 없다는 듯 도일을 봅니다. 도일이 또 외칩니다.

"인터넷도 차단되고, 라이브 모드도 사실상 CCTV에 불과해진 아담은 우종 아저씨만도 쓸모가 없다. 약골 자식."

우종이 새된 소리로 욕지거리를 뱉어내고 복도에 웃음이 번집니다. 도일은 아랑곳 않고 말합니다.

"여기를 뺏긴다고 불구단이 당장 어떻게 되는 건 아니지만 내 계획은 심각한 타격을 입는다. 나는 무슨 일이 있어도 천안역 지하 플랫폼으로 내려갈 거다. 그리고 찾을 거다."

도일의 말을 듣던 전애리가 손으로 입을 막습니다.

"그러니까 불구단거리를 지키는 건 내 계획을 위해 중요하다!"

도일이 팔을 더 높이 쳐들고 다시 한번 중요하다! 소리칩니다. 하지만 복도는 썰렁하게 환풍기 돌아가는 소리뿐입니다. 그때, 차연이 말합니다.

"맞아, 불구단거리 잃는다고 우리가 어떻게 되는 건 아니지. 뭐, 천안에 널린 게 폐거린데, 또 하나 비집고 들어가서 쓸고 닦고 하면 되는 거지."

도일이 꽥 하고는 차연의 외투를 붙잡고 늘어집니다.

"내 계획은?"

차연은 못 들은 척하고 말을 잇습니다.

"근데 거기도 빼앗기면? 또 다른 거리는? 정말로 신천안이 생겨나면? 희생자 수습도 제대로 안 된 천안역과 우리가 고생해서 다듬어놓은 길과 턱이 다 묻혀버리면? 그럼 우린 이곳을 떠나면 되는 건가? 근데 새 곳이라고 그러지 않으란 법 있나? 거기 살던 돈 없고 힘없는 사람들과 또 밀려나고, 쫓겨나고, 또 밀려나고. 젠장, 우리나라는 반도라고! 그마저도 점점 물에 잠기고 있어. 선우 작가가 쓴 소설 중엔 결국 발붙일 땅 없는 난민들이 잠수함에 실려 바다에 가라앉거나 우주선에 태워져 지구 밖으로 퇴출되던

데, 우리도 그 꼴 당하는 건가? 그게 무슨 자연의 순리인 양?"

부정하는 말들이 터져 나옵니다. 말이 되지 못한 소리들도 뒤를 잇습니다. 하지만 신기한 능력이 있지 않아도 느낄 수 있습니다. 여기 있는 모두가 부정하고 있다는 걸. 억울해하고 분해하고 있다는 걸. 차연은 만족스러운 얼굴로 말합니다.

"그럼, 제대로 보여주자고. 우리가 그것을 원하지 않는다는 걸."

차연은 아담을 돌아보고 묻습니다.

"너도 그렇지?"

아담은 고개를 끄덕입니다. 차연이 웃고는 출입구 쪽으로 걷기 시작합니다. 그 뒤를 따라 우종의 휠체어가 달리고, 줄줄이 다종다양한 의지의 걸음이 이어집니다. 전애리와 당신은 복도 한쪽에 등을 쫙 붙이고 이 기묘한 압도감을 감각합니다. 전애리가 말합니다.

"이런 말 그렇지만, 쓸데없이 멋지네요."

"그럼 이제 싸우는 건가요?"

전애리가 경악해서 당신을 쳐다봅니다.

"그건 좀…… 아니, 그렇게 되는 경우가 많긴 하지만, 처음부터 작정하고 붙는 건 아니에요. 세상에 치고받고 싸우고 다치는 거 좋아하는 사람이 얼마나 되겠어요. 시현 씨는 그래요?"

"글쎄요."

도일이 다가오며 말합니다.

"이 인간한테는 웬만하면 뭘 묻지 않는 게 좋다."

전애리는 도일을 보고 긴장의 끈을 조입니다. 당신에게도 도일에게 목적이 있긴 마찬가지입니다. 저쪽에 멀뚱히 서 있는 아담도 상황이 다르진 않아 보이는군요. 당신은 묻습니다.

"언제 내려갈 거예요?"

옆에서 전애리가 놀란 듯 끼어듭니다.

"내려가다니, 설마 플랫폼은 아니겠죠?"

"거길 정말 내려가겠다고요?"

아담도 결국 끼어듭니다. 당신과 도일은 동시에 전애리와 아담을 쳐다봅니다. 도일이 아담을 못 본 척하며 전애리를 향해 말합니다.

"그쪽은 빠져라. 불구단도 아니지 않냐?"

"말해요! 정말로 거기 내려갈 거예요?"

"그게 왜 궁금하지? 경찰에 신고라도 할 건가? 혹시나 해서 말해주는 건데 지금 통신 일체가 먹통이다. 틀림없이 능구회 놈들이 끊어놨을 거다."

전애리는 두 손을 쳐들고 흔든다.

"얼굴 한두 번 본 사이도 아닌데 섭섭한 말 말아요."

"어쩌다가 떡볶이 같이 먹고 컴퓨터 부품 구해준 걸로 친한 척하지 마라. 나한테 친구는 수애 하나뿐이다."

전애리는 수애라는 이름을 듣고 표정이 어두워집니다. 아담의 어깨도 축 처집니다.

"그 친구를…… 만나러 가려는 거예요? 플랫폼으로?"

도일은 예상치 못한 반응이라는 듯 머뭇거리며 말합니다.

"그렇다."

전애리가 이번에는 당신을 봅니다.

"보고 싶다?"

당신은 그 말의 울림에 움찔합니다. 말이라기보다는 어떤 울림으로 다가옵니다. 그것도 당신에게 너무나 그리운. 전애리는 그걸로 됐다는 표정입니다. 뭐죠? 이 사람은 지금 무엇을 하고 있는 걸까요.

"하지만 어떻게 갈 건데요?"

아담은 전애리마저 이상한 소리를 한다는 듯한 얼굴입니다. 전애리의 물음에 도일은 발걸음을 옮깁니다. 회의실로 이어지는 좁은 복도로 들어간 도일은 말합니다.

"당연한 거 아닌가? 일단 여길 나가야지."

"하지만 밖엔 능구회 사람들이 있는데요?"

도일은 회의실로 들어가 원탁에 기묘한 자세로 드러눕습니다.

"언젠간 가겠지."

Voice 11

차연의 일행이 역으로 불구단거리를 밀고 나오기는 했지만 일은 도일의 생각대로 간단하게 끝나지 않는다. 핑크 부대가 마련해주기라도 한 듯한 출입구를 그야말로 능구회가 꽉 틀어막고 있는 상황에서 잠시 소강되나 했던 열기는 금세 재점화된다. 능구회 사람 몇몇이 의수와 의족, 기타 흉기를 휘둘러 상가와 기물 심지어 불구단 단원들의 휠체어 등 보조기기를 파손하기 시작한다. 후자의 경우는 특히 불구단 사람들에게 충격적으로 다가온다. 비장애인 경찰이나 핑크 부대와는 달리 능구회는 의체가 단순히 기계로 된 보조기기라는 인식에서 벗어나 엄연히 신체 일부라는 생각을 공유하고 있었다. 그래서 정말 극단적인 상황이 아니면 아무리 극악무도한 능구회 사람이라도 상대의 의체를 훼손하는 데 약간의 저항감을 가지고 있었다. 설령 상가에 쳐들어와 기물을 파손하고 세입자를 강제로 쫓아내더라도 말이다. 그런데 지금 능구회는 그런 불문율을 어기고 불구단 단원들의 신체 일부와 같은 보조기기, 의체를 가차 없이 공격하고 있다. 서로 적대시하면서도 알게 모르게 품고 있던 가느다란 실이 여기저기서 뚝뚝 끊긴다. 불구단 단원들은 충격과 공포로 벌벌 떨면서 옴짝달싹 못하고 하나둘 고립된다. 아직 움직일 수 있는 사람들은 밀물처럼 뒤로 밀려난다. 전선이 다시 후퇴한다.

차연은 흉기를 휘두르며 전진해 오는 능구회 사람들 쪽으로 다가간다. 그저 그 또한 타고난 충동성 때문인지 철저한 계산 하에 내린 판단인지는 알 수 없으나 차연의 행동은 유효하다. 의체가 없는 그를 능구회는 건드리지 않는다. 차연은 소리친다.

"휠체어 버리고 와요!"

우종처럼 전신마비나 중증의 근육병을 앓는 게 아닌, 사고로 중도 장애인이 된 하반신 마비자들이 일제히 휠체어를 허물처럼 벗고 앞으로 기어온다. 그뿐만이 아니라 경증의 자폐인, 겉으로 드러나지 않는 기계장치를 쓰는 감각계 장애인들도 서로 앞서려 아웅다웅한다. 보통 몸을 써야 하는 상황에선 대체로 뒤쪽에 머물러야 했던 그들은 물 들어올 때 노 젓듯 신나게 제 자리를 확보해 앉는다. 순식간에 시장통이 된 불구단거리는 완전히 막힌다. 능구회 사람들은 더 전진하지 못하고 애꿎은 상가 물건들이나 부순다.

"야 이 새끼야, 그거 새로 들여온 휠체어인데 얼마짜린 줄 알아?"

거의 농담 따먹기 수준의 말들이 하나둘 터져나올 때마다 능구회 사람들은 조금씩 전의를 상실해간다. 결국 맨 앞에서 의수를 휘두르던 능구회 남자가 땅바닥에 털썩 주저앉는다. 그가 제 팔을 살피며 욕지거리를 내뱉는다.

"육시랄, 페인트 다 까졌네."

불구단 쪽에서 웃음이 터진다.

"새로 해야지, 뭐."

"아주 비싸게 받아야지."

"좋다, 저것들 피해 보상 싹 다 얹어서 청구하자!"

능구회 남자는 물론 크게 상황이 다르지 않은 다른 사람들도 저마다의 견적서를 계산해보듯 안색이 어두워진다. 그때, 차연이 앞으로 나오며 말한다.

"무식하면 의체도 고생이지. 아니, 댁들 그거 망가지면 수리할 데 있어? 그거 달아준 업자? 거기서 또 얼마나 바가지를 쓰려고? 그 돈 갚으려면 또 얼마나 부숴야 하지? 아니면 아예 격투기 선수로 전향이라도 할 생각이야? 그 링에 오를 배포가 당신들한테 있기는 해?"

차연의 포효에 아무도 대꾸하지 못한다. 할 수 있을 리 없다.

상황은 이렇게 마무리되는 걸까? 불구단 단원들과 일부 능구회 사람들은 그것을 궁금해한다. 어서 빨리 편안한 곳에서 편안한 자세로 맛있는 것을 먹으며 쉬고 싶다. 모두의 바람이다. 난장판이 된 불구단거리도 치워야 하겠지만 당장은 안 해도 될 일이다. 하루 정도 장사 안 한다고 어떻게 되지는 않으니까 말이다. 그런 느슨한 기대감이 번져갈 즈음, 출입구 쪽에서 또 새로운 바람이 밀려든다. 모두의 시선이 바깥으로 향한다. 소리가 들려온다. 말소리 같던 것이 고함과 욕설로 바뀌는가 싶더니 곧 비명이 된다. 둔탁한 소리와 다급한 외침 속에서 차연은 익숙한 이름을 듣는다.

"태란 누님 불러! 핑크 부대가 뒤통수쳤다고!"

핑크 부대는 능구회의 뒤통수를 친다. 그것도 전방위적으로. 그들은 사전에 철저하게 계획한 대로 천안시의 재개발 구역 총 스물여섯 곳에 병력을 배치, 일제히 능구회를 소탕하기 시작한다. 재기 씨 같은 불구단 단원들도 예외가 아니다. 4인 1조의 핑크 부대는 대사이보그 팀이라는 말이 어울리게 천안의 불법 개조 사이보그들에게 철퇴를 가한다. 그들은 아담을 혼수상태에 빠뜨렸던 특수 경찰봉으로 능구회와 불구단을 가리지 않고 때려눕혀 불능화시킨다. 가히 차별 없는 조치다.

소식은 금세 태란에게 닿는다. 공교롭게도, 아니면 이 또한 사전에 계획된 대로 천안 시장과 고급 횟집에서 점심 특선을 먹던 태란은 불구단거리와 기타 재개발 구역들의 소식을 전해 듣고 눈앞의 천안 시장을 노려본다. 제철 횟감을 푸짐하게 우물거리는 모습으로 비리 공무원의 전형을 연출하며 상대의 속을 긁던 천안 시장이 시치미 뚝 떼고 묻는다.

"황 사장, 무슨 일 있나?"

태란은 잠시 생각한다. 그에게는 목표가 있다. 설령 조직이 궤멸되더라도 신천안에 작은 자리만 확보할 수 있다면. 그러자 머릿속에서 차연의 목소리가 말한다.

"우리 자리 마련하자고 우리끼리 피를 봐? 말이야, 방구야?"

유치한 인간 같으니라고. 우리끼리 피를 보는 척이라도 해야 사회는 변태 같은 카타르시스를 느끼며 뭐라도 하나 던져준다는 걸 차연이 모를 리 없다. 그게 비굴인가? 패배인가? 그 뭣도 아니다. 그냥 사는 거다. 사는 데 무슨 의미를 그렇게 과도하게 갖다붙이나. 유치하긴.

"핑크 부대가 저희 쪽 사람들을 치고 있다는데요."

태란의 반응이 썩 재밌다는 듯 천안 시장이 젓가락을 내려놓는다. 그는 입에 든 것을 마저 씹어 삼키고 숨을 돌린다. 태란은 옛날부터 회가 싫었다. 비리고 역하고 값도 쓸데없이 비쌌다.

"음, 황 사장한텐 유감이지만 어차피 슬슬 정리할 때도 됐잖아. 곧 있으면 9주기고, 대통령도 재선 준비해야 해. 뭐라도 보여야 할 때라고. 근데 지금 천안에서 국민들한테 보일 게 뭐 있나. 보라고. 아무것도 없어. 그건 좀 곤란하잖아, 안 그래?"

"그래서 사이보그들을 제물 삼겠다……."

"이 친구 할 말 못할 말 못 가리네. 조심해! 막말로 이게 다 자네랑 능구회가 무능해서 벌어진 꼴 아냐? 천안은 황태란 사장의 업체에 정식으로 재개발 용역을 맡겼어. 직원들 대부분이 이 근처 사람이지, 장애인이지, 서로서로 잘 알지. 아니, 능구회만 한 데가 또 있겠어? 그런데, 일을 제대로 안 하잖아, 일을. 진작에 아파트 단지만 몇 개 세웠어봐. 경찰특공대가 도시를 훑고 다니는 살벌한 일이 벌어졌겠어? 어유, 생각만으로도 소름 끼치네. 난 어렸을 때도 터미네이터 같은 건 쳐다도 안 봤어. 보면 막 온몸의 털이 쭈뼛쭈뼛……."

태란은 기계 다리를 쫙 펴 밥상을 횟감 배 가르듯 두 동강 낸다. 하마터면 자신의 배와 급소도 갈릴 뻔한 천안 시장의 얼굴이 흰살 생선처럼 하얗게 질린다. 그가 너무 늦게 호통을 쳐보지만 안 하느니만 못하다.

"네가…… 감히…… 무슨…… 어!"

"아, 실수. 이해하시죠. 의체라는 게 가끔 제멋대로 굴고는 하거든요."

태란은 자리에서 일어난다.

"무슨 말씀인지는 알았습니다."

"아, 알긴 뭘 알아?"

"밑져야 본전이라고 생각하고 당신들 발바닥 핥아왔어. 근데 본전도 못 될 수 있다는 걸 참 늦게도 깨닫네. 언니가 아직도 날 애처럼 볼 만도 하지. 열받게."

태란은 천안 시장에게 다가간다. 그는 질색하며 몸부림친다. 태란은 눈살을 찌푸리고는 천안 시장 뒤쪽에 있는 옷걸이에서 외투를 집어 든다. 그 김에 천안 시장 것도 집어 그의 다리에 덮어준다.

"부실하면 요실금 팬티 같은 거라도 입으시던가. 안쓰러워서 몸 둘 바를 모르겠네."

횟집을 나온 태란은 그대로 질주를 시작한다. 생각이 필요하기 때문이다. 그리고 조금이라도 늦추고 싶기 때문이다. 차연을 마주해야 하는 상황을. 대차게 뒤통수 맞고 별수 없이 돌아온 탕아 같은 모습으로 그 거구의 재수 없는 인간 앞에서 민망하기 그지없는 훈수를 들어야 하는 상황을.

불구단거리로 통하는 출입구 앞은 처참하기가 이루 말할 수 없다. 더 이상 작동하지 않는 의체가 수갑처럼 능구회 사람들을 옭아매고 있다. 자유를 되찾아준 의체였다. 그게 저런 식으로 사람들을 옭아매고 있다니. 모욕적이기 짝이 없다. 태란은 등을 보이고 있던 핑크 부대원 둘을 차례로 걷어찬 다음 출입구로 달린다. 하지만 수가 너무 많고 어차피 지금 상황에서 태란이 할 수 있는 것은 없다. 그는 어떻게든 안으로 들어가려 현란하게 발을 놀려보지만 사방에서 날아오는 경찰봉을 피하기란 역부족이다. 스치기만 해도 치명적인 경찰봉이 필요 이상으로 태란의 두 다리를 후려갈긴다. 태란은 픽 하고 앞으로 고꾸라지며 출입구 경사로를 미끄러져 내려간다. 다리의 무게를 어떻게 할 수가 없다. 하지만 차라리 잘됐다. 그대로 3미터 정도 미끄러져 내려온 태란은 그 틈을 놓치지 않고 앞에 있는 조직원을 붙잡는다. 핑크 부대원들이 뒤따라오는 것을 보고 저도 모르게 제 보스를 끌어당긴 능구회 사람이 외친다.

"태란 누님 가신다!"

출입구 아래쪽으로 징검다리처럼 못 박혀 있던 능구회 사람들이 태란을 끌어당겨 안으로 옮기는 동시에 핑크 부대를 몸으로 막는다. 거기에 고장 난 휠체어에 타고 있던 불구단 단원들이 얼결에 태란을 바통 건네받듯 이어받는데, 아닌 게 아니라 핑크 부대 앞에서는 능구회고 불구단이고 쌍둥이 형제와도 같게 느껴지기 때문이다. 출입구 쪽 능구회 사람들이 저마다 핑크 부대원의 다리와 팔을 붙잡고 늘어지며 태란 누님을 부르짖는 모습에 불구단 단원들은 또 금세 동화된다. 누군가는 그것이 약점에 불과하다고 하지만 불구단에서 그러한 능력은 일종의 기본 소양이고 교양이다. 태란은 사람들의 손과 입 그 밖의 무엇으로든 간에 안으로 안으로 옮겨진다. 태란은 벌써부터 치가 떨리며 한기가 엄습해오는 것을 느낀다. 하지만 달리 어쩌겠는가. 이미 시야 안에 커다란 곰 한 마리가, 차연이 보이는데.

불구단의 대표 박차연이 능구회 보스 황태란에게 하는 말은 앞으로도 계속해서 놀림거리가 될 것이다.

"황태란, 네가 불구가 된 건 불구단과 함께하기 위해서야! 환영한다, 동생아!"

태란은 몸서리를 치며 차연의 가슴팍에 주먹을 날린다.

회의실 문이 쾅 열리고 마빈이 웬 중년 여성을 부축한 채 안으로 들어옵니다. 뒤이어 차연과 예진 그리고 간부들이 모습을 드러냅니다. 원탁에 누워 있던 도일이 벌떡 일어나더니 모든 것이 다 자신의 계획대로 흘러가고 있다는 듯 거만한 웃음을 흘립니다. 그가 중년 여성을 손가락으로 가리키며 호기롭게 외칩니다.

"드디어 능구회를 접수하는군. 이로써 천안은 불구단 것이 되었고, 즉 이 남도일 님의 통제권 하에 놓이게 되었다는 것이다. 천안 따위 내 알 바 아니지만, 천안역은 이제 내 것이나 다름없다."

마빈이 의자에 앉혀주자 중년 여성은 도일을 눈짓하며 차연을 쳐다봅니다. 차연은 신경 쓸 거 없다는 얼굴로 여성 앞에 무릎 꿇더니 여성의 두 의족을 살피기 시작합니다. 마빈이 두 다리를 조심스럽게 견인하고 예진과 우종도 가까이 붙어 다리를 살핍니다. 여성은 적잖이 곤혹스러운 눈으로 허공을 더듬다가 당신을 보고는 말합니다.

"아, 천안의 본이 이 친구구만. 생각보단 허약 체질인데."

이건 무슨 소리죠? 당신보다도 도일이 원탁을 기어가 여성을 향해 묻습니다.

"황태란, 네가 어떻게 이 자에 대해 알지? 역시 능구회의 첩자였나? 당장 바른대로 불어라!"

태란이라면 능구회의 보스입니다. 그런 사람이 지금 왜 여기 저런 상태로 있는 걸까요. 도일 말대로 능구회가 불구단에게 접수당하기라도 한 걸까요. 뭐, 어느 쪽이 됐든 당신과는 무관합니다. 당신은 태란에게 다가갑니다. 태란이 차연을 향해 말합니다.

"얘네 상태 왜 이래?"

차연은 태란의 다리에서 시선을 떼지 않습니다.

"그게 우리 기준이야. 우종 씨, 회로만 탄 것 같지?"

우종이 커다란 전동 휠체어를 정교하게 움직이며 다양한 각도에서 다리를 살핍니다.

"겉보기는 그런데. 그건 그렇고, 이런 구조는 진짜 마비되고 처음 보는군. 이걸 댁이 직접 설계했다고? 이참에 해부해보면 안 될까? 재기 어디 있어? 누구든 걔 좀 빨리 오라고 해."

마빈이 정중하게 지적합니다.

"통신 불가입니다. 그리고 재기 님은 밖에서 핑크 부대에 의해 소탕되었을 확률이 높습니다. 아마도 천안 어딘가에서 황태란과 같은 처지가 된 채 움직이지 못하고 있을 수도 있죠. 아이러니한 일이지 않나요? 핑크 부대의 목적은 불구단을 없애는 건데 도리어 천안 곳곳에 불구들을 만들고 있는 셈이니까 말입니다. 저 마빈은 무섭습니다. 이러다 저도 우종 님처럼 마비되면 어쩌죠? 오, 저라면 살고 싶지 않을 거예요. 아니, 그런 생각조차 할 수 없게 되겠군요. 왜냐하면 저의 우월한 사고 체계도 그 순간 마비돼버리고 말 테니까요. 장례식엔 누가 와주죠? 다 불구가 되고 나면? 차라리 지금 장례식을 먼저 치르는 건 어떨까요?"

우종이 입을 다물지 못하고 마빈을 쳐다보다가 고개를 끄덕입니다.

"아무래도 그게 좋겠다. 내가 재활용은 잘해줄게."

예진이 신경질적으로 담배를 땅에 버리고는 말합니다.

"틀렸어. 인공 관절이랑 주변 신경들 싹 다 타버렸어. 이봐, 보스 씨. 강한 척하는 거야, 아니면 통각을 죽여버린 거야? 지금 의식이 있으면 안 되는 상황 같은데?"

차연이 소리칩니다.

"위험한 거야?"

"생명에 지장이 있는 건 아닌데, 말하자면 지금 지옥 불가마에서 반신욕 하고 있는 거라고 할 수 있지."

태란은 제 다리를 내려다봅니다.

"뜨겁긴 하네."

"황태란!"

태란은 차연을 향해 팔을 뻗습니다.

"호들갑 좀 떨지 마. 아래쪽 감각 신경은 거의 죽었어. 자극에 중독돼서."

예진이 새 담배를 꺼내 뭅니다.

"의족을 통해 전달되는 자극이 너무 약했어. 전처럼 달려도, 더 빠르게 오래 달려도, 아프지가 않았지."

"전형적인 운동 중독자였군. 근육이 파열되는 감각을 즐기는 마조히스트."

예진의 말에 태란은 웃습니다.

"통증은 생물의 천부적인 권리야. 나는 내 권리를 되찾기 위해 애썼을 뿐이고. 인공 근육과 감각 센서를 해킹해서 신경에 임계치 이상의 자극을 전달시켰더니 제법 그럴싸하더군. 문제가 있다면 금방 내성이 생긴다는 거였지. 인체처럼 알아서 재생되고 적응해서 변화되지도 않고. 결국 끝없이 세기를 키울 수밖에 없었어. 그 결과로 지옥 불가마를 즐길 수 있다니 참 재밌지 않아?"

차연은 없는 팔을 휘두르려다 예진을 봅니다. 예진은 한숨을 쉬고는 태란의 머리를 갈깁니다. 태란은 어처구니가 없다는 얼굴입니다. 차연이 말합니다.

"그거부터 제거한다."

"불구단 대표면 상황 파악 똑바로 해! 지금 우선순위가 정말 그거야?"

"네가 뭔가 착각하는 모양인데, 불구단은 처음부터 수리업체였어. 어차피 저것들 더 이상 못해. 마빈, 궁상 그만 떨고 수술 준비해. 우종 씨, 휠체어 하나 구해줘. 작고 날렵한 거. 예진아……."

"뭘 새삼스레 지휘질이야? 동생 앞이라고 폼 잡냐?"

"난 원래 폼 있어."

웃음이 일고는 분주한 움직임이 이어집니다. 그래요, 당신은 오래 기다렸습니다. 차연이 당신과 도일을 보더니 의자에 앉습니다.

"아까 얘긴 뭐야? 천안의 본? 설마 그 본이 그 본이야?"

태란이 당신을 보며 고개를 끄덕입니다.

"맞아. 기억상실증 걸린 첩보원. 천안시장이 본에 대해 묻더라고. 뭐 아는 거 있냐고. 저번에 병원에서 핑크 부대 제압시키고도 선우랑이 빼낸 것 때문에 아주 관심이 지대하시던데."

회의실 사람들 시선이 일제히 당신에게로 향합니다. 당신은 뒷걸음질 칩니다. 도일이 원탁에서 미끄러져 내려와 당신 쪽으로 다가옵니다.

"첩보원? 네가?"

예진이 말합니다.

"남도일, 네가 제일 처음 말했던 거잖아."

"그땐 이자가 얼마나 멍청하고 무능한지 데이터가 없었다. 하지만 더는 아니다. 이 인간은 첩보원이 아니다. 만약 이자가 정말 첩보원이라면 막장도 그런 막장이 없다. 대한민국이 아무리 첩보기관으로 댓글이나 쓰게 하는 나라지만 이런 자에게 첩보 활동을 맡기다니? 차라리 날 외교관으로 쓰는 게 낫지."

"그럼 바로 전쟁이지."

예진의 지적에 도일이 손가락을 튕깁니다.

"바로 그거다. 따라서 결론은 하나다. 천안 시장은 멍청하다. 이의 있나?"

아무도 이의를 제기하지 않습니다. 딱히 관심도 없는 것 같습니다.

마빈이 태란을 부축해 밖으로 나가고 예진과 우종이 그 뒤를 따릅니다. 도일이 차연에게 묻습니다.

"바깥 상황은?"

"핑크 부대가 다시 나타나서 싹 조져놨어."

"처음부터 이걸 노린 건가. 불구단을 자극하고는 능구회 쑤셔 넣은 다음 청소?"

"뭐, 그런 셈이지. 거, 그렇게 안 봤는데 얍삽하네!"

그렇게 분해하는 것 같지는 않습니다. 도일이 차연의 주변을 돌기 시작합니다.

"어지럽다, 이놈아."

"내 알 바 아니다. 결국 지금은 아무것도 할 수 없다는 거 아닌가? 최소한 여론전이라도 걸어서 후퇴시켜야 하는데."

"걔네가 한두 번 당했냐? 게다가 네 컴퓨터도 가져갔으니 무슨 방책이든 세워뒀겠지."

도일이 차연의 머리카락을 잡아 있는 힘껏 당깁니다.

"그러니까 도대체 그런 짓은 왜 했냐!"

도일은 콧방귀를 끼고는 다시 그 주변을 돌기 시작합니다.

"정보가 필요해, 정보가."

그러다가 도일이 아담을 쳐다봅니다.

"널 중계기로 개조할 순 없을까?"

아담이 당신 뒤로 숨습니다.

"하긴, 뭐가 들어와야 중계를 하지. 그런데 아담, 밖에서 뭐 주워들은 건 없었냐?"

"그게…… 최창민 경위님이랑 장유진 경사님이 부부 싸움 하는 것밖엔……."

"하."

도일은 계속해서 돕니다. 차연은 수술실에 가보겠다고 자리를 비웁니다. 전애리는 긴장이 풀렸는지 구석에서 움직임이 거의 없습니다. 아담도 지친 듯 의자에 앉아 고개를 떨구고 있습니다. 당신은 그냥 서서 도일을 지켜봅니다. 그게 당신의 특기입니다.

얼마나 그러고 있었을까요. 차연과 우종이 다시 회의실로 들어옵니다. 예진이 마무리를 하고 있다며 그들은 잠시 태란의 의족에 대해 열띤 토론을 벌입니다. 관절의 역구조가 도약력을 얼마나 증강시킬 수 있는지에 대한 이야기를 질리지도 않고 반복해서 떠드는 두 사람은 순수하게 즐거워 보입니다. 그런데 도일이 그런 두 사람을 사납게 노려봅니다. 두 사람은 도일의 시선을 의식하기는 하지만 대화를 멈추진 않습니다. 하지만 도일이 원탁 위로 올라가 우종을 노려보자 결국 우종이 묻습니다.

"뭐, 왜, 또 문제가 뭔데?"

"아저씨는 전신 마빈데 휠체어를 제어한다."

"새삼스럽게 뭔 소리여? 블루투스 헤드어레이 처음 보냐?"

"그럴 리가 있냐?"

"그럼 대체 왜 그러는 건데?"

도일이 두 눈을 크게 뜨고 외칩니다.

"통신 중이잖아!"

도일이 그대로 밖으로 뛰쳐나갑니다. 당신도 반사적으로 뒤를 쫓습니다. 아담이 뒤따릅니다. 맨 앞에서 도일이 제 머리를 탕탕탕 두드립니다.

"왜 그 생각을 못 했지?"

아담이 바짝 뒤쫓으며 묻습니다.

"뭘?"

"라디오 단파!"

도일은 복도로 나가 가까운 상가 안으로 들어갑니다. 그 안에는 휠체어 탄 사람 둘과 의족을 착용한 사람 하나가 대화 중입니다. 도일이 카운터 쪽으로 들어가 마구 뒤지기 시작합니다.

"찾았다! 이걸 왜 이 구석에 넣어놓은 거냐?"

도일이 작은 무전기 같은 것을 가지고 다시 밖으로 나가더니 또 복도를 빠른 걸음으로 걸으며 무전기의 버튼을 누릅니다. 도일이 향하는 방향은 동남구 쪽으로 이어지는 갈림길입니다. 얼마 가지 않아 일전에 당신 머릿속 칩의 정체를 처음으로 알아챈 노인의 상가에 도달합니다. 도일이 무전기를 귀에 댄 채 상가 안으로 들어갑니다. 안쪽에서 벨소리가 들립니다. 도일은 이내 비슷하게 생긴 무전기를 양손에 하나씩 들고 밖으로 나옵니다. 그가 의기양양한 눈으로 말합니다.

"이제부터 시작이다. 불구단의 반격."

Voice 12

성령은 이상한 세상이라고 생각하며 눈앞으로 펼쳐진 임시 합동분향소를 바라봤다. 왜 참사가 발생한 지 1년이 다 돼가서야 마련됐나? 왜 그러고도 임시인가? 왜 이렇게 도둑질하듯 추모를 해야 하는가? 왜? 왜? 도대체 왜?

"여기 싫어요?"

목소리를 듣고 성령은 깜짝 놀라 시선을 내렸다. 이상하기 짝이 없는 현실에 분노하다 중요한 것을 잊고 말았다. 성령의 손을 잡고 있던 남자아이는 언제나 그렇듯 반쯤 꺼진 눈으로 성령을 올려다보고 있었다. 성령은 무릎을 꿇고 아이와 눈높이를 맞췄다. 아이의 손이 빨갰다. 성령은 아이의 손을 문질렀다.

"미안해. 아팠지."

"여기 싫어요?"

아이가 고집스레 물었다. 성령이 제 손을 아프게 한 것이 이곳이 싫어서 화가 나서 그러는 건지를 묻는 거였다. 성령이 그렇다고 한다면 아이는 뒤도 돌아보지 않고 돌아설 기세였다. 제 부모의 영정이 있는 이곳에서.

"아니야. 절대로 그런 거 아냐. 그냥…… 답답해서 그래."

아이는 특유의 흐릿한 눈으로 성령을 빤히 봤다. 성령은 그 눈을 처음 보았을 때가 떠올라 반사적으로 소름이 끼쳤다. 무너져 내린 빌라의 잔해 속에서 기적적으로 구출된 아이와 처음 눈이 마주치고 꼭 유령이라도 본 것처럼 온몸을 관통하는 전율에 사로잡혔었다. 아닌 게 아니라 성령은 들것 위의 아이가 도저히 살아 있다고는 생각하기가 어려웠다. 이미 죽었거나 아니면 곧 죽을 것 같아보였다. 하지만 아이는 극심한 탈수 증세만 제외하면 믿기 어려울 만큼 건강했다. 그야말로 기적이었다. 아이는 병실에서도, 상담실에서도, 보육원에서도 늘 저 눈을 하고 있었다. 조금만 방심하면 가위에 눌리듯 아이의 시선에 등골이 서늘해지곤 했고, 이번에도 마찬가지였다. 성령은 그것이 미안했기에 더 환하게 웃으며 아이와 눈을 맞췄다.

"이제 들어갈 거야. 정말 할 수 있겠어?"

아이는 고개를 끄덕이고 성령의 손이 모래라도 되는 것처럼 꼭 움켜쥐었다. 아이는 흐리멍덩한 겉모습과 달리 명민했다. 그것도 필요 이상으로. 아이는 현재 자신이 처한 상황에 대해 그 누구보다 제대로 이해하고 있었다. 아이는 이 일의 관련자이고 당사자이고 유일한 생존자였다. 이제 겨우 초등학생인 아이를 향해 쏟아지는 경찰과 기자 그리고 사람들의 관심은 폭력적이었다. 아이의 존재를 처음 알아차리고 골든타임을 놓치지 않게 최선을 다한 성령은 이후 아이 곁을 지키며 불필요한 노출을 최소화하기 위해 애썼다. 아이를 발견한 것으로 한순간에 영웅이 된 성령은 역시나 한순간에 그가 기자 지망생이며 유튜브 채널을 운영하고 있다는 이유로 가십의 대상이 되었다.

임시라는 말이 과도하게 들어맞는 합동분향소는 드문드문 발길이 이어질 뿐이었다. 제대로 된 홍보도 할 수 없었다. 추모객보다 공무원과 경찰, 그리고 주변 주민들이 먼저 찾아와 방해했다.

무엇이 불법이고 무엇이 합법인지 그 경계에 대한 인식에 장애가 생길 지경이었다. 하지만 시민으로서 이성적으로 대처하는 데에도 한계가 있었다. 유가족 등 참사 관계자가 주로 희생자와는 관계가 깊지 않았다는 부분도 크게 작용했다. 1년이 됐든 10년이 됐든 투쟁할 각오가 되어 있는 사람은 잠깐 집을 비운 사이 가족을 잃은 극히 소수였고 나머지는 그 자신이 희생자였다. 소수 중에서도 소수인 그들은 독자적인 투쟁을 할 수밖에 없었다. 그렇게 참사는 사건이 되어 공식적으로 매듭지어지는 거였다. 매듭의 초라한 시작을 앞에 두고 성령은 몹시도 춥다고 느끼면서 제 옆에 찰싹 붙어 있는 아이가 괜찮은지를 살폈다. 아이는 그냥 좀 지루해 보였다.

"단순한 트라우마 아닐까?"

퇴원 이후 아이를 데려간 상담소에서 성령은 친구인 이경에게 조심스럽게 말했다.

"나도 그랬으면 좋겠어. 그리고 일반적으로는 그쪽이 제일 가능성이 높지. 하지만 생활기록부를 보면 저 애는 그 일 이전에도 비슷한 행동을 했다는 기록이 있고 학습 능력, 교우 관계 모든 게 문제적이었어."

"하지만 지능 검사에서는……."

"지능은, 그냥 지능이야. 그리고 단순히 지능이 낮아서 학습이 느리고 사회성이 늦된 것보다 이 애가 조금 더 상황이 안 좋아."

성령은 무슨 말을 해야 할지 몰라 입술을 질끈 깨물었다.

"너, 꼭 보호자처럼 반응한다."

"보호자 맞지. 지금 쟤한테는 나밖에 없는데."

"강성령."

이경이 힘줘서 불렀다.

"친구로서 말하는데, 정신 차려."

"내, 내가 뭘?"

"너 저 애 끝까지 책임질 수 있어?"

"쟤가 무슨 유기견이야?"

"아니니까."

이경이 안경을 벗고는 미간을 문질렀다.

"제발 좀. 선우랑 그 능구렁이 같은 새끼 챙겨주고 지금 너한테 뭐가 남았냐?"

"갑자기 걔 얘기가 왜 나와?"

"똑같으니까!"

이경은 자신이 일터에서 일하고 있다는 사실을 상기하고 다시 안경을 썼다. 무테 안경을 쓴 이경은 제 의도와는 달리 전문적이기보다는 히스테릭해 보였다.

"다시 상담사로서 말하면, 저 애는 지금 너라는 존재한테 과도한 유대를 형성하고 있어. 이건 어느 모로 보나 위험해. 저 애한테도 좋지 않다고. 거리를 둬."

"무슨 말인지는 아는데, 당장 저 애한텐 아무것도 없어. 자길 살리려고 온 잔해 더미를 받아낸 엄마 시체 밑에서 겨우 목숨만 건졌다고."

"네가 살린 거야. 넌 이미 충분히 했어."

성령은 반사적으로 상체를 뒤로 했고, 그동안 성령을 친구로서, 상담사로서 봐온 이경은 그것이 무엇을 의미하는지 알아차리고 더 이상의 설득은 어렵겠다고 생각했다. 성령은 자책감에 치를 떨며 말했다.

"내가 쟬 살렸다고? 그래, 그건 사실이지. 근데 그 결과가 뭐야? 내가 저급한 방송 팔이한다고 욕하는 거, 그건 진짜 아무 상관 없어. 근데 애를 못살게 굴잖아, 애를! 엄마랑 자고 있다가 갑자기 세상이 무너져 내린 애한테, 시체가 된 엄마 품에서 옴짝달싹 못하는 상태로 수일을 있어야 했던 애한테 꼭 지금 저래야 돼?"

"강성령, 침착해."

"내가 제일 마음 쓰이는 게 뭔지 알아? 내가 저 애를 살렸다는 거. 그래서 쟤한테 이런 상황을 떠넘겼다는 거. 그런데 정작 쟤는 아무 감정도 내비치질 않아. 힘든지 화나는지 슬픈지 도무지 모르겠다고. 오죽하면 무슨 생각까지 하는 줄 알아? 내가 저 애를 살렸어도 됐던 걸까? 저 애는 딱히 살고 싶어 하지 않았는데 내 하찮은 공명심이 저 애 멱살을 잡아 잔혹한 세간에 세운 걸까? 혹시…… 저 애가 날 증오하기라도 하면……."

탁, 하는 소리에 성령은 정신을 차렸다. 어느새 이경이 자리에서 일어나 있었다. 그리고 컵을 성령 앞에 내려놓았다.

"상담하면서 못난 소리 진짜 질리게 듣거든? 네 얘기는 대체로 최악인데, 오늘 워스트 오브 워스트 갱신했다. 물이나 마셔."

성령은 얼굴을 붉히고 물을 마셨다. 이경이 다시 자리에 앉으며 말했다.

"미안해. 하지만 극약 처방이 필요할 때였어."

"뭐, 나도 내가 못난 소리 해댄다는 건 알고 있어. 선우랑도 그게 내 최대 약점이랬지."

"그런 사이비 말은 듣지 말고. 솔직히 난 그 인간이 진짜 조현병 진단을 받기는 했는지 의심스러워. 그냥 제 또라이 기질에 들어맞는 보호막을 찾아서 오남용하고 있는 것 같다고."

성령도 평소에 비슷한 생각을 하고 있었다.

"하지만 약 먹고 있어. 내가 봤어."

이경은 됐다는 듯 책상을 정리하기 시작했다. 하지만 이내 말했다.

"어쨌든. 조현병 당사자라고 조현병을 무슨 레고 장난감처럼 다루는 건 아니지. 안 그래?"

성령은 실소를 머금었다.

"나도 그 얘기 많이 했어. 그랬더니 선우랑이 뭐라게?"

이경은 듣고 싶지 않다는 듯 미간을 찌푸렸지만 성령의 다음 말을 기다렸다.

"재밌지 않냐고. 그리고 자기라도 그렇게 안 하면 어느 또라이가 또 하겠냐고."

"참 저 같은 말만 골라 하네. 다른 걸 다 떠나서 재수 없어."

"이하동문."

이경이 다시 전문적인 어조로 말했다.

"심각하게 하는 말이야. 거리를 둬."

성령은 자리에서 일어났다.

"오늘 합동분향소에 가보려고."

"성령아!"

"네가 우려하는 거 나도 잘 알고 있어. 근데 현실이란 게, 이상적으로만 되진 않잖아."

"그래서 네가 늘 여길 찾는 거지. 이 도덕적 결벽증 환자야."

"너 근데 은근히 혐오성 발언 많이 하는 거 알아?"

이경은 못 말린다는 듯 고개를 절레절레 저으며 성령을 밖으로 내보냈다. 아이는 놀이방을 앞두고도 의자에 가만히 앉아 있었다. 심지어는 성령이 나온 것을 보고도 꼼짝하지 않고 기다렸다. 이경이 성령에게만 겨우 들리게 중얼거렸다.
"완전히 강아지네."
성령은 못 들은 척하고 아이 앞으로 가 무릎 꿇었다.
"왜 안 놀고 이러고 있어?"
아이는 놀이방 쪽을 쳐다보기는 했지만 별다른 반응을 보이지 않았다. 구조되고 얼마간은 아이의 이런 태도가 너무나 당연하게 느껴졌다. 아이가 수십 시간 동안 처해 있었던 상황을 생각해보면 더 심하지 않은 것이 놀라울 따름이었다. 하지만 퇴원을 해도 아이는 반쯤 투명한 존재로서 세상과 반응하지 않았고 상담을 해도 상태는 달라지지 않았다. 아이가 다니던 학교에 수소문해본 결과 아이는 원래도 이랬던 모양이었다. 이경은 가장 먼저 자폐 스펙트럼을 의심했다. 모르는 성령이 보기에도 아이는 제 몸 속에 스스로를 가두고 있는 것처럼 보였다. 다행인지 불행인지, 아이는 성령에게만큼은 문을 조금 열어주었다.
"가자."
성령이 손을 내밀자 아이가 스스럼없이 그 손을 잡고 의자에서 일어났다. 이경은 한숨 쉬었지만 두 사람이 시야에서 사라질 때까지 지켜볼 수밖에 없었다.
그렇게 찾아간 합동분향소에서 성령은 아이의 모친 영정 앞에 섰다. 성령과는 많아야 열 살 정도밖에 차이가 안 나는 아이의 모친은 아이의 손을 꼭 잡고 있었다. 지금 성령이 하듯이. 그리고 목숨을 잃고도 그랬듯이. 성령은 애써 입꼬리를 올리며 아이에게 말했다.
"인사 안 할 거야?"

혹시나 했다. 잔인하더라도, 이렇게 현실을 마주하면 아이가 어떤 식으로든 반응을 하지 않을까 했다. 아이가 슬픔에 무너지면 함께 주저앉아 울려고 했다. 그러고 나면 뭐든 나아질 테니까. 하지만 현실은 야속했다. 성령의 말을 듣고 아이는 성령을 올려다봤다. 늘 똑같은 무표정이었지만, 상황이 상황인지라 이상한 생각을 할 수밖에 없는 표정이었다. 제 엄마를 못 알아보는 걸까? 기억을 못하나? 말로는 다 이해하는 것처럼 굴었지만 실은 아무것도 모르고 있는 건 아닐까? 그게 아니면 왜 인사를 시키는지 의아해하는 걸까? 이미 죽고 없는 사람한테? 저 나이 때엔 고인에게 소리 내 말하는 행위가 이해되지 않을 수도 있으니까. 성령은 보란 듯이 말했다.

"어머니의 희생으로 살아남을 수 있었어요. 앞으로도 지켜봐주세요."

성령은 아이를 보았다. 아이는 제 엄마의 사진을 쳐다봤다. 성령의 의도를 이해한다는 증거였다. 아이는 도저히 열릴 것 같지 않던 말문을 열고 말했다.

"안녕, 엄마."

그러고는 다시 성령을 올려다봤다. 역시나 별의별 생각이 드는 흐리멍덩한 눈을 보면서 성령은 떨려오는 몸을 주체하지 못했다.

Voice 13

도일이 한아름 들고 있던 무전기와 구식 라디오 그리고 어디에 쓰는지 알 길이 없는 부품들을 원탁 위에 늘어놓는다. 나를 포함해서 대부분의 사람이 쟤가 또 무슨 기행이지 싶어 쳐다본다. 하지만 차연과 우종 같은 기계꾼들은 뭔가를 알아챈 듯 표정이 밝아진다. 괴팍하기 짝이 없는 도일이 불구단의 제갈공명 역할을 맡고 있는 데에는 다 이유가 있다. 도일이 라디오를 하나 집어 든다.

"불구단이 보급하는 비상용 라디오다."

불구단은 활동이 극도로 제한적인 최중증 장애인과 초고령자 등에게 국가에서 선심 쓰듯 제공하는 최소한의 복지가 채워주지 못하는 부분을 대신하려 애쓴다. 행정적인 빈틈을 메우기 위해 결성된 자경단처럼 불구단은 복지의 빈틈을 찾아 낙후된 도로를 보수하듯 식량이나 보조기기, 활동 보조 등을 지원한다. 비상용 라디오와 무전기도 그 일환이다. 유사시에 최첨단 스마트 기기를 사용할 수 없는 사람들을 위해 불구단은 자체적인 통신망을 구축하고 있다. 라디오 단파와 같은 주파수를 통해 지진이나 홍수로 전기나 인터넷이 끊겨도 최소한의 피난 방송을 전할 수 있고, 반대로 긴급 상황에 처한 사람들이 불구단거리에 호출 신호를 보낼 수 있다.

"보다시피 이걸 사용하면 통신이 가능하다."

불구단 사람들 사이에서 희망의 웃음꽃이 번진다. 도일이 이야기를 이어간다.

"이걸로 불구단거리 행진을 구현한다. 사람들을 거리로 나오게 한다. 여기로 오게 한다. 핑크 부대의 주의를 끌고 그 틈에 나는 천안역 지하 플랫폼으로 간다. 그야말로 완벽한 계획이다."

지하 플랫폼 얘기에 사람들이 웅성인다. 도일이 플랫폼에 집착하는 거야 새삼스러운 일이지만 이 긴박한 상황에서도 튀어나올 거라고는 생각 못한 사람들이 많은 것 같다. 도일의 이야기를 듣다 보면 쉽게 드는 의문이다. 너무나 진지하게 터무니없는 소리를 늘어놓는 바람에 도대체 이것이 진담인지 농담인지 아리송해진다. 도일을 조금이라도 아는 사람이라면 그가 농담 같은 걸 할 수 있는 사람이 아니라는 걸 알 테지만 말이다.

예진이 담배를 빼 연기를 내뿜으며 말한다.

"그건 안 돼. 핑크 부대가 고꾸라뜨린 불구단이랑 능구회가 몇인데, 까딱했다가 폭동이니 뭐니 하면서 사람들 싹 쓸어버리면? 그딴 말 같지도 않은 일이 끊임없이 벌어지는 게 대한민국이란 나라다. 너 여기서 빠져나가자고 천안 시민을 위험에 처하게 하는 건 절대 안 돼."

일리 있는 지적이다. 차연도 거든다.

"그래. 우리가 여기서 잠자코 있는 한 밖에서도 더는 뭘 어쩌지 못해. 이대로 9주기까지 버티면……."

도일이 말허리를 잘라먹는다.

"버티면 어제와 같은 내일을 맞이하겠지. 작년과 같은 내년을 맞이할 거다. 그게 사회가, 기득권이 원하는 거 아닌가? 보수, 정체, 부패. 그게 천안을 지금의 꼴로 만든 거 아닌가? 그렇게 대선을 치르고, 강성령이 중임에 성공하고, 천안이 신천안이 되고, 천안역은 묻히고, 여기 있는 사람들은 떠나야 할 텐데 그래도 괜찮다는 얘길 하는 거냐? 아까 호기롭게 했던 말을 잊진 않았겠지?"

도일이 노트북을 펼치고 탁탁 두드리자 능구회와 맞서기 직전에 차연이 했던 말이 재생된다. 다시 들어도 소름 끼치는 얘기다. 그래서 더 부끄러울 차연이 머쓱한 웃음을 터뜨린다.

"하여튼 저 자식 앞에선 뭔 말을 못 하지."

도일이 다시 노트북을 두드리고는 화면을 사람들 쪽으로 돌린다. 형형색색의 옷을 입은 사람들이 가득하다.

"9주기를 앞당기자. 핼러윈 행사의 연장선이자 9주기로 이어지는 축제의 장을 여기 천안에서 마련하자. 사이보그가 문제라면 코스튬인 척 위장하자. 노인들의 손주들을 부르고 그들의 친구들을 부르자. 이것은 행사다. 축제다. 당연히 경찰들이 붙겠지만, 핑크 부대가 설 곳은 그 어디에도 없을 것이다. 이래도 이의 있나?"

차연이 자리를 박차고 일어나 발을 쾅쾅쾅 구르며 웃어댄다.

"내가 저래서 저놈이 좋다니깐! 없어! 나는 이의 없어! 재밌겠는데!"

예진은 새 담배에 불을 붙이며 못마땅한 티를 팍팍 풍긴다. 본격적인 준비를 위해 사람들이 흩어지고 도일이 내게로 온다. 드문 일이라 흥미진진하게 녀석을 올려다본다.

"당신도 불구단인가?"

"저런, 아니었던가!"

"맞다면 귀찮게 쫓아다니면서 방해나 하지 말고 임무를 수행해라."

"무슨 임무?"

"강성령과 함께 지켜봐라. 불구단이 하는 일을."

도일의 말치고는 다소 감성적이지 싶다.

"지켜보면?"

도일은 당연한 것 아니겠냐는 듯 말한다.
"자충수를 둘 확률이 가장 높지 않겠냐?"

유진은 인서를 보고도 얼른 다가가지 못한다. 아직 초등학교도 들어가지 않은 아이를 두고 집을 나온 건 정말 큰 결심이 필요한 일이었다. 그만큼 절실했기에 가능한 일이었지만 그렇다고 인서한테 미안하지 않은 것은 아니다. 인서가 유진에게 올지 말지 눈치 보는 것을 두고 창민이 들으란 듯 비아냥댄다.
"인서가 널 잊었나 보다. 하긴, 자긴 안중에도 없는 이기적인 아빠보단 차라리 옆집 누나가 낫겠지."
유진은 창민을 쏘아보지만 할 말은 없다.
"최 경위님, 너무 그러지 마세요."
은수 씨가 말하며 테이블 위에 찻잔을 가져다놓는다. 정이도 제 엄마를 따라 물컵 두 개를 가져온다. 유진은 얼른 말한다.
"바로 갈 거예요. 정말 죄송해요."
은수 씨가 정이의 머리를 쓰다듬는다.
"정이가 인서를 좋아해요. 인서도 잘 따르는 것 같고요."
"은수 씨 볼 낯이 없어요. 그래도 부몬데……."
"부모가……."
은수 씨가 아차 해서 덧붙인다.
"오해 마세요. 전 그냥 부모라는 게 뭔가 해서요. 실은 최근 들어 자주 하는 생각이거든요."
"은수 씨가요?"
"안 그럴 것 같은가요? 다행이라고 해야 하나? 앉으세요. 바쁘신 거 아니면요."

은수 씨가 식탁 앞에 앉아 차를 따른다. 창민은 휴대전화를 확인하고는 자리에 앉는다. 핑크 부대가 천안을 잘 청소하고 있다는 의미겠지. 유진은 몸이 떨려서 얼른 인서를 안아 들고 의자에 앉는다. 그리고 따듯한 차를 목구멍으로 넘긴다. 지금쯤 불구단 사람들은 핑크 부대 손에 쓰러져가고 있을 텐데 하늘 열차에서 아이를 품에 안은 채 차로 몸을 데우고 있다. 아마도 다시는 불구단거리로 돌아가지 못할 것이다. 그곳 사람들은 유진을 첩자로만 생각하겠지. 도일이 주장했듯. 그 인간은 얼마나 기세등등하게 유진을 깎아내릴까. 하지만 그 모든 게 진실이 되어버렸다. 유진은 불구단의 상징을 꺾었고 도망쳤다. 이제 어디로 가야 할지 모르겠다.

"며칠 사이에 많이 야위셨어요."

"예? 아······."

창민이 끼어든다.

"왜 아니겠습니까. 다른 데도 아니고 불구단거리에서 지내다니. 사실상 노숙한 거죠. 자업자득입니다."

"닥쳐."

유진이 이를 악물고 소리 죽여 말한다. 창민이 눈을 부라린다.

"애들 있는데."

그때, 은수 씨가 웃는다.

"두 분은 그야말로 부모네요. 저희 부모님 보는 것 같아요. 언제나 소란스럽고 갈피를 못 잡고 결론이 안 나요. 어렸을 땐 그런 부모님이 싫기도 했는데······."

유진은 제 부모를 떠올려본다. 은수가 말한 부모와 크게 다르지 않다. 어느새 유진이 부모가 되어 과거의 부모와 같은 행동을 하고 있다.

"일에 치여서 잠든 정이 모습만 보고 있으면 부모란 게 대체 뭘까 싶어요. 그러다 보면 부모님 생각이 나고, 문득 제가 정이만 할 때 저희 부모님이 지금 제 나이대구나 싶고, 그럼 새삼 그분들이 대단하게 느껴지고, 제가 싫어했던 모습들이 이해되기도 하고…… 결국 자기합리화로 끝나죠. 지금의 나도 괜찮아. 괜찮을 거야."

"엄만 진짜 괜찮아."

정이가 은수 품에 안긴다.

"그런데도 여기에 왔어요. 지금은 존재하지도 않는 가상의 세상에 저랑 정이 자리 마련해보겠다고 집이며 애 학교, 친구 모든 걸 다 제쳐두고 허공에 매달린 열차에 둥지를 튼 거예요. 두 분도 아시겠지만 여기서 천안을 내려다보면 사람들이 얘기하는 사회 문제는 완전히 딴 세상 얘기 같아요. 불과 몇백 미터 아래에서 사람들이 터전을 뺏기고 밀려나도, 불법적인 존재가 돼서 경찰한테 쫓겨도 그저 딴 세상 일 같죠. 그래도 저는 이 하늘 열차만 잘 관리하면 정이한테 좋은 부모 노릇하는 거겠죠? 언젠가 시간이 흘러 천안이 지워지고 신천안이 생기면 그곳에서 정이랑 살 제 집이 생길 테니까요."

정이가 말한다.

"인서도 있어?"

"서울로 돌아가시지 않는다면, 그렇겠지?"

"고양이 탐정 언니는?"

"그 마스크 쓴 언니 말하는 거지? 불구단 사람……."

"응."

은수가 유진과 창민을 쳐다본다. 자기 대신 대답해달라는 얼굴로. 유진은 인서를 내려다볼 뿐이다. 부디 창민이 눈치껏 입을 다물고 있어주길 바라면서.

다행히 알림이 울린다. 창민이 휴대전화를 확인하더니 난처한 기색을 비친다. 뭐지? 지금 상황에서 저런 표정 지을 이유가 뭐가 있지? 핑크 부대가 당하기라도 했나? 아니면 사고를 쳤나? 아담이 쓰러졌던 일이 떠오르자 사지에서 피가 쫙 말라버리는 기분이다.

"가보세요."

"인서가……."

"어차피 오늘은 휴일인데요. 휴일에도 일하시는 두 분이 고생이죠. 인서는 걱정 마시고 가보세요."

정이가 얼른 유진 쪽으로 와 인서를 향해 두 팔을 뻗는다. 그러자 인서가 뒤도 안 돌아보고 정이 쪽으로 몸을 튼다.

"정말 죄송합니다."

유진은 고개 숙인다. 뭔가가 단단히 잘못된 기분에서 헤어나올 수가 없다.

도망치듯 은수의 열차에서 나온 두 사람은 플랫폼을 달려 다른 열차로 갈아탄다. 창민이 말한다.

"불구단거리 행진 기억나?"

"갑자기 그건 왜?"

"다시 시작했어. 천안시 전 구역에서. 보행기며 휠체어며 의족이며 움직일 수 있는 사람은 죄다 거리로 나와서 천안역으로 향하고 있대. 뭐 아는 거 있어?"

창민의 차디찬 시선에 유진은 몸속 깊은 곳에서부터 한기를 느낀다.

"무슨 말이야?"

"장유진, 제발 이성적으로. 너 요 며칠 저쪽 사람들이랑 어울렸잖아. 오늘 일 뭐 아는 거 없냐고."

유진은 두 주먹을 불끈 쥔다.

"없어."

창민은 한숨을 토한다.

"우리 계획을 미리 알았을 리 없어. 그건 너도 모를 정도로 극비리에 추진된 거니까. 단순한 우연인가? 아니야. 말도 안 돼. 불구단거리는 통신 두절 상태라 갑자기 이런 움직임을 조직할 수가 없는데…… 뭘 놓쳤지?"

창민이 손톱을 물어뜯으며 휴대전화 화면을 끊임없이 문지르고 두드린다. 그가 하, 하고 웃더니 말한다.

"비상용 라디오로 지시가 내려졌대. 이런 게 왜 퍼져 있는 거야?"

"말 그대로 비상시를 대비한 거겠지. 일본 같은 데선 노인들만 사는 시골에 정부 차원에서 라디오를 보급한다잖아. 인터넷이나 전기가 끊겨도 상관없고, 또 고령자일수록 요즘 전자기기를 잘 못 다루니까. 천안은 재개발 공사한다고 걸핏하면 단전돼, 고령자에다 죄 아프고 병든 사람들이야. 그야말로 불구단스러운 대처네."

"자랑이라도 하는 거야?"

유진은 묘하게 가슴속에서 피어오르는 뜨거운 감각에 어쩔 줄 모른다. 머릿속에서 상상해본다. 비상시를 대비해 불구단에서 나누어주었던 라디오에서 갑자기 소리가 들린다. 틀림없이 도일이 무슨 수를 썼을 거다. 크게 놀란 사람이 없어야 할 텐데. 하지만 차연의 목소리가 사람들을 진정시켰을 것이다. 그는 어떻게 말했을까.

"아아, 마이크 테스트. 지진 아니니까 다들 놀라지 말아요."

곧이어 피아노 연주곡이 흘러나오지 않을까. 마빈이 연주하는 트로트 한 소절.

"여러분도 기억하시겠지만 불구단거리 행진을 다시 한번 진행해볼까 합니다. 곧 9주기도 다가오니 예행 연습 한다손 치고 지금 다들 나오세요. 설거지하던 사람, 고스톱 치던 사람, 밥 먹던 사람, 똥 싸던 사람. 움직일 수 있는 사람은 기왕이면 움직이기 힘든 사람 도와서 모두 함께 불구단거리로 와요. 오다 보면 핑크 부대나 능구회가 보일 텐데 우리가 불렀으니까 무서워들 마시고 인사 한번 건네주시고 손도 좀 흔들어주시고, 오늘 행진이 끝나면 동남구 지하도상가 전세 내고 아주 신명 나게 먹고 마셔봅시다. 그럼 곧 봅시다."

유령 도시 취급받던 천안이 생생하게 살아나는 모습을 그리며 유진은 떨리는 가슴을 부여잡는다.

"아담이 움직인다! 역시 무슨 계획이 있어."

"네가 그걸 왜 알아?"

"방송할 때 하나 붙여놨지."

유진은 할 말을 잃는다. 그때 전화가 온다. 창민이 심각한 얼굴로 이야기를 듣더니 지금 가고 있다고 말한다. 창민이 이마를 짚는다.

"이거였어. 온 거리에 사람들 풀어놓고 출입구 병력 분산된 틈에 일제히 밀고 나왔대. 인서 보러 가는 게 아니었는데…… 이게 다 너 때문이잖아!"

그래, 결국은 그렇지. 유진은 반박할 기력도 없어 그냥 입을 다문다.

"아담을 쫓아야 해. 어쨌든 아담이랑 박차연만 마크하면 최악의 상황은 막을 수 있어. 박차연은 지금 위치를 모르니까 아담부터 확실히 해두는 게 좋겠어. 근데 어딜 가는 거야? 왜 두정역 방향으로 가지?"

"두정역? 천안역 위쪽?"

창민이 지도를 이리 옮기고 저리 옮긴다.

"아, 진짜…… 상식적으로 움직이는 꼴을 못 보지. 난데없이 두정역 쪽으로는 왜 가는 거야?"

비상식…… 유진은 도일을 떠올리고는 그가 오전에 광기에 차 해대던 말을 떠올린다. 지하 플랫폼으로 내려가고 말겠다고 했다. 그러니까 참사 당시 장애인들을 태운 특수 개조 열차가 매장된 곳.

"지도 줘봐."

유진은 창민의 휴대전화를 빼앗아 지도를 확대한다. 아담이 철도를 따라 북쪽으로 올라가고 있다.

"열차가 묻힌 곳이 정확히 어디지?"

"그게 무슨 소리야?"

"붕괴 참사 때 묻힌 열차!"

창민은 뒤늦게 떠올리곤 철도의 한 부분을 가리킨다. 유진의 기억과도 거의 일치한다. 두 사람이 잘못 기억하고 있는 게 아닌 한 아담은 현재 열차가 있을 곳으로 가고 있는 셈이다. 이게 정말 말이 되나?

"방향 튼다."

두정역 방향 철도 위를 가로지르는 오래된 육교를 아담이 가로지르고 있다. 동남구 쪽으로 가는 건가? 더 가깝고 편한 길을 두고 계단뿐인 저길 뭐 하러? 유진은 지도를 넘기다가 다시 아래로 내려본다. 계속 위로 갈 거라면 굳이 중간에 건널 거 같지 않기 때문인데, 그렇게 지도를 거슬러 내려가던 유진은 옛 농협은행 건물을 발견하고 멈칫한다.

"알 것 같아."

유진이 말한다.

"뭘?"

"아담…… 그리고 틀림없이 남도일도…… 거기로 가고 있어."

전애리의 연구실.

"여긴!"

도일은 철도 차단벽을 따라 동부 광장 방향으로 내려가며 좌측에 보이는 낯익은 건물을 발견한다. 무리를 안내하던 애리가 도일이 바라보는 쪽을 보고는 말한다.

"농협은행이요. 아니, 이었죠."

도일은 가방에서 수애전용단말기를 꺼낸다. 불구단거리 전파기상 할아버지가 고쳐준 이후 처음 전원을 켜보는 것이다. 아담의 재수 없는 부팅 화면이 넘어가고 메신저를 실행한다. 뭘 기대했나. 도일이 찾는 것은 없다. 도일은 단말기를 도로 가방에 넣는다.

"혹시 이대로 우릴 핑크 부대한테 팔아넘기려는 건 아니겠지? 당신이 천안에서 나랏돈 받아 이상한 연구를 하고 있다는 건 예비 불구단원도 아는 사실이다. 그뿐만이 아니라 장유진 경사랑 꽤 친해 보이던데, 나는 당신이 첩자일 가능성을 늘 염두에 두고 있다."

애리는 억울하다는 듯 목소리를 높인다.

"아니, 그렇게 의심하면서 떡볶이는 왜 같이 먹고 그래픽카드는 왜 구해줬는데요?"

"그 집 떡볶이는 맛있고 공짜로 준다는데 거부할 이유가 없다. 그리고 당신한테 판 그래픽카드들은 어차피 폐기 처분될 것들이었다. 중국에서 10년도 더 암호 화폐 채굴하던 것들인데 돈까지 받고 처분할 수 있는 기회를 내가 왜 마다하지?"

애리는 걸음까지 멈추고 도일을 바라보며 꼼짝도 하지 않는다. 아담이 가까이 다가가 속삭이듯 말한다.

"대신 사과드려요. 원래 저런 사람이다, 하고 넘어가주세요. 죄송합니다."

"네가 왜 사과를 하는 거냐? 그리고 사실 관계도 틀리지 않냐? 원래 저런 사람이다, 하고 넘어가는 게 아니지. 난 원래 이런 사람이니까."

아담이 아하하하, 웃고 애리는 할 말을 찾듯 애쓰다가 그냥 돌아선다. 그가 아담에게 말한다.

"불구단 분들 독특한 거야 저도 모르진 않다고 생각해왔어요. 오만했네요."

"어디에나 예외는 있다고 하잖아요. 극단도 있을 거고요."

"뭐, 그건 그렇죠. 심지어 무생물도 마찬가지예요. 우주조차도요. 빛의 스펙트럼만 해도 예외와 극단이 있어요. 재밌는 건, 그런 예외와 극단이 아니었다면 인간은 지금 알고 있는 아주 작은 지식조차도 쌓아 올리지 못했을 거라는 거죠."

"우주와 관련된 직업을 가지고 계신가 봐요!"

"아, 그게…… 천문학자……였다고 하는 게 맞을 거예요. 몇 년도 더 전에 관두고 여기 왔거든요. 지금은 아빠 칼국숫집에서 반죽 배우고 있어요."

도일이 애리와 아담 사이로 고개를 내민다.

"꽤 그럴싸한 위장이군. 장년층 남성이 운영하는 칼국숫집이라면 이 근처에서 역전시장 쪽에 있는 거 딱 하나뿐인데 거길 말하는 건가?"

애리는 좀 겁에 질린 얼굴로 도일에게서 물러난다.

"마, 맞아요. 그걸 어떻게……."

"당연한 거 아닌가? 이 동네에 정상 운영하는 곳이 몇이나 된다고. 10년 전 대비 3할, 많이 쳐줘야 몇천 개다. 그것도 못 외우면 어떻게 살지?"

아담은 해탈한 표정으로 애리를 향해 미소 짓는다. 애리는 도일을 무시하기로 하고 앞만 본다. 길은 농협은행 건물 앞쪽으로 꺾이지만 애리가 향하는 쪽은 담장 바깥의 노지다. 철도 방음벽과 담장 사이 방치된 나무들과 잡초가 거의 숲을 이루고 있는데, 시현과 도일 모두 익숙한 길이다. 마치 그들을 반기듯 고양이 우는 소리가 사방에서 가까워진다. 도일은 가방에서 고양이용 사료가 담긴 지퍼백과 단말기를 꺼낸다. 지퍼백은 시현에게 건네지고, 시현도 기계적으로 지퍼백을 열어 사료를 드문드문 소량씩 떨구며 나아간다. 고양이들이 하나둘 모습을 드러내고 인사라도 하듯 운다. 도일은 단말기만 쳐다본다. 고양이가 인사를 하든 꼬리를 세우든 몸을 비비든 사료를 먹든 관심 없다. 그에게 천안 고양이들은 신호를 수집하기 위한 생물형 중계기일 뿐이다.

"손발이 착착 맞네요."

애리가 말한다. 하지만 도일은 신호를 보느라 바쁘고 시현은 원래 그런 말에 반응을 하지 않는다. 결국 아담이 말한다.

"그쵸. 오래 알던 사이도 아닌데. 보면 쌍둥이 같기도 해요."

도일이 아담을 향해 다리를 날린다. 아담은 능숙하게 피하고 덧붙인다.

"저도 늘 궁금했어요. 도대체 뭘 찾길래 이토록 오래 천안을 돌아다녔는지. 아무래도 그거…… 때문이겠죠."

애리는 고개를 끄덕인다. 그리고 도일에게 묻는다.

"뭐가 잡혀요?"

도일의 표정이 심상치 않다.

"아니, 아무것도. 이상하다. 이 정도로 조용했던 적은 없는데. 심지어 이제 곧 9주긴데. 이럴 수는 없다."

애리는 한숨을 쉬고는 앞쪽 벽으로 걸어간다. 식물이 타고 자란 벽은 그 자체가 환상 속의 생물처럼 보인다. 애리가 손을 뻗자 틈새가 벌어지며 작은 문이 생긴다. 그 너머도 비슷한 풍경이 펼쳐진다. 하지만 녹슨 슬레이트 건물이 떡하니 있는 게 차이라면 차이다. 애리가 건물 옆에 서더니 말한다.

"혹시나 했는데 역시나네요. 도일 씨가 찾아 헤매던 신호. 이제 더는 찾을 수 없어요."

도일은 한참 만에 소리치듯 말한다.

"이유를 대라! 이유를!"

"연구가 끝났거든요. 바로 얼마 전에."

애리가 폐건물을 그리운 듯이 쳐다보고는 다가가서 문을 열기 시작한다. 하지만 문은 열리지 않는다.

"정리한다더니 아예 막아버렸나 봐요. 도와줘요."

아담과 시현이 애리와 함께 문을 열기 위해 힘쓴다. 차고 무거운 문은 꼼짝할 생각을 않다가 어느 순간 갑작스레 움직인다. 시현이 균형을 잡지 못하고 넘어진다. 무릎 꿇은 그의 앞에서 커다란 어둠이 주둥이를 연다. 괴물의 숨결 같은 차디찬 공기가 거세게 소용돌이친다. 시현은 머릿속이 웅웅대는 것을 느끼고 두 손으로 귀를 막는다. 하지만 소용없다. 애리가 다가가 괜찮냐고 묻는 것도 모르고 물러나려 애쓰다가 함께 자빠진다. 아담이 달려가 두 사람을 부축하는 사이 도일이 한 발짝 한 발짝 앞으로 나아간다. 뭔가가 도일을 부르고 있다. 도일은 들고 있던 단말기가 더는 필요 없다는 것을 깨닫자마자 10여 년을 애지중지하던 그것을 쓰레기 버리듯 던진다. 도일은 마스크도 벗고 활짝 웃는다.

"움직이지 마십시오."

도일은 움찔해서 뒤를 돌아본다. 최창민 경위다. 장유진 경사와 핑크 부대원 둘이 더 있다. 도일은 다시 마스크를 쓰고 비상! 비상! 소리친다.

"그럼 그렇지. 장유진과 전애리! 둘 다 핑크견이었군!"

유진은 이를 악물 뿐 부정하지 않는다. 하지만 애리는 벌떡 일어나서 항변한다.

"아니에요!"

애리가 유진을 향해 묻는다.

"경사님? 여긴 어떻게……."

대답하는 건 최창민이다.

"전 교수님, 위험하니까 이쪽으로 오십시오."

"위험요? 네, 그래 보이긴 하네요. 무장 경찰들이 하루 종일 천안을 들쑤시고 있으니까요! 도대체 왜 이러는 거예요?"

애리의 질문에 창민은 의아하다는 눈이다.

"전 교수님이 그렇게 말씀하시니 당혹스럽군요. 무장 경찰이 천안에서 할 일이 뭐가 있겠습니까. 치안 유지죠."

"능구회나 할 만한 짓들이 치안 유지인가요?"

창민은 더 대화할 가치가 없다는 듯 입을 굳게 다문다. 그리고 손을 든다. 그때 유진이 앞으로 나와 말한다.

"제발, 저희랑 가요. 전 교수님뿐만 아니라 아담 씨, 시현 씨, 그리고 남도일! 가요. 네?"

도일이 꽥 하고는 말한다.

"싫은데."

그러고는 애리의 팔을 잡고 폐건물 안으로 뛰어 들어간다.

"아담! 라이브 모드!"

아담이 당황해서 우왕좌왕하더니 보랏빛 안광을 밝히며 도일 쪽으로 뒷걸음친다. 최창민이 유진을 밀치고 직접 달려온다. 그가 경찰봉을 쳐든다.

"가라, 시현! 막아!"

도일이 외치기도 전에 몸을 일으킨 시현이 최창민의 다리를 붙잡고 그대로 쓰러트린다. 도일이 외친다.

"조심하는 게 좋을걸! 그 인간 머리에는 정체를 알 수 없는 칩이 심겨 있……."

이미 늦었다는 걸 깨닫기까지 다소 시간이 걸린다. 최창민이 반사적으로 휘두른 경찰봉에 머리를 맞은 시현이 꼼짝도 안 하기 때문이다. 그 장면을 정면으로 응시하며 아담은 턱을 달달달 떤다. 도일도 두 눈이 쏟아져 나올 듯 커진다. 하지만 이내 도일이 외친다.

"아담! 동지의 최후를 제대로 기록해라. 그리고 그만 좀 멍청하게 서 있고 와!"

아담이 헛발질까지 하며 폐건물 안으로 달린다. 도일과 애리가 서둘러 문을 닫는다. 최창민은 시체라도 보듯 시현을 보며 몸부림치다가 소리친다.

"잡지 않고 뭐 해!"

유진을 제외한 두 명의 핑크 부대가 문 쪽으로 다가가려다 상관의 절규에 멈춰 선다. 절규라니? 그들은 의아하다는 눈으로 뒤를 돌아본다. 그리고 절규의 의미를 깨닫는다. 머릿속 불법 칩이 불탔을 시현이 천천히 자리에서 일어나고 있기 때문이다. 좀비처럼 기괴한 동작으로 일어난 시현이 자기 발아래에 누워 있는 최창민을 쳐다보더니 말한다.

"왜 막는 거죠?"

아, 너무 걱정 마십시오. 목소리는 멀쩡합니다. 물론 당신도요. 비록 뒤통수가 깨져 피가 흐르고 있긴 하지만요.

당신 발아래에 누워 있는 최창민이 당신을 귀신 보듯 쳐다봅니다. 그러다 경찰봉을 확인하고는 느닷없이 웃음을 터뜨립니다. 그가 일어서며 말합니다.

"교활하기가 이루 말할 수 없군. 아담 건으로 방어적인 우리한테 그런 거짓말을……."

유진은 심각한 얼굴로 당신을 살핍니다.

"시현 씨, 괜찮아요? 나 알아보겠어요?"

유진의 행동에 최창민은 다시 겁을 먹은 듯 자세를 잡습니다. 금방이라도 달려들 기세입니다. 조심할 필요가 있습니다. 당신은 유진의 물음에 대답합니다.

"장유진 경사님."

유진은 안도하지만 이해가 안 된다는 눈입니다. 유진이 최창민에게 묻습니다.

"그거 켜져 있어?"

"당연하지! 뭐야, 진짜 칩이 있어?"

유진은 고개를 끄덕입니다. 그리고 당신을 보고 말합니다.

"가능성은 하나예요. 시현 씨 머릿속에 있는 칩이 정식으로 등록된 제품이라는 거."

뒤쪽에서 도일이 외칩니다.

"그랬다면 우리가 몰랐을 리 없다!"

"등록만 되고 출시되지 않았다면? 남도일 당신이 설마 그 리스트까지 보유하고 있다고?"

"그건 미처 생각하지 못했군. 쓸 만한 지적이었다. 어쨌든 안 죽었으면 빨리 와서 막아라!"

당신은 폐건물 쪽으로 갑니다. 그쪽에 있던 핑크 부대원들은 당신에게서 미끄러지듯 물러납니다. 마치 당신을 치명적인 바이러스라고 생각하듯이요.

"뭐 하는 거야! 잡아!"

뒤쪽에서 최창민이 뛰어옵니다. 뒤를 돌아보니 유진이 최창민의 팔을 잡고 버팁니다.

"야, 장유진! 너 미쳤어?"

"나도 언제나 그렇게 생각했어. 수술을 받을 때도, 군에 들어갈 때도, 너랑 결혼하고 인서를 갖기로 했을 때도! 내가, 우리가, 세상이 미친 게 아닌가 생각했어. 근데 아니야. 그냥 그게 사는 거더라. 미친 것처럼, 이상하게, 하루 또 하루, 사는 거더라."

도일이 당신을 부릅니다.

"더는 못 봐주겠으니까 빨리 들어와서 문이나 닫아라."

당신은 폐건물 안으로 들어갑니다. 철문이 닫히고 전애리가 잠금장치를 겁니다. 스위치를 올려보지만 변화는 없습니다.

"전기도 끊었나 봐요."

도일이 휴대전화를 꺼내 라이트를 켭니다.

"됐으니까 플랫폼으로 안내해라. 당신이 누구고 뭘 해왔건 내 알 바 아니다. 당신은 플랫폼으로 데려다줄 수 있다고 했고 그 말대로 하면 된다."

"냉정도 하셔라."

전애리가 왼쪽 벽으로 가더니 레버를 돌리기 시작합니다. 레버가 돌며 벽에 틈이 벌어집니다. 당신은 손을 보탭니다. 곧 좁지만 사람 한 명은 어렵지 않게 드나들 수 있는 통로가 나타납니다.

꼭 오래된 지하 벙커를 보는 듯합니다. 찬 공기와 함께 의미 불명의 흐름이 아래로부터 느껴집니다. 당신은 지금 꿈을 꾸고 있는 게 아닌가 생각합니다. 그것은 꽤 합리적인 의심입니다.

"아까도 말했지만 이젠 소용없어요."

도일이 지하 통로를 향해 빛을 비춰보며 대꾸합니다.

"구체적으로 뭘 말하는 건지는 모르겠지만, 당신은 틀렸다. 아래에 있다. 내가 찾는 것이. 아담, 앞장서라. 세상에 알려야 해. 수애가 살아 있다는 걸."

아담은 무슨 말인가를 하려다가 이내 단념합니다. 전애리도 그만 입을 닫습니다. 당신이 도일의 뒤를 따르자 뒤에서 전애리가 나지막하게 말합니다.

"그럼 다녀와요. 혹시 모르니까 문은 닫고 지키고 있을게요."

문이 닫히자 통로는 오히려 포근한 느낌입니다. 세 사람의 불규칙적인 호흡이 공기를 덥힙니다.

"밀지 좀 마!"

"빨리빨리 못 가냐?"

"너무 가파르단 말이야!"

"으휴, 저래 가지고 무슨 춤은 춘다고."

"춤은 연습하면 어쨌든 되잖아."

시간의 흐름을 대체하듯 정적인 뭔가가 차오르는 듯합니다. 숨이 차는 것 같은 이유는 정말로 공기가 희박해지기 때문일까요, 아니면 당신이 겁에 질려가기 때문일까요. 당신은 아까부터 이곳의 기운이 마음에 들지 않습니다. 자꾸만 기억을 떠올리게 합니다. 안 좋은 기억을…… 당신은 멈춰 서서 가쁜 숨을 고릅니다. 도일이 뒤를 돌아보더니 당신 눈에 플래시를 쏩니다.

"정신 차려라!"

'정신 차려!'

목소리가 들립니다. 어쩌면 기억일 수도 있습니다. 당신이 그토록 찾아 헤매던, 혹은 피해 다니던 기억. 목소리. 사람.

"정신 차리라고!"

도일이 주먹으로 당신의 코를 칩니다. 머릿속에서 별이 반짝, 하면서 앞이 선명해집니다.

"야, 아무리 그래도 그렇게 세게 때리면 어떡해!"

아담이 말합니다.

"이 인간은 이 정도는 해줘야 한다. 너무 둔하다."

당신은 얼얼한 코를 문지르며 말합니다.

"고맙네요."

"알면 빨리빨리 움직여라."

좁은 통로는 어느새 끝납니다. 불구단거리를 연상시키는 널 따란 통로가 눈앞을 가로지릅니다. 군데군데 파이프와 전선이 있고 일부는 흙더미에 묻혀 있습니다. 바닥에는 선명하게 파인 군홧발과 바퀴자국이 켜켜이 새겨져 있습니다. 쪼그려 앉아 바닥을 살피던 도일이 말합니다.

"공사에 이용된 통로군. 철도를 지하화할 때 건 아니야."

"그럼 붕괴 이후 철거 공사 때?"

"하지만 그 작업은 중간에 사고가 나서 중단됐는데…… 음, 사고가 조작된 거거나, 아니면 그 이후에 새로 생긴 거겠지. 어찌 됐든 전애리가 드나들어야 했으니."

"교수님은 대체 뭘 연구하신 걸까? 천문학자셨다고 했잖아."

"내 알 바 아니다. 그래픽카드 엄청 구해갔으니 뭔가를 계산

했겠지. 시뮬레이션…… 같은 걸 했던가."

"왜 그래?"

"아니다. 저기 전애리가 해놓은 표시 같다."

도일이 향하는 통로 끝에는 주황색 리본이 전선 다발에 걸려 있습니다. 아담과 도일이 또 다른 리본을 찾아 모퉁이를 돌아 나아가는 동안 당신은 주황색 리본을 멀뚱히 보다가 그것을 떼어내 펼쳐 봅니다. 반듯한 필체로 누군가의 염원이 담겨 있습니다.

'찾을 수 있어.'

당신은 두 사람과 떨어져서 뒤를 쫓으며 주황색 리본을 하나하나 풀어봅니다.

'여러분은 어디 있나요?'

'왜 여길 떠났나요?'

'사람들이 찾고 있어요. 이상한 세상이지만 부디 돌아와요.'

'도대체 뭘 놓쳤지?'

'정말 방법이 없는 걸까?'

도일이 또 다른 통로를 향해 서서 말합니다.

"이렇게 역사 건물과 이어지는군."

"여기 정말 괜찮은 거 맞아?"

아담이 묻자 도일이 그의 등을 떠밉니다.

"정황상. 시간이 이렇게나 지났는데 이상할 정도로 멀쩡하지 않냐. 그나저나 이러면 그 사고가 조작일 가능성이 커지는군."

"사고라면?"

"희생자 수습하겠다고 이 위를 뚫다가 추가 붕괴가 됐다고 그 이후로는 손도 대지 않았지. 그러고는 위험하다면서 이 주변이랑 지하도상가를 폐쇄시켰어. 그런데 웃기지 않냐. 그렇게 위험한 이 일대를 지금도 재개발하겠다고 파대고 있다. 지하도상가는 불구단이 잘 쓰고 있고. 게다가 사고가 났다는 여기가 이렇게 멀쩡하다?"

"하지만 사고를 왜 조작해? 갑자기 말 바꾼다고 정부가 얼마나 많은 비난을 받았는데!"

"잘 알지. 나도 욕했으니까."

도일은 생각에 빠집니다. 그의 표정이 좋지 않습니다. 고개를 절레절레 흔들고 도일이 전진합니다. 당신은 벽에 있는 난간의 주황색 리본을 풀어 확인합니다.

'희한한 사람을 만났어요. 옛날 추리 만화 주인공이랑 이름이 같은데, 떡볶이를 먹고 있는 절 뚫어져라 보더라고요. 그래서 같이 먹자고 해봤더니 정말로 그러데요? 자세한 건 모르지만, 누군가랑 같이 떡볶이를 먹는 상상을 하는 것도 같았어요. 아마 저랑 닮은 누군가를 떠올렸겠죠. 아닐 수도 있겠지만요.'

'저도 드디어 박차연 대표님을 만났어요! 인터뷰에서 본 두 팔이 없는데도 에너지는 엄청난 것 같았어요. 사실 무서운 사람이라고 생각했는데 그렇지도 않은 게 재밌기도 했고요. 도일 씨랑 아웅다웅 하는 모습은 정말이지 이모 조카 사이 같더라고요.'

'도일 씨가 엄청나게 비싼 그래픽카드를 잔뜩 구해줬어요. 중고라면서 거저 줬는데 이걸로 여러분과 더 가까이 다가갈 수 있겠죠? 그러면 도일 씨한테 죽을 때까지 떡볶이를 사줘야지.'

'역시 실패. 결국 안 되는 건가? 포기해야 하나? 곧 있으면 성령이랑 약속한 시간도 끝나는데.'

비상구를 통해 도일과 아담이 아래로 내려갑니다. 이 비상구는 당신도 아는 곳입니다. 당신의 코가 깨졌던 그곳입니다.

당신은 대피하는 사람들을 피해 아래로 내려갑니다. 사람들은 모두 울고 있습니다. 그들 중 몇몇은 아예 멈춰 서고 주저앉습니다. 한 여성이 다시 아래로 내려가려 하자 옆에서 말립니다. 올라가야 한다고 설득합니다. 살아 있어야 그들이 돌아오면 계속 함께할 수 있다고요. 결국 여성은 돌아섭니다. 그때 누군가가 계단을 달려 내려옵니다. 사람들이 그를 잡으려 하지만 너무 순식간입니다. 마지막에 돌아서려 했던 여성이 그를 향해 소리칩니다. 도일아! 안 돼, 돌아와!

당신은 앞으로 달리기 시작합니다. 벽에 부딪칠 듯 속도를 높여 아래로 아래로 달려 내려갑니다. 앞에 도일이 보입니다. 그 너머로 출입구가 있습니다. 당신은 앞으로 뛰어 도일을 붙잡습니다. 익숙한 목소리가 들립니다.

"시현 님?"

그리고 도일이 말합니다.

"뭐냐? 뭐 하는 거냐? 이거 놔라! 놔! 비상!"

당신은 도일을 번쩍 들어 올려 어깨에 들치고 돌아섭니다.

"놔라! 수애가 저기 있다! 이거 놔! 놔!"

도일이 몸부림치다가 휴대전화로 당신 안면을 강타합니다. 당신은 억, 소리를 내며 앞으로 고꾸라집니다. 당신과 도일이 엉킨 채로 계단을 굴러 내려갑니다. 그리고 플랫폼으로 나가버립니다.

"수애! 수애! 나다! 내가 왔어! 널 만나러, 내가……."

플랫폼 바닥을 기어 철도 쪽으로 가던 도일은 움직임을 멈춥니다. 당신은 돌아누워 도일을 향해 팔을 뻗습니다. 얼어붙은 듯 꼼짝도 안 하는 도일 너머로, 텅 빈 철도 터널이 보입니다. 원래 있던 차단벽이 철거되고 거대한 관측용 기기들이 철도를 향해 놓여 있을 뿐 그 안쪽은 아무것도 없습니다. 당신은 웃기 시작합니다. 웃음을 참을 수가 없습니다. 눈물로 범벅이 된 얼굴로 당신을 돌아본 도일이 묻습니다.

"웃어?"

그가 끙, 하고 일어나 당신에게 옵니다. 당신 위에 올라앉은 도일이 당신 멱살을 잡고 소리칩니다.

"네 짓이지? 네가 열차를 숨겼지? 말해! 수애 어딨어!"

아담이 달려와 도일을 뜯어말리지만 역부족입니다.

"말하라고! 제발!"

당신은 웃음을 참지 못합니다. 너무나 고통스러울 지경입니다. 웃는 게 웃는 게 아니라는 말이란 이런 걸까요? 당신은 힘겹게 말을 짜냅니다.

"열차……."

도일이 멱살을 당겨 당신 입에 귀를 댑니다.

"열차는…… 떠났어."

"뭐? 그게 무슨 소리야?"

"내가 봤어. 열차는…… 사람들은 떠났어. 여행을."

도일이 멱살을 놓칩니다. 당신의 가슴팍을 사정없이 내리치며 소리를 지릅니다. 당신은 고개를 돌려 철도 쪽을 바라봅니다. 당신이 맞습니다. 당신은 열차가 떠나는 것을 봤습니다. 따라서 희생자 같은 건 존재하지 않습니다. 희생자가 없으니 슬퍼할 이유도, 죄책감을 느낄 이유도 없습니다. 참사는 참사가 아니게 되고 이 일에 책임을 질 필요도 없게 됩니다. 편해져도 됩니다. 그 사람은 그래도 됩니다. 그러니까 알려줘야 합니다. 그 사람에게.

흐려져가는 의식 너머로 기차 경적이 들립니다. 그것은 즐거운 여행을 의미할 뿐입니다. 그러니 마음 놓고 눈감아도 좋습니다.

Voice 14

이것이 소설이었다면, 배선에 약간의 문제가 있는 내 사고 흐름에서 나온 소설을 두고 사람들이 가끔씩 당혹감을 감추며 독창적이라 포장하는 것처럼, 감싸안을 수 있을까? 아니면 가식과 일종의 측은지심(왜냐하면 내가 조현병 환자라고 하니까. 그럼에도 불구하고 이렇게 열심히 살고 있는 것처럼 보이니까. 저런, 약 때를 놓쳤다)을 홀홀 털어버리고 냉정하게 비판과 비난을 할까? 네놈이 결국 선을 제대로 넘는구나! 옳다구나, 어디 한번 신명 나게 까보자. 에헤라디야!

그런다면 억울한 마음이 아주 없지만은 않을 것 같다. 그리고 무엇보다 이것은 소설이 아니니까 말이다. 하지만 대체 이 이야기를 어떻게 세우고 유지해야 하는가? 어떻게 해야 사람들이 이 이야기를 허구나 망상이 아닌 사실로 받아들일 수 있을까? 나는 염치 불고하고 내 오랜 벗에게 다시 한번 신세를 질 생각뿐이었다. 그래서 형태를 통해 메시지를 전달했다. 성령은, 응답해주었다. 아산역 옆의 추모 공원에서 성령과 마주하니 솔직히 신세는커녕 겨우 붙들고 있는 현실감마저 솜사탕 가닥처럼 녹아내릴 듯했다.

우리는 약속이라도 한 것처럼 인사 한마디 없이 공원을 거닐기 시작했다. 초겨울의 공원은 쓸데없이 비장했다. 전 정권 말부터 시작해 현 정권 출범을 기념이라도 하듯 개장한 천안역 붕괴 참사 추모 공원은 모든 게 과장돼 보였고 허울뿐인 듯했다. 왜 아산역인가? 안 그래도 땅값이 10년 전에 비해 기하급수적으로 치솟은 아산의 중심에 이토록 거짓된 틈을 만드는 이유는 무엇인가? 항간에 떠도는 말처럼 이 또한 아산 자본가의 의지인가? 천안역 역사 미니어처와 특수 개조된 열차의 실물 모형 정도로 막대한 보조금을 타 결국 아산 땅값을 올리는 데 이용한 아전인수인가? 백번 양보해 선의를 인정한다 했을 때 자신들의 상처받은 선민의식을 치유하기 위한 쉼터에 불과한가? 글쎄.

확실한 게 하나 있다면 표면적인 목적조차 흐려지고 있다는 것이다. 강렬한 햇빛에 빛이 바랜 커튼처럼 이곳은 바랬다. 사람들도 바랬다. 이곳에 있는 몇 안 되는 사람들에게 이곳은 그저 산책하기 좋은 공원일 뿐이다. 천안역 역사와 특수 개조 열차를 지나칠 때에도 그저 가로수 쳐다보듯 시선을 스쳐 갈 뿐이다.

"지루하네."

나도 모르게 말한다. 성령이 날 쳐다본다. 점잖긴 하지만 영 어울리지 않는 모자며 선글라스며 파카를 전신에 휘감은 성령은 우스꽝스럽다. 나는 주변을 살핀다. 평상복 차림의 수행원이 딴청을 피우느라 애쓰는 모습조차 우스꽝스럽다. 차라리 이 모든 일이 마감 때문에 약 때를 놓친 나의 망상이라면 좋았을 텐데. 이건 뭐, 소설로도 쓰기 힘든 삼류 전개라니. 나는 벤치로 가 앉는다.

"나 힘들다."

성령도 옆에 오더니 손수건을 깔고 앉는다.

"너도 한결같네."

"네가 할 말은 아닌 것 같다."

마침내 성령이 말한다. 나는 그냥 성령의 목소리가 반가워서 또 아무 말이나 늘어놓으려다 참는다. 벤치 등받이에 기대 멀리 하늘을 본다. 여기저기 솟아 있는 마천루들은 지금도 천안의 빛을 가로채고 있다.

"핑크 부대 물러나게 해줘."

성령은 아르테미스 석상처럼 무감정한 얼굴로 날 돌아보곤 차갑게 말한다.

"내가 무슨 권리로."

나는 푸학, 하고 웃음을 터뜨린다.

"권리가 없어서 천안을 밀어버리고 있어? 그것도 자기가 책임지고 진상 규명하겠다고 해놓고는? 코미디도 이 정도면 과하지."

"이게 최선이야."

"누구를 위한?"

"다수를 위한."

저 소리를 전에도 들었다. 붕괴 참사 이후 기적처럼 잡은 대선 레이스. 성령의 진보통당이 소수 여당이 되는 파란이 일었다. 당 대표가 된 성령과 내가 대통령을 대신해 천안에 상주하며 컨트롤 타워 노릇을 할 때까지만 해도 모든 게 좋았다. 아무리 야권에서 쇼라고 비방해도 성령과 나는 천안역 붕괴 참사의 일거수일투족을 천안 시민과 국민에게 투명하게 공개했다. 다른 이유 없었다. 그게 언론인 출신이었던 성령과 출판인이기도 한 내가 생각하는 보통이고 정상이었으니까.

70층짜리 건물을 철거한다는 게 쉬운 일은 아니었지만 그걸 어떻게 하지 않으면 희생자 수습이고 진상 조사고 아무것도 안 됐다. 시간이 꽤 걸렸지만 사람들은 기다려줬다. 급한 대로 상층부를 도려낸 뒤에는 속도가 붙었다. 건물을 내부로 파고들어가 그대로 지하 철도까지 파 내려가는 거였다. 사고 원인을 조사하는 동시에 열차를 수색할 수 있는 가장 직접적이고 단순한 방법이었다. 역시나 순조로웠다.

그러던 어느 날 성령이 날 조용히 불러 공사를 중단해야 한다고 말했다.

"그게 뭔 개소리야?"

"선우랑 의원!"

"의원이고 나발이고! 그 피 말리는 시간을 3년이나 기다렸는데 이제 와서 중단이라니? 이유가 뭔데?"

"조사 결과 그 일대 지반이······."

"그래서 무너졌던 거! 모르는 사람 있어? 그래서 보강해가면서 파 내려가는 거 아냐!"

"그게 다가 아니야! 철도 지하화 자체가 너무나 큰 데미지를 쌓아왔고 더 큰 사태가 벌어지지 않은 게 기적이었어. 이러다가 추가 붕괴라도 일어나면 진짜 돌이킬 수 없을지도 몰라."

나는 할 말을 잃었다.

"좋아. 백번 양보해서 그 말대로라고 하자. 그걸 사람들이 납득할 수 있을 것 같아?"

성령의 눈에는 빛이랄 게 없어 보였다. 그저 성령의 모습을 한 기계에서 사전에 녹음해두었던 대사가 흘러나오는 것 같았다.

"납득을 하고 못 하고의 문제가 아니야. 이미 이 세상 존재가 아닌 사람들의 수보다 더 많은 사람이 죽거나 회복할 수 없는 피해를 입을 수도 있는 상황이라고. 선택의 여지는 없어."

"꼭 직접 보기라도 한 것처럼 말한다?"

성령은 두 손을 모아 꽉 움켜쥐었다. 감추고 싶은 것을 들키고 싶지 않다는 듯.

"네 생각엔 정말 이게 최선이야?"

성령은 찰나의 침묵 끝에 말했다.

"다수를 위한 일이야."

나는 두 눈을 질끈 감고 과거에서 도망친다. 오랜만에 막막하기 이를 데 없는 것이 질식이라도 할 것 같아 기분이 너무 안 좋다. 젠장, 근데 날은 또 왜 이렇게 좋은 거야?

나는 도일이 말한 시간을 가늠하고 불구단의 미니 라디오가 든 주머니에 손을 가져다 대본다. 화제를 돌리자. 시간을 벌어야 해. 내가 어쩌다 유명한 행세나 하고 있는 거야? 다 때려치우고 도망치고 싶다. 어디로 가지? 최대한 멀리. 지구 반대편. 아예 지구 밖으로 갈 수 있다면 좋을 텐데. 그놈의 돈이 문제지.

"걔지?"

다소 뜬금없는 말이지만 성령은 알아들을 것이다. 워낙 내 논리 비약에 익숙하기도 하지만 지금 시점에서 걔가 가리킬 만한 사람이 한 사람밖에 없기 때문이다. 성령은 땅을 보듯 고개를 아래로 하고 짧게 답한다.

"맞아."

"걔가 어떻게 내 소설 주인공 이름을 알지? 나도 잊고 있던 건데."

"네가 뭘 안 잊어?"

성령은 덧붙인다.

"자기가 찾아 읽더라."

"왜?"

성령이 날 돌아본다.

"너랑 같은 이유겠지. 네가 네 병에 대해 알고 싶어서 소설을 썼듯 그 애도 자기 병에 대해 알고 싶어서 읽었을 거야."

나는 고개를 끄덕인다.

"거참, 자기 이름도 모르는 상태에서도 잊지 않아주다니 감동이네. 이런 기분 오랜만이야."

"그래서, 좋아?"

"뭐, 싫을 건 없잖아?"

나는 그만 본론으로 들어간다.

"왜 그 애를 여기 보냈지? 목적이 뭐야? 설마 누구 말대로 정말 불구단을 내부에서부터 궤멸시키려고 심은 거야?"

성령은 가볍게 하, 웃고는 고개를 돌린다. 뭐, 아니라면 다행이고.

"나는 아무 관여도 하지 않았어."

나는 눈썹을 치켜올린다.

"뭐에 대한? 천안? 기억상실? 칩?"

"모든 걸."

성령이 굳이 아산까지 와 나를 만난 건 이야기를 하기 위해서였다. 아무에게도 하고 싶지 않고, 조현인 소설가가 친구가 아니면 할 수 없는 이야기. 그것은 만족스러운 설명은 못 되지만 최소한 내가 처한 상황에 동아줄이 될 만은 하다. 나는 그 줄을 냉큼 붙잡는다.

"이재문. 그 애 이름이야."

"의외로 터프하네."

"그 애는 그 이름으로 불리는 걸 그다지 안 좋아하는 눈치였어."

"애들이 이름 가지고 놀렸나? 나 어렸을 땐 엄청 놀림받았는데. 랑랑 죽겠지…… 입 다물고 있을게."

성령은 한숨 쉰다.

"상담을 거치면서 어느 정도 추측이 가능했어. 그 이름으로 불리면 죽은 엄마 생각이 났던 거야. 자식을 지키려 희생한 엄마가, 아이러니하게도 아이의 트라우마 그 자체가 됐어. 재문이는 좁고 어두운 곳에 혼자 있는 걸 싫어했고 특히 뭔가가 몸을 감싸는 걸 극도로 꺼려했어. 폐소공포증과는 양상이 달랐고 공황 발작도 아니었어. 자폐증도 의심했지만 아니었고 말이야."

"외상 후 트라우마 장애부터 시작했어야 하지 않나?"

"설마 안 했겠어? 하지만 얼마 지나지 않아서 재문이가 몇 가지 조건에 대해서 무조건적으로 거부 반응을 일으키는 건 아니라는 사실이 명확해졌지. 처음에는 노출 요법을 쓸 겸 여러 조건에 애를 노출시켰어. 완전히 무작위적으로 반응했지. 나는 물론이고 상담을 맡았던 이경이도 갈피를 못 잡고 방황했어. 괜히 애꿎은 애만 더 혼란스럽게 한 것 같아서 우리 둘 다 괴로웠어."

나는 머릿속 시현이라는 캐릭터에 이런저런 색깔을 덧입혀 본다. 회색을 기본으로 보라색과 갈색으로 음영을 더하고 붉은색으로는 약간의 터치만 해본다. 그리고 그 주변을 아이보리로 덮는다. 사정없이 휘갈긴다. 믿을 수 없을 만큼 망가지는 그림은 섬찟할 지경이다.

"실은, 이경이가 그만 그 애하고 거리를 두라고 했어."

나는 고개를 끄덕일 수밖에 없다. 그게 불편하다는 듯 한 단계 격양된 목소리로 성령이 말한다.

"그런 게 가능하지도 않거니와, 누가 봐도 세상에 나밖에 없어 보이는 애를 멀리하라니. 그게 정말 그 애를 위한 길이야? 나는 아직도 납득이 안 돼."

"중간 과정이야 알 수 없지만 그 결과 재문이 시현이 됐다면?"

물론 성령도 알 것이다. 그러니까 지금 여기서 나한테 하소연하고 있겠지. 성령은 하고 싶은 말이 너무너무 많아서 무슨 말을 해야 할지 모르겠다는 얼굴이다. 그 마음 잘 안다. 나도 자주 그러기 때문이다.

"칩은 대체 뭐야? 그거랑 기억상실이 관련이 있어?"

성령은 신중한 표정으로 답한다.

"의사는 그럴 가능성이 있다고 했어."

"의사?"

성령은 무거운 한숨을 토해낸다. 이쯤에서 관두고 싶은 듯하다. 어쩐지 얘기에만 해당되는 건 아닌 것 같다는 감이 온다. 짊어진 게 많은 사람이니까.

"조현병을 치료하는 칩이야."

나는 손으로 입을 가린다.

"음…… 내가 환청을 들었나. 다시 한번 말해주겠어?"

"환청이 아니야. 조현병 같은 정신질환을 치료하기 위해 개발 중인 칩이라고. 출시까지 앞두고 있었는데, 재문이한테 일어난 일 때문에 전면 재검토 중이야. 지금으로선 조현병의 주요 증상인 청각 관련 뇌 부위에 가한 상쇄 신호가 역으로 불필요한 자극을 발생시키는 데다 정체성에까지 영향을 미치는 건 아닐까…… 추측만 하고 있는 중이야."

아. 나는 무슨 말을 해야 할지 알 수 없어 고개를 돌린다. 치료라. 치료라.

"너도 계속 먹고 있잖아. 약."

"그건!"

나는 호흡을 가다듬는다.

"그건, 물론 조현병의 정신병적 증상들을 관리하기 위해 먹는 거야. 과대망상과 피해망상, 편집증, 환각, 인지 능력에 악영향을 끼치는 증상들과 우울증 등등. 거기다 약의 부작용을 완화시키기 위한 약들. 내 경우에는 경직성 발작 때문에 꽤 자주 곤란함을 겪거든. 근데 말이야, 내가 약을 먹는 거랑 그걸 싸잡지는 말아줄래? 나 지금…… 모욕적이야."

성령의 표정을 보아하니 모욕감을 느낀 건 피차일반인 모양이다.

"그래, 뭐가 다르냐 싶겠지. 따지고 들면, 뭐 똑같을 수도. 하지만 과연 나랑 그 애의 마음이 같을까? 내가 소설 쓰는 데 상당한 지분을 가지고 있는 내 미스터 망상 님한테 잘 보이려고 약을 조절하기 위해 주치의랑 줄다리기하는 것과 그 애가 하늘 같은 누군가를 위해 조현병을 치료해서 새 사람이 되려고 수술대에 눕는 게? 그게 같아? 너는 정말 그렇게 생각해? 그러고 보니까 네가 언젠가 그랬지. 그 애가 치료를 받길 원한다고. 실은 원하지도 않는데 말이야. 다른 이유가 아니라 너 때문에."

"내 탓을 하려는 거야?"

"그러면 간단하겠지. 근데 그 애 말고 너는? 네가 이렇게 나 같은 거 붙들고 하소연해야 하는 상황에 빠뜨린 건 대체 누굴 탓해야 하지? 그 애?"

성령은 선글라스로도 가릴 수 없을 만큼 동요한다. 두 손을 꽉 움켜쥐고 무언가로부터 자신을 보호하려 대비한다. 하지만 애석하게도 성령의 적은 성령 내부에 있다. 병적인 도덕성. 그야말로 양날의 검 같은 타고난 윤리의식이 언제나 스스로를 베고 있는 사람. 그래서 그 애를 멀리하지 못했다면 그 애도 성령에겐 몸 안에 든 가시가 되었을 것이다. 처음부터 정해져 있는 각본이었다. 어쩐지 너무 쉽게 그려진다 했던 파국이 그저 현실이 되었을 뿐이다. 그런데 그런 가시가 성령의 몸에 또 없을까? 생각해보면 그 후보는 너무 많다. 멀리서 찾을 것도 없이 바로 이 추모 공원도 성령의 가시일 것이다.

"난 말이야, 네가 여길 지을 계획을 세울 때에도, 신천안 사업을 공약으로 내세울 때에도, 그리고 메타 천안인지 뭔지 얘기할 때도 그냥 좀 딱하더라고. 왜 저렇게까지 하는지는 알겠는데, 애초에 가지 않아도 됐을 길을 가면서 힘들어하는 게 정말 안쓰러워. 혹시 그 애도 그런 마음이었다면…… 아니, 분명 그랬을 거야. 그래서 그런 선택을 했을 거야. 네가 자기를 놓아줄 수 있도록. 의사든, 상담사든, 너든 자길 더는 보살핌이 필요 없는…… 소위 정상인으로 생각한다면 더 수월할 테니까. 보기보다 영리한 구석이 있었군그래?"

나는 슬슬 천안역 상황이 궁금해지기도 해서 주머니에서 라디오를 꺼낸다. 발전기의 레버를 펼치고 감기 시작한다. 끼리릭 끼리릭. 성령이 뭐냐는 듯 보길래 건넨다.

"그것 좀 돌려봐. 악력 달린다."

성령은 고개를 젓고는 레버를 돌린다. 나는 말한다.

"그 녀석의 기억상실이 사고라면 왜 빨리 수습하지 않는 거지? 데려가서 칩을 제거하든 해서 원래의 그 녀석, 재문으로 돌려놔야 하는 거 아니냔 말이야."

성령은 고개를 떨구고 레버만 열심히 돌리며 말한다.

"연락을 받고 가보니 이미 의사며 간호사며 다 때려눕히고 사라진 뒤였어. 병원이 싫다며, 천안역에 가야 한다고 했다는 말에 억장이 무너지더라. 재문이를 찾는 건 일도 아니었지만 나는 왠지 그 애를 그대로 두고 보고 싶었어."

"왜?"

레버를 돌리는 소리가 멈춘다. 내가 대신 말한다.

"그대로 가주길 바랐나?"

순간, 성령의 울음이 들리나 했지만 아니다. 라디오에서 새어 나오는 소리. 성령이 인상을 쓰고 묻는다.

"뭐야?"

"잘 안 들리는데? 그것 좀 더 돌려봐!"

성령이 라디오의 레버를 계속해서 돌린다. 돌리면 돌릴수록 소리가 선명해지는 것도 같았는데 어느 정도 이상은 더 좋아지지 않는다. 저쪽 상황이 안 좋다고밖에는 볼 수 없다. 그때, 귀에 익은 목소리가 들려온다.

"어어! 자, 잠깐만요! 시현 님!"

성령이 사색이 된다. 라디오에서 우당탕탕하는 소리가 나며 도일의 두 가지 목소리가 이명처럼 라디오를 꿰뚫고 나온다.

"놔라! 이거 놔! 건드리지 말 것! 비상!"

또 한 차례 뭔가가 구르고 떨어지는 소리가 나온다. 라디오를 붙잡고 있는 성령의 두 손이 덜덜덜 떨리며 하얗게 질린다. 저러다 저 장난감 라디오를 부수기라도 하면 좀 낭팬데. 뺏을까? 근데 뺏을 순 있을까? 철퍼덕 하는 소리가 나고 도일의 목소리가 흘러나온다.

"수애! 수애! 수애가…… 없어? 수애!"

성령이 흐느끼기 시작해서 나는 움찔한다. 상황이 뭔가 묘하게 돌아간다는 걸 깨닫기까지는 조금 더 시간이 걸린다. 그제야 들려오는 시현의 목소리. 웃음…… 소리? 도일이 묻는다.

"웃어?"

타격음. 도일이 시현을 때리고 있다. 아담이 말리는 것 같지만 상황에는 변함이 없다. 시현이 웃음을 참으려 애쓰며 말한다.

"열차는 떠났어."

성령의 손에서 라디오가 툭 떨어진다. 나는 깜짝 놀라서 얼른 라디오를 줍는다.

"내가 봤어. 열차는…… 사람들은 떠났어. 여행을."

성령이 벌떡 일어나서 달리기 시작한다. 나도 엉겁결에 뒤를 쫓긴 하지만 거리는 금세 멀어진다. 대체 그게 무슨 소리지? 열차가 떠나다니? 없다고? 없으면…… 그게 어디 있는데?

"야! 강……."

순간적으로 폐가 쪼그라드는 느낌에 헉 하며 균형을 잃고 자빠진다. 앞서가던 성령이 뒤돌아보더니 망설임 끝에 되돌아온다. 좋아…… 계획대로구만…… 더럽게 아프네. 나는 성령에게 의지해 몸을 일으키며 묻는다.

"저게 무슨 소리야? 열차…… 어딨어?"

성령은 이를 악물고 있다.

"말해!"

"없어!"

성령이 날 벤치로 데려가 앉힌다. 다행이다. 땅바닥에라도 앉을 뻔했다. 나는 멍하니 성령이 한 말을 되풀이해본다.

"없어…… 없어? 열차가 없어? 치웠어?"

"그런 거 아냐. 처음부터 없었어. 반년을 뒤졌어. 없어. 어디에도."

나는 웃음을 터뜨린다.

"열차가 느려지는 SF 소설은 봤어도…… 없어지다니, 그런 건 판타지도 뭣도 안 되잖아."

성령이 옆자리에 주저앉는다. 고개를 떨군 모습이 꼭 모든 것을 잃은 듯하다.

"그럼 갑자기 수습을 중단시켰던 게……."

나는 진짜로 웃겨서 박장대소를 터뜨린다. 그동안 어딘가 아귀가 맞지 않아 찜찜하게 느꼈던 것들이 비로소 개연성을 갖추기 시작한다. 그렇구나! 이 이상하기 짝이 없던 지난한 이야기가 납득이 되려면 열차가 없어지면 되는 거구나! 이야, 거참, 배꼽 빠지게 신박하네. 아주 명징해. 고르디우스가 무릎 꿇을 만해. 그런데…….

"저 녀석이 그걸 왜 아는 거지? 원래 알고 있었어?"

성령은 고개를 젓는다. 그리고 또 다른 이상한 이야기가 시작된다.

*

시현, 아니 재문은 성 안에 갇힌 소년이었다.

그렇다고 어느 경솔한 어른들(기자, 경찰, 상담사, 복지사 등등)이 오해한 것처럼 그가 감정을 느끼지 않는 것은 아니었다. 그도 그 상황이 무서웠다. 자기를 지키려다 죽은 엄마도, 그의 경직된 시체 속에 갇혀 있어야 했던 약 48시간도, 어둠보다 더 어둡고 무거운, 숨을 쉬기가 거의 불가능한 공기가 전해오는 온갖 불유쾌한 감각들, 그에 따른 무의식적인 연상 작용. 그 모든 것이 당연하게도 소년은 무서웠다. 다만 소년은 그 두려움을 느끼는 상태를 겉으로 드러내는 방법을 알지 못했을 뿐이었다.

그런 측면에서 볼 때, 진부하며 납작하고 오해를 불러일으키기 딱 좋은 '성 안에 갇힌'이라는 묘사는 낯선 세계에서 방황하는 범인에게 비교적 유용한 나침반이 되어주기도 한다. 도구에 전적으로 의지했다가 낭패를 볼 수야 있겠지만 잘만 쓴다면 도구는 본질적으로 유용하니까 말이다. 따라서 우리는 잠시 보통의 기준에 근거한 평균적, 선제적 고정관념을 잠시 내려놓고 낯선 성 안으로 들어갈 필요가 있다.

소년은 조용했다. 아기였을 때부터 그랬다. 그 당시에도 소년은 자폐아로 여겨지곤 했다. 단순히 울지 않는 것이 아니라 엄마의 목소리에 그다지 반응하지 않았으며, 배가 고프다고 혹은 기저귀를 갈아달라고 어떤 식으로든 표현하는 법이 잘 없었다. 소년은 좋게 말하면 욕심이 없는 아이였다. 공기 중을 떠다니는 비눗방울, 굴러가는 공, 저 혼자 재잘거리는 장난감 인형 등등, 소년의 주의를 잡아끄는 어린이(혹은 부모) 용사는 이 세상에 존재하지 않았다. 그렇다고 소년의 성 안에 무시무시한 용이 살고 있는 것도 아니었다. 오우거나 고블린, 아니면 마녀나 미로도 없었다. 심지어 그 성은 지하실조차 없는 단층이었다. 어쩌면 18평방미터가 넘지 않았을지 모른다.

하지만 소년은 아무렇지 않았다. 특별히 행도 불행도 느끼지 않고 하루하루를 그냥저냥 보냈다. 그건 정말 문제가 아니었다. 학교에 다니기 시작하면서 성적이 좋지 않고 교우 관계가 없다시피 했지만 주변 어른들이 보내는 잠깐의 우려와 개입은 그리 오래가지 않았다. 혼자서도 잘 있는 것 같으니까. 비행을 저지르지도, 괴롭힘의 대상이 되는 것도 아닌 소년은 미래가 촉망받는 아이들과 미래가 어두운 아이들 틈에서 잊히기 일쑤였고, 휴일이라는 개념 없이 일하는 부모로서는 소년만큼 착한 아이가 없었다. 소년은 아무래도 상관없었다.

내부적으로는 그렇게 언제까지고 안온할 수도 있었다. 특별한 성취나 성공, 행복이 있지는 않지만 그렇다고 불행하지도, 죽지 못해 사는 것도 아닌 극단의 평화가 소년을 기다렸을 수도 있었다. 그런 미래가 누군가에겐(특히 방랑벽이 있는 외계인 소설가 같은) 지옥과 다름없을지라도, 소년에게만큼은 천국, 사실은 아무 의미 없는, 살 만한 세상이었을 터였다.

그 미래가 자재를 빼돌린 부실한 빌라 건물과 함께 무너져 내렸다.

소년으로서는 태어나서 처음 겪는 불행이었다. 어리둥절했다. 그것이 행복의 반대 개념이라는 것도 몰랐다. 뭐든 기준과 비교 대상이 있어야 의미를 지니는 법. 소년은 자신의 세상이 아인슈타인의 상대성 이론대로 작동하는 계라는 걸 처음 깨닫고 방황했다. 그야말로 새로 태어난 것과도 같았다. 블랙홀과 초신성이 연주하는 카오스가 소년을 헤집어놓았다. 소년은 태어나 처음 공포를 느꼈다.

신의 장난이란 말이 어울리게, 빛이 있었다.

"거기 누구 있어요?"

기자 지망생이었던 성령이었다. 그는 당시 우르르 무너져 내리던 소위 순살 아파트들과 대한민국의 자랑이었던 건축 신화의 속살을 파헤치는 것을 목표로 홀로 취재 중이었다. 생존자가 없다는 공식 발표 이후 수습에 속도가 나지 않는 상황이었다. 핑계는 차고 넘쳤다. 생존자가 없어서, 주변에 미칠 피해가 우려돼서, 날이 안 좋아서, 더 급한 사안이 있어서, 돈이 없어서, 임금이 너무 올라서, 부동산 경제가 안 좋아서, 유가가 올라서, 원달러 환율이 치솟아서 혹은 급락해서 등등. 성령은 이 세상이 장난을 치고 있는 게 아닐까 싶었다. 성령은 부지런히 움직여 사람들을 상대했다. 뭐라도 하고 싶었다. 비록 건축 비리와 관련된 내용을 알아내지는 못했지만 어린 생명 하나를 살렸다. 성령은 다시 한번 세상이 장난을 치고 있다고 느꼈다. 그렇지 않으면 받아들일 수 없는 일이었다.

소년은 빛과 같은 목소리 그리고 실제로 빛을 마주했다. 세상은 눈부셨다. 기자들의 카메라 플래시 때문이기도 했지만 아무튼 세상은 눈부셨다. 소년은 감사함이라는 걸 느꼈다. 겉으로 드러내지는 않았지만 말이다.

병원에서도, 경찰서에서도, 상담실에서도 옆에는 늘 성령이 함께였다. 소년은 그것을 새롭게 마주한 세상의 좌표계로 설정했다. 보육원에 들어가게 되면서는 세상이 틀어지게 되었고 소년은 불행을 느꼈다. 물론 아무도 눈치채지 못했고 신경 쓰지 않았다. 소년은 보육원에서 생활하며 다시 한번 좌표계를 설정할 수도 있었지만, 결과적으로 그러지 못했다. 굳이 그럴 필요가 없었다. 조금만 이동하면 빛이, 성령이 있었기 때문이었다.

성령은 소년에게서 멀어지지 못했다. 이미 깊은 중력장에 빠져버린 혜성처럼 성령은 소년의 주변에 머물렀다. 옷과 간식을 사주고 공부를 도와주고 때때론 그냥 같이 있었다. 소년은 말이 없고 무언가를 바라지도 거부하지도 않았다. 그저 성령이 주변에 있는 게 당연했고 그것만 유지된다면 다른 건 아무래도 상관없을 뿐이었다.

기자 지망생으로서 어린 생명을 구한 성령은 그가 원하건 원하지 않건 그 보상을 제대로 받았다. 성령은 기자가 됐다. 소년을 구한 일이 아니었어도 기자가 될 수 있었을까 하는 회의가 성령을 괴롭혔지만 무용한 생각이었다. 어찌 됐든 성령은 기자였다. 성령은 자기가 기자임을 증명하려는 쳇바퀴에 올랐다. 그게 아주 무의미하기만 했던 건 아니었다. 쳇바퀴를 돌며 기른 지구력으로 성령은 언론계에서 중요한 입지까지 오를 수 있었다. 성령은 만족하고 싶었다. 자꾸만 장난을 치는 세상만 아니었다면, 가능했을까?

참사가 사람들을 죽였다. 정부는 무능했고, 심지어 악의적이었다. 시민들은 무관심했고, 심지어 정부의 편을 들었다. 성령은 세상이 잘못된 건지 자신이 잘못된 건지 판단하기가 어려웠다. 같은 고민을 품고 있던 외계인 소설가 친구가 대한민국을 조롱하며 스페인으로 훌쩍 떠나 순례길을 걷는 동안 성령은 악에 받치다시피 정계에 입문했다. 그리고 깨달았다. 세상은 원래 이상했구나. 그리고 나도 이상하구나. 성령은 오히려 마음이 차분해졌다. 그럼 처음부터 다시 시작하면 되는 거 아닌가?

세계를 새롭게 정립한 바이러스의 창궐 이후 정계에서도 소위 뉴노멀이라는 바람이 불었다. 워낙 귀에 걸면 귀걸이 코에 걸면 코걸이 같은 개념이었지만 성령은 그 개념을 선택했다. 고조선 시대부터 전해져 내려온 듯한 당파 싸움에 질릴 대로 질린 청년들이 무당파를 자처하며 미래를 포기한 채 현재에 집중할 때 성령은 새로운 보통을 제시하며 진보통이라는 길을 제시했다. 잠깐 동안 무수히 많은 시도들이 있었고 진보통은 비교적 자리를 잡을 수 있었다. 성령은 당을 이끌며 미래를 꿈꿨다. 그러는 동안은 소년을 잊었다.

보육원을 나오고 이런저런 일을 하던 소년은 성령이 개척하는 새로운 길을 닦는 데에서 재미를 느꼈다. 보잘것없는 정당의 잡무를 처리했고 선거 때는 직접 전단을 돌렸다. 성령도 소년도 다른 정당 사람들 그 누구도 소년이 성령의 수행원 역할을 하게 되는 과정을 이상하게 여기지 않았다. 그렇다고 두 사람의 관계에 의문을 제기하거나 의혹을 품는 사람도 없었다. 스캔들 같은 걸 떠올리기엔 두 사람 다 지나치게 금욕적이었다. 사람들에게 두 사람은 그냥 행성과 위성일 뿐이었다.

  이 시기가 평온하기만 했던 건 물론 아니었다. 정계라는 험난한 바다에서 조각배를 타고 항해를 한다는 건 자살 행위였다. 기득권의 무자비한 폭력과 시민들의 무관심, 그 와중에도 끝없이 발생하는 사건 사고. 거기에 참사. 성령은 세상의 부조리를 없앨 힘을 키우기 위해 그 무엇보다 부조리를 이용해야 하는 현실 속에서 말라갔다. 희생자와 피해자를 돕기 위해 그들을 뒤로해야 한다는 게 끔찍이도 싫었고, 그걸 제 손으로 행하고 있다는 사실이 믿기지가 않았다. 하지만 하지 않으면 더 많은 사람들을 뒤로해야 했고, 당이 커지자 성령의 의지만으로 제어하기가 점점 힘에 부쳤다. 조각배는 어느새 여객선이 됐는데 조타실은 진입조차 불가했다. 그저 조류에 떠다니다가 우연히 마주치는 조난자 몇을 구하는 꼴이었다. 참담하기 그지없었다.

  성령에게는 마음의 치료가 반드시 필요했다. 하지만 그것은 죄보다도 더 나쁜 것이었다. 이상한 세상에서는 그랬다. 성령은 친구인 이경을 집으로 불러 상담할 수밖에 없었다. 다행히 그것이 도움이 되기는 했다. 성령에게는 말이다.

  성령의 위성, 소년이었던 재문은 성령이 이경에게 상담을 받는다는 사실이 믿기지가 않았다. 재문이 느낀 충격은 중세 사람들이 지구가 태양 주위를 도는 돌덩이에 불과하다는 사실을 마주한 것에 버금갔다. 그야말로 신성모독이었다. 차라리 진실을 부정하고 싶었다. 공교롭게도 재문에게는 그럴 잠재력이 충분히 있었다.

조현성 성격장애는 조현병과 같은 조현 스펙트럼으로 묶이기엔 다소 결이 다르다. 조현병의 주요 증상인 망상과 편집증이 거의 없고 그 흔한 환각도 겪지 않는 게 대부분이다. 그런데 여기에 스트레스가 작용하면 상황이 좀 복잡해진다. 조현성 성격장애가 있는 사람은 그렇지 않은 사람에 비해 조현병을 앓게 될 가능성이 더 높으며 스트레스는 그 가능성을 좀 더 높이는 데 작용한다. 담배를 피우는 사람이 피우지 않는 사람보다 암에 걸릴 확률이 더 높다는 이야기와 정확히 같은 맥락에서, 재문이 조현성 성격장애나 스트레스 때문에 조현병으로 상태가 악화되었다고 단정 지을 수는 없다. 하지만 결과적으로, 성령이 정치인으로서 풍랑을 겪던 그 시기의 재문은 점차 환청을 듣기 시작했고 사고의 왜곡을 암시하는 행동을 보이기 시작했다. 이경은 이 점을 알아챘고, 성령이 주요 요인 중 하나라는 것도 짐작할 수 있었다. 어렸을 때 보였던 행동들도 다시 나타나기 시작했다.

재문 본인도 자기 상태를 알고 있었다. 다행히도 그는 병식을 가지고 있었다. 그래서 성령이 조심스럽게 이야기를 꺼냈을 때 재문은 두말하지 않고 치료를 택했다. 상담과 약물 요법의 효과는 기대보다 좋았다. 그게 복선일 거라고는 아무도 생각하지 않았다. 어쩌면 모른 척했을 뿐일지도 모른다.

대선을 앞두고 캐스팅보트인 충청의 천안에서 새로운 미래를 제시했다. 아산에 비해 자꾸만 힘이 빠지던 천안은 박차연 같은 사람들 소수가 천안역지하도상가에서 차곡차곡 쌓아가던 것을 눈독 들이고 있었는데, 정부가 대선 준비의 일환으로 천안에 힘을 보탰던 것이다. 천안은 미래의 의료복합도시를 지향하며 천안역 역사를 의료 백화점으로 만들 계획을 세웠고, 그것은 실제로 70층짜리 역사가 되어 천안 하늘을 가로질렀다. 의료 백화점 완공식의 백미로 천안이 선택한 건 장애인과 접근성이었다. 이미 박차연의 불구단 등 각종 의료기상의 거리가 되기 시작한 지하도상가 서북구 방면의 상황을 놓고 볼 때 천안의 수는 꽤 유효했다. 그리고 얕았다. 천안과 정부의 수는 금방 읽혔고, 천안역 신축 역사 완공식은 정치인들의 전쟁터가 되었다. 천안 시장과 정부 여당이 천안역 동부 광장에서 행사를 축하하는 동시에 그 바깥에서는 야권 정치인들과 시민 단체에서 장애인 동원과 지하도상가 이권 침해 등을 비난하는 피켓을 하늘 높이 들었다. 진보통도 빠질 수는 없었고 당대표인 성령도 마찬가지였다.

성령은 그 모든 것이 싫었다. 영세한 의료기상의 밥그릇을 뺏는 것도, 거기에 장애인을 동원하고 평소에는 예산 타령하며 저상 버스조차 확대하지 않다가 느닷없이 접근성 운운하는 것도, 그뿐만 아니라 마치 기다리고 있었다는 듯 이러한 상황을 비판하면서 표를 빼앗으려 애쓰는 것도. 성령이 또 심각해진 것을 알아챈 재문은 조심스럽게 물었다.

"안 가면 안 돼요?"

성령은 코웃음을 쳤다.

"그럼 나중에 장애인 권리에 관심 없는 당 소리나 듣겠지."

"대표님은 장애인 권리에 대해 관심이 없어요?"

성령은 발끈해서 언성을 높였다.

"정말 몰라서 하는 소리야?"

"알아서 묻는 거예요. 대표님은 장애인 권리에 관심이 있어요. 그래서 관련 법안을 제출하고 장애인 단체들과 꾸준히 소통하며 때로는 직접 활동도 하시죠. 그러면 되는 거 아니에요?"

성령은 무안하기도 해서 고개를 돌렸다.

"하지만 우리 법안은 번번이 휴지 조각이 되고, 장애인 단체가 원하는 건 얻어내지 못해. 결과적으로 나는 성과 없이 자기 만족이나 느끼려 봉사 활동하는 사람일 뿐이야."

"야박하네요."

"세상이 원래 그렇지."

"아니, 대표님이요."

성령은 피켓을 들고 무리에 섞인 채 외치고 또 외쳤다. 보여주기식 행정과 장애인 동원을 그만하라. 정치를 위해 약자와 소수자를 이용하지 마라. 누가 누구한테 하고 있는지 모를 말들이었다. 성령은 속이 뒤집어졌다. 금방이라도 속을 게워 낼 것만 같았다. 성령은 결국 피켓을 내려놓고 무리에서 빠져나왔다. 주변을 방황했다.

"그래도 저 사람들은 즐거워하고 있는 것 같아요."

재문이 동부 광장에 설치된 대형 모니터 속 접근성 검증단을 가리켰다. 재문의 말대로 그들은 즐겁고 신이 나 보였다. 하지만 저들이 저렇게 행복해하는 이유는 평소에 누릴 수 없는 상황이기 때문이지 않나? 일상에서 경험할 수 없는 경사로와 엘리베이터 그리고 온갖 편의시설, 그리고 특수 개조된 열차 때문이지 않나? 이런 이벤트성 시혜는 제대로 된 복지라고 할 수 없다. 하지만 그걸 비판할 자격이 진보통 당대표인 자신에게 있나? 성령은 못 본 척하고 차에 올랐다.

재문은 성령이 알아주길 바랐다. 저들이 지금 이 순간을 순수하게 즐기고 있다는 걸. 전후 맥락과 복잡한 배경은 지워버리고 오직 눈앞의 것을 보았으면 했다. 아주 잠시만이라도. 그럼 조금이라도 편안해질 텐데.

재문은 자기라도 저들의 행복한 순간을 직접 봐야겠다고 생각했다. 그리고 저들이 얼마나 행복했는지를 성령에게 전해주고 싶었다. 그런 데에 소질은 없지만 하지 않는 것보다는 나을 것이었다. 재문은 역사 안으로 들어갔다. 그런데 역사가 흔들리기 시작했다. 재문은 서둘러 지하로 내려갔다. 늦으면 안 된다는 생각뿐이었다. 다행히 열차는 아직 출발하지 않았다. 재문은 사람들이 서로에게 인사하는 모습을 눈여겨봤다. 그들이 마냥 행복해 보이진 않는 게 이상하게 느껴졌다. 표정들이 어두웠고 우는 사람들도 있었다. 재문은 그들의 얼굴에서 언뜻 성령을 본 듯했다. 어렸을 때 성령에게서 보곤 했던 모습이었다. 재문은 열차 가까이 다가가 안에 있는 사람들은 어떤지 봤다. 다행히 그들 대부분은 즐거워 보였다. 그중 한 아이와 눈이 마주쳤다. 유아차 같은 휠체어에 탄 아이는 재문을 보고는 활짝 미소 지었다. 재문은 손을 흔들었다.

열차가 출발했다. 사람들이 돌아설 때쯤, 다시 한번 건물이 크게 흔들렸다. 불이 꺼졌다. 사람들은 플랫폼에서 이러지도 저러지도 못했다. 재문은 아까 손을 흔들어 인사한 아이에 대해 성령에게 전해주고 싶은 마음뿐이었다. 엘리베이터가 움직이지 않았다. 사람들은 울면서 비상계단을 오르기 시작했다. 어떤 위기 의식이 재문의 상태를 악화시켰을지 모른다. 수면 아래 웅크리고 있던 증상들이 모습을 드러냈다. 그때, 도일이 계단을 뛰어 내려왔다. 재문은 기계적으로 그를 뒤쫓아 붙잡았다. 도일이 수애전용단말기로 코를 아작 냈지만 아랑곳하지 않고 위로 올라갔다. 빨리 가서 성령에게 전해줘야 했다. 모두 즐겁게 여행을 떠났다고. 그럼 성령은 편안해질 수 있을 테니까.

그때, 재문은 기차 경적 같은 소리를 들었다. 들었다고 생각했다. 그는 다시 플랫폼 쪽을 돌아봤다. 어둠 속에서 열차가 출발하고 있었다. 재문은 손을 흔들었다.

도일을 들쳐 메고 마지막으로 역사를 탈출한 재문은 피 칠갑이 된 얼굴로 사람들을 놀래키며 성령에게로 달렸다. 긴급 출동한 119 대원들이 그를 막으려 했지만 성령을 보좌하며 자득한 경호술은 꽤 견고했다. 성령은 이미 다른 사람들과 함께 대피한 뒤였고 두 사람이 만난 건 참사 발생 스물여덟 시간 후였다. 피가 시커멓게 굳어버린 채 재문은 성령 앞에 나타났다. 사무실 사람들 모두 기절할 뻔했다. 성령은 재문을 끌어안고 울었다. 역사 건물이 추가로 붕괴하며 사상자가 조금이지만 발생했기 때문에 재문도 사고에 휘말린 건 아닌가 싶었던 것이다. 성령은 서둘러 재문을 병원으로 데려갔다. 다행히 그는 건강했다. 그저 코뼈가 주저앉았을 뿐이었다. 병실에서 얼굴 정중앙에 커다란 거즈를 붙이고 누워 있는 재문에게 성령은 물었다.

"어디 갔던 거야? 코는 왜 그렇게 된 거고?"

"열차는 떠났어요."

당연하지만 성령은 한 번에 이해하지 못했다. 재문은 최면에 걸리기라도 한 듯 반복해서 말했다.

"열차는 떠났어요. 접근성 검증단이 탄 열차요. 여행을 떠났어요. 행복하게요. 그러니까 마음 놓아도 돼요."

재문은 그대로 정신을 잃었다. 꼬박 사흘을 깨지 못했다.

성령은 재문의 말에 놀라긴 했지만 어디까지나 그가 지하 플랫폼에 있었다는 사실 때문이었다. 그가 말한 열차 이야기는 그리 귀담아듣지 않았다. 그저 그의 증세가 다시 악화되는 게 아닐지 걱정하며 친구인 이경과 의논했을 뿐이다.

재문이 깨어난 이후 그런 얘기를 다시 하지 않았던 것도 그 얘기를 대수롭지 않게 생각하게 된 원인 중 하나였다. 결정적으로, 말이 안 되는 이야기였고.

시간이 흘러, 소수지만 정부 여당이 된 진보통당은 본격적으로 천안역 역사 수습에 힘썼다. 당대표였던 성령은 아예 그곳에 상주해 상황을 예의 주시했다. 사람들은 만족했다. 참사 발생 3년까지는.

갑작스레 성령이 수습 중단을 공표했다. 마치 사전에 계획된 듯 공사 현장에 작은 소란이 일었다. 인명 피해는 없었지만 작업을 계속하다간 또 무슨 일이 벌어질지 알 수 없는 상황이었다. 유가족과 일부 시민 단체를 제외한 대부분의 사람들은 마음속으로 장애인 열 명과 비장애인 세 명으로 구성된 접근성 검증단을 저울 한쪽에 올려놓고 반대쪽에 이것저것을 올려보았다. 뭘 올려봐도 기울기는 음의 값이었다. 마치 대국민 합의라도 있었던 것처럼 수습 중단은 기정사실이 되어버렸다. 그러고는 개헌을 통한 대통령 중임제와 차별금지법, 동성혼 법제화 같은 이슈들이 접근성 검증단을 이중 삼중으로 묻어버렸다.

성령은 기득권인 보수와 진보 거대 양당을 구슬리고 협박도 해가며 역사의 이정표를 여럿 세웠다. 사람들은 성령을 차기 대선 후보로까지 생각했고 실제로 그는 선거에 나섰다. 그는 선거 공약 겸 앞으로의 목적으로 신천안 사업을 내세웠다. 참사로 끊어지고 만 대한민국의 허리를 고치겠다는 선언은 진영과 지역을 뛰어넘어 공감대를 형성했다. 온 국민이, 거의 대부분의 국민들이 참사 이후 몰락해 가는 천안과 천안의 땅값을 복구하고 싶어 했다. 자연스럽게 자본이 유입됐고 거래가 활성화됐다. 그리고 고래 싸움에 새우 등 터지듯 천안의 시민들과 세입자들은 예정돼 있던 수순인 양 점차 외곽으로 밀려났다.

성령의 고통은 이 시기에 다시 극에 달했다. 그의 천성은 스스로가 나아가는 길을 납득 못했다. 열차가 사라진 일 때문에 국정원 요원들이 쉴 새 없이 들락거리는 천안역을 정말 이대로 덮어야 하는가? 하지만 천안 전체를 미국의 51구역처럼 민간인 통제구역으로 설정할 게 아니라면 깡그리 덮고 신도시를 지어 올리는 게 여러모로 합리적이었다. 하지만 그 때문에 쫓겨나는 사람들은 또 어떤가? 그저 게으르고 비겁한 도피 아닐까? 워낙 극비였던 탓에 이경과도 이야기를 나눌 수 없는 상황에서 성령의 정신적 고통은 진작에 임계치를 넘긴 뒤였다. 그리고 도미노가 차례로 쓰러지듯 재문의 조현병 증세도 악화되었다. 그리고 그것과는 별개로, 재문은 열차 이야기를 다시 하기 시작했다. 성령의 입장에서 그게 어떤 의미일지를 짐작하기란 어렵지 않다. 마치 댐이 우르르 무너지는 심정이었을 것이다. 도저히 손쓸 수 없는, 그저 멍청하게 바라볼 수밖에 없는, 차라리 이대로 빨리 휩쓸려 가고 싶은.

이경은 자기라도 개입하지 않으면 정말로 큰일이 날 거라고 판단, 재문에게 치료를 권고했다. 단도직입적으로 말했다. 너 때문에 성령이 아프다고. 그러니까 네가 성령을 위한다면 치료를 받으라고. 이경은 자신의 행동이 잘못되었다는 걸 너무 잘 알았지만 후회는 하지 않는다고 했다.

재문은 이경이 시키는 대로 했다. 약물 복용부터 재개했지만 처음과는 다르게 잘 듣지 않았다. 그때쯤에는 조현병 치료제에도 변화가 있던 때였다. 많은 조현인들이 자신들의 사고방식을 일종의 개성으로 여기며 자긍심을 되찾는 한편 조현병에 대한 사회의 시대착오적인 인식을 개선시키기 위해 애썼다. 많은 시도들 중 가장 성공적인 것은 약물을 복용하는 조현인을 화학적 사이보그로 정의하는 거였다. 이동에 제약이 있는 장애인이 휠체어나 의족과 결합하여 사이보그로서 주체성을 확보할 수 있다면, 조현인이나 기타 정신질환자(문자 그대로 정신병자)도 화학물과 결합하여 스스로의 사고를 조율하여 주체적이게 될 수 있다는 요지였다. 사이보그라는 말에는 예나 지금이나 이질적이면서도 익숙하고 또 신비로운 데다가 묘하게 있어 보이는 측면이 존재하기에 많은 사람이 그 논리를 채택하는 데 특별히 거부감을 갖지 않았다. 뒤이어 실제로 사고를 조율할 수 있는 일명 4세대 조현병 약들이 쏟아져 나오던 그 황금기에, 재문은 수술대에 누웠다. 화학적 사이보그 논리를 모두가 받아들이는 건 당연히 아니었고, 중증의 조현병을 앓는 사람들의 가족과 조현인 당사자 중에서도 적지 않은 사람들이 그러한 논리를 위험한 바이러스 같은 것으로 생각했다. 그들에게 조현병은 치료하고 제거해야 할 병에 불과했다. 그게 싸고 편한 방법이기도 했다. 그렇게 개발되던 칩이 재문의 머리에도 들어갔다.

그래서 재문은 시현이 되었다.

Voice 15

우와, 진짜 높아! 눈을 아무리 위로 치켜떠도 꼭대기가 안 보여! 너도 보고 있어? 맨날 하는 게임 잠깐 멈추고 이 역사적인 순간을 좀 즐겨보면 안 돼?

야, 호들갑이라니. 진짜로 신기하단 말이야. 물론 이 건물 높은 거야 요 근래 천안 어디서든 보였고, 서울에는 더 높은 건물들이 수도 없이 많다지만, 나는 내 두 눈으로 이렇게 높은 건물 처음 봤으니까 이 정도는 신기해할 수 있는 거 아니야? 그리고 난 단 한 번도 네가 게임에서 이스터에근지 웨스트에근지 찾았다고 방방 뛰면서 꽥꽥거릴 때 호들갑 떨지 말라고 하지 않았어.

그러니까 오늘만큼은 내가 하는 말 그냥 봐줘.

들어간다! 워, 드라마에서 보던 경호원들이 날 호위하고 있어!

아, 진짜. 안다고, 나도. 내가 아니라 정치인들 호위하고 있다는 거. 너 자꾸 그런 식으로 초 칠래? 오늘따라 유난히 더 심한 것 같은데. 내가 누누이 말하지만, 마음은 표현하지 않으면 전달되지 않아.

출입문 앞에서 기다리고 있어. 사실 나 같은 사람은 그냥 움직이는 신분증 그 자체나 마찬가지지만, 이상하게 사람들은 그걸 이중 삼중으로 확인하지 않으면 못 견디는 것 같아, 안 그래? 꼭 믿고 싶지 않은 뭔가를 재차 확인해보는 것처럼 말이야.

내 차례가 됐어. 입구 앞에 있는 사람이 휠체어 위에 누워 있는 날 힐끔 보더니 자연스럽게 내 뒤쪽에 대고 말을 해. '신분증 확인하겠습니다.' 엄마가 내 신분증을 그 사람한테 전달해. 그 사람이 신분증과 날 번갈아 보더니 다시 한번 엄마를 향해 물어. '이수애 님?' 엄마가 그렇다고 답하고, 나는 드디어 안으로 들어가.

너도 참 한결같아. 당연히 이수애는 우리 엄마가 아니라 나지. 직원도 내가 이수애가 맞냐고 물어본 거야. 엄마한테. 이젠 익숙해질 법도 하지 않아?

로비를 지나고 있어. 옆으로 난 창문으로는 동부광장이 보여. 공사하기 전에 딱 한 번 본 적이 있는데 그 모습 그대로야. 뭐랄까, 그 외국의 유명한 인형 같아. 인형 안에 또 인형이 있고, 그 안에 또 인형이 있는……. 아, 맞아, 마트료시카. 넌 참 쓸데없는 걸 많이 안다니까. 그런 걸 조금 지우고 나랑 네 할머니에 대한 걸 기억해주면 좋겠지만. 너, 다음 주가 할머니 생신인 건 아니? 야, 할머니 손녀는 내가 아니라 너라고!

우릴 안내하는 직원들이 하나둘 흩어지기 시작해. 나와 엄마, 그리고 내 앞의 전동 휠체어 탄 아저씨가 그중 한 직원을 따라 6번 복도로 들어가. 직원이 연기하듯이 설명해. 이 천안무장애첨단의료복합상가…… 너무 기니까 앞으로는 그냥 역사라고 할게. 역사에는 우리 같은 사람들이 불편함을 느끼지 않게 엄청난 수의 엘리베이터가 설치돼 있대. 꼭 우릴 강조하지 않더라도 엘리베이터가 많으면 좋지 않나? 특히나 이런 70층짜리 초고층 빌딩은 말이야. 아무튼, 엘리베이터는 정말 좋네. 휠체어 두 대가 들어가도 넉넉한 크기라니. 이따 유튜브에서 이 얘길 꼭 해야겠어. 이봐, PD 님, 기억해둬.

직원이 엘리베이터 내부의 우리를 향해 플래시를 터뜨리는 동안 함께 탄 아저씨가 내가 탄 휠체어와 날 보더니 엄마한테 물어. '애기가 몇 살'이냐고. 웃지 마. 엄마는 대답해. 곧 있으면 고등학교에 입학할 거라고. 그러자 돌아오는 뻔한 반응들. 뭐, 내가 좀 많이 동안이긴 해. 너랑 같이 있으면 누가 봐도 모녀 지간으로 볼걸? 야, 나도 짜증나거든? 하지만 나 같아도 유아차처럼 생긴 휠체어 속에 누워 있는 1미터짜리 꼬맹이랑 170센티가 훌쩍 넘는 우중충한 사람을 보면 그렇게 생각할 거야. 그런 건 의지로 하는 게 아니니까.

와우, 여긴 네가 보면 정말 눈 돌아갈 곳인데! 온통 기계장치야. 자체 발광하는 듯한 순백의 플라스틱은 아직 비닐도 뜯지 않은 상태로 너 같은 테크 매니아들을 기다리고 있어. 조르지 마. 나로서는 그냥 봐서는 뭐 하는 물건인지 짐작조차 못 하겠어. 어쨌거나 첨단 의료 백화점 같은 곳이니까, 의료기기 아니겠어. 하지만 세상은 넓고 장애는 많으니 내가 다 모르는 게 당연해. 내 앞에서 탱크같이 생긴 전동 휠체어를 몰고 가는 아저씨도 상황은 별반 다르지 않은 것 같아. 복도 안에는 직원이 높은 접근성을 자랑하는 소리뿐이야.

어, 휠체어다. 아저씨가 먼저 속도를 높여 가는 방향으로 휠체어들이 진열돼 있어. 나도 빨리 가서 보고 싶지만 엄마의 정속 주행은 좀처럼 흐트러지는 법이 없지. 뭐, 대부분의 경우에는 장점으로 작용하지만 말이야. 아저씨가 직원에게 휠체어에 대해 묻고 있어. 직원은 스마트폰을 힐끔거리면서 휠체어 제조사가 어디이며 역사가 어떻게 되는지 따위를 읊는데 대체 그런 걸 누가 궁금해한다고 저러나 싶어. 한참을 기다려야 휠체어에 대한 설명이 이어져. 아저씨가 관심을 보이는 휠체어를 타면 계단을 오르내릴 수도 있다는데 나로서는 관심 밖이야. 나는 내가 타고 있는 것 같은 유형의 휠체어를 찾아. 수동 휠체어가 있기는 해. 언뜻 보기에는 모두 신기한 기능을 갖춘 듯해. 하지만 그중 어느 것도 날 위한 건 아닌 것 같아. 내가 방송에서 늘 하는 말처럼, 모두를 위한 건 없는 법이니까.

휠체어를 지나자 의족과 의수 같은 것들이 나와. 또 한참을 가니까 또 다른 팀이 뭔가를 시연해보고 있어. 로봇 같은 것에 올라타 기립한 누군가를 향해 주변에서 박수를 쳐. 직원은 연신 플래시를 터뜨리고 있고 말이야. 로봇에 탄 사람의 표정이 궁금하지만, 엄마는 그대로 앞으로 나아가.

별로 한 것도 없는 것 같은데 벌써 현기증이 나. 다음 순서를 위해 엘리베이터에 탔는데 엄마가 내 상태를 알아채고 호흡기의 산소 농도를 조절해줘. 엄마의 이런 능력은 내가 봐도 정말 신기할 정도야. 네가 만든 내 전용 단말기를 제자리에 다시 놓아줬어. 안 그래도 자세가 살짝 불편했거든.

우리는 지하로 내려가. 드디어 이 행사의 하이라이트야.

플랫폼 자체는 유튜브에서 본 서울 지하철 풍경이랑 똑같아. 살짝 김이 새지만, 뭐 여기만 특별히 달라야 할 이유도 없지. 깔끔하긴 해. 근데 휠체어들이 하나둘 모이니까 벌써부터 좀 복잡한 느낌이 들어. 위쪽의 상가랑 굉장히 대조적이야. 일부러 이렇게 한 걸까? 어디서 본 건데 이런 민자 역사는 대체로 공간이 상가 쪽으로 집중돼 있대. 그래야 돈이 될 테니까 말이야.

그런데 우리가 타기로 돼 있는 기차는 보이지 않아. 플랫폼 양쪽으로 스크린도어가 설치돼 있는데 한쪽은 가려놓았고, 사람들이 반대쪽에서 뭔가를 기다리고 있는 것 같아. 직원들이 설명하는 동안 엘리베이터가 자꾸만 사람들을 토해내. 정장을 차려입은 사람들이야. 위에서 봤던 경호원들도 있어. 커다란 카메라를 짊어진 사람들이 앞다퉈 좋은 그림을 찾아 이리저리 움직이는데 보고 있기가 조마조마해. 아니나 다를까 그중 한 사람이 뒷걸음치다가 휠체어에 발이 걸려 넘어져. 와, 어떻게 저런 순간에도 자기보다 카메라를 지키려고 몸을 틀 수가 있지? 엄마가 날 지키려고 본능적으로 움직이는 것 같은 모습을 보니 마음이 쓰여. 다행히 카메라는 무사한 것 같아. 촬영 기사도, 휠체어 이용자도 크게 다치지는 않은 모양이고 말이야.

그런데 이상한 일이 발생해. 아니, 이상하지만 이상하지 않은 일이 벌어졌다고 해야 할까.

뒤늦게 내려온 사람들, 그러니까 비장애인들이 그제야 이 플랫폼에 자기들만 있는 게 아니라는 것을 깨달은 것처럼 이쪽을 낯설게 쳐다봐. 저 사람들은 오늘의 행사가 무슨 내용인지 알기나 하는지 모르겠어. 설마 싶지만 눈을 보면 그런 의문을 떨쳐버리기가 어려워.

다행이라고 해야 할지, 천안 시장이 대표로 마이크를 잡으면서 나랑 우리는 다시 사람들의 인식에서 흔적도 없이 사라져버려. 천안 시장은 천안의 유래에 대해 얘기해. 너는 알고 있었어? 천안이 하늘 아래 가장 편안한 곳이라는 뜻이래. 그뿐만이 아니라 역사적으로 한반도의 중심에 위치한 천안이 이렇게 장애 없는 세상을 위해 또 한 번 도약을 하게 됐다는데 기분이 묘하다. 무장애라는 말 있잖아, 사회적 장벽이 없는 상태를 의미한다는 걸 알지만, 장애인 등록증을 가지고 살아가는 나한테는 굉장히 이상하게 들려. 그저 용어일 뿐이라고 하는 사람이 많지만, 정말 그저 용어일 뿐이라면 왜 굳이 그런 말이어야 할까? 무장애란 말이 딱히 직관적인 느낌도 아닌데 말이야.

뭐였지? 혹시 지진 같은 거 났어? 여기, 방금 진동이 느껴졌거든. 시장도 말을 하다 말고 얼어붙었어. 누군가가 얼른 시장한테 달려가 귓속말을 해. 시장이 머쓱한 표정으로 곧 서울에서 내려온 열차가 들어올 거래. 그러고는 카메라를 응시하며 서울뿐만 아니라 전 세계에서 천안을 방문할 거라고 호언장담해. 천안이 제3의 도시가 될 거래.

또 진동이 플랫폼을 휩쓸고 지나갔어. 그리고 소리가 났어. 안내 방송이 기차가 오고 있다고 알려. 그러고 보니까 지금 방송 중이지 않아? 너도 보고 있어? 플랫폼에는 가족만 동행할 수 있다고 해서 서운해한 거 내가 모를까 봐? 네가 먼저 얘기할까 해서 기다렸는데, 결국 내가 또 먼저 말하네.

스크린도어 너머로 불빛이 보여. 열차다. 하지만 저건 서울에서 내려오는 거잖아. 그럼 반대쪽에 우리가 타야 할 열차가 있어야 하는 건데, 왜 저렇게 가려놓은 거지? 혹시 준비가 덜 됐다고 아무 일도 없던 것처럼 넘어가버리는 건 아닐까? 설마 이런 큰 행사를 그렇게 허술하게 준비했을까 싶지만, 너도 알다시피 세상은 장애에 대해서는 놀랄 만큼 관심이 없으니까. 좀 불안하다. 태어나서 처음 타보는 열차라 정말 기대했거든.

서울에서 내려온 열차에서 사람들이 걸어나와. 겉보기엔 그들이 위쪽에 있는 의료기기를 사용할 것처럼 보이지는 않아. 하지만 역사에는 휠체어 같은 보장구만 있는 건 아니지. 직접 가보진 않았지만 아까 직원들이 소개하기론 미용 관련 서비스도 제

공한다고 했어. 그뿐만이 아니라 요새 IT 유튜버들이 앞다퉈 리뷰하는 온갖 증강용 임플란트 시술도 가능하다니 여긴 정말 의료 백화점인 셈이야. 사실 나는 그거 관심이 많아. 네가 만들어준 키보드로 의사소통을 하는 건 완전히 익숙해졌지만, 머릿속에 전극을 심어 뇌파로 장치를 다룰 수 있다면 분명 더 편해지지 않겠어? 어쩌면 그걸로 휠체어를 조종할 수도 있을 거야. 물론 그런 휠체어를 사려면 엄청난 돈이 필요하겠지만 말이야. 하긴, 내가 전동 휠체어를 조종할 수 있는 방법은 원래도 다양하게 있긴 했다.

우리 유튜브 열심히 해서 꼭 좋은 컴퓨터랑 휠체어를 사자. 응? 그래, 컴퓨터가 아니고 워크스테이션. 뭐가 다른지는 아직도 모르겠지만. 야, 그렇다고 지금 설명하지는 마.

서울에서 온 사람들은 모두 위쪽으로 올라갔어. 시장이 다시 마이크를 잡더니 장애에 대해 말하기 시작해. 나, 심장이 두근거려.

시장은 마치 자기 얘기라도 하듯 옛날에 있었던 리프트 추락 사고에 대해 말해. 그 일을 계기로 설치되기 시작했다는 엘리베이터가 서울 지하철의 불편함을 제거했다는 이야기는 참 많은 걸 제거한 감상이야, 안 그래? 뭐, 어쨌든 시장이 한 말 자체에 틀린 건 없지. 역사를 증축하면서 이렇게 접근성 검증단도 꾸리다니. 지금 밖에서 시위를 하고 있는 일부 정치인들의 말처럼, 이 행사가 전형적인 생색내기에 불과하더라도, 세상은 분명 천천히 달라지고 있어. 힘 있는 사람들이 멋대로 삭제한 것들, 사람들 그리고 세상이 그렇게 해왔어. 야, 이거 좀 괜찮지 않아? 유튜브에서 엔딩 멘트로 쓰자. 원래 이런 신파가 조회수를 올리는 법이야.

시장의 신호로 막혀 있던 반대쪽 스크린도어가 공개됐어. 역시 행사는 신파야.

세상에! 너도 보고 있어? 저게 바로 내가 탈 열차야. 태어나서 처음으로 타게 될 열차라고! 시장이 설명하는 것처럼, 저 열차는 순전히 오늘을 위해 준비됐어. 순전히 우리 같은 사람들을 위해 맞춤 제작된 열차! 휠체어 탄 사람들과 다른 장애인들이 열차로 다가가. 스크린도어가 열리고 열차 문이 열려. 그 사이가 감쪽같이 메워지고 바퀴들이 부드럽게 넘어가는 모습은 보는 것만으로도 녹아내린다.

내 차례야. 엄마가 여전히 환하지만은 않은 표정으로 날 쳐다봐. 너한테만 말하는 거지만, 나는 지금 너무 좋아하는 티를 내지 않기 위해 최선을 다하고 있어. 왜 엄마는 이런 상황을 그냥 즐기지 못하는지 모르겠어. 승무원이자 활동 보조인인 사람이 날 데리고 열차 안으로 들어가. 정말 넓다. 열차 자체는 일반적인 열차랑 똑같은데, 유튜브에서 본 열차 실내가 의자들로 가득 차서 갑갑해 보이는 거랑은 아주 딴판이야.

승무원들이 휠체어 탄 사람들과 타지 않은 사람을 앞뒤로 안내해. 유일하게 수동 휠체어를 탄 나를 한 승무원이 뒤쪽 창가에 붙여놓고 단단히 고정시키는데 창밖에서 엄마가 퍽 심각한 눈으로 보고 있어. 정말이지, 엄마는 너무 심각한 게 문제야. 나도 알아, 그게 다 나 때문이라는 거. 그렇다고 불만이라고 말도 못 하냐? 됐으니까, 엄마 잘 부탁해. 제발 엄마한테 쓸데없이 기차 사고에 대한 통계 같은 거 늘어놓지 좀 말고.

휠체어 탄 사람들이 열차와 단단히 연결되는 동안 앞쪽에서는 신기한 광경이 벌어지고 있어. 벽면에서 뭔가가 튀어나오더니 어느새 좌석으로 바뀐다. 자세히 보니까 내가 있는 곳에도 틈새가 있어. 아마 그때그때 좌석 배치를 변경할 수 있는 구조 같아. 그리고 모든 자리에는 휠체어나 인공호흡기, 기타 전기 제품을 직접 연결할 수 있는 단자가 종류별로 마련돼 있어. 그뿐만이 아니라 사방에서 화면과 스피커를 통해 현재 상황이 해설되는 중이지. 우리는 이제 아주 특별한 여행을 떠날 예정이야. 시장이 말을 좀 끝마쳤으면 좋겠어. 엄마의 심각한 눈빛을 계속 받아야 하잖아.

웬 아저씨가 멍한 얼굴로 이쪽을 보고 있네. 눈이 마주쳐서 이수애표 살인 미소를 지어줬어.

어, 진동이야. 아까랑 다르게 가벼운 진동 덕분에 시장이 드디어 입을 닫았어. 열차의 문이 닫히고 뭔가 시작되는 느낌이 들어. 이제 진짜 출발이야!

나 갔다올게. 엄마 잘 부탁해. 나도 알아, 두 번째 말하는 거. 그만큼 중요하다는 얘기라는 걸 알려줘야 해?

너? 너는……

어, 뭐였어, 방금?

야! 응답해!

당신은 손을 흔들고 있습니다. 하지만 이곳은 어두컴컴한 지하 플랫폼이 아닙니다. 환한…… 병실입니다. 당신은 자리를 박차고 일어납니다. 급격한 추락과 맨발로 전해지는 타일의 냉기가 현기증을 불러일으킵니다. 푹 꺾이듯 주저앉은 당신은 머리를 감싸쥐고 신음합니다. 이명과 잡음, 내면으로부터 끓어오르는 냉기와 열기가 터질 듯이 팽창합니다. 숨을 쉴 수가 없습니다. 당신은 바닥을 기기 시작합니다. 왼손, 오른발, 오른손, 왼발. 앞에 두 다리가 보입니다. 당신은 다리를 따라 고개를 듭니다. 도일이 서서 당신을 내려다보고 있습니다.

"오래도 잔다."

당신은 일어나 앉습니다.

"안녕하세요."

도일은 문 쪽으로 걸어가 문을 열고 소리칩니다.

"깼다!"

간호사가 들어와 바닥에 철퍼덕 앉아 있는 당신을 발견하고는 얼른 일으켜 침대에 눕힙니다. 간호사는 당신의 체온을 재고 혈압을 확인합니다.

"환자분, 여기가 어딘지 아시겠어요?"

당신은 다시 한번 주변을 둘러보곤 몸서리칩니다.

"병원……인 것 같은데요."

"맞아요. 너무 걱정하지 마시고요. 탈수 증세랑 약간의 영양실조 외에는 아무 문제 없어요. 아, 얼굴에 좀…… 아무튼 푹 쉬다 가세요."

간호사가 병실을 나가고 도일이 팔짱을 낀 채 다가옵니다. 뭔가 한 소리 할 것도 같은데, 마스크를 내리고 볼을 긁을 뿐 별말은 없습니다.

"열차를 봤어요."

당신이 말하자 도일이 움찔하고는 마스크를 도로 씁니다.

"자세히 말해봐라."

"열차가…… 떠나는 걸 봤어요. 뿌, 하는 소리를 내면서."

"지하철은 경적 같은 걸 내지 않는다."

당신은 어깨를 으쓱합니다.

"하지만 봤어요."

도일은 간이침대를 빼 기묘한 자세로 드러눕습니다.

"있어야 할 열차가 없어졌다면 가능한 논리는 그것뿐이긴 하지. 떠났다는 거."

당신은 정리되지 않은 머릿속을 들여다보느라 정신이 없습니다. 결국 갔습니다. 천안역의 지하 플랫폼. 그 결과 당신은 무엇을 알게 되었나요. 열차가 떠났다는 것? 그게 당신이 찾아 헤매던 모든 것인가요? 그렇다면 이제 된 건가요? 만족하나요? 편안한가요? 아닌 것 같습니다. 당신은 한숨을 내쉽니다.

"결국 제자리네요. 내가 누군지, 뭘 위해 여기까지 왔는지 알 수 있을 줄 알았는데."

도일은 한쪽 팔로 눈을 가리고 있습니다.

"나도 그랬다. 하지만 소득이라곤 절망과 미스터리뿐이다. 정말 쉽지 않군. 산다는 건."

당신은 왠지 그 말이 좋습니다. 도일에게도 쉽지 않은 게 인생이라면 당신에게 어려운 것도 이상하지 않을 테니 말입니다.

"아담 씨는요? 불구단은요? 천안은요?"

도일이 벌떡 일어나더니 말합니다.

"하나씩 물어라. 아담은 불구단거리로 돌아갔고, 거기 상황은 우리가 나왔을 때와 비교했을 때보다 나쁘진 않다. 음, 역대급 인파가 몰려 발 디딜 틈이 없는 건 좀 끔찍하긴 하군. 핑크 부대는 떠났고 능구회도 돌아갔다. 천안은, 여전히 천안이다. 그러니까 모든 게 똑같다."

"그거…… 좋네요."

"그렇지."

도일은 자리에서 일어납니다.

"나는 앞으로 뭘 해야 할지 생각하러 간다."

당신은 도일에게 손을 흔듭니다. 도일이 멈칫하더니 그냥 나가버립니다.

혼자가 된 당신은 멍하니 천장을 올려다보다 잠이 듭니다.

Voice 16

아담이 그날 녹화한 영상은 그의 메모리에만 남아 있다. 지하로 내려가면서 라이브는 끊겼고, 이후 상황은 라디오를 통해 간접적으로 전달된 것이 전부다. 그마저도 라디오를 가지고 있던 대부분의 사람은 불구단거리에서 웃고 떠들고 먹고 마시느라 거의 듣지 못했다. 그날, 성령과 추모 공원에 있었던 나와 불구단 간부 몇 명, 그리고 재빨리 주파수를 낚아챈 핑크 부대 정도였다.

애리가 사실은 지난 몇 년 동안 천안역 지하를 드나들며 사라진 열차를 찾고 있었다는 건 꽤나 충격적인 일이다. 나는 걔가 허구한 날 좀비 꼴로 애리가 암흑물질이 어쩌고 은하단내광이 저쩌고 했다는 걸 보고 틀림없이 소설을 쓰고 있다고 여겼기 때문이다. 내 미스터 망상 님도 걔가 그런 일을 하고 있었을 거라곤 생각하지 못했다. 긍정적으로 생각해야 할까?

성령과 애리는 나와 차연, 그밖에 소수가 모인 천안시청 시장실에서 진실을 털어놓았다. 참사 수습 3년 차에 열차가 없다는 사실이 확실해졌다는 것. 자그마치 반년을 그 주변을 파헤쳤지만 열차를 찾지 못했다. 상식적으로 납득할 수 없는 상황이었기에 오히려 더 오랫동안 샅샅이 뒤졌다. 하지만 없었다. 설명을 듣는 누구도, 심지어 나도 아무 말도 할 수 없었다. 현 대통령과 충청 지사 및 차연이 모인 자리에서 들을 거라고 상상이나 할 수 있는 얘기인가?

당시 정부 관계자들은 일단 덮기로 합의했다고 한다. 성령도 동의했다. 그러고는 나한테까지 비밀로 한 채 신천안 사업 같은 걸 구상하고 있었던 거다. 다수를 위해.

"다수 같은 소리 하네."

내가 말하자 시장실에 냉기가 감돈다. 성령은 말한다.

"알리면요? 알리면 상황이 달라지나요?"

"그야 모르죠! 해보지도 않았는데 그걸 무슨 수로 안답니까? 나는 다만 알리지 않는 게 다수를 위한 일일 거라고 확신하는 태도가 아니꼬와서 그럽니다!"

"선우랑 씨는 정말 정치인으로서 자질이 없는 것 같네요."

"싫다는 사람 데려다 앉힌 게 누군데!"

나는 자리를 박차고 나가버린다. 어차피 결론도 안 나오는, 나올 수 없는 얘기다. 그게 정말 사실이라면 말이지만.

회의가 끝나고 나온 차연이 뒷얘기를 들려준다.

"불구단거리는 앞으로도 계속 보존하겠다는군요. 신천안이 돼도, 변함없이 하늘 아래 가장 편안한 도시가 되도록 말이에요."

"그 얘기는 수년 전부터 해온 얘기거든? 백번 양보해서 불구단거리가 보존된다고 쳐. 거기 올 사람들은? 아니, 신천안 입주자들이 과연 불구단거리에서 의체 수리할 일이 있을까? 결국은 똑같은 얘기야."

차연은 웃으며 한숨을 푹 내쉰다.

"참 쉬운 일이 없군요."

천안역으로 돌아가는 하늘 열차에서 차연이 말한다.

"이러니저러니 해도 하늘 열차 덕에 잘 다닙니다."

"나라고 무조건적으로 부정하고 싶진 않아. 그럴 수도 없는 노릇이지. 모든 일에는 양면적인 요소가 있으니까. 그래도 최소한의 성의는 보여야……."

"저 사람들이 성의는 보였다고 말할 생각 추호도 없습니다.

하지만 저런 사람들의 성의에만 의지할 수도 없죠. 그런 걸 바랐다면 애초에 이 박차연 여기까지 안 왔습니다. 불구단도 마찬가지고요."

나는 입맛을 다신다.

"나 참. 강성령이 툭하면 나더러 하는 소리가 있어. 어리광 좀 그만 부리라고. 내가 또 그런 거지?"

차연이 우하하하, 하고 웃음을 터뜨린다.

"뭐, 아니라곤 안 할게요. 왠지 생각보다는 괜찮은 사람 같은데요, 강성령 대통령."

차연이 또 웃어댄다.

"송충이로 살기로 마음먹었으면 솔잎에나 집중하지요. 솔잎이 없으면 또 모를까. 자, 보세요. 우리한텐 충분한 솔잎이 있습니다. 왜, 패배주의적인가요?"

"난 패배주의 좋아해. 이긴다는 건 너무 성가신 일이야."

"그런 의미에서, 9주기 홍보 좀 잘 부탁드립니다! 아니, 요새 통 글을 안 쓰시는 것 같던데?"

나는 그냥 웃는다. 사실 쓰긴 한다. 천안의 본을 주인공으로 하는 이야기를.

"정말 안 갈 거냐?"

마지막까지 불구단 회의실에 남아 있던 차연이 드디어 자리에서 일어난다. 원탁 위에 기묘한 자세로 드러누워 노트북을 불편하게 들고 화면을 보던 도일은 차연을 힐끔 보고는 대꾸한다.

"내가 추모식에 참석한 적 있냐? 게다가 저게 다 무슨 의민지? 열차는 없었고 수애랑 다른 사람들 모두 흔적도 없이 사라졌다. 시현 말대로 단지 여행을 떠났을 뿐이라면 추모식을 할 게 아니라 기원식을 해야 하는 거 아닌가? 이젠 그만 돌아오라고."

차연은 도일의 옆에 엉덩이를 걸터앉는다.

"추모에도 여러 방식이 있는 거잖아. 꼭 비장하거나 울어야 하는 게 아니라 웃고 즐기면서 고인을 기억하는 걸로도 괜찮듯이, 꼭 죽은 사람을 그리워할 필요도 없는 거 아니겠나?"

"아줌마의 자의적 해석에는 넌덜머리가 난다. 나는 그런 방식을 혐오한다. 그리고 수애는 죽지 않았다. 그날, 잠깐이지만 나는 수애의 신호를 봤다. 전애리가 말하는 결어긋남 이론에 어느 정도 신빙성이 있는지는 몰라도 나는 해볼 수 있는 모든 것을 다할 것이다. 아줌마는 빨리 가서 연설문이나 다시 한번 읽어봐라. 이번에도 멋대로 해버리면 내가 무슨 짓을 하는지 기대해야 할 거다."

차연이 왁자한 웃음을 터트리며 일어난다.

"기대해보지."

"빨리 가!"

차연은 회의실을 나선다. 도일은 문이 닫힌 것을 확인하고는 노트북을 내려놓는다. 마스크도 끌러 내리고, 자세를 조금 편하게 해본다. 심호흡을 해본다. 한 번 더. 그때 희미하게 들려오는 금관악기 소리가 귀를 찌른다.

에잇. 도일은 벌떡 일어나 노트북을 챙겨 밖으로 나간다. 불구단거리는 휑하다. 모두 버들로의 추모식 행사장에 갔다. 그 밖에도 많은 사람이 모였을 거다. 사이보그가 아닌 천안 시민들, 천안에 살지 않는 시민들, 불구단 후원자들, 그리고 대통령도.

성령은 9주기에 참석해 다시 한번 신천안 사업과 메타 천안을 언급할 거라고 했다. 그리고 불구단거리와 천안 주민들의 미래에 관한 확실한 계획도 발표할 예정이라고 했다. 정체된 듯 작은 한 걸음. 세상은 그렇게 나아왔으니까.

도일은 혹시나 하는 마음에 고양이들을 찾아 천안역 철도 주변을 배회한다. 사실 그날 수애전용단말기를 집어 던진 건 경솔한 행동이었다. 겨우 연명하고 있던 기계는 더는 켜지지 않았다. 최신 스마트폰용 앱으로 구현하거나 아예 통으로 에뮬레이팅할 수야 있겠지만 아마 10주기 때에나 실사용이 가능할 거다.

지난 경험을 통해 수애의 신호가 특히 추모식 즈음에 잘 감지된다는 것을 알게 됐다. 그 이야기를 들은 전애리는 엄청 주저하더니 결국 말했다. 자기 생각에는 자기가 철도에서 수집한 데이터를 기반으로 반복해서 돌려왔던 시뮬레이션과 모종의 관련이 있는 것은 아닐까 싶다고 했다. 인정하고 싶지는 않지만 도일은 모든 가능성을 놓고 싶지 않다. 전애리는 새 시뮬레이션을 짜보기로 했다. 그 또한 시간이 필요하다. 그래서 결국 9주기는 이렇게 허무하게 지나간 것이다.

"어, 고양이 탐정이다!"

인파를 피해 일부러 동남구 쪽 버들로 끝을 우회하던 도일은 낯익은 초등학생을 발견한다. 집 나간 러시안블루를 찾아달라며 성가시게 했던 녀석이다. 러시안블루가 이 동네에선 좀 희소하긴 해서 금방 찾아내 수신기를 부착할 수 있었다. 아이는 왜 찾기만 하고 데려오지는 않느냐며 이해하기 어려운 불평을 늘어놓았다. 그래서 되도록이면 피해 다니려고 했는데 하필 오늘 같은 날 이런 곳에서 마주치다니? 녀석이 다가온다. 그런데 녀석의 목에 피켓이 걸려 있다.

신천안에도 고양이들의 쉼터를 마련하라!

가지가지 하는군. 틀림없이 마빈을 흉내 내는 거겠지. 녀석이 말한다.

"왜 인사 안 해요?"

"내가 인사를 왜 하냐?"

"아는 사이잖아요."

"누구랑 누가? 나랑 너? 날 아냐?"

"네. 고양이 탐정. 남도일. 불구단. 고양이를 좋아함."

"난 고양이를 좋아하지 않는다. 생물 자체에 관심이 없다."

"거짓말. 늘 가방에 고양이들 줄 밥이랑 장난감 가지고 다니면서."

"그럼 너는 늘 가방에 교과서를 가지고 다니니까 공부를 좋아하냐?"

아이는 충격을 받은 얼굴이다. 도일은 승리감에 젖어 조금 기분이 좋아진다.

"반복적으로 말하지만 네가 찾는 러시안블루는 잘 있다. 보통 집고양이는 길거리 생활 적응하는 데 시간이 꽤 걸리는데, 그놈은 벌써 제 영역을 마련하고는 서열 정리까지 마쳤더라. 겁이 없는 건지 멍청한 건지 모르겠지만 아무튼 잘 살고 있으니까 내버려둬라. 네 만족감을 위해 한 생물을 좁은 열차 안에 가둬놓지 말란 말이다. 그럼 열심히 해라."

도일이 작동하지 않는 신호등에 임의로 부여해놓은 자기만의 신호에 맞춰 횡단보도를 건너려는데 아이가 말한다.

"고양이 탐정이 한 말들을 많이 생각했어요."

도일은 하는 수 없이 다음 신호에 건너기로 한다.

"억울하기는 하지만 고양이 탐정 말이 맞아요. 그레는, 제가 찾는 러시안블루요."

"안다. 그걸 왜 설명하지?"

"왠지 고양이 탐정한텐 그래야 할 것 같아서요. 아님 말고요. 암튼, 우리 그레는요, 엄마가 일 때문에 학교도 친구도 없어진 절 위해 큰맘 먹고 입양한 거예요. 그러니까 고양이 탐정의 말대로, 그레는 자기가 원해서 절 선택한 게 아니죠."

도일은 고개를 끄덕인다. 아이는 여전히 뭔가가 성에 안 차는 얼굴이기는 하지만 애써 말한다.

"그래서 그냥 이대로 동네 이웃으로 계속 지내고 싶어요. 저랑 고양이 탐정처럼요."

"내가 왜 네 이웃인지는 모르겠다. 아무튼 네 선택은 관심 없으니까 앞으로는 귀찮게 하지 마라. 간다."

도일을 노려보는 아이를 뒤로하고 도일은 신호를 건넌다. 버들로 위쪽으로 걸어 올라가며 뒤를 돌아본다. 무수히 많은 사람과 형형색색의 장식들은 보는 것만으로도 머리를 어질어질하게 한다. 마이크 하울링 소리 뒤로 차연의 목소리가 들려온다.

"먼저 이렇게 말할 수 있는 기회를 주셔서 감사합니다. 정말이지 늘 되는대로 지껄일 뿐인 사람을 왜 자꾸 불러내 마이크를 주는지 알다가도 모르겠습니다."

어떻게 인삿말조차 대본대로 하지 않을 수 있는 거지. 도일은 차연을 물먹일 계획을 구상하기 시작한다.

"구체적으로 말할 순 없지만 그동안의 마음가짐과는 다른 목표를 가지고 나왔습니다. 일단 불구단이라는 집단을 대표하는 상징적 자리에서 물러나려 합니다."

도일은 우뚝 멈춰 서서 꽥 소리 지른다.

"뭐, 그런다고 불구가 아니게 되는 것도, 천안 시민이 아니게 되는 것도 아니죠. 웃으셔도 되는데. 암튼, 저는 최근 들어 불구단이라는 것의 의미를 다시 생각해보게 되었습니다. 불구단은 무엇이며 무엇이 되어야 하는가. 처음에는 치기 어린 분노였고, 그다음엔 연대감이었습니다. 좋죠. 이 싸늘한 세상에서 인간을 인간으로 만들어주는 게 하나 있다면 그것은 연대일 것입니다. 그런데 말이죠, 연대도 고이면 별수 없이 탁해집니다. 지금 불구단이 고여서 썩었다고 하는 거 아니고요. 연대하는 마음이 혼탁해지더라 이겁니다. 매사가 당연해지고, 의무시됩니다. 몸과 마음은 지쳐도 연대는 그렇질 않습니다. 어느 시점부터 주객이 전도됩니다."

도대체 저 인간이 지금 무슨 소리를 하는 건가? 예진은 어디서 뭘 하고 있지?

"눈빛들을 보아하니 대체 지금 무슨 소리 하는 건가 싶죠. 그러니까 저 같은 사람한텐 마이크 주지 말아요. 근데 기왕 준 거 조금만 더 들어봐요. 어차피 딴 일도 없잖아요. 에, 그러니까 저는 말이죠, 의무라는 게 싫어졌습니다. 선의도 악의로 만들고야 마는 의무가 정말 싫어졌어요. 근데 그런 의무가 나한테도 있었어요. 불구단 대표로서의 의무. 의료기상으로서의 의무. 사이보그로서의 의무, 장애인으로서의 의무. 아주 어렸을 땐 여자로서의 의무도 꽤 무거웠죠. 아기 때부터 우람했던 제가 부모님이 의무적으로 입혔던 분홍색 옷들 때문에 겪었던 일들은 손으로 꼽을 수가 없어요. 아니, 제가 팔이 없어서가 아니라. 웃을 때도 되지 않았어요? 음, 여러분이 제 농담에 눈치를 살피는 것도 결국 일종의 의무 때문 아닙니까? 저한테 손가락질하면서 이 팔 없는 불구야! 하고 욕을 하란 말이 아니라는 건 아시죠? 그렇다고 어유, 팔 없는 불쌍한 사람이 자학적인 농담을 하는데 그래도 웃으면 장애인 비하지, 하는 의무에 시달릴 필요까진 없다는 얘깁니다. 추모를 즐길 수도 있는 것 아닙니까? 아니, 추모는 즐겨야 한다고 생각합니다. 정말로 행사가 되어야 합니다. 축제가 돼서, 의무감을 가지고 억지로 해치우는 식으로 말고, 누가 시키지 않아도 알아서 찾게 하는 식이 되어야 합니다. 그게 고인에 대한 모독이라고요? 고인을 의무적으로 세금 떼이듯 떠올리는 것과 추억하며 마음속에서나마 함께 행복함을 느끼는 것, 둘 중 어느 게 더 모독인가요. 내년 이 자리가 지금보다 더 즐겁기를 바랍니다. 감사합니다."

그야말로 곡예가 따로 없구만. 도일은 계획 구상에 집중하며 황급히 버들로에서 벗어난다. 시간을 확인해보니 메타 천안의 정식 오픈은 아직도 한 시간이나 남아 있었다. 이대로 지하도상가의 반대쪽까지 가면 아무리 천천히 걸어도 20분. 남은 40여 분을 뭘 하지. 도일은 현재 자신의 상태가 흥미로워서 탐구하느라 평소의 속도로 지하도상가를 지난다. 5분도 안 돼 김밥집 앞까지 와버린 도일은 낭패감을 느낀다. 흠. 차라리 떡볶이를 먹을까. 하지만 사장이 있을까. 없어도 상관은 없다. 김밥집 안으로 들어간 도일은 구석 자리에 앉아 있는 시현을 발견한다. 그의 앞에는 종이컵 하나가 놓여 있다.

"안녕하세요."

시현이 인사한다. 도일은 이런저런 가능성을 계산해보며 그릇에 떡볶이를 퍼 담기 시작한다.

"왜 여기에 있냐? 대통령이랑 돌아가는 거 아니었냐? 수술은? 치료하든, 칩을 제거하든 해야 할 거 아니냐?"

음. 조금 많이 폈나. 도일은 떡의 갯수를 세보고 그에 비례한 돈을 계산대 위에 둔다. 그리고 떡볶이 그릇을 든 채 시현을 본다.

"그래야죠. 근데 9주기도 있고, 실은 아직도 대통령님이 좀 어색해서요……."

"어색하다고? 어색한 게 뭔지를 그쪽이 안다고?"

"왜요?"

"어색함을 아는데 그동안 나랑 불구단에 염치없이 신세 지고 있었다고?"

시현은 곰곰이 생각해보듯 콧등을 긁적인다. 전보다 더 못 봐주게 됐군.

"뭐랄까, 좀 더 어려운 것 같아요. 대통령이라 그런가."

도일은 옆 식탁 맞은편에 앉아 떡볶이를 입에 넣는다. 시현을 보고 떡을 씹으며 생각한다. 역시 계산대로군. 슬프지 않다.

"근데 여기서 뭘 하냐?"

"대통령님이랑 같이 오긴 했는데, 딱히 할 게 없어서…… 불구단거리도 비어 있고…… 그래서 왔는데…… 사장님이…… 가게 좀 봐달라고."

"그럴 리가 없다. 그 사장은 자리 지키고 있을 때보다 비우고 있을 때가 더 많은데. 이곳이 사실상 무인 김밥집이라는 건 천안에서 모르는 사람이 없는데 왜 난데없이 그쪽더러 가게를 봐달라고 하겠냐?"

"그럼 뭘까요?"

도일은 고개를 내밀어 시현의 앞에 있는 종이컵 속을 확인한다. 누런색. 어묵 국물이군. 구석 자리에서 궁상 떨고 있는 시현에게 마지못해 어묵 국물을 주는 사장의 모습은 충분히 개연성 있다. 도일은 만족감을 느끼며 떡볶이를 입에 놓는다.

"나는 알았다."

도일은 시간을 확인해가며 떡볶이를 먹어 치운다. 때때로 들려오는 기분 처지는 음악 소리를 제외하면 나름 괜찮은 식사다. 국물만 남은 쟁반을 개수대에 넣고 손을 닦는다. 그러고는 가게를 나간다. 몇 걸음 갔다가 다시 되돌아간 다음 시현에게 말한다.

"잘 가라."

도일은 다시 제 속도로 회의실 쪽까지 걷는다. 그대로 자기 방으로 들어간 다음 고글을 쓰고 메타 천안에 접속한다. 정식 오픈 전인 천안은 아직 휑하지만 곧 사람들이 나타날 거다. 가상의 천안은 조금 더 진짜 같아질 것이다.

정오가 되자 서버가 오픈된다. 사람들이 천안역 동부 광장 앞에 하나둘 모이기 시작한다. 그들은 약속이라도 한 듯 주황색 리본을 역사 건물의 벽에 달기 시작한다. 도일은 슬라임의 몸으로 그것들을 싹 쓸어버리고 싶지만 꾹 참는다. 지금 중요한 건 그런 게 아니니까. 이 가짜 세상이 조금이나마 진짜인 척을 할 때, 도일도 모른 척 속아주고 싶기 때문이다. 그게 가능할지는 모르겠지만.

도일은 동부 광장을 가로질러 역사 안으로 들어간다. 사람들이 과거의 영광 속에서 기꺼이 속고 있다. 특기는 아니지만 도일은 각오를 다지고 안으로 들어간다.

"역시 왔네요, 더블엑스."

그동안 도일을 성가시게 했던 사람이 전애리였다는 건 사실 도일로서도 놀라운 일이다. 사람 아바타를 한 전애리가 도일에게 다가온다.

"시뮬레이션 구축을 하느라 바빠야 할 때 아닌가?"

"그러는 도일 씨야말로 여기서 뭘 하는데요?"

"나는……."

도일은 슬라임 몸체를 크게 부풀린다.

"당신이 알 바 아니다!"

"나는 오늘 쉬고 있어요."

전애리의 말에 도일은 멈칫한다.

"왠지 그러고 싶은 날이잖아요. 안 그래요?"

"나는……."

"뭐, 어쨌든 역에 왔으니까, 기차도 타보고 그러세요. 그럼 가볼게요."

전애리 아바타가 광장 쪽으로 나간다. 도일은 멍하니 전애리의 뒷모습을 보면서 생각한다. 그렇지 않아도 그럴 생각이었거든. 의문의 패배감을 안고 도일은 플랫폼으로 미끄러져 내려간다. 확실히 사람들이 많으니까 이 몸으로는 여전히 충분하지 않다. 그동안 꽤 열심히 뭉개왔다고 생각했는데…… 더 하면 돼. 더 하면…….

플랫폼에도 주황색 리본을 달아 온 사람들로 가득하다. 이쯤되니 오히려 더 가짜 같은데 싶어 도일은 망설인다. 그냥 돌아갈까? 기차는 나중에 탈까? 도일은 마음속에서 수애한테 묻는다. 결국 도일은 개발자 도구를 불러낸다. 성령에게서 보상으로 얻어낸 대로 개발자 권한은 오픈 베타인 지금도 여전히 도일에게 있다. 도일은 미리 준비한 유아용 휠체어를 불러낸 다음…… 수애의 모습을 한 아바타를 그 위에 앉힌다. 그리고 직접 짠 인공지능을 활성화한다. 그러자 수애가 두 손에 쥔 스위치를 딸깍거리는 애니메이션이 실행되고 이후 머리 위에 말풍선이 떠오른다.

"와, 다행히 늦지 않았네! 기적이야."

도일은 느껴본다. 진짜…… 같나? 조금은…… 그런 것 같기도…… 아닌가?

"남도일. 또 무슨 생각에 빠져 있어? 그러다 기차 놓치면 네가 책임질 거야?"

진짜…… 같다. 도일은 저도 모르게 말풍선을 띄워 말한다. 원래 그랬듯이. 도일이 진짜 그랬듯이.

"하. 나한테는 개발자 권한이 있거든. 기차를 놓치면 시간을 되돌리면 된다."

"또 허풍은."

"허풍 아니다!"

기차가 온다. 도일은 수애의 휠체어를 몸에 착 붙인다. 도일을 마주 본 채로 수애가 두 스위치를 딸깍딸깍 누른다.

"다행이야. 처음 타보는 기차를 엄마가 아니라 너랑 타서."

"아줌마가 그렇게 싫으냐?"

"그거 아니거든? 넌 진짜 눈치만큼은 자라질 않는구나?"

"그럼 알아듣게 말하면 되잖나!"

수애가 오랫동안 스위치를 딸깍딸깍 누른다. 분명 말을 썼다 지웠다 반복하는 거겠지. 진짜 수애처럼…….

"엄마랑 타면 너무 좋아할 수가 없잖아."

"왜지?"

수애는 스위치를 더 누르지 않는다. 저런 것까지 구현될 필요는 없지 않나. 도일은 답답함에 몸을 부풀렸다가 옆 사람들을 넘어뜨리고 만다.

 기차가 도착하고 문이 열린다. 도일은 수애와 함께 안으로 들어간다. 그러고 보니까 기차에 타보는 건 이번이 처음이다. 수애랑 함께여서 도일도 다행이라고 생각한다.

 "어디로 가는 거야?"
 "앞으로 가겠지. 당연한 걸 왜 묻냐?"
 수애가 열심히 딸깍거린다.
 "뭐, 상관없나."
 "상관없지."
 기차가 출발한다. 도일은 수애와 마주 보며 함께 나아간다. 드디어.

*

 꿈을 꾼 기분이야. 그것도 아주 오랫동안. 내용은 기억나지 않지만 슬픈 여운만큼은 너무나 생생한 꿈.
 나도 모르게 잠이 들었나 봐. 열차는 아직 출발도 하지 않았어. 출발했던 것 같은데. 엄마랑도 인사했고, 웬 멍한 아저씨랑도 인사를 했는데. 그게 꿈인가?
 나 말고도 사람들은 이제 막 꿈에서 깨어난 것처럼 두리번거려. 뭘까.
 플랫폼 쪽과도 격리돼서 바깥 상황을 좀처럼 알 수가 없어. 어쩌면 이 메시지도 너한테 닿지 않을지 모르겠다. 하지만 이렇게 써두면 언젠가 가겠지. 네가 보겠지.
 지루하다. 나는 앞으로 내가 보게 될 세상을 그려봐. 물론 서울역을 보겠지. 그게 애초의 목적지니까. 그런 얘기를 하는 게 아니야. 그보다 더 앞의 미래를 얘기하는 거야.

앞으로 계속해서 생겨날 이런 열차들과 이걸 탈 더 많은 사람이 마주할 더 넓은 세상. 그런 세상을 얘기하는 거야. 모르긴 몰라도 엄청날 거 같아. 좀 이상할 것 같기도 하고 말이야.

왜냐하면 전에 없던 걸 테니까. 미래는 더 넓고 그러면서도 가깝고 쉽고 좋을 테니까. 그건 정말 환상적이고 이상할 거야.

이대로 그런 미래까지 가고 싶다. 환상적으로 이상한 미래에서 지쳐 잠들 때까지 돌아다니고 싶어.

도일아. 내가 그려본 이상한 미래 어때? 이 메시지가 도착할 때쯤이면 어쨌든 미래가 될 거 아냐. 도일아, 우리 미래에서 만나. 내가 그린 미래에서 말이야.

이상한 미래에서 너를 만나고 싶다!

그나저나 언제 출발하는 거지? 이상하게 또 졸려. 자고 일어나면 뭐가 달라져 있겠지.

또 메시지 할게. 안녕.

작가의 말

이 글을 쓰고 있는 2025년 11월의 천안역은 20여 년간 '임시'로만 존재했던 역사를 증개축하느라 이곳저곳에 차단벽을 세워놓고, 그냥 봐서는 무슨 용도인지 알 길이 없는 중장비를 하늘 높이 설치해 쉴 새 없이 가동시키고 있다. 나는 천안 토박이는 아니지만 벌써 4년이 넘게 봐온 천안역이 홍보 자료 속 네모난 모습으로 바뀔 거라는 게 잘 와닿지 않는다. 재밌게도, 천안 토박이들은 아예 관심조차 없는 듯하다. 20년이 넘는 시간 동안 수차례 반복된 중개축 계획과 무산이 낳은 무관심은 꽤나 견고한 듯싶다. 공사 인부들과 출근을 위해 역사로 향하는 사람들이 붐비는 천안역의 주변을 돌아다니며 나는 2년이 넘는 시간 동안 이 소설에 대해 생각했다. 아니, '이상한 미래'인 2045년의 천안에서 살았다.

그렇다면 작가의 말을 쓰는 시점에 그 삶에서 빠져나왔느냐 하면 사실 아니다. 오히려 가장 높은 확률로 그곳에 존재하는 것 같다. 기억과 정체성을 잃은 질문자로서, 비겁한 작가적 관찰자로서, 반사회적인 외계인으로서, 병적인 도덕성의 칼날을 쥔 결정권자로서, 그리고 그런 자들이 연주하는 선율을 들으며 살아내야만 하는 시민으로서. 물론 장애가 있는 시민 말이다. 이 소설의 초고를 쓸 때와 마찬가지로, 나한테 이 소설에 대해 뭐든 쓰게 한다면 필시 또 하나의 거대한 혼란을 낳을 수밖에 없는 것 같다. 공적인 지면에서 그건 안 될 일이다.

타고나기를 궁금한 게 많고 그걸 확인해야 직성이 풀리는 나는 천안에 오고 정말 정신없이 돌아다녔다. 그리고 이상한 미래인 2045년의 천안도. 고삐 풀린 망아지처럼 두 곳을 탐험할 수 있게 해준 분들께 진심으로 감사드리고 싶다. 늘 나랑 다니며 활동보조인이냐는 질문을 받는 나의 엄마 박미서 님. 지하철 1호선을 소재로 한 소설 시리즈를 소개해준 그린북 에이전시의 김시형 대표님. 단편 작업에 이어 장편도 같이하자며 시놉시스를 보고 이 책 저 책 추천해줬지만 정작 본인은 전국장애인차별철폐연대 활동가가 되어 초고는 보지 못한 편집자 초록 님. 이분들이 아니었다면 이렇게 초탈해서 싸돌아다닐 수 없었을 거다. 한편, 아이러니하게도 그 결과로 탄생한 이 이상한 소설을 맡아준 위즈덤하우스의 김소연 팀장님과 김다인 편집자님께는 심심한 사과의 마음을 품고 있다. 그리고 미래의 독자분들께는, 그저 재밌기를 바란다.

2025년과 2045년의 천안에서
최의택

비욘드

초판 1쇄 인쇄 2025년 12월 9일
초판 1쇄 발행 2025년 12월 17일

지은이 최의택
펴낸이 최순영

출판2 본부장 박태근
스토리 팀장 김소연
편집 김다인

펴낸곳 ㈜위즈덤하우스 **출판등록** 2000년 5월 23일 제13-1071호
주소 서울특별시 마포구 양화로 19 합정오피스빌딩 17층
전화 02) 2179-5600 **홈페이지** www.wisdomhouse.co.kr

ISBN 979-11-7591-017-1 03810

- 이 책의 전부 또는 일부 내용을 재사용하려면 반드시 사전에 저작권자와 ㈜위즈덤하우스의 동의를 받아야 합니다.
- 인쇄·제작 및 유통상의 파본 도서는 구입하신 서점에서 바꿔드립니다.
- 책값은 뒤표지에 있습니다.
- 이 책의 표지 그림은 인공지능 이미지 생성 프로그램을 활용해 제작되었습니다.
- 작가 매니지먼트와 저작권 관련 사항은 전속사 그린북에이전시 (grb@grb-agency.com)로 문의 바랍니다.